Tod auf leisen Pfoten

Blaize Clement

Tod auf leisen Pfoten

Deutsch von
Leo Strohm

Weltbild

Originaltitel: *Curiosity Killed the Cat Sitter*
Originalverlag: Thomas Dunne Books/St. Martin's Press, New York

Besuchen Sie uns im Internet:
www.weltbild.de

Die Autorin

Blaize Clement war 25 Jahre lang als Psychologin tätig, bevor sie sich dem Schreiben zuwandte. Sie hat zwei Kinder und fünf Enkel und lebt in Sarasota, Florida. *Tod auf leisen Pfoten* ist ihr erster Roman. Das Buch wurde in den Vereinigten Staaten von Kritik und Publikum gleichermaßen gefeiert und trug der Autorin lobende Vergleiche mit Katzenkrimi-Altmeisterin Lilian Jackson Braun ein.

Weltbild Taschenbuch

Danksagung

Mein größter Dank gilt der »Donnerstagsgruppe« (Susana Gonzalez, Kate Holmes, Greg Jorgensen und Clark Lauren), die während der Entstehungsphase dieses Buches immer wieder einzelne Passagen zu hören bekommen hat und die mich auch dann jederzeit positiv unterstützt, wenn ich einfach nur Mist produziere.

Bei Pamela Strom und Dr. Everett Shocket möchte ich mich für Hinweise zur polizeilichen Ermittlungsarbeit und medizinische Informationen bedanken.

Mein Dank gilt außerdem:
Bill Sullivan, staatlich geprüfter Tatortreiniger in Florida, der mir erklärt hat, wie Tatorte so gereinigt werden, dass keine Spuren zurückbleiben;
Virginia Wilson, professionelle Tiersitterin, für ihre Insiderinformationen;
Lora Garrett, Kriminaltechnikerin im Sheriff's Department des Sarasota County, die mir erklärt hat, wie bei einer kriminaltechnischen Untersuchung die verschiedenen Aufgaben verteilt sind;
Dr. Reinhard Motte, Gerichtsmediziner des Miami-Dade County, der mich über etliche unangenehme Tatsachen im Zusammenhang mit dem Tod und Haustieren aufgeklärt hat;
Mary V. Welk, Unfallkrankenschwester und Autorin, die mir ohne jedes Drumherumgerede verraten hat, in welchem Zustand sich mein erfundenes Mordopfer tatsächlich befinden würde.

Der meiste Dank gilt jedoch auf jeden Fall meinem Dreamteam:

Marcia Markland, die aufgrund ihrer Warmherzigkeit und Großzügigkeit eigentlich in die Ruhmeshalle der Lektorinnen aufgenommen werden müsste,

Diana Szu, Marcias geduldiger und jederzeit konstruktiver Assistentin,

Annelise Robey, die den Mut hatte, meine Agentin zu werden,

und Don Cleary, der all meine juristischen Angelegenheiten mit wachem Verstand und Stil regelt.

1

Es war Donnerstagnachmittag gegen 15.30 Uhr, als ich bei Marilee Doerring klingelte, um mir einen neuen Schlüssel abzuholen. Ich habe von all meinen Klienten einen Hausschlüssel und trage sie an einem großen runden Schlüsselring mit mir herum wie eine französische Concierge. Ein Einbrecher, der bei mir eindringen würde, hätte es bestimmt nicht auf meine Patsy-Cline-CDs abgesehen, sondern auf meinen Schlüsselring.

Ich heiße Dixie Hemingway, weder verwandt noch verschwägert mit Sie wissen schon. Ich bin Tiersitterin. Ich lebe, genau wie alle meine Klienten, auf Siesta Key in Sarasota, Florida. Vor drei Jahren, bevor sich die ganze Welt um mich herum in einen Trümmerhaufen verwandelt hat, war ich Deputy im Sheriff's Department des Sarasota County. Jetzt kümmere ich mich um Haustiere. Wenn ihre Besitzer verreist sind, komme ich zu ihnen nach Hause, füttere sie, kämme sie, spiele mit ihnen. Sie stellen mir keine Fragen und haben keine allzu hohen Erwartungen an mich, und ich muss nicht mehr Kontakt zu Menschen aufnehmen, als ich möchte. Zumindest im Normalfall. An diesem Nachmittag jedoch sollte ich es mit sehr viel mehr Menschen zu tun bekommen, als mir lieb gewesen wäre.

Siesta Key ist eine gut zwölf Kilometer lange, der Küste vorgelagerte Insel, die über zwei Brücken mit dem Festland verbunden ist. Das westliche Ufer grenzt an den Golf von Mexiko, das östliche an die Sarasota Bay sowie an den Intracoastal Waterway, die fünftausend Kilometer lange Binnenwasserstraße entlang der US-amerikanischen Ostküste. Auf der Insel selbst gibt es ein achtzig Kilometer langes Kanalnetz, sodass wir hier mindestens ebenso viele Boote und Anleger wie Seevögel haben, und das will etwas heißen. Hier gibt es alles, was man sich nur denken kann: Seeschwalben, Bachstelzen, Möwen, Silberreiher, Graureiher, Kraniche, Löffelreiher, Störche, Ibisse und Pelikane, die sich allesamt vergnügt auf unseren Stränden und in unseren Gärten mit ihren Lieblingsleckereien versorgen, während im warmen Wasser vor der Küste Delfine und Seekühe spielen.

Einschließlich aller Teilzeitbewohner wird Siesta Key von ungefähr 24 000 sonnengebräunten Menschen bewohnt. Mit Ausnahme der »Saison«, wenn wir von Winterflüchtlingen aus dem Norden überfallen und mit deren Geld überschwemmt werden, und der Collegeferien im Frühjahr, wenn irgendwelche Studenten sich betrinken und in die Hibiskusbüsche pinkeln, geht es auf Siesta Key ruhig und beschaulich zu. Aus der Vogelperspektive betrachtet erinnert die Form der Insel an einen Alligatorenkopf mit einer extrem langen und dünnen Schnauze. Der Kopf wird von Siesta Village und Roberts Bay gebildet, der Crescent Beach liegt da, wo die Augen sein müssten. Die Nase ist gerade breit genug für eine einzige Straße – die Midnight Pass Road, die zu beiden Seiten von Privatwegen und Touristenunterkünften und einem gelegentlichen unbebauten Wäldchen gesäumt wird.

Marilees Katze war ein silberblauer Abessinierkater namens Ghost. Grässlicher Name, niedliche Katze. Marilee hatte ihn mir schon etliche Male zuvor anvertraut, und der einzige Unterschied zu diesen früheren Malen bestand dieses Mal darin, dass sie mich gegen Abend angerufen und mir mitgeteilt hatte, dass sie die Türschlösser hatte auswechseln lassen und dass ich mir vor ihrer Abreise noch einen neuen Hausschlüssel abholen musste. Sie wohnte auf der zur Bucht gewandten Seite der Midnight Pass Road, ungefähr in der Mitte zwischen Turtle Beach und der südlichen Brücke. Die kurze, kurvige Zufahrt zu ihrem Haus war von üppig blühenden Bäumen gesäumt und das stuckverzierte, geduckte

Haus mit seinen roten Mönchs- und Nonnenziegeln sowie den tiefen Bogen über Türen und Fenstern entsprach genau dem mexikanisch-mediterranen Stilmischmasch, den die Floridaner so lieben. Im Vorgarten bildeten Zwerg-Schefflera und Pittisporum und Stechpalmen zusammen mit etlichen Inseln aus eng beieinanderstehenden roten Geranien und Paradiesvogelpflanzen verwirrende Muster. Die Haustür hatte zweifellos einmal eine Kathedrale in irgendeinem südamerikanischen Land geziert, und die Klingel gab einen solch kräftigen, tiefen Glockenton von sich, dass sie ebenfalls aus dieser Kathedrale stammen mochte. Ich wartete und hörte aus dem Nachbarhaus leise klassische Klaviermusik herüberdringen.

Vorsichtig machte Marilee die Tür einen Spaltbreit auf und schielte zu mir heraus. Später würde ich mich darüber wundern, aber damals erschien mir das für eine Katzenhalterin nicht weiter ungewöhnlich. Ob eine Katze nun auf ihrem einhundert Dollar teuren Katzenkissen ein Nickerchen hält oder sich im Fernsehen eine speziell auf ihre Bedürfnisse abgestimmte Sendung anschaut – wenn irgendwo eine Außentür aufgeht, und sei es nur einen Spaltbreit, dann flitzt sie nach draußen, als ginge es darum, einer Folterkammer zu entfliehen.

Marilee war wunderschön. Ihre schwarz glänzenden Haare ergossen sich auf genau jene beiläufig-wuschelige Art und Weise über ihre Schultern, die sich nur mit sehr viel Aufwand erreichen lässt. Sie umrahmten ein ovales Gesicht wie aus einem Kosmetikwerbespot, nur dass ihres nicht nachträglich retuschiert worden, sondern tatsächlich so perfekt war: dunkle, violettblaue Augen mit dichten schwarzen Wimpern und ein Mund, der so feucht und erwartungsvoll aussah, dass man bei seinem Anblick automatisch an Sex denken musste. Ich roch den Duft eines teuren Parfüms, wie ich es nur aus den kleinen Werbestreifen in Frauenzeitschriften kenne, die ich mir aufs Handgelenk reibe. Sie trug einen kurzen rosafarbenen Frotteebademantel, der mehr gekostet hatte als meine gesamte Garderobe einschließlich des Wintermantels, den ich in einen Haufen Mottenkugeln eingelegt habe, sollte ich irgendwann einmal das Bedürfnis verspüren, nach Norden zu fahren. Ihre langen, schlanken Beine waren gerade so stark gebräunt, dass es natürlich und gesund aussah, nicht so, als ob sie sich unter irgendeiner Sonnenbank künstlich aufgebrezelt hätte.

Zuerst schien sie verblüfft, mich zu sehen, doch dann sagte sie mit ihrer hauchigen Stimme: »Ach, Sie kommen wegen des Schlüssels! Gerade wollte ich unter die Dusche hüpfen. Kleinen Moment, bitte, ich hole ihn.«

Sie schloss die Tür, und ich stellte mir vor, wie ihre nackten Füße über mexikanische Kacheln huschten. Die Musik im Nachbarhaus verstummte und einen Augenblick später öffnete sich das Garagentor und ein weißer Jeep Cherokee fuhr rückwärts heraus, um dann die Midnight Pass Road anzusteuern. Beim Schwenk auf die Straße erkannte ich, dass der Fahrer ein junger Mann war, noch keine zwanzig Jahre alt. Von selbst wäre ich niemals auf die Idee gekommen, dass Teenager klassische Musik hören. Daran zeigt sich, was für eine Banausin ich bin.

Marilee machte die Haustür wieder auf, ein Stückchen weiter als zuvor, und streckte ihren Arm heraus. An einem Finger baumelte ein rotes Seidenband und daran hing, wie ein goldener Anhänger an einer Halskette, ein nagelneuer Schlüssel.

Ich fühlte mich ein klein wenig wie das Dienstmädchen, hielt ihr die Hand hin und sie ließ den Schlüssel hineinfallen. »Vergessen Sie nicht, mir eine Telefonnummer zu hinterlassen, unter der ich Sie erreichen kann«, sagte ich, »und den Tag und die Uhrzeit Ihrer Rückkehr.«

Eigentlich hätte ich schon jetzt mein Notizbuch hervorholen und mir die Nummer geben lassen sollen. Aber sie kannte die Spielregeln, und ich hatte alle wichtigen Daten bereits erfasst – Name und Telefonnummer ihres Tierarztes, Ghosts genaue Impfdaten, seine Krankheitsgeschichte, sein Lieblingsessen, seine Lieblingsspielzeuge und wo sie aufbewahrt wurden und auch seinen Lieblingsschlupfwinkel, für den Fall, dass er ein bisschen Verstecken spielen wollte.

Ich wünschte ihr eine gute Reise, sagte ihr, dass sie sich um Ghost keine Sorgen machen solle, und ging beschwingt meines Weges. Marilee habe ich nie wiedergesehen, zumindest nicht lebendig.

Am nächsten Morgen um 4.00 Uhr klingelte der Wecker und ich stand sofort auf. Eines kann ich jedenfalls mit Fug und Recht behaupten: Im Aufstehen bin ich gut. Ich schlafe in Unterhose, sodass ich lediglich meine Khakishorts und ein T-Shirt überziehen und meine Keds anziehen musste. Ich putzte mir die Zähne, spritzte mir ein bisschen Wasser ins Gesicht, band meine Haare zu einem Pferdeschwanz und war fertig. Tiere erwarten nicht, dass man sich für sie fein macht. Wenn es nur nach ihnen gegangen wäre, dann hätte ich auch nackt losziehen können. Um 4.15 Uhr hatte ich schon die Hälfte meines Weges zur ersten Station hinter mich gebracht. Am Himmel zeigte sich gerade der erste rosafarbene Schimmer und die Lufttemperatur Anfang April lag bei milden einundzwanzig Grad Celsius.

Der Seewind auf Siesta Key frischt in den ersten Morgenstunden etwas auf, kitzelt die Palmen an den Unterseiten ihrer Blätter und lässt die Kletter-Bougainvilleen in orgasmischem Schaudern erzittern. Schneeweiße Silberreiher schlagen die topasfarbenen Augen auf und recken die blauzehigen Füße, während große Blaureiher ans Ufer staksen, um sich aus der heranrollenden Flut ihr Frühstück zu picken. Die Luft riecht nach Salzwasser und Fischen und Sand, während die heiseren Klagerufe der Tauben das Kreischen der Möwen untermalen, die sich von den Luftströmungen auf und ab tragen lassen. Diese Zeit des Tages ist mir die liebste.

Dann habe ich die Straßen fast ganz für mich alleine und kann mit meinem Fahrrad durch die Gegend sausen wie eine Möwe auf der Suche nach frühmorgendlichen Leckerbissen und unvorsichtigen Schnecken.

Die Hunde versorge ich immer zuerst. Die Katzen und die gelegentlichen Vögel und Hamster spare ich mir für später auf. Nicht, dass ich die Hunde bevorzugen würde, aber sie brauchen einfach mehr Ansprache als andere Haustiere. Wenn man einen Hund lange Zeit alleine lässt, dreht er mit der Zeit ein bisschen durch. Katzen wiederum versuchen immer den Eindruck zu erwecken, als hätten sie nicht einmal registriert, dass man weg war. »Ach, du warst draußen?«, sagen sie dann. »Hab ich gar nicht gemerkt.« Dann heben sie den Schwanz in die Höhe und zeigen einem ihren kleinen, faltigen Anus und verziehen sich.

Meine erste Station war das Haus von Sam und Libby Grayson, einem Rentnerehepaar. Sie waren in den Norden gefahren, um ihre Tochter zu besuchen. Die Graysons wohnten neben Marilee, doch durch das baumbestandene Areal, das die beiden Grundstücke voneinander trennte, sowie durch die hohen Bäume links und rechts der Zufahrt hatte man den Eindruck, als befände man sich mitten in einem dunklen Wald. Sie bewohnten einen ultramodernen zweistöckigen Bau aus Zypressenholz und Glas, dessen großzügige Terrasse – die hier auf Siesta Key allgemein mit dem hawaiianischen Begriff »Lanai« bezeichnet wird – mit einem hohen, geschwungenen Käfig umgeben war, der den Eindruck des würdevollen Überflusses vermittelte. Eine der Glühlampen in den alten Kutschenlaternen links und rechts der Garage war kaputt, und ich nahm mir vor, sie heute Nachmittag auszutauschen.

Bis vor ein paar Jahren wäre noch niemand auf Siesta Key auf den Gedanken gekommen, eine Sicherheitsbeleuchtung zu installieren. Aber seitdem anscheinend die gesamte Bevölkerung nördlich von Georgia eines Tages spontan beschlossen hat, nach Florida zu ziehen, haben wir hier und da mal einen Einbruch zu verzeichnen und gelegentlich sogar einen Mord. Deshalb lassen die Leute auf Siesta Key mittlerweile nachts die Lampen an, damit potenzielle Einbrecher und Vergewaltiger besser sehen können.

Ich stellte mein Fahrrad vor der Garage ab und suchte den richtigen Schlüssel. Rufus, der Schnauzer der Graysons, fing an zu bellen. Er wollte mir zeigen, dass er seinen Job als Wachhund ernst nahm, aber er wusste ja, dass ich es war, und war deshalb nicht mit dem Herzen bei der Sache. Sobald ich die Tür aufgeschlossen hatte, hüpfte er wie wild an mir hoch und es war ihm kein bisschen peinlich, dass ich merkte, wie froh er über mein Kommen war. Das gefällt mir an Hunden. Es ist ihnen vollkommen egal, ob du sie vielleicht weniger liebst als sie dich, und deshalb halten sie sich auch gar nicht erst zurück. Sie zeigen ihre Gefühle rückhaltlos und gehen damit das Risiko ein, zurückgewiesen zu werden.

Ich kniete mich nieder, umarmte ihn und gestattete ihm einen Kuss auf mein Kinn. »Na, mein süßer, alter Rufus«, sagte ich. »Wie geht's denn meinem süßen, alten Rufus?« Hunde mögen dich auch dann, wenn du immer und immer wieder dieselben abgelutschten Dinge sagst. Katzen hingegen erwarten ein klein wenig mehr Selbstbeherrschung.

Ich nahm seine Leine aus dem Weidenkorb im Foyer, und als ich die Tür aufmachte, schoss er wie der Blitz nach draußen. Ich musste ihn festhalten, während ich die Tür abschloss, und dann jagten wir davon. Rufus sprang vom Bürgersteig und pinkelte an eine Palme, dann rannte er voraus. Meine Keds erzeugten schmatzende Laute auf dem Asphalt, und ich lief am Straßenrand weiter, wo das Geräusch durch Tannennadeln etwas gedämpft wurde. Ich wollte nicht, dass irgendein Pensionär auf den Gedanken kam, da würde ein Verbrecher die Straße entlanglaufen, und sein Gewehr hervorholte. Die Tatsache, dass sie hier nie mehr Schnee schippen müssen und 365 Tage im Jahr die Sonne und die tropische Pflanzenwelt genießen können, verursacht vielen Menschen ein so schlechtes Gewissen, dass sie sich zum Ausgleich mit dem Gedanken an die Allgegenwart des Verbrechens Angst machen müssen. Dann ziehen sie los und kaufen sich ein Gewehr und hegen dabei die leise Hoffnung, dass sie es eines Tages vielleicht auch benutzen können. Man muss also vorsichtig sein.

Rufus verrichtete sein großes Geschäft an einem Hibiskusstrauch, und ich sammelte es mit einem Hundekotbeutel ein und schob mit dem Fuß ein paar Tannennadeln über die Stelle. Ich habe es gerne sauber. Dann ließ ich Rufus eine lange Leine, damit er sich frei fühlen konnte und er hüpfte mitten auf die Straße, um sich mit einer flauschigen Reiherfeder zu beschäftigen. Er wuffte sie an und stupste mit der Nase dagegen und wollte mir zeigen, dass er allem Neuen gegenüber aufgeschlossen war. Da erregte irgendetwas in dem Wäldchen seine Aufmerksamkeit, und er hob den Kopf und fing so laut an zu bellen, dass er den ganzen Straßenblock hätte aufwecken können.

Ich riss an der Leine und sagte: »Pssst! Leise!«

Er bellte noch einmal, und ich warf einen Blick über die rechte Schulter zurück. Ich hätte schwören können, dass dort, im schummerigen Schatten, eine Gestalt hinter einen Baumstamm gehuscht war.

Alles Mögliche konnte sich dort, im allerersten Schimmer des Tages, bewegt haben. Ein weißer Silberreiher oder ein großer Blaureiher vielleicht, der sich von einer der Eichen herab auf eine kleine schwarze Schlange gestürzt hatte. Ein früh erwachtes Eichhörnchen, das von einem Ast gesprungen war und dabei für einen kurzen Augenblick den Blick auf seinen weißen Bauch freigegeben hatte. Womöglich hatte ich auch jemanden auf seinem Nachhauseweg von einem nächtlichen Stelldichein gestört, der sich ins dunkle Dickich zurückgezogen hatte. Es gibt hier auf der Insel weiß Gott eine Menge Männer und Frauen, die nicht jede Nacht im gleichen

Bett verbringen, darunter auch etliche verheiratete. Aber trotzdem ... es fing an, mich an den Schultern zu jucken, und ich fühlte mich irgendwie unwohl, so, als wären ein Paar unfreundliche Augen auf mich gerichtet.

Ich zog Rufus an der Leine und machte mich so schnell auf den Rückweg zu den Graysons, dass er sich richtig Mühe geben musste, um mit mir Schritt zu halten. Als wir die Einfahrt entlangtrabten, tauchte der Zeitungsausträger auf und warf eine Herald Tribune in das Blumenbeet am Bürgersteig. Ich hob sie auf und legte sie in eine Holzkiste vor der Haustür, wo die Leute auch andere Sachen für die Graysons hinterließen, wenn sie nicht da waren. Irgendjemand hatte ein mit Gummibändern umwickeltes Bündel Taschenbücher hineingelegt, und im fahlen Licht der einsamen Sicherheitsleuchte erkannte ich einen gelben Zettel, auf den jemand mit ungelenker Handschrift »Danke!« gekritzelt hatte.

Ich gab Rufus Futter, striegelte ihm das Fell und stellte ihm frisches Wasser hin. Der Hund blieb immer in meinem Schlepptau, wie eine Art persönlicher Assistent mit Klemmbrett, und ich machte einen kurzen Durchgang durch das Haus, nur um sicherzugehen, dass er nicht über Nacht aus Langeweile irgendetwas zerkaut hatte. Die neueste Erwerbung der Graysons war ein ausgewachsenes Karussellpferd, das einst zu John Ringlings Sammlung gehört hatte. Ringling hatte in den ersten Jahrzehnten des 20. Jahrhunderts ein gewaltiges Zirkusimperium geschaffen, das sich über die gesamten Vereinigten Staaten erstreckte. Außerdem war er quasi der Erbauer von Sarasota, und man kann sich hier eigentlich nirgendwo einmal um die eigene Achse drehen, ohne irgendetwas zu sehen, was mit Zirkus zusammenhängt. Das Pferd war an einem vom Fußboden bis zur Decke reichenden Messingpfeiler im Esszimmer befestigt und verlieh dem Raum eine fröhliche, sorglose Ausstrahlung. Ich schaute es einen Augenblick lang bewundernd an, dann schaltete ich den Fernseher in Rufus' Schlafecke ein – auf Nickelodeon, damit er Mister Ed schauen konnte. Danach umarmte ich ihn zum Abschied.

»Heute Abend komme ich wieder«, versprach ich ihm. »Bist du so lange ein braver Junge, ja?« Ich weiß nicht, wieso ich Tieren immer wieder solche Fragen stelle. Sollte ich jemals eine Antwort bekommen, würde ich vermutlich in Ohnmacht fallen.

Als ich die Tür hinter mir ins Schloss zog, saß Rufus im Foyer und hatte den Kopf zur Seite gelegt. Ich hatte ein schlechtes Gewissen, weil ich ihn allein lassen musste, aber früher oder später müssen wir alle begreifen, dass wir ganz alleine auf der Welt sind.

2

Bis ich endlich bei Marilee Doerring angelangte, war es beinahe 6.00 Uhr. Von ihrem verschlungenen Privatweg aus waren nur ein paar Lichter im Nachbarhaus zu erkennen. Die normale Welt erwachte langsam aus dem Schlaf. Ich schloss mit dem neuen Schlüssel die Haustür auf und schaltete das Licht im Flur ein. Abessinier sind gerne unter Menschen, und die Male zuvor war Ghost eigentlich immer an die Tür gekommen, um mich zu begrüßen.

Ich rief: »Ghost?«

Hunde kommen angelaufen, wenn man sie ruft, und Katzen antworten. Aber ich konnte kein freundliches nik-nik zur Begrüßung hören. Auf dem Tisch im Flur lag ein Stapel adressierter und frankierter Briefe, der oberste war an das Finanzamt gerichtet. Wahrscheinlich hatte Marilee vorgehabt, sie unterwegs in den Briefkasten zu werfen, und hatte es vergessen. Während ich Ghost ein bisschen Zeit ließ, damit er aus seinem Versteck kommen konnte, ging ich die anderen Umschläge durch. Die meisten waren an Kaufhäuser, Wasser- oder Stromversorgungsunternehmen gerichtet. Ich ließ den ganzen Stapel in eine weite Tasche meiner Shorts gleiten, um sie beim Gehen in ihren Briefkasten zu legen, damit der Briefträger sie mitnehmen konnte.

Das Wohnzimmer befand sich zu meiner Linken, und ich warf einen schnellen Blick hinein, während ich erneut nach Ghost rief. Manchmal stellen gelangweilte Haustiere irgendetwas an, wenn ihre Bezugsperson weggeht, nur um ihrer Verärgerung darüber, dass sie zurückgelassen werden, Ausdruck zu verleihen, aber im Wohnzimmer gab es weder umgeworfene Pflanzen noch zerfetzte Zeitschriften zu sehen.

Die Luft wirkte seltsam schwül, und von den Glastüren, die auf den Lanai hinausführten, wehte ein warmer Hauch herüber. Vor den Schiebetüren hingen Stores und als ich näherkam, sah ich, dass eine der gläsernen Schiebetüren ein Stück weit offen stand.

Ich sagte »Auweia!« und eilte zur Tür. Unmengen von Topfpflanzen standen auf dem Lanai, und ein Wasserschlauch lag einfach auf dem Boden. Marilee war vermutlich, kurz bevor sie gehen musste, beim Gießen der Pflanzen unterbrochen worden und hatte vergessen, die Schiebetür zu schließen. Pfennigfuchserisch, wie ich nun einmal bin, war mein erster Gedanke, dass die Klimaanlage durch all die warme Luft sehr viel mehr Arbeit hatte und Marilees Stromrechnung gewaltig sein würde. Mein zweiter Gedanke war, dass Ghost vielleicht nach draußen geschlüpft war. Der Lanai war konventionell gestaltet – ein gekachelter Swimmingpool am hinteren Ende, Rattanmöbel und Topfpflanzen im vorderen, überdachten Teil. Selbstverständlich waren oben und an den Seiten Netze zum Schutz vor Insekten und Blättern angebracht. Solche mit Netzen umgebenen Lanais heißen in Florida »Käfige«, und jeder, der etwas auf sich hält, besitzt einen solchen Käfig-Lanai.

An einer Seite befand sich eine Fliegengittertür, die in den Garten hinausführte. Die meisten Lanai-Türen sind mit einfachen Schließmechanismen gesichert. Sie können zwar verriegelt werden, aber da ein gut vorbereiteter Einbrecher das Fliegengitter einfach durchschneiden könnte, lassen die meisten ihre Türen unverriegelt, sodass die Poolreiniger jederzeit Zugang haben. Die Lanai-Möbel waren nur als dunkle Umrisse im Dämmerlicht erkennbar, und ich rannte zur Gartentür. Sie war nicht fest verschlossen, und ich zog sie zu und achtete darauf, dass der Schließmechanismus auch wirklich einrastete. Ein Fenster an der Rückfront des Nachbarhauses war erleuchtet, aber von Ghost keine Spur.

Also ging ich wieder zurück ins Innere des Hauses, verriegelte die Schiebetür und hastete in Marilees Schlafzimmer. Falls Ghost sich nicht doch durch die Lanai-Tür davongemacht hatte, versteckte er sich aller Wahrscheinlichkeit nach. Sein Lieblingsversteck befand sich auf einem mächtigen antiken Schrank in Marilees Schlafzimmer. Abessinier besitzen sehr muskulöse Hinterbeine, die ihnen eine ungewöhnliche Sprungkraft verleihen, und wenn Ghost unruhig oder eingeschnappt war, sprang er dort hinauf und rollte sich zu einer unsichtbaren kleinen Kugel zusammen.

Unter beständigen »Gho-oo-ost!«-Rufen ging ich den Flur entlang. An der Tür zum Schlafzimmer schaltete ich das Licht ein, und die kräftigen Farben des Zimmers erwachten zum Leben. Ruckartig und mit gesträubten Nackenhaaren blieb ich stehen. Mit seinen satt kürbisfarbenen Wänden und dem großen, dunklen Bett, das jedem Basketballstar ausreichend Platz geboten hätte, sah Marilees Schlafzimmer aus, als wäre es einer Architekturzeitschrift entsprungen. Für gewöhnlich war das Zimmer peinlich sauber und aufgeräumt, aber heute nicht. Die Nachttischschubladen standen weit offen, und ihr gesamter Inhalt lag auf dem Boden verstreut.

Vorsichtig tastete ich mich zu dem Ankleidezimmer zwischen Schlafzimmer und Badezimmer vor. Irgendjemand hatte alles in Unordnung gebracht, als wären jedes Kleid und jeder Rock und jede Jacke hervorgezerrt und die Taschen durchwühlt worden. Die Handtaschen, die normalerweise fein säuberlich auf einem Regal aufgereiht standen, lagen offen auf dem Boden. Ein hoher Schmuckschrank stand da wie ein zahnlückiger Landstreicher mit gähnend großen Löchern anstelle der Schubladen. Sie lagen auf dem Boden aufgetürmt, während zu allen Seiten der Schmuck hervorquoll.

Wer immer das getan hatte, er war nicht hinter Wertsachen her gewesen, sondern hatte nach etwas anderem gesucht, etwas Kleinem, was sich gut verstecken ließ. Da war es naheliegend, zunächst einmal an Drogen zu denken, aber Marilee hatte eigentlich nie den Eindruck gemacht, als würde sie Drogen konsumieren, und wenn sie das Zeug verkaufte, dann bewahrte sie ihre Vorräte vermutlich nicht in ihrem Schmuckschrank auf.

Auch im Badezimmer waren die Schubladen durchwühlt worden. Auf der Ablage lag ein Föhn, das Kabel steckte in einer Steckdose neben der Tür. Es war einer von diesen Föhnen mit Haarbürste, die gleichzeitig als Lockenwickler dienten, und in den Borsten hingen ein paar schwarze Haare. Marilee hinterließ ihr Badezimmer normalerweise so sauber, dass diese verirrten Haare beinahe obszön unordentlich wirkten.

Ich muss gestehen, dass ich zwar durchaus besorgt war, weil bei Marilee eingebrochen worden sein könnte, aber noch mehr Sorgen machte ich mir um Ghost. Ich ging zurück ins Schlafzimmer und warf einen Blick auf die geschnitzte Kranzleiste am oberen Rand des Schrankes.

»Ghost, bis du da oben?«

Ein schwaches nik-nik drang vom Schrank herab, Ghost kam heruntergesprungen und landete vor meinen Füßen. Katzen können es nicht ausstehen, wenn sie mit Liebkosungen überschüttet werden, also half ich ihm, seine Würde zu bewahren, und ließ ihn erst einmal um meine Füße streichen, bevor ich mich zu ihm beugte und ihm den Kopf streichelte.

Ghost besaß ein gebändertes Fell, das heißt, ein einziges Haar wies mehrere Farbtöne auf. Dadurch schien der Kater in unterschiedlichen Schattierungen von Silber bis blass Lavendel zu schimmern. Sein schwarzes Seidenhalsband war mit winzigen Herzen und Schlüsseln besetzt und verlieh ihm ein etwas dekadentes Aussehen … wie ein charmanter französischer Lebemann, von dem man genau weiß, dass man ihm eigentlich nicht trauen dürfte, und dem man trotzdem nicht widerstehen kann.

»Ich hatte schon Angst, du wärst entführt worden«, sagte ich.

Er rieb Gesicht und Hals an meinem Bein, um mich zu beruhigen, und kratzte mich dabei mit den kleinen Schmuckstücken an seinem Halsband. Jetzt, wo wir uns anständig begrüßt hatten und ich wusste, dass ihm nichts zugestoßen war, ging ich in die Küche. Ich wollte Ghost zuerst sein Frühstück geben und dann die Notrufnummer 911 anrufen und den Einbruch melden. Ghost kam hinter mir her und gab kleine Laute der Vorfreude von sich. Ich habe all meinen Katzenbesitzern beigebracht, nicht ständig Futter bereitzustellen, sondern nur zweimal am Tag, und es auch wieder wegzuräumen, sobald die Katze aufgehört hat zu fressen. So werden sie nicht wählerisch und nicht dick, und jede Mahlzeit wird zum Großereignis.

Für einen Hund ist das Fressen in erster Linie eine Lebensnotwendigkeit und es ist ihnen nicht so wichtig, wie es schmeckt oder worin es serviert wird. Ein schwerer Futternapf aus Plastik, mehr braucht ein Hund eigentlich nicht, und selbst wenn du ihm zweimal täglich genau das gleiche Fressen vorsetzt, hält er dich für die größte Köchin der Welt. Katzen sind jedoch das genaue Gegenteil. Sie sind hochnäsige Feinschmecker. Natürlich ergänzen auch sie ihren exklusiven Speiseplan gelegentlich mit einem Mäuseschädel oder einem Eidechsenschwanz, was aber eigentlich eher der Befriedigung ihres Jagdinstinktes als ihrer Geschmacksnerven dient. Katzen mögen frisches, wohlschmeckendes Essen, und die Lieblingsspeisen von heute können morgen schon für angewidertes Naserümpfen sorgen. Und wenn das Geschirr nicht blitzsauber ist, dann lassen sie sogar ihr Lieblingsgericht stehen.

Katzen schieben auch ihren Futternapf nicht auf dem Boden hin und her. Sie sitzen vielmehr anmutig davor, fast so, als hätten sie auch noch eine Leinenserviette vor sich ausgebreitet. Daher lassen Katzenbesitzer ihre Katzen aus Geschirr essen, das eigentlich ausschließlich dem Adel vorbehalten ist, und die Katzen betrachten das als ihr selbstverständliches Recht. Ghost aß aus einer handbemalten Porzellanschüssel, sein Trinkwasser leckte er aus einer kunstvoll geschmiedeten silbernen Servierschale. Sie war so groß, dass das Wasser darin auch für drei Katzen gereicht hätte, aber sie erfüllte ihren Zweck, und sowohl Marilee als auch Ghost waren der Meinung, dass ihre Eleganz absolut angemessen war.

Als ich die Küche betreten und das Licht eingeschaltet hatte, drehte ich mich automatisch in Richtung Wasserschale, nur um sofort wieder einige Schritte rückwärts zu taumeln. Vielleicht schwebte ich sogar einen Augenblick lang mit den Füßen in der Luft. Auf dem Fußboden lag ein Mann. Sein Kopf steckte in Ghosts Silberschale. Ein Streifen gräuliches Klebeband verlief quer über seinen Kopf bis zu der Schale und sorgte dafür, dass er die Nase nicht aus dem Wasser heben konnte. Sein Hinterkopf war mit geronnenem Blut verklebt und die ganze Gestalt viel zu reglos, um noch am Leben zu sein.

Eine Sekunde lang ging mein Blick kreuz und quer durch die Küche, nur um ihn nicht auf die Leiche richten zu müssen. Alles sah normal aus. Ein Wasserkocher aus Edelstahl, italienisches Design und mit einem handgearbeiteten Ausguss in Form eines gelben Vogels, stand blitzend auf dem makellosen Herd. Auf der Arbeitsplatte neben der Spüle lag ein gelbes Geschirrhandtuch, sorgfältig gefaltet wie ein Gästehandtuch, sodass die Säume unsichtbar waren. Wer anders als Marilee würde ein Geschirrhandtuch so falten.

Ich schaute wieder den toten Mann an. Er trug einen marineblauen Anzug, und aus beiden Jackettärmeln ragten weiße Hemdmanschetten. An seinen Füßen steckten teure schwarze Halbschuhe, auf Hochglanz poliert, Schuhe, wie sie von Zuhältern und Bestattungsunternehmern getragen werden. Soweit ich es angesichts des geronnen Blutes auf seinem Kopf beurteilen konnte, waren seine Haare dunkel. Sein Gesicht konnte ich nicht erkennen. Auf Zehenspitzen ging ich zu ihm hinüber und kniete mich neben ihn. Ich weiß nicht, wieso ich auf Zehenspitzen ging, aber ich hatte das

Gefühl, als sei es das Richtige. Der Körper war bewusst mit abgespreizten Armen und angewinkelten Ellbogen hingelegt worden, sodass es aussah wie »Hände hoch!«. Ich griff nach seinem Handgelenk und suchte nach einem Puls. Das Handgelenk war kalt. Dieser Mann war eindeutig tot.

Ghost stieß ein langes, durchdringendes Jaulen aus, das mich zwang, das zu tun, was ich schon längst hätte tun müssen. Ich wankte auf Gummibeinen hinüber zum Wandtelefon und wählte die 911.

Die Stimme der Telefonistin am anderen Ende der Leitung kam mir nicht bekannt vor. Jetzt setzten die alten Instinkte wieder ein und ich sagte, nachdem ich Marilees Adresse angegeben hatte: »Ich habe hier einen Code fünf, männlicher Erwachsener.«

Code fünf bedeutet Mordopfer. Angesichts des blutverschmierten und in die Wasserschale geklebten Kopfes konnte ich mir keinen anderen Fall vorstellen.

Die Telefonistin wiederholte die Adresse und erkundigte sich nach meinem Namen.

»Dixie Hemingway.«

»Sind Sie sicher, dass er tot ist?«

Ghost hatte inzwischen eine kauernde Haltung eingenommen, den Körper lang und flach am Boden, während seine Nase in Richtung des Toten zuckte.

»Oh ja, er ist tot.«

»Was ist, dem Anschein nach, die Todesursache?«

Ich räusperte mich. »Dem Anschein nach ist er in der Wasserschale der Katze ertrunken.«

Die Telefonistin verstummte kurz, dann hatte sie sich gefangen. »Im Haus oder außerhalb?«

Ghost fing an, auf den Mann zu zuschleichen, und ich schwang meinen Fuß, um ihn abzulenken.

»Im Haus. In der Küche. Ich wollte gerade die Katze füttern, da habe ich ihn gefunden.«

Ghost kroch auf den Kopf des Mannes zu. Ich machte ein

paar Schritte und versuchte, mich ihm in den Weg zu stellen. Er beachtete mich nicht und ließ seine Barthaare zucken.

»Kennen Sie ihn?«

»Nein, ich habe ihn noch nie gesehen, und die Frau, die das Haus bewohnt, ist momentan verreist.«

»Ich schicke jemanden vorbei, Madam.«

In dem Moment, als ich auflegte, kam es mir in den Sinn, dass der Mörder ja immer noch im Haus sein könnte. Ich schnappte mir Ghost und rannte los.

Gerade als ich mit einem wutschnaubenden Ghost unter dem Arm die Einfahrt entlangrannte, kam mir ein grün-weißer Streifenwagen entgegen. Ein Deputy stieg aus. Ich kannte ihn zwar nicht persönlich, den Typ aber sehr wohl. Die Haare so kurz geschoren, dass sie wie rasiert wirkten, muskulöser, schlanker Körper unter makelloser dunkelgrüner Uniform, schwarzer Ledergürtel, behängt mit sämtlichen Insignien der Autorität, sowie ein kleiner Diamant in einem seiner wohlgeformten Ohrläppchen. Allein an seinem steifen Gang erkannte ich, dass es ihm irgendwie verdächtig vorkam, dass eine Frau in einem fremden Haus um sechs Uhr morgens eine Leiche findet.

»Sie haben wegen einer Leiche angerufen?«

Ghost wand sich mit aller Kraft in meinen Armen und stierte den Deputy wütend an. Entweder passte ihm sein Tonfall nicht oder er war so aufgebracht darüber, gegen seinen Willen festgehalten zu werden, dass er aus Prinzip einfach alle hasste. Ich nahm mir die Zeit, das Namensschild des Deputys zu entziffern: Jesse Morgan.

»Ich heiße Dixie Hemingway«, sagte ich. »Ich bin Tiersitterin. Die Besitzerin des Hauses heißt Marilee Doerring. Sie ist gestern Abend verreist und kommt erst nächste Woche wieder. Den Toten kenne ich nicht.«

»Woher wissen Sie, dass er tot ist?«

»Ich habe seinen Puls gefühlt. Er ist tot, glauben Sie mir.«

»Wo haben Sie ihn gefunden?«

»In der Küche. Ich wollte gerade die Katze füttern, und da lag er plötzlich.«

»Und Sie glauben, dass er ... dass er ertrunken ist?«

Ich schaute ihm direkt in die Augen. »Na ja, das nehme ich an, da er mit der Nase in einer Wasserschüssel hängt.«

»Ist sonst noch jemand da drin?«

»Falls da jemand war, dann könnte er auch zur Hintertür hinaus verschwunden sein. Ich habe mich nicht umgesehen. Ich habe mir Ghost geschnappt und bin losgerannt.«

Er neigte den Kopf ein paar Millimeter in Richtung der Katze und sagte: »Das da ist Ghost?«

»Ja, genau.«

»Er sieht nicht gerade zufrieden aus.«

»Er wird nicht gerne festgehalten.«

»Warum haben Sie ihn dann überhaupt mit nach draußen genommen?«

Ich schaute ihn fünf Sekunden lang an und blinzelte, dann erkannte ich, dass er recht hatte. Ghost war da gewesen, als der Mord geschehen war, und er war auch mit der Leiche allein gewesen, aber ich hatte ihn ganz automatisch auf den Arm genommen, als ob ich ihn retten wollte. Ich kannte zwar den Grund dafür, war mir aber nicht sicher, ob Deputy Morgan verstehen würde, dass mütterliche Instinkte auch dann in Aktion treten können, wenn sie keinerlei Sinn ergeben.

Also erwiderte ich – in einem Tonfall, als hätte er eine selten dämliche Frage gestellt: »Damit er nicht unnötig den Tatort verunreinigt.«

»Warten Sie hier«, sagte er, marschierte die Einfahrt entlang und durch die offen stehende Haustür. Er hatte einen guten Gang, und das erstaunte mich. Eigentlich hatte ich mehr mit dem kraftvollen Stapfen eines Anfängers gerechnet, aber es war ein erfahrener Schritt – selbstbewusst, aber nicht überheblich.

Ich säuselte Ghost beruhigende Laute ins Ohr, und so langsam fuhr er seine Krallen wieder ein. Eine verängstigte oder wütende Katze kann einem Menschen ernsthafte Verletzungen zufügen, aber ich wusste, dass er gar nicht so wütend war. Sein Stolz war verletzt, weil er festgehalten wurde, und so musste er mich eben daran erinnern, dass er mir wehtun könnte, falls er wollte.

Nach wenigen Minuten kam der Deputy wieder heraus. Er hielt ein Handy am Ohr und bestellte eine kriminaltechnische Einheit zum Tatort. Als er das Telefon wieder in der Halterung an seinem Gürtel verstaut hatte, sagte er: »Ich benötige noch einige Informationen von Ihnen.«

»Natürlich, aber zuerst muss ich mich um Ghost kümmern. Ich werde mal bei den Nachbarn fragen, ob sie ihn nehmen können, bis ich ihn irgendwo in Pflege geben kann.«

Er warf einen Blick auf seine Armbanduhr. »Es ist noch ziemlich früh. Meinen Sie, da ist schon jemand wach?«

»Ich habe vorhin schon Licht gesehen. Sie haben einen Sohn im Teenageralter, der sich wahrscheinlich gerade für die Schule fertig macht. Dauert nur eine Minute.«

Noch bevor er mir sagen konnte, was er von der Idee hielt, war ich weg. Das Haus lag ungefähr fünfzehn Meter entfernt und der Garten war nicht mit Rasen, sondern mit Bodendeckern bewachsen, also rannte ich die Straße entlang. Das Haus sah nicht viel anders aus als Marilees, nur, dass der Stuck eher pink als cremefarben war und die Haustür dafür leuchtend türkis.

Ich klingelte und begegnete, während ich wartete, Ghosts empörten Blicken. Ich schenkte ihm ein langsames Blinzeln, was in Katzensprache »Ich liebe dich« bedeutet. Normalerweise wirkt diese Geste auf eine aufgeregte Katze beruhigend, aber jetzt nützte es nicht besonders viel. Ghost blinzelte jedenfalls definitiv nicht zurück.

3

Die Frau, die mir die Haustür aufmachte, verlieh dem Begriff »halsstarrig« eine vollkommen neue Bedeutung. Wie ein Mammutbaum ragte ihr Hals zwischen ihren schmalen Schultern hervor, verbreiterte sich nach unten hin und wurde von dicken, streifenförmigen Prellungen, die sich bläulich unter ihrer blassgelben Haut abzeichneten, kerzengerade gehalten. Im Vergleich zu ihrem Hals wirkte der Kopf sowieso schon zu klein – ein Eindruck, der dadurch noch verstärkt wurde, dass sie die Haare am Hinterkopf zu einem festen Knoten zusammengebunden hatte. Ihr Kinn zeigte nach oben, die Augen waren zu Schlitzen verengt und ihre gummiartigen Mundwinkel nach unten gebogen. Aus den tiefen Falten, die von ihrer schmalen Nase bis zum Unterkiefer verliefen, schloss ich, dass die hängenden Mundwinkel eine feste Angewohnheit waren.

Ich sagte: »Es tut mir leid, dass ich Sie stören muss. Ich heiße Dixie Hemingway und versorge zurzeit Ms Doerrings Kater. Jetzt hat es drüben aber einen Zwischenfall gegeben, und das Sheriff's Department wird noch eine Weile damit beschäftigt sein. Solange aber ständig Leute im Haus ein- und ausgehen, kann ich den Kater nicht dort lassen, und da ich mein Auto nicht dabeihabe, wollte ich fragen, ob ich ihn vielleicht für ein, zwei Stunden hier bei Ihnen unterbringen kann.«

Sie wollte die Tür gleich wieder schließen und sagte: »Damit möchte ich nichts zu tun haben.« Jede einzelne, sorgfältig ausgesprochene Silbe transportierte einen nur mit Mühe unterdrückten verächtlichen Unterton. Sie sprach gerade mit einer Dienstbotin und wollte, dass ich das auch wusste.

Ich stellte meinen Fuß in die Tür, noch bevor sie ins Schloss fallen konnte. »Der Deputy hat gesagt, ich soll ihn aus dem Haus schaffen, und ich wüsste sonst wirklich nicht, wohin mit ihm.«

Sie runzelte die Stirn und ließ zu, dass ihre Augenschlitze sich weiteten.

Ich fuhr fort: »Es wäre ja nur für kurze Zeit, und er kann so lange auf dem Lanai bleiben.«

Sie drehte sich um und ging ins Haus, und zwar ohne ihren Kopf zu bewegen. Sie hatte mir nicht die Haustür vor der Nase zugeschlagen, daher nahm ich an, dass ich ihr folgen sollte. Ich betrat ein großes, quadratisches Wohnzimmer, an dessen hinterem Ende sich eine Glaswand befand. Es war dunkel, nicht nur weil kein Licht brannte, sondern auch weil das Glas von dicken Vorhängen verdeckt war. Solche Vorhänge werden eigentlich eher in kalten Gegenden benötigt, zur Isolation gegen die eisigen Winde, aber nicht in einem Sonnenstaat wie Florida.

Anstatt nun mithilfe der dafür vorgesehenen Schnur die Vorhänge beiseitezuziehen, zog sie lediglich den Rand ein wenig zurück, entriegelte die Schiebetür und hielt den Vorhang fest, damit ich durch die Öffnung schlüpfen konnte. Unter ihren prüfenden Blicken brachte ich Ghost an das äußerste Ende des überdachten Bereichs. Ich ging in die Hocke und setze ihn zwischen meinen Beinen mit den Hinterläufen auf den Boden, während ich seine Brust und die Vorderläufe in der Hand behielt.

Ich sagte: »Du musst nur kurz hierbleiben, dann hole ich dich ab und bringe dich ins Kitty Haven. Da gefällt es dir bestimmt.«

Ich ließ seinen einen Vorderlauf zu Boden sinken, ohne den Griff um seinen Brustkorb zu lockern, damit ich ihn jederzeit wieder hochheben konnte, falls er versuchen sollte wegzulaufen. Seine Barthaare waren durch die Aufregung nach oben gerichtet, und ich redete mit leiser Stimme auf ihn ein, während ich meinen Rucksack absetzte. Ich holte eines meiner Notfallpäckchen mit Katzensnacks und eine Einmalschüssel hervor. Trockenfutter ist für Katzen das, was Gummibärchen für Kinder sind – alles andere als eine ausgewogene Ernährung, aber im Notfall genau das Richtige. Ghost beäugte den Beutel und zitterte leicht, was entweder Widerwillen oder Begeisterung ausdrücken konnte, da war ich mir nicht sicher. Also kippte ich den Inhalt des Beutels in die Schüssel und stellte sie auf den Boden. Langsam nahm ich meine Hand von seiner Brust und streichelte ihm den Kopf und den Nacken. Er senkte die Augenlider auf Halbmast, um mir zu signalisieren, dass er nicht zufrieden mit mir war, lief aber auch nicht weg, als ich aufstand.

Stattdessen kauerte er sich beleidigt in Märtyrermanier auf den Boden, den Schwanz seitlich an den Körper gelegt, die Pfoten unter der Brust verschränkt, den Blick geradeaus gerichtet. Seine ganze Haltung drückte aus: Mach doch, was du willst. Ich muss in der Fremde frühstücken, und bei mir zu Hause liegt ein toter Mann, aber du brauchst dich nicht weiter um mich zu kümmern. Alles bestens.

Ich ging zurück ins Haus. Als die Frau den Vorhang senkte, sah ich, wie Ghost sich über die Snacks hermachte.

»Ich weiß gar nicht, wie Sie heißen«, sagte ich. »Entschuldigen Sie bitte, dass ich nicht danach gefragt habe.«

Sie schaltete eine Lampe ein, die es tatsächlich schaffte, gleichzeitig unbezahlbar und hässlich auszusehen. In ihrem fahlen Licht erkannte ich den glänzenden Flügel mitten im Zimmer.

»Ich heiße Olga Winnick«, sagte sie steif.

Jetzt betrat ein groß gewachsener, dürrer Junge mit weißblonden Haaren und einem unschuldigen Zug um den Mund das Zimmer. Er reckte seinen knubbeligen Hals zur Seite, um zu sehen, was hier eigentlich los war. Er hatte sich für die Schule fertig gemacht und trug eine Jeans und ein weißes Polohemd mit Kragen. Seine Augen waren rot und geschwollen, als ob er eigentlich noch ein paar Stunden Schlaf nötig gehabt hätte. Bei meinem Anblick blieb er wie ein verschrecktes Pferd ruckartig stehen.

»Oh, hallo«, sagte ich. »Ich bin Dixie Hemingway. Deine Mutter hat mir erlaubt, meine Katze ein paar Stunden in eurem Lanai unterzubringen, solange das Sheriff's Department im Haus nebenan zu tun hat.«

Er schenkte mir ein knappes, verlegenes Grinsen, so wie alle Jugendlichen, wenn sie nicht wissen, was von ihnen erwartet wird. Mrs Winnick sagte: »Mein Sohn ist Pianist. Es interessiert ihn nicht, was nebenan los ist.«

Ich erwiderte: »Ach, du warst das? Ich habe dich vorhin spielen hören. Aber ich habe gedacht, die Musik kommt aus dem Radio.«

Er gab keine Antwort, entweder weil es ihm peinlich war oder weil seine Mutter ihm zuvorkam.

»Er geht demnächst an die Juilliard School in New York.« So, wie sie das gesagt hatte, hätte sie auch gleich noch »du Dumpfbacke« hinzufügen können.

Ich signalisierte durch ein paar anerkennende Laute, wie sehr mich die Tatsache beeindruckte, dass der Junge ein Musiker war. Er hingegen schien keinen sehnlicheren Wunsch zu verspüren, als dass sich der Boden unter seinen Füßen auftat und ihn ins ewige Vergessen stürzen ließ. Weder er noch seine Mutter hielten es für nötig, mir seinen Namen zu sagen, und da ein Nervenzusammenbruch zu befürchten war, wenn ich ihn selbst danach fragte, ließ ich es sein.

»Sobald ich kann, hole ich den Kater wieder ab«, sagte ich. »Würde es Ihnen sehr viele Umstände machen, ihm eine Schale mit Wasser hinzustellen? Er braucht nur ein bisschen Wasser, das ist alles.«

Mrs Winnick blickte mir direkt in die Augen. »Ich habe Ihnen gestattet, die Katze dieser Frau in meinen Lanai zu setzen. Das müsste genügen.«

Ihr Sohn wurde knallrot, und er drehte sich um und ging.

Ich machte mich so schnell wie möglich aus dem Staub, und die krachend ins Schloss geworfene Haustür machte mir klar, dass Mrs Winnick sich ungebührlich stark in Anspruch genommen fühlte.

Gerade als ich wieder bei Deputy Jesse Morgan anlangte, bog noch ein grün-weißer Streifenwagen in die Einfahrt ein, und ein Notarztwagen kam am Bordstein langsam zum Stehen. Morgans Blick zuckte kurz auf meine BH-losen Brüste und wieder nach oben.

»Sind Sie die Katze losgeworden?«

»Für eine Weile. Ich habe aber noch ein paar andere Haustiere auf dem Zettel, und außerdem muss ich nach Hause und mein Auto holen. Wären Sie einverstanden, wenn ich das alles erst mal erledige und mich anschließend ausführlicher mit einem der ermittelnden Beamten unterhalte?«

Morgan blickte zur Straße hinüber, wo jetzt ein dritter Deputy vor dem Notarztwagen parkte. Beide Deputys stiegen aus ihren Streifenwagen aus und unterhielten sich mit den Rettungssanitätern, die am Heck des Notarztwagens standen.

Dann stellten sich noch ein Zivilfahrzeug der Kriminalpolizei sowie ein Transporter der Kriminaltechnik hinter den Notarztwagen.

Binnen Kurzem waren die Straße und die Einfahrt voller Menschen. Die meisten davon kannte ich.

Und die Aussicht, dass sie mich irgendwann auch erkennen würden, bereitete mir keine Freude.

Sergeant Owens war der Erste, der mich ansprach. Owens ist ein dünner Schwarzer Mitte fünfzig und rund dreißig Zentimeter größer als ich, also in etwa eins neunzig. Mit seinem länglichen Gesicht und seinen großen Tränensäcken erinnerte er mich an einen Basset.

Hinter seiner trägen, gleichgültigen Fassade verbirgt sich ein außerordentlich wacher Geist. Mehr als einmal habe ich erlebt, dass jemand dachte, er könnte Sergeant Owens problemlos verschaukeln, nur um gleich darauf bis zum Hals im Stuhlgang zu stecken. Ich war in seiner Abteilung, und ich weiß, wovon ich rede.

Vielleicht wusste er ja bereits, dass der Notruf von mir gekommen war, er war jedenfalls nicht weiter überrascht, mich zu sehen.

Er reichte mir herzlich die Hand, wie bei einem offiziellen Empfang, und sagte: »Wie geht's, Dixie?«

»Abgesehen von dieser winzigen Irritation auf meinem Radarschirm geht's mir gut«, erwiderte ich.

Bei unserer letzten Begegnung hatte Sergeant Owens mich nicht gefragt, wie es mir geht.

Er hatte es mir gesagt.

Seine genauen Worte waren: »Du bist total am Ende, Dixie. Unter gar keinen Umständen kannst du wieder anfangen zu arbeiten.«

Einen Mann, der dir in die Augen schauen und so etwas sagen kann, den muss man einfach respektieren.

Deputy Morgan meldete sich zu Wort: »Ms Hemingway hat mich gerade gefragt, ob sie sich erst noch um ein paar andere Tiere kümmern und dann noch ihr Auto holen kann, bevor sie mit jemandem von uns spricht. Sie hat die Katze, die hier im Haus war, zu den Nachbarn gebracht. Nachher muss sie sie wieder abholen und woanders hinbringen.«

Sergeant Owens verengte die Augen zu Schlitzen, genau wie Ghost, als ich ihn in Mrs Winnicks Lanai abgesetzt habe. Anscheinend hatten sie beide etwas anderes von mir erwartet.

»Was meinst du, wie lange wird das dauern?«

»Zweieinhalb Stunden, höchstens.«

»Einverstanden. Bis dann.«

Jetzt kam der nächste Kastenwagen mit einem Kriminaltechnikerteam auf der Suche nach einem Parkplatz die Straße entlanggerollt, und ich schwang mich auf mein Fahrrad.

Mittlerweile hinkte ich meinem Zeitplan schon eine Stunde hinterher und hatte ein schlechtes Gewissen deswegen. Als würden die Katzen, die mich erwarteten, auf die Uhr schauen und unruhig mit den Tatzen scharren.

Außerdem war ich ein kleines bisschen neidisch auf den erhöhten Adrenalinspiegel, den die Leute am Tatort genießen durften.

Vollkommen egal, wie grässlich und ekelhaft es auch aussehen mag, ein Mord ist eben sehr viel faszinierender, als immer nur Katzenklos zu säubern.

4

Als ich mit den anderen Tieren fertig war, war es fast neun Uhr, und ich litt unter Kopfschmerzen wegen Koffeinmangels und glitschigen Achselhöhlen. Ich strampelte nach Hause, warf meine schmutzigen Klamotten in die Waschmaschine, ohne sie einzuschalten, und sprang unter die Dusche. Meine Haare sind sehr pflegeleicht – nach dem Duschen binde ich sie einfach zu einem Pferdeschwanz und brauche mich nicht weiter um sie zu kümmern –, und so musste ich lediglich noch Sonnencreme und einen schützenden, transparenten Lippenstift auftragen. Ich liebe die Sonne, werde aber leider sehr schnell rot, und so sorge ich dafür, dass den Sonnencremeproduzenten die Arbeit nicht ausgeht. Ich schlüpfte in saubere Khakishorts und ein ärmelloses Strickoberteil, dieses Mal mit BH, und so hatte es keine fünfzehn Minuten gedauert, bis ich in meinem Bronco wieder die Midnight Pass Road entlangfuhr. Die Ledersitze waren bereits heiß und brannten an meinen Oberschenkeln, aber der Luftstrom aus der Klimaanlage kühlte mir das Gesicht und sorgte dafür, dass meine Brustwarzen sich angenehm berührt aufrichteten.

Ich fuhr auf der Midnight Pass Road nach Norden, bis ich bei Marilees Privatweg angelangt war, und stellte den Bronco am Straßenrand ab. Mittlerweile war nicht nur ein zweites Ermittlerteam eingetroffen, auch die Übertragungswagen aller lokalen Medien waren vertreten. Vor dem Grundstück standen ein paar Nachbarn und Neugierige, warfen Blicke hinein und unterhielten sich, während Reporter von NBC, ABC, CBS, BLAB und Fox jeden interviewten, der bereit war, mit ihnen zu reden. Der Eingang war durch ein Absperrband blockiert und jeder, der hineinging oder herauskam, musste sich in eine sogenannte Kontaminationsliste eintragen, die an der Haustür angebracht worden war.

Ich ging die Einfahrt entlang auf das Haus zu, während Deputy Jesse Morgan die Neugierigen im Zaum hielt. Da kam Sergeant Owens zur Tür heraus. Er sah mich, streckte mir die Hand entgegen, was so viel wie »Warte da!« bedeuten sollte, und machte auf dem Absatz kehrt.

Einen Augenblick später kam er in Begleitung eines Mannes wieder heraus. Dieser trug eine dunkle karierte Hose und ein ungefüttertes blaugrünes Leinenjackett mit aufgekrempelten Ärmeln. Ein weißes Strickhemd mit offenem Kragen. Ledersandalen. Sanft gebräunte, bronzefarbene Haut, wie jemand, der viel Zeit auf Tennisplätzen oder Polofeldern zubringt. Mein erster Gedanke war, dass sie einen reichen italienischen Verwandten von Marilee aufgetrieben hatten, aber Owen sagte: »Dixie, das ist Detective Guidry vom Criminal Investigation Bureau. Er wird die Ermittlungen leiten.«

Guidry trat näher und streckte mir seine Hand entgegen. Er besaß einen angenehm festen und trockenen Händedruck. Seine Miene war nüchtern, fast schon ernst, aber seine Augenwinkel waren von sternförmigen Lachfältchen und sein Mund von einer Doppelklammer umgeben. Er besaß eine Adlernase und kurzes, dunkles Haar, das an den Schläfen und über den Ohren schon erste silberne Strähnen offenbarte.

Noch bevor er den Mund aufmachen konnte, sagte ich: »Ich bitte Sie nur sehr ungern darum, aber könnten Sie vielleicht noch ein bisschen länger warten? Ich mache mir wirklich Sorgen um die Katze. Sie ist drüben bei den Nachbarn und ich habe der Frau gesagt, ich würde sie bald wieder abholen. Ich will sie in eine Tierpension bringen, das kostet mich höchstens zehn Minuten. Sind Sie damit einverstanden?«

Er sagte: »Sie haben die Leiche heute Morgen kurz vor sechs gefunden, richtig?«

»So ungefähr.«

»Haben Sie schon gefrühstückt?«

»Nein, und bald fange ich an, mir die Finger abzunagen.«

Er grinste. »Bringen Sie doch die Katze dahin, wo sie hingebracht werden muss, und dann unterhalten wir uns während des Essens.«

Ich hätte ihn am liebsten auf der Stelle geküsst. Wir wollten uns in einer Viertelstunde im Village Diner treffen, und dann gingen er und Sergeant Owens wieder zurück ins Haus. Ich trat an den Kofferraum meines Bronco und faltete einen Katzentransportbehälter aus Pappe zusammen. Dann legte ich ein Handtuch hinein und lief zu den Winnicks, wo mittlerweile ein schwarzer Mercedes in der Einfahrt stand. Noch bevor ich an der Haustür war, flog sie auf, und ein dunkelhaariger Mann in einem himmelblauen Anzug kam mit wutverzerrtem Gesicht herausgestürmt.

Als er mich sah, blieb er stehen, und ich konnte beinahe zuschauen, wie er sich zusammenriss und Muskel für Muskel wieder in seine Gewalt brachte. Seine Schultern und sein Brustkorb waren massig wie die eines Footballspielers, aber aufgrund seiner kurzen Beine befand er sich mit mir auf Augenhöhe. Das Gesicht kam mir irgendwie bekannt vor, als hätte ich es schon einmal vor irgendwelchen Kommunalwahlen auf Plakaten oder Flugblättern gesehen, aber ich konnte es nicht richtig einordnen.

»Guten Morgen«, sagte er. Er gab mir die Hand, und ich sah einen frischen Kratzer, der diagonal über die Oberseite seines Handgelenks verlief. Seine Augen standen für meinen Geschmack ein bisschen zu eng beieinander, und falls er jemals einen ähnlich süßen Mund wie sein Sohn gehabt haben sollte, dann hatte er ihn im Lauf der Zeit so eingezwängt, dass ihm nicht einmal ein glaubwürdiges Lächeln gelingen wollte.

Ich reichte ihm meine Fingerspitzen, und er umschloss sie mit einer heißen, fleischigen Hand. »Ich bin Dr. Win. Wenn ich recht verstehe, dann gibt es da drüben irgendwelche Schwierigkeiten.«

Ich zuckte zusammen. Ich kannte diese Stimme, und ich kannte diesen Namen. Carl Winnick war ein Radiopsychologe, besonders beliebt bei Leuten, die das Gefühl hatten, von alleinerziehenden Müttern, Minderheiten, Homosexuellen und Feministinnen um wohlverdiente Privilegien gebracht worden zu sein. Tagtäglich fütterte er den Äther mit allen möglichen Schimpftiraden: Achtjährige Mädchen bekamen im öffentlichen Schulsystem sexuelle Perversionen beigebracht, Weiße verloren ihre Arbeitsplätze an illegale Einwanderer, und die arbeitenden Mütter waren schuld daran, dass ihre Kinder drogensüchtig wurden. Der Kampf, der ihn am populärsten gemacht hatte, war der für den Erhalt eines idiotischen Gesetzes des Staates Florida, das von unverheirateten Müttern, die ihr Baby zur Adoption freigeben wollten, verlangte, dass sie per Zeitungsannonce ihren Namen sowie den Ort und das Datum des Geschlechtsverkehrs bekannt gaben. Vor drei Jahren schon hatte er mich mit auf die Liste der Menschen gesetzt, die er als Bedrohung seiner Vorstellung von einer heilen Familie betrachtete.

Jetzt trat Olga Winnick durch die Tür, die er offen gelassen hatte, und hielt sich daran fest, als würde sie sonst umkippen. Ihr Gesicht war von Tränen überströmt und ihr Mund verzerrt vor Verzweiflung.

Ich sagte: »Ich wollte nur schnell die Katze abholen.«

Er lachte falsch und herzlich. »Ach, ja, die Katze! Dürfen die Katze nicht vergessen!«

Dann hastete er an mir vorbei, stieg in den Mercedes und ließ den Motor an. Aus irgendeinem Grund stellte ich mir vor, wie seine Finger beim Drehen des Schlüssels zitterten. Als er rückwärts aus der Einfahrt fuhr, winkte er mir huldvoll mit dem Handrücken zu, wie die Queen bei einem Festumzug.

Mrs Winnick hielt sich immer noch an der Haustür fest und sah ihrem davonfahrenden Ehemann mit traurigem Blick hinterher, wie ein treuer Hund, der sein Herrchen wegfahren sieht.

Es wäre sinnlos gewesen, so zu tun, als hätte sie sich nicht gerade erst die Augen aus dem Kopf geheult. »Tut mir leid«, sagte ich. »Offensichtlich habe ich nicht gerade einen günstigen Zeitpunkt erwischt.«

»Es ist nichts weiter«, sagte sie. »Wir hatten einen Streit. Eigentlich nur eine hitzige Diskussion.«

Angesichts der frischen Wunde an seinem Handgelenk dachte ich, dass es vielleicht auch mehr als nur eine hitzige Diskussion gewesen sein könnte. Als Deputy war ich oft genug zu häuslichen Auseinandersetzungen gerufen worden, um zu wissen, dass Ehepaare, die von außen betrachtet wie der Inbegriff von Sitte und Anstand wirken, wie die Kneipenschläger aufeinander losgehen konnten.

Als ich näher trat, schnappte ich eine Duftnote aus ihrem Atem auf, die mich an meine Mutter erinnerte: ein Hauch von Alkohol, überdeckt von Mundwasser. Schon zu solch früher Stunde hatte Olga Winnick sich Mut angetrunken.

»So was kommt vor«, sagte ich. Dämliche Bemerkung.

Ich steuerte die hinteren Schiebetüren an, die immer noch von den schweren Vorhängen verdeckt wurden. Sobald ich die Tür aufschob, kam Ghost auf mich zugerannt und gab leise, zirpende Laute von sich – ein Zeichen der Erleichterung. Ich ging in die Knie und streichelte ihn, dann setzte ich ihn in den Transportkarton und klappte ihn zu. Er jaulte und streckte eine Pfote durch eines der Luftlöcher, aber es ließ sich nicht ändern. Ich griff nach der Futterschale und suchte den Fußboden des Lanai nach verstreuten Krümeln ab. Es waren keine zu sehen. Genauso wenig wie eine Wasserschüssel.

Mit dem Transportkarton in beiden Händen durchquerte ich das Wohnzimmer. Mrs Winnick kam direkt hinter mir her.

»Die Frauen hier in der Gegend sind allesamt billige, lüsterne Raubtiere«, sagte sie. »Und die Hälfte davon Jüdinnen.«

Für einen kurzen Moment hatte sie mir sogar leidgetan, aber die Frau war genauso aufgeblasen und bigott wie ihr Mann. Gut, dass sie einander gefunden hatten. So wurden wenigstens nicht zwei Ehen vergiftet.

Also presste ich zwischen zusammengebissenen Zähnen ein »Recht herzlichen Dank, dass Sie auf Ghost aufgepasst haben« hervor und machte mich aus dem Staub.

Sie blieb in der Haustür stehen und starrte mir nach, bis ich bei meinem Bronco war. Wahrscheinlich hielt sie auch mich für eines dieser lüsternen Raubtiere, die hinter ihrem Mann her waren.

Ich stellte den Katzenkarton auf den Beifahrersitz und redete mit Ghost, während ich auf der Midnight Pass Road nach Norden fuhr. Er hatte ein Bein bis zur Achselhöhle durch eines der Luftlöcher gesteckt, wedelte wie wild damit herum und gab ein herzerweichendes Miauen von sich, um Passanten darauf aufmerksam zu machen, dass er soeben entführt wurde.

Ab der Ampelkreuzung, wo die Midnight Pass Road auf die vom Festland kommende Stickney Point Road trifft, ist der Strand dicht mit Apartmenthäusern und Privatclubs bebaut, die sich hinter Hibiskushecken und Palmen verstecken. Sie alle haben interessante Namen wie zum Beispiel Midnight Cove, Crystal Sands, Siesta Dunes, Island House oder Sea Club. Mein persönlicher Favorit ist das »Our House at the Beach«. Wer hier seinen Urlaub verbringt, kann ohne zu schwindeln zu seinen Bekannten sagen: »Wir fahren in ›Unser Haus am Strand‹.«

Dann bog ich nach links in die Beach Road ein und verlangsamte meine Fahrt, damit ich keine der halbnackten Urlauberinnen überrollte, die auf dem Weg zum Crescent Beach die Straße überquerten. Es ist schon verblüffend, wie viele normalerweise durchaus vernünftige Frauen auf die Insel kommen, sich in einen winzigen Bikini zwängen, sich ein Handtuch um die Hüften schlingen und mit entspanntem Lächeln im Gesicht mitten in den fließenden Verkehr treten. Ich glaube, die negativen Ionen der Seeluft sind daran schuld.

Das Kitty Haven liegt in der Avenida del Mare, einer Querstraße der Beach Road, in einem alten Haus im Floridastil – gelbe Holzfassade, leuchtend weiße Fensterläden und eine ausladende Eingangsterrasse. Abgesehen von den mit Lilientrauben, Stechpalmen und Agaven bewachsenen Stellen ist der Garten mit einer geschlossenen Schicht Rindenmulch bedeckt. Beim Duft dieser Baumrinden habe ich jedes Mal das Gefühl, ich würde ein Wüstenspringmausgehege durchqueren.

Mit opulenter, sanfter Musik und einem Fernseher, auf dem ohne Unterbrechung zwitschernde Vögel und umherflitzende Fische zu sehen sind, verkörpert das Kitty Haven so etwas wie eine Mischung aus Bordell und Großmutterhäuschen. Ein Glöckchen verkündete meine Ankunft, und ein paar bunt gefleckte Tigerkatzen hoben die Köpfe und musterten mich von ihrem Platz auf dem Fenstersims aus aufmerksam. Marge Preston kam aus dem hinteren Teil des Hauses herangerauscht. Dabei zog sie eine ganze Wolke aus Katzenhaaren hinter sich her, als seien es die Vorboten von Engelsflügeln. Wenn ich eine Katze wäre, ich könnte mir keinen besseren Menschen als Marge vorstellen. Mit ihrer Leibesfülle und den weißen Haaren sieht sie aus wie eine Weihnachtsfrau, dazu ihre sanfte Stimme und die zärtlichen Hände, mit denen sie fast jede nervöse Katze beruhigen kann. Sie nahm den Karton in die Hand, hob ihn hoch, um durch die Luftlöcher ins Innere zu sehen, und – ich schwöre – Ghost fing an zu schnurren.

»Du musst ihm noch das Halsband abnehmen«, sagte sie.

»Ach, ja, genau.«

Marge stellte den Karton auf den Boden, und ich kniete mich daneben und klappte ihn auf. Ich strich Ghost über den

Kopf, ließ meine Finger über seinen Nacken und unter sein Seidenhalsband gleiten. Es war mit einem elastischen Einschub versehen, sodass ich es mit den Fingerspitzen über seinen Kopf streifen konnte. Anschließend schob ich es einfach auf mein Handgelenk.

»Ich weiß noch nicht, wie lange er hierbleiben muss«, sagte ich. »Es ist etwas passiert, sodass er im Augenblick nicht nach Hause zurückkann. Er heißt Ghost. Seit über zwei Stunden hat er kein Wasser und kein Katzenklo mehr gesehen. Außerdem hat er heute schon eine Menge Stress gehabt. Vielleicht gibst du ihm ein bisschen Vitamin C ins Futter.«

Marge ließ ein besänftigendes Schnalzen ertönen und ging ins Hinterzimmer, um alles Notwendige vorzubereiten. Währenddessen teilte Ghost ihr mit selbstmitleidigen Quiek- und Knurrlauten mit, wie schlecht man ihn behandelt hatte.

Ich stieg wieder in den Bronco, schoss um die nächste Ecke und stellte mich auf einen Parkplatz vor dem Village Diner. Detective Guidry saß bereits in der hintersten Nische und hatte zwei dampfende Kaffeebecher vor sich auf dem Tisch stehen. Ich warf meinen Rucksack auf die Bank und schob mich hinterher, schnappte mir einen der Becher und trank, kaum dass ich mich gesetzt hatte, einen großen Schluck.

»Oh Gott, tut das gut.«

Die Schmucksteine auf Ghosts Halsband glitzerten und mir wurde bewusst, dass ich es immer noch am Handgelenk trug. Ich wollte gerade erklären, dass ich eigentlich nicht der Typ Frau war, der schwarze, mit kleinen Herzen und Schlüsseln verzierte Seidenbänder am Handgelenk trug, da wurde mir klar, dass ich dadurch wie eine Frau wirken würde, der es wichtig war, was andere von ihr dachten. Also ließ ich es sein.

Judy, die, seit ich mich erinnern kann, als Bedienung im Village Diner arbeitet, tauchte wie aus dem Nichts mit einer vollen Kaffeekanne neben mir auf. Dass ich in Begleitung eines Mannes war, veranlasste sie, die Augenbrauen in die Höhe zu ziehen. Judy besaß eine große Klappe und war sehr tüchtig, mit knochigem Körperbau, ein paar orangefarbenen Sommersprossen auf der Nase und nussbraunen Augen, die immer ein wenig verwundert dreinschauten, wie bei einem Menschen, dessen Träume durch fortwährende Enttäuschungen auf ein Minimum geschrumpft sind. Wir pflegen eine enge Freundschaft, die aber ausschließlich hier im Diner stattfindet. Wir haben uns unsere schlimmsten Erlebnisse erzählt, auch wenn wir uns noch nie irgendwo anders als hier getroffen haben. Ich weiß von den Männern, die sie wie Dreck behandelt haben, und sie weiß von Todd und Christy.

Ich stellte den Becher auf den Tisch, damit sie ihn auffüllen konnte. »Ich nehme die Spezialität des Hauses«, sagte ich.

»Mm-hmm.« Sie schrieb es nicht einmal auf. Ich nehme jedes Mal die Spezialität des Hauses. Zwei Spiegeleier, beidseitig gebraten, dazu extra knusprige Bratkartoffeln und Toast.

»Ich nehme das Gleiche, mit gebratenem Speck«, sagte Guidry.

Judy schenkte mir noch einmal nach, weil ich während Guidrys Bestellung noch etwas getrunken hatte, und huschte davon, nach allen Seiten Neugierde versprühend.

Ich trank noch einen Schluck Kaffee und sagte dann: »Okay, ich bin so weit. Schießen Sie los.«

Er zog ein schmales Notizbuch aus seiner Jacketttasche und brachte seinen Kugelschreiber durch einen Klick in Bereitschaft. »Zunächst einmal die persönlichen Angaben. Sie heißen?«

Wir gingen die ganze Liste durch. Name, Adresse, Telefonnummer, all die persönlichen Daten, nach denen man so oft gefragt wird, dass es einem so vorkommt, als müssten sie längst schon in die Luft gemeißelt sein.

»Alter?« – »Zweiunddreißig.«

»Berufliche Tätigkeit?« – »Tiersitterin.«

Er zögerte und ließ den Stift über dem Notizbuch schweben. »Ist das ein echter Beruf?«

»Aber hundertprozentig ist das ein echter Beruf. Ich besitze eine Zulassung, eine Versicherung und genau festgelegte Verpflichtungen.«

»Wozu eine Versicherung?«

»Wenn ich einen Hund Gassi führe und der beißt Sie, dann bezahlt meine Versicherung Ihre Arztrechnungen.«

Er schaute genauso verdutzt drein wie alle anderen, wenn Sie mitbekommen, dass Tiersitter ein normaler Beruf mit klaren Regeln, einer Berufsethik sowie ganz bestimmten rechtlichen Verpflichtungen ist.

»Seit wann sind Sie Tiersitterin?«

»Seit ungefähr zwei Jahren.«

»Sergeant Owens hat gesagt, Sie hätten früher für das Sheriff's Department gearbeitet.«

»Das stimmt.«

»Warum sind Sie dort nicht mehr?«

»Ist das für Ihre Ermittlungen wirklich von Bedeutung?«

»Ich weiß nicht. Ist es das?«

Ich spürte die Wut in mir aufsteigen und trank schnell einen Schluck Kaffee.

»Mein Mann war Sergeant beim Sheriff's Department. Vor drei Jahren ist er ums Leben gekommen, zusammen mit unserer kleinen Tochter. Sergeant Owens war damals mein Vorgesetzter. Wir haben gemeinsam beschlossen, dass es besser ist, wenn ich mir einen anderen Beruf suche.«

Ich blickte ihm über den Rand meines Kaffeebechers hinweg direkt in die Augen.

»Ich konnte damals nicht besonders gut mit Menschen umgehen, und das hat sich bis heute kaum geändert.«

Er nickte. Seine Augen waren dunkelgrau mit einem Stich ins Blaue. Sie verrieten keinerlei Regung. »Erzählen Sie mir, was heute Morgen geschehen ist.«

5

Es gab nicht viel zu erzählen, aber ich sagte ihm, was ich wusste – also im Wesentlichen, dass ich die Schiebetür zum Lanai unverschlossen und Marilees Schlaf- und Badezimmer durchwühlt vorgefunden und erst anschließend den Toten entdeckt hatte.

»Ist Ihnen aufgefallen, ob etwas fehlt?«

»Nein, aber das hätte mir auch nur dann auffallen können, wenn es etwas ganz Offensichtliches gewesen wäre. Bloß eines ist mir merkwürdig vorgekommen. Sie hat ihren Föhn dagelassen. Die meisten Frauen packen den Föhn erst ganz zum Schluss ein, wenn sie sich fertig geschminkt und die Haare gemacht haben. Aber sie lassen ihn nicht liegen, schon gar nicht, wenn sie eine ganze Woche lang verreisen wollen.«

»Vielleicht hat sie ja ihren Zweitföhn mitgenommen.«

»Vielleicht, aber irgendwie finde ich das beunruhigend. Marilee ist ein ungewöhnlich ordentlicher Mensch. Sie lässt ihren Föhn nicht einfach so liegen.«

»Also gut, was können Sie mir noch verraten, abgesehen von diesem Föhn?«

Ich nahm eine Spur von Gereiztheit in seiner Stimme wahr und ließ das Thema Föhn fallen. Stattdessen erzählte ich ihm, was Marilee mir gestern gesagt hatte – dass sie noch am Abend aus der Stadt abreisen und erst in einer Woche wiederkommen wollte.

»Sie ist geschäftlich viel unterwegs, und das Einzige, was dieses Mal anders war, war, dass ich vorbeikommen und mir einen neuen Hausschlüssel abholen musste, weil sie die Schlösser hatte austauschen lassen.«

»Hat sie einen Grund dafür erwähnt?« – »Nein, und ich habe sie auch nicht danach gefragt.«

»Ihr Wagen steht noch in der Garage. Fährt sie normalerweise selbst zum Flughafen?«

Ich dachte kurz nach. »Soweit ich weiß, habe ich noch nie einen Blick in ihre Garage geworfen. Falls sie vom Sarasota Airport aus geflogen ist, dann könnte es gut sein, dass sie selbst hingefahren ist.«

»Aber eigentlich glauben Sie es nicht.«

»Ich weiß es wirklich nicht. Es ist nur so, dass Marilee eigentlich eher der Typ ist, der sich eine Limousine kommen lässt.«

»Hat sie eine Telefonnummer hinterlassen, unter der man sie erreichen kann?«

Ich merkte, wie ich rot wurde. »Ich habe sie gebeten, mir eine Nummer zu hinterlassen, aber heute Morgen habe ich nicht mehr nachgesehen.«

Judy stellte mir und Guidry einen Teller mit Eiern und Bratkartoffeln hin. »Ihren Speck und frischen Kaffee bringe ich gleich«, sagte sie.

Ich musste also zugeben, dass ich eine Klientin hatte verreisen lassen, ohne mir eine Notfallnummer geben zu lassen. Um diese Peinlichkeit zu überspielen, durchwühlte ich meinen Rucksack und brachte mein Klientenbuch zum Vorschein.

»Hier stehen alle Informationen drin, die ich über meine Klienten habe«, sagte ich. »Beim ersten Gespräch lasse ich mir immer die Namen der Tierärzte und die Telefonnummern geben, unter denen sie im Notfall zu erreichen sind.« Um deutlich zu machen, dass ich mich keineswegs verantwortungslos verhalten hatte, fügte ich hinzu: »Manchmal gehen die Leute auch Bergsteigen oder so und sind gar nicht direkt erreichbar.«

Mit dumpfem Knall setzte Judy Guidry einen Teller mit knusprig gebratenem Speck vor die Nase und füllte unsere

Kaffeebecher auf. Sehnsüchtig beäugte ich die Speckscheiben. Sie waren genau so, wie ich sie mochte: knackig, aber ohne diese ekligen weißen Bläschen.

Guidry hob ein paar davon auf seinen Teller und schmierte Butter auf seinen Toast, während ich Marilees Seite aufschlug. »Sie hat für den Notfall die Telefonnummer einer gewissen Shuga Reasnor angegeben«, sagte ich.

»Shuga?«

Ich buchstabierte ihm den Namen und spießte ein Stück Ei auf meine Gabel. Er hatte immer noch vier Scheiben Speck auf seinem Extrateller liegen.

»Wie lautet die Telefonnummer?«

Ich riss den Blick von seinem Speck los und schaute in mein Buch. Dann las ich sie ihm vor und während er sie aufschrieb, starrte ich wieder seinen Speck an. Er seufzte und nahm den Speckteller in die Hand, schob sich zwei Scheiben auf seinen Teller und kippte die restlichen beiden auf meinen.

»Das wollen Sie doch«, sagte er.

»Na ja, dieses eine Mal«, erwiderte ich. »Ich esse eigentlich nie Speck. Ich mag ihn zwar wahnsinnig gerne, aber ich esse keinen. Das ganze Fett ...«

»Was wissen Sie über Marilee Doerring?«

»Nicht viel. Ich glaube, sie hat eine Inneneinrichtungsfirma oder so was.«

»Ehemann? Fester Freund?«

»Ich habe noch nie einen Mann bei ihr gesehen und keinerlei Hinweise darauf, dass es einen geben könnte.«

»Haben Sie danach gesucht?«

»Ich suche nicht nach Anzeichen für männliche Besucher, aber ich verschaffe mir jedes Mal einen kurzen Eindruck vom Haus, nur um sicherzugehen, dass die Katze nicht irgendwelche Spuren hinterlassen hat, die beseitigt werden müssen. Wenn es Haustieren langweilig wird, dann kommen sie manchmal auf die Idee, eine Pflanze umzustoßen oder ihr großes Geschäft auf der Bettdecke zu machen. Es gehört zu meinem Job, auf so etwas zu achten.«

»Wie oft waren Sie schon bei ihr im Haus?«

»Schon oft. Wenn Sie möchten, dann kann ich Ihnen die genauen Zeiten sagen. Ich vermerke jeden Besuch in einer Akte, die ich zu Hause aufbewahre.«

»Ist eine Woche nicht eine lange Zeit, um ein Haustier alleine zu lassen?«

»Ja, schon, aber Katzen kommen gut damit klar. Ich besuche sie zweimal am Tag, um mit ihnen zu spielen, sie zu bürsten und mit ihnen zu reden. Tagsüber schauen sie fern, und ich ziehe immer die Jalousien hoch, damit sie auf der Fensterbank sitzen und die Vögel und Eichhörnchen draußen beobachten können. Über Nacht schließe ich das Radio und das Licht an eine Zeitschaltuhr an. Sie fühlen sich zwar ein bisschen alleine und bekommen Langeweile, aber die meisten Haustiere bleiben lieber allein zu Hause, als in eine fremde Umgebung zu fremden Menschen mitzukommen.«

Er schaute mich aufmerksam an. »Das macht Ihnen wirklich Spaß, stimmt's?«

»Überrascht Sie das?«

»Es kommt mir einfach wie ein ziemlich großer Schritt vor, vom Deputy zur Tiersitterin.«

Ich zuckte mit den Schultern. »So groß ist der Unterschied gar nicht. Man darf keinen Augenblick unaufmerksam sein, muss immer damit rechnen, dass etwas Unerwartetes geschieht, und gelegentlich versucht jemand, sich an meinem Bein zu reiben.«

Er lachte, dann wurde er wieder ernst. »Haben Sie eine Ahnung, wer der Tote sein könnte?«

»Keinen Schimmer. Sie?«

»Wir sind gerade dabei.«

Er würde mir also nichts verraten.

Er sagte: »Wir würden die genauen Umstände seines Todes gerne so lange wie möglich unter Verschluss halten.

Haben Sie schon jemandem erzählt, dass er an der Wasserschüssel festgeklebt worden ist?«

Ich schüttelte den Kopf. »Ich habe niemandem etwas erzählt.«

»Gut. Ich würde mich freuen, wenn Sie das auch weiterhin nicht tun. Irgendein Journalist wird früher oder später den genauen Wortlaut Ihres Notrufs in die Finger bekommen, aber bis dahin werden wir nichts darüber veröffentlichen.«

»Haben Sie Marilee im Verdacht?«

»Wir habe alle im Verdacht.«

Erst nachdem ich eine ganze Scheibe Speck verdrückt hatte, wurde mir klar, dass damit auch ich gemeint war.

Guidry warf ein paar Scheine auf den Tisch und stand auf. »Sie bleiben in der Gegend?«

Ich nickte. »Heute Nachmittag gehe ich mit dem Hund der Graysons spazieren und komme die Straße hinter Marilees Haus entlang. Dann schaue ich noch einmal vorbei.«

»Okay.«

Ohne jedes »Bis später« oder »Schönen Tag noch« oder »Nett, dass wir uns kennengelernt haben« war er verschwunden.

Sobald er außer Sichtweite war, ließ sich Judy mit einem Becher Kaffee in der Hand auf die gegenüberliegende Sitzbank plumpsen.

»Also gut, wer war das?«

»Ein Detective. Im Haus eines meiner Tiere hat es einen Mord gegeben, und er leitet die Ermittlungen. Ich habe die Leiche gefunden, und er hat mich während des Essens dazu befragt.«

»Ach, Mist, ich dachte schon, er könnte ein Mann sein. Ein Mann für dich, meine ich. Wer ist denn ermordet worden?«

Ich überhörte den Satz über den Mann für mich. Obwohl Judy immer fürchterliches Pech mit Männern hat, ist sie nicht davon abzubringen, dass es für mich an der Zeit wäre, einen zu bekommen.

»Ich weiß nicht.«

»Erschossen?«

»Vielleicht. Ich habe das Küchenlicht eingeschaltet, und da hat er vor mir auf dem Fußboden gelegen.«

»Nein!«

»Doch – mausetot.«

»Großer Gott. Hast du Panik gekriegt?«

»Na, hör mal, ich war mal Deputy. Bei so was kriege ich doch nicht gleich Panik. Na ja, ein bisschen vielleicht. Aber nur kurz.«

»Wo war das denn?«

»Bei Marilee Doerring.«

»Die kenne ich. Beeindruckende Frau. Kennst du sie näher?«

»Nur durch die Katze. Sie hat sich mir gegenüber immer korrekt verhalten. Zahlt pünktlich, sorgt gut für ihre Katze. Ich kann nichts Schlechtes über sie sagen.«

Judy blickte sich um, um sich zu vergewissern, dass niemand lauschte, und beugte sich ein wenig dichter zu mir. »Siehst du den Mann da drüben an der Theke, den mit der Zeitung? Das ist Dr. Coffey. Er ist Herzchirurg. Er war vor ein paar Jahren mal mit Marilee Doerring verlobt.«

Im Hintergrund klingelte ein Glöckchen als Signal für Judy. Die Kaffeekanne in der Hand stand sie auf, um eine Bestellung aufzunehmen.

Ich betrachtete den Mann an der Theke. Er war schlank, ja, fast schon hager, sodass seine scharfkantigen Schulterblätter wie Felskanten aus seinem Rücken hervorstachen. Sein dunkles Haar war im unteren Bereich kurz geschoren, während das längere Deckhaar bis an den Rand der rasierten Zone herabfiel. Es war ein Haarschnitt, der eigentlich für einen sehr viel jüngeren Mann gedacht war, ein Haarschnitt, der cool und lässig wirken sollte. Aber er sah damit aus wie der Highschoolstreber, der nirgendwo richtig hinpasst, der immer am Rand steht und seine beliebten Mitschüler beobachtet. Er trug die Uniform der männlichen Bewohner von Siesta Key – Khakishorts, kurzärmeliges Strickhemd und an den Füßen Docksiders. Dadurch war die dichte schwarze Behaarung seiner Arme und Beine gut zu sehen. Für einen kurzen Augenblick stellte ich mir vor, wie ich meine Hände über seinen nackten Rücken gleiten ließ und spürte, wie sich meine Finger in einem Dickicht aus Haaren verfingen. Igitt!

Irgendwie konnte ich mir nicht vorstellen, dass er mit Marilee zusammen gewesen war, aber wenn sie verlobt gewesen waren, dann musste er ja wissen, wohin ihre Geschäftsreisen sie führten. Noch bevor ich es mir anders überlegen konnte, stand ich auf, ging zur Theke und setzte mich auf den Barhocker neben Coffey. Er drehte gerade so weit den Kopf, um sich zu versichern, dass er mich noch nie gesehen hatte, dann wandte er sich wieder seiner Zeitung zu. Er besaß ein glattes, rechteckiges Gesicht, wie eine Schaufensterpuppe, mit hoher Stirn und lang gezogenen Wangen. Seine blasse Haut war glatt wie Gips und seine dunklen Augen samtig und matt, wie reife Oliven, die zu lange gestanden und ihren Glanz verloren haben.

Ich sagte: »Bitte entschuldigen Sie die Störung, Herr Dr. Coffey, aber ich würde Ihnen gerne eine Frage stellen.«

Er schaute mich noch einmal an. Eine Falte des Missfallens hatte sich auf seiner ansonsten faltenfreien Stirn gebildet.

»Es dauert nicht lange«, versprach ich. »Ich heiße Dixie Hemingway und …«

Mit hektisch-nervöser Miene kam Judy angeschlichen, seine Bestellung in der einen und die Kaffeekanne in der anderen Hand. Er schob seine Zeitung beiseite, damit sie den Teller vor ihm abstellen konnte. Verrührtes Eiweiß, trockener Roggentoast, Tomatenscheiben. Als Herzchirurg isst man vermutlich so etwas.

Judy schenkte ihm Kaffee nach und bedachte mich mit einem warnenden Blick. »Auch einen Wunsch?«

»Nein, danke, ich bleibe nicht hier sitzen«, erwiderte ich.

Mit einem nachdrücklichen Kopfnicken stapfte sie davon, die Kaffeekanne wie eine Lanzette vor der Brust.

Dr. Coffey schenkte mir keinerlei Beachtung, griff nach seiner Gabel und stach sie in sein Eiweiß. Sogar zwischen seinen Fingerknöcheln sprossen schwarze Haare. Mit einer Art angewiderter Faszination hielt ich den Blick auf seine Gabel gerichtet. Irgendwie wirkt es unnatürlich, wenn jemand nur das Eiweiß isst.

Dann schob ich Ghosts Seidenhalsband ein Stückchen höher auf meinen Unterarm und sagte: »Die Sache ist die: Ich bin Tiersitterin und eine meiner Klientinnen, Ms Doerring, ist verreist, ohne eine Telefonnummer zu hinterlassen, unter der ich sie im Notfall erreichen kann. Jetzt ist aber genauso ein Notfall eingetreten, und ich dachte, dass Sie vielleicht zumindest eine Ahnung haben, wohin sie gefahren sein könnte. Wo sie geschäftlich zu tun hat oder wo ihre Angehörigen wohnen.«

Er warf mir einen Blick zu und stand dann so schnell auf, als seien seine Knie mit einem Mal steif geworden und er könne nicht mehr sitzen. »Ich weiß gar nichts darüber! Haben Sie verstanden? Überhaupt nichts! Und wenn Sie mich noch einmal belästigen, dann lasse ich Sie verhaften. Haben Sie verstanden?« Seine Stimme klang bösartig, und er zitterte am ganzen Körper.

Ich entgegnete: »Na ja, nur, weil ich Ihnen eine Frage gestellt habe, können Sie mich noch nicht verhaften lassen. Es tut mir leid, wenn ich Sie belästigt haben sollte, aber finden Sie nicht, dass Sie ein bisschen überreagieren?«

Er richtete einen knochigen Zeigefinger auf mich wie einst Mose, als er die Philister verfluchte. »Bleiben Sie mir vom Leib!«

Er stapfte in Richtung Tür und kehrte dem Lokal so hastig den Rücken, dass etliche Leute in den vorderen Sitznischen die Köpfe wandten.

Judy kam herüber und stützte sich mit den Ellbogen auf die Theke. »Vielen Dank auch«, sagte sie. »Gerade hast du einen meiner besten Kunden verscheucht. Ganz zu schweigen davon, dass er sein Frühstück nicht bezahlt hat.«

»Ich habe ihn doch nur gefragt, ob er weiß, wo Marilee hingefahren sein könnte. Er wollte sie mal heiraten, also muss er doch auch wissen, wohin sie geschäftlich verreist.«

Judy stöhnte. »Er hasst sie. Sie hat ihn praktisch vor dem Traualtar stehen lassen. Ich meine, die Gäste waren schon in der Kirche und alles. Sie ist einfach aufgestanden und hat ihn dort stehen lassen.«

»Na ja, das ist doch eigentlich ganz schön mutig, oder nicht? Es muss ihr sehr peinlich gewesen sein, aber wenn sie erkannt hat, dass sie ihn gar nicht liebt ...«

»Nein, du kapierst auch wirklich gar nichts! Sie hat ihn dazu gebracht, ihr noch vor der Hochzeit eine Million Dollar zu überschreiben. Hat ihm richtig die Hölle heißgemacht, dass sie nach der Hochzeit nicht von ihm abhängig sein wollte und nicht in der ständigen Angst leben wollte, dass er sie eines Tages mir nichts, dir nichts verlassen könnte und sie dann ohne einen Penny auf der Straße säße. Dass sie ihm auf Augenhöhe begegnen wollte, damit sie beide wüssten, dass sie mit ihm zusammen war, weil sie es wollte und nicht, weil sie musste. Du weißt schon, als wäre sie das Aschenputtel, das vom Prinzen in sein Schloss entführt wird, so was in der Art. Der arme Kerl ist darauf reingefallen und hat ihr eine Million Dollar überwiesen. Zur freien Verfügung, was auch immer geschehen sollte. So eine Art Liebesversicherung.«

»Und dann hat sie ihn fallen lassen?«

»Wie einen Stein. Er hat sie zwar noch verklagt, aber da der Blödmann ihr das Geld geschenkt hatte, durfte sie es auch behalten. Jetzt hasst er sie bis aufs Blut. Das Ganze ist jetzt ziemlich genau zwei Jahre her. Ich kann gar nicht glauben, dass du nichts davon mitgekriegt hast.«

Ich wollte sie nicht daran erinnern, dass ich vor zwei Jahren genug damit zu tun gehabt hatte, den Weg vom Schlafzimmer ins Badezimmer und wieder zurückzufinden. Damals hätte ich nicht einmal den Ausbruch des dritten Weltkrieges mitbekommen.

Judy fuhr fort: »Er wohnt jetzt mit so einem Betthäschen zusammen. Einmal habe ich sie Sonntag früh aus der Koksgasse kommen sehen.«

Ich wusste, was sie damit meinte. Jeder Bewohner von Siesta Key einschließlich des Sheriff's Department weiß, an welchen Stellen mit Drogen gedealt wird. Gelegentlich veranstaltet man eine Razzia, aber in aller Regel findet man nur Kleinkram, der den ganzen Zeit- und Materialaufwand nicht wert ist, schon gar nicht, wenn klar ist, dass die Dealer wieder freikommen, noch bevor die Tinte auf dem Haftbefehl getrocknet ist.

»Meinst du, sie hat den Stoff für ihn besorgt?«

»Kann sein, aber er macht eigentlich nicht den Eindruck, als würde er koksen. Im Gegensatz zu ihr. Man braucht sie bloß anzuschauen und rechnet jeden Moment damit, dass sie anfängt, ein paar Zentimeter über dem Boden zu schweben.«

Ich warf einen Blick auf meine Armbanduhr. »Hör zu, ich muss jetzt los. Bis später.«

»Überlass das der Polizei, Dixie.«

»Es heißt nicht Polizei, es heißt Sheriff's Department.«

»Wie auch immer.«

Ich wusste, dass sie recht hatte, aber ich suchte dringend nach einer Möglichkeit, Kontakt mit Marilee aufzunehmen. Ich hatte eine Verantwortung übernommen und war überhaupt nicht zufrieden damit, wie ich mit ihr umging.

6

Vor dem Gehen huschte ich noch schnell auf die Damentoilette. Zwei äußerst voluminöse schwarze Frauen standen vor den Waschbecken. Eine war Tanisha, die Köchin hier im Diner, die andere kannte ich nicht. Ich schlüpfte in eine Kabine, und sie wurden mucksmäuschenstill, so wie immer, wenn zwei Frauen sich in einer Toilette unterhalten und dabei unterbrochen werden. Erst als ich spülte, schien ihre Blockade zu weichen.

»Ich sag also zu ihm: ›Du kannst mich mal an meinem dicken, fetten Arsch lecken‹, sag ich.«

»Mm-hmm, genau richtig.«

»Ich sag: ›Du kannst in der Mitte anfangen und dann arbeitest du dich fünfundsiebzig Zentimeter nach rechts und dann fängst du wieder in der Mitte an und arbeitest dich fünfundsiebzig Zentimeter nach links. Leck mich einfach an meinem dicken, fetten Arsch.‹«

Ich kam aus der Kabine, um mir die Hände zu waschen, und sie verstummten erneut. Ich hielt den Blick direkt auf meine Hände gerichtet, aber ich spürte, wie sie mich beobachteten. Dann zog ich ein Papierhandtuch aus dem Spender, drehte mich um und lehnte mich mit dem Hintern an das Waschbecken.

Dann sagte ich. »Ich kann auf gar keinen Fall hier rausgehen, ohne zu erfahren, wie es weitergeht. Was hat er gesagt?«

Alle beide fingen an zu lachen. Tanisha meinte: »Gar nichts hat er gesagt, Kleine. Hat bloß dagestanden und seinen Mund sperrangelweit aufgesperrt, und ich hab ihn stehn lassen. Ich lass mir von keinem was gefallen.«

Ich grinste und warf das zusammengeknüllte Papierhandtuch in den Abfalleimer. »Da wäre ich gerne dabei gewesen.«

Ich ließ sie kichernd stehen und drückte mit den Fingerknöcheln die Tür auf – wenn möglich vermeide ich die Berührung mit öffentlichen Toilettentüren, weil die Hälfte der Frauen sich nicht die Hände wäscht. Dann ging ich zum Parkplatz.

Mittlerweile waren die Temperaturen angestiegen, und der Bronco fühlte sich an wie ein Pizzaofen. Ich ließ den Motor an und schaltete die Klimaanlage ein, holte mein Handy und mein Klientenverzeichnis hervor und schlug Marilees Seite auf. Dort stand die Telefonnummer von Shuga Reasnor, und die wählte ich.

Es meldete sich eine heisere, halb erstickte Stimme. »Hallo, hier spricht Shuga.« So klang es, wenn jemand gleichzeitig Zigarettenrauch ausstieß und zu reden versuchte.

Ich hatte den Namen mit langem »u« ausgesprochen, wie »Schuuga«, aber in dem Moment, als sie sich meldete, wurde mir klar, dass sie »Sugar« hieß, »Zucker«, ausgesprochen mit einem sehr starken Südstaatenakzent. Es gab vermutlich eine Menge Leute, die das niedlich fanden.

»Ms Reasnor, hier spricht Dixie Hemingway. Ich sorge für Marilee Doerrings Katze, und sie hat mir für den Notfall Ihre Telefonnummer hinterlassen. Hat sich Detective Guidry schon mit Ihnen in Verbindung gesetzt?«

»Neeeee-in.« Sie zog das Wort in die Länge, während sie sämtliche Implikationen meiner Frage im Kopf durchspielte.

Verdammt, ich hätte mich vorher mit Guidry besprechen sollen. Jetzt wusste sie, dass ein Detective sich bei ihr melden wollte.

»Ich rufe Sie an, weil Marilee nicht in der Stadt ist und ich Ghost in einer Katzenpension untergebracht habe. Ich gehe davon aus, dass er ein, zwei Tage lang dortbleiben muss und wollte mich einfach nur versichern, dass Sie nichts dagegen einzuwenden haben.«

»Wen haben Sie dort untergebracht?« – »Ghost, ihren Kater.«

»Ach was, das ist mir doch egal. Keine Ahnung, wieso sie Ihnen meine Nummer gegeben hat.«

»Sie wissen nicht zufällig, wo sie hingefahren ist, oder?«

Sie lachte unsicher. »Ich habe nicht einmal gewusst, dass sie überhaupt weggefahren ist. Wie war Ihr Name gleich noch mal?«

»Dixie Hemingway. Falls Marilee sich bei Ihnen melden sollte, dann wäre ich Ihnen dankbar, wenn Sie ihr ausrichten könnten, sie möchte mich anrufen.« Und bevor sie noch mehr Fragen stellen konnte, hatte ich ihr meine Nummer gegeben, mich bedankt und die rote Taste gedrückt.

»Das war richtig dämlich«, murmelte ich vor mich hin. »Richtig, richtig dämlich.«

Bevor ich den Bronco aus der Parklücke manövrierte, nahm ich Ghosts Halsband vom Handgelenk und steckte es in meinen Rucksack. Es war 11.55 Uhr. Schon vor einer Stunde hätte ich bei Kristin Lord sein sollen. So ein Mord bringt einem den ganzen Tagesablauf durcheinander.

An der Ampelkreuzung mit der Beach Road drehte ich automatisch den Kopf und warf einen Blick hinüber zur Feuerwache. Das mache ich schon mein ganzes Leben lang so. Einmal, da war ich gerade sieben Jahre alt, bin ich mit meiner Mutter und Michael zusammen hier vorbeigefahren, als mein Vater gerade mit ein paar anderen Feuerwehrmännern im Vorhof stand und das Feuerwehrauto polierte. Meine Mutter hat ihm zugehupt, und er hat uns angegrinst und uns zugewinkt. Das ist eine meiner liebsten Erinnerungen.

Kristin und Jim Lord waren der lebendige Beweis für die Richtigkeit der Theorie von Karma und Wiedergeburt – sie hatten weniger Verstand als ein Paar Sandflöhe, waren aber geradezu obszön reich. Dafür konnte es einfach keine andere Erklärung geben als die, dass sie in einem früheren Leben einmal sehr, sehr gute Menschen gewesen sein mussten. Ich kenne die beiden seit der Highschool, auch wenn wir nie miteinander befreundet waren. Sie gehörten immer zu denen, die den Unterschied zwischen Polo und Lacoste kannten – und die auch Wert darauf legten –, während ich zu denen gehörte, für die schon ein frisches T-Shirt ein modisches Bekenntnis darstellte. Eine Zeit lang war Kristin wie verrückt hinter meinem Bruder her gewesen, und ich glaube, sie hat ihm nie verziehen, dass er sie hat abblitzen lassen.

Kristin empfing mich an der Tür ihrer Multimillionendollarvilla und ihr Lächeln wirkte um die Mundwinkel herum ein wenig starr. »Du bist ein bisschen spät dran, nicht wahr?«

Kristin war schlank. Glänzendes braunes Haar wellte sich um ihren ebenmäßigen Unterkiefer, und die dichten dunklen Augenbrauen bildeten gerade Striche über wunderschönen haselnussbraunen Augen. Ihre Nase stammte aus dem Katalog eines Schönheitschirurgen, aber ihre Lippen waren von Natur aus geschwungen und voll. Die in der Mitte etwas verdickte Oberlippe verlieh ihr einen leicht hasenartigen Gesichtsausdruck. Falls sie eine Neigung dazu haben sollte, dann konnte sie ihrem Mann mit diesem Mund vermutlich große Freuden bereiten – noch ein Beweis für ein Vorleben voller guter Taten, zumindest von seiner Seite. Sie trug eine zerknitterte weiße Dreiviertelhose aus Baumwolle und eine weite weiß-rosa gestreifte Bluse, die ihr wachsendes Bäuchlein verhüllte.

»Ich bin aufgehalten worden«, sagte ich. »Tut mir leid.«

Aus ihrer perfekten Nase drang ein leises Schnäuzen als Zeichen ihres Missfallens, dann drehte sie sich um und ging vor mir her über die kühlen italienischen Fliesen. Ihre Bastsandaletten gaben bei jedem Schritt ein schmatzendes Geräusch von sich.

Kristin war im vierten Monat schwanger und hatte eine akute Katzenwürstchenphobie entwickelt. Und besonders große Angst hatte sie davor, sich am Katzenklo mit Toxoplasmose anzustecken. Katzen können sowieso nur dann Toxoplasmose bekommen, wenn sie ein totes Nagetier fressen, und Schwangere können sich nur dann anstecken, wenn sie mit den Ausscheidungen der Katze in Kontakt kommen und danach etwas essen, ohne sich vorher die Hände zu waschen. Kristins Katze hatte wahrscheinlich noch nie im Leben ein Nagetier gesehen und erst recht keines gefressen, und welche Frau würde sich nach dem Saubermachen des Katzenklos nicht die Hände waschen? Aber es war Kristins Angst und ihre Katze und ihr Geld, also gestattete ich ihr, mir zwanzig Dollar pro Tag dafür zu bezahlen, dass ich ihre Katze kämmte und das Katzenklo sauber machte.

Die Katze war ein Kater, ein American Shorthair namens Fred. Kurzhaarkatzen brauchen nur sehr wenig Pflege, daher war es beinahe ein Verbrechen, für das bisschen, was ich machen musste, auch noch Geld zu verlangen. Freds Katzenklo stand in einer der Gästetoiletten, und ich ließ die Tür während meiner Arbeit geschlossen, weil Kristin solche Angst davor hatte. Die Streuschicht in einem Katzenklo sollte weniger als einen Zentimeter dick sein, und so war sie innerhalb einer Nanosekunde weggespült. Ich wusch es von innen und außen mit meiner Allzweckmischung aus Wasser und Toilettenreiniger ab, spülte es mit heißem Wasser nach, als ginge es um mein Leben, wischte es mit Papierhandtüchern trocken und breitete die nächste dünne Streuschicht auf dem Boden aus. Dann wechselte ich die Mülltüte unter dem Waschtisch aus, wusch und trocknete mir die Hände. Die ganze Prozedur hatte nicht mehr als zwei Minuten in Anspruch genommen. Höchstens.

Als ich dann in den Lanai hinaustrat, um Fred zu kämmen, da taten er und Kristin beide so, als wären sie nicht erfreut ob meiner Anwesenheit. Fred ahmte einen Milchkrug nach, indem er hoch aufgerichtet dasaß, den langen Schwanz wie einen Strich um die Zehen geschlungen. Kristin saß in einem gepolsterten Redwoodsessel und wollte tratschen. Anderer Leute schmutzige Wäsche zu waschen war Kristins Lieblingsbeschäftigung. Das war schon in der Highschool so gewesen und hatte sich bis heute nicht geändert. In Bezug auf die Tatsachen war sie noch nie allzu pingelig gewesen, und wenn der Ruf eines Menschen darunter zu leiden hatte, dass sie ein bösartiges Gerücht gestreut hatte, schien ihr das eigentlich nie etwas auszumachen.

Kristin sagte: »Es war heute Morgen in den Nachrichten, die Sache mit diesem Toten bei Marilee Doerring. Sie haben gesagt, dass du ihn gefunden hast, aber sie wollen seinen Namen erst veröffentlichen, wenn die nächsten Angehörigen verständigt sind. Also, wer war's?«

Mein Herz fuhr Achterbahn, als ich hörte, dass die Nachrichten über mich berichtet hatten, aber nach außen blieb ich ruhig und hob Fred auf den Tisch.

»Sie haben meinen Namen genannt?«

»Es war von einer Tiersitterin die Rede, da wusste ich, dass du das warst.«

Als ob er spüren konnte, wie sich eine dunkle Wolke um mich legte, blickte Fred mich aus traurigen Augen über die Schulter hinweg an.

Fred war ein großer, muskulöser Kater, braun mit weißer Schnauze, weißer Kehle und weißen Pfoten. Wie alle American Shorthair besaß er ein freundliches und liebevolles Wesen. Als ich ihm sanft über den Rücken strich, um ihm zu signalisieren, dass ich gleich anfangen würde, ihn zu kämmen, da krümmte er den Rücken und fing an zu schnurren. Ich holte die Striegelbürste aus meiner Tasche und fuhr ihm damit über den Nacken. Dabei achtete ich sorgfältig darauf, dass sich die Borsten nicht in seine Haut gruben.

»Ich weiß nicht, wer der Mann war«, sagte ich. »Die Nachrichten haben recht: Bevor sie den Namen bekannt geben dürfen, muss seine Familie verständigt werden.«

Fred legte den Kopf in den Nacken, sodass ich ihm unter das Kinn fahren und seine schneeweiße Kehle und seine

Brust mit kurzen Strichen bürsten konnte. Hätte er sprechen können, es hätte sich ungefähr so angehört: »Ja! Ja! Jetzt ein bisschen nach rechts! Aaah, das tut gut!« Da er aber nicht sprechen konnte, schnurrte er einfach lauter.

Kristin sagte: »Das Sheriff's Department will auch über die Todesursache nichts herausrücken, bevor er nicht obduziert wurde. Ist das nicht merkwürdig?«

Ich zuckte mit den Schultern. »Wenn jemand unter mysteriösen Umständen stirbt, dann gibt es immer eine Obduktion.«

Kristin verzog ihren Hasenmund zu einer enttäuschten Schnute. »Ich kenne Marilee Doerring aus dem Jachtklub. Die Leute mögen sie nicht besonders. Na ja, die Männer schon, aber nicht die Frauen.«

Ich legte meinen Zeigefinger schützend über Freds empfindliche Wirbelsäule und kämmte ihm mit kurzen, parallelen Bürstenstrichen die Flanken. Fred ließ den Schwanz einmal kurz zur Warnung zucken, und ich wandte mich wieder seinem Nacken und seiner Kehle zu, immer darauf achtend, dass ich die Bürste senkrecht über seine Haut führte und die Borsten nicht etwa seitlich neigte.

»Ich glaube, es liegt daran, dass Marilee so protzig ist«, sagte Kristin. »In letzter Zeit hat sie immer so einen riesigen quadratischen Diamanten getragen. So was von aaaangeberisch. Das Ding kann ja nur ein Zirkonia sein!«

Da sich meine Erfahrung mit Diamanten auf die winzigen Steine beschränkte, die kein Mensch für Zirkonia halten würde, hielt ich einfach den Mund und bürstete Fred.

Kristin ließ ein leises, selbstverächtliches Lachen hören. »Oh Gott, das klingt aber gehässig, stimmt's?«

Sie veränderte ihre Sitzposition und sagte dann: »Es liegt nicht daran, dass sie hübsch ist. Ich habe keine Angst vor hübschen Frauen. Und ganz bestimmt liegt es nicht an ihrem Geld! Aber irgendwie hat man immer das Gefühl, als wäre Marilee auf Männerjagd. Jedes Mal, wenn ein Mann in ihre

Nähe kommt, kann man im Hintergrund die Filmmusik vom *Weißen Hai* hören.«

Ich dachte an Olga Winnick und sagte: »Raubtiermusik?«

»Ganz genau. Marilee ist wie ein Raubtier!«

Ich stellte mir gerade vor, wir Kristin und Olga Winnick sich darüber unterhielten, welch ein Raubtier Marilee war, als Kristins Blick auf meinen Ehering fiel.

»Du bist doch Witwe. Wieso trägst du immer noch deinen Ehering?«

Die Frage traf mich unvorbereitet, und ich zuckte zusammen, sodass sich die Borsten meiner Striegelbürste in Freds Haut bohrten. Er knurrte warnend und schüttelte den Schwanz, worauf ich mich zur Besänftigung schnell wieder seiner Kehle zuwandte.

Ich hätte mich selbst niemals als Witwe bezeichnet. Witwen sind alte Frauen mit bläulich silbernem Haar und einem Leben voller Erinnerungen.

Zu denen gehöre ich nicht. Ich bin bloß eine Frau, die früher mal geliebt wurde.

Kristin schaute mich an, als hätte sie ein plötzlicher Sensibilitätsschub überkommen. »Ich hoffe, die Frage macht dir nichts aus.«

Ich gab ihr keine Antwort, drehte aber, nur um ihr ein wenig Angst einzujagen, Fred so herum, dass sie direkt auf seinen Anus blickte, während ich ihm weiter das Fell bürstete. Sie wurde blass vor Schreck und war so panisch darauf fixiert, nach irgendwelchen Spuren von Katzenwürstchen zu suchen, dass sie ihre Frage völlig vergaß.

Fred ließ seinen Schwanz vor- und zurückschnellen, um mir zu signalisieren, dass er mit seiner Geduld bald am Ende war. Als Belohnung dafür, dass er nicht einfach vom Tisch gesprungen war, striegelte ich ihm noch einmal den Nacken und die Kehle.

Er drückte sich mit dem Kopf in meine Hand und schnurrte dankbar. Ich setzte ihn auf den Boden, packte meine Striegelbürste weg, säuberte den Tisch mit meiner Allzweck-Wasser-Reiniger-Mischung und wischte ihn mit ein paar Papiertüchern trocken.

»Ich finde selbst raus«, sagte ich. Mein Besuch hatte runde fünf Minuten gedauert.

Kristin wirkte enttäuscht. Sie hätte mir wahrscheinlich liebend gerne noch einmal zwanzig Dollar gegeben, wenn ich bei ihr geblieben wäre und mit ihr zusammen über Marilee gelästert hätte. Fred streckte sein linkes Hinterbein in die Höhe und bog den Kopf zurück, um sich voller Begeisterung an der Innenseite zu lecken. Er sagte mir nicht einmal Auf Wiedersehen.

7

Es war 13.00 Uhr, als ich meine Pflegeutensilien im Kofferraum des Bronco verstaute und nach Hause fuhr. Die erbarmungslose Sonne am strahlend blauen Himmel brannte mir mit ihren gleißend hellen Strahlen die Haare vom Kopf. Irgendetwas machte mich unruhig, aber ich bekam es nicht zu fassen. Seit vier Uhr morgens war ich auf den Beinen und mein Gehirn lief schon nicht mehr ganz rund.

Die Zufahrt zu meiner Wohnung ist mit einer dichten Schicht Austernschalen bedeckt, die Kalk gezogen haben und durch das Regenwasser hart wie Beton geworden sind. Australische Tannen, moosige Eichen, Meertrauben und Palmen ziehen sich an der einen Seite der Auffahrt entlang, während die andere direkt an einen Sandstrand grenzt. Es handelt sich um einen Privatweg, der auch deutlich als solcher gekennzeichnet ist, aber viele Leute fahren trotzdem hinunter, weil sie wissen wollen, wie es am anderen Ende aussieht.

Ein Privatweg wie unserer bringt die Neugierigen auf Siesta Key in aller Regel zu einem Multimillionendollarhaus, dessen Besitzer aus Filmen, von Buchumschlägen oder aus Talkshows weithin bekannt sind. Unsere Straße führt zu einem verwitterten Dreizimmerhäuschen, das mein Bruder und sein Lebenspartner bewohnen, sowie zu einem frei stehenden, vierteiligen Carport, über dem meine Wohnung liegt. Mein Großvater hat das Häuschen in den Fünfzigerjahren für tausend Dollar bei Sears, Roebuck & Company gekauft. Heutzutage beläuft sich der Wert des Hauses einschließlich der Carportwohnung auf rund fünfzig Cent. Das Strandgrundstück, auf dem es steht, ist ungefähr fünf Millionen wert. Zumindest hat man uns das dafür geboten. Wir wollen es aber sowieso nicht verkaufen, daher spielt es auch keine Rolle.

Michael und Paco standen im Carport und räumten ihre Angelsachen weg. Beide wirkten berauscht und sonnenverbrannt, wie zwei Männer eben, die glücklich schwitzend anstrengende Stunden hinter sich gebracht und dabei mit zusammengekniffenen Augen aufs gleißende Meer hinausgeblickt haben. Michael ist vierunddreißig, genauso blond und blauäugig wie ich, aber sehr viel größer und breiter. Er ist Feuerwehrmann, und wenn er seine Dienstausrüstung angelegt hat, dann hat er ungefähr das Format von Obelix. Die Frauen werfen sich ihm an die Brust wie paarungsbereite Insekten, die im Frühjahr auf den Windschutzscheiben fahrender Autos zerplatzen. Es würde mich nicht wundern, wenn etliche von ihnen angesichts der Sinnlosigkeit ihres Unterfangens vernarbte Handgelenke hätten, denn Paco und er sind seit über zwölf Jahren ein festes Paar.

Paco ist genauso schlank und dunkelhaarig, wie Michael untersetzt und blond ist. Er arbeitet beim SIB, dem Special Investigative Bureau des Sheriff's Department, und das heißt, dass er im Rahmen gewisser Ermittlungen gelegentlich in Verkleidungen schlüpfen muss, in denen seine eigene Mutter ihn nicht wiedererkennen würde. Ermittlungen, nach denen wir ihn nie fragen. Michael ist mein bester Freund auf der ganzen Welt, und Paco ist mein zweitbester Freund. Nachdem ich Todd und Christy verloren hatte, haben Michael und Paco mich sozusagen in ihre Mitte genommen und mich so lange vor der Außenwelt abgeschirmt, bis ich mich ihr wieder stellen konnte.

Michael arbeitet im Wechselschichtdienst, das heißt, er verbringt immer vierundzwanzig Stunden auf der Feuerwache und hat anschließend achtundvierzig Stunden frei. Normalerweise verbringt er seine Freizeit mit fischen. Pacos Arbeitszeiten lassen sich überhaupt nicht vorhersagen, aber er ist oft nach Mitternacht noch dienstlich unterwegs. Wenn er nicht gerade arbeitet oder schläft, dann ist er mit Michael zusammen auf dem Boot. Ich bin nie auf dem Boot. Ich liebe es, auf den Golf hinauszublicken, ich liebe das Geräusch und den Duft des Meeres, aber ich bin nicht gerne auf dem Wasser. Es ist mir zu groß und zu eigenwillig. Ich fühle mich nicht wohl, wenn ich die Dinge nicht wenigstens ein kleines bisschen selbst in der Hand habe.

Jetzt stieg ich aus dem Bronco und legte schützend die Hand über die Augen. Draußen im Golf schlug das Sonnenlicht funkelnde Diamanten aus glitzernden Wogen, die sich dem Strand entgegenwälzten, wo sie in Wolken aus feinem weißem Schaum explodierten. Ein paar Möwen zogen halbherzig schreiend ihre Kreise über mir, aber die meisten hatten sich zur Siesta in irgendeinen schattigen Winkel zurückgezogen.

Ich fragte: »Was habt ihr gefangen?«

»Ein paar hübsche Stachelmakrelen. Und ein paar Snapper.«

»Heute Morgen habe ich in einem meiner Häuser einen Toten gefunden.«

Alle beide stellten ihre Tätigkeit sofort ein und starrten mich mit schockiert-besorgtem Gesichtsausdruck an. Ich fühlte mich wie ein Kind bei einer Schulaufführung, das gleich ein ganz besonderes Kunststück zum Besten geben soll.

»Bei Marilee Doerring«, sagte ich. »Er lag auf dem Küchenboden, mit blutverschmiertem Hinterkopf, das Gesicht mit Klebeband in der Wasserschale der Katze befestigt. Aber das mit der Wasserschale darf ich eigentlich noch gar nicht weitererzählen.«

Michael sagte: »Mannomann, Dixie! Was hast du dann gemacht?«

»Hab die neun eins eins angerufen. Dann kam Sergeant Owens angefahren, zusammen mit einem Detective, von dem ich noch nie etwas gehört habe. Paco, kennst du einen, der Guidry heißt?«

»Nö, muss wohl ein Neuer sein.«

Nachdem ich meine schwer beeindruckenden Neuigkeiten losgeworden war, sagte ich. »Tja, ich leg mich dann mal aufs Ohr«, und ließ sie stehen und mir nachstarren, während ich meine müden Knochen nach oben in meine eigene kleine Welt schleppte.

Ich habe eine überdachte Terrasse, ein Wohnzimmer mit einer Frühstückstheke, einem Barhocker und einer kleinen Einbauküche sowie ein Schlafzimmer, das gerade groß genug ist, um ein Einzelbett, ein Nachttischchen und eine Kommode zu beherbergen. Auf der Kommode stehen Fotos von Todd und Christy. Sie sind das Letzte, was ich sehe, bevor ich das Licht lösche, und morgens nach dem Aufstehen das Erste.

Vom Schlafzimmer geht noch ein winziges Badezimmer ab, außerdem ein Raum für die Waschmaschine und ein großer begehbarer Schrank, der mir außerdem als Büro dient. Hier erledige ich den Verwaltungskram für mein Tiersittingunternehmen – an einem Schreibtisch in einem fensterlosen Kabuff mit Blick auf eine Regalwand voller zusammengefalteter T-Shirts, Shorts und Jeans, Keds, Sandalen sowie einigen Paar Pumps. An einer einsamen Stange an der Längsseite des Kabuffs hängen ein paar Kleider und Röcke.

Ich ging nur kurz ins Badezimmer und hörte meinen Anrufbeantworter ab. Drei Frauen bekundeten ihr Interesse an meinen Diensten als Tiersitterin und wollten Preisinformationen haben. Ich rief keine davon zurück. Der Tag war zwar erst halb vorbei, aber für heute hatte ich bereits mehr als genug Kontakt mit Menschen gehabt.

Wieder draußen auf der Terrasse schaltete ich beide Deckenventilatoren ein und ließ mich in die Hängematte in der einen Ecke sinken. Die Brandung wirbelte im immer gleichen Rhythmus an den Strand, und über mir kreischten die Möwen. Und auch meine Gedanken wirbelten und kreischten wild durcheinander, während die schreckliche Wahrheit des heutigen Vormittags langsam in mein Bewusstsein einsickerte. Ein Mann war ermordet worden, und wer immer diesen Mord begangen hatte, er hatte auch dafür gesorgt, dass sein Opfer dabei seiner Würde beraubt wurde. Ich fühlte mich irgendwie persönlich angegriffen. Ich wusste zwar nicht, wer er war, aber auf jeden Fall war er ein Mitmensch gewesen.

Langsam fiel ich in Schlaf und träumte von Christy. Sie rannte den Strand entlang, warf den Möwen Brotbrocken zu und lachte unbeschwert, als die Vögel nach unten stießen und mit ihren Schnäbeln nach den Brocken schnappten. Ihre zu einem hohen Pferdeschwanz zusammengebundenen Haare waren durch die Sonne fast weiß geworden und reichten ihr hüpfend bis auf die Schultern hinab. Ich dachte, ich lasse sie noch spielen, bis das ganze Brot verbraucht ist, dann hole ich sie in den Schatten, damit sie sich keinen Sonnenbrand holt.

Ohne es zu merken, wachte ich auf. Die Reste meines Traums vermischten sich mit dem Geschrei der Möwen und dem Rauschen der Wellen. Ich lag noch einen Augenblick lang mit geschlossenen Augen da, bevor mir klar wurde, dass es nur ein Traum gewesen war.

Diejenigen unter uns, die durch Terroristen oder religiöse Fanatiker oder betrunkene Autofahrer oder sonst einen Akt sinnloser Gewalt ihre Liebsten verloren haben, fragen sich immer wieder: »Warum? Warum? Warum?« Doch nach einer Weile wandelt sich die Frage zu einem »Warum nicht?«. Warum eigentlich sollen wir unsere Liebsten immer um uns haben, während Menschen überall auf der Welt den Verlust ihrer Mütter, Väter, Söhne, Töchter, Brüder, Schwestern, Geliebten zu beklagen haben? Es gibt so viele Menschen, die aus so nichtigen Gründen ums Leben kommen.

Todd und Christy wurden auf einem Supermarktparkplatz von einem neunzigjährigen Mann am Steuer eines Cadillac überfahren. Wenn ich es so schnell formuliere, dann kann ich den Satz sogar aussprechen, ohne dass meine Stimme zittert. Gerade noch.

Todd und ich hatten noch miteinander telefoniert, bevor er Christy bei ihrer Tagesmutter abgeholt hatte. »Wir brauchen noch Milch und Cornflakes«, hatte ich gesagt. »Und ich glaube, der Orangensaft ist auch alle.«

»Das können wir auf dem Heimweg schnell besorgen«, hatte er geantwortet. »Kurz nach sechs sind wir zu Hause.«

Für den Rest meines Lebens werde ich dieses Gespräch wieder und wieder durchgehen, Wort für Wort, und mir wünschen, ich könnte es zurückspulen und ihm sagen: Ich liebe dich, mein Herzblatt, und werde dich immer lieben, und werde mir wünschen, ich hätte ihm gesagt, wie geborgen ich mich bei ihm fühle, wie beschützt und wertgeschätzt.

Er und Christy waren auf der Stelle tot. Todd war dreißig, Christy war drei.

Der Mann, der sie überfahren hatte, sagte, er hätte versehentlich auf das Gas statt auf die Bremse gedrückt. Er fühlte sich miserabel. Nach der Beerdigung kam sein Sohn zu mir und sagte, sein Vater sei ein guter Mensch, der, auch nachdem eine Netzhautdegeneration ihm den größten Teil seiner Sehfähigkeit geraubt hatte, seine Unabhängigkeit nicht hatte aufgeben wollen. In Florida werden Führerscheine per Telefon verlängert, sodass er trotz der Bedenken seiner Familie immer noch selbst Auto gefahren war. Der Sohn sagte, er habe seinem Vater nach dem Unfall das Auto weggenommen, und es sei seither kein Tag vergangen, an dem er keine Tränen vergossen habe. Tränen der Trauer und der Schuld, sagte er, nicht nur, weil er nicht mehr Auto fahren kann. Als ob wir dadurch quitt wären.

Eine lange Zeit hatte ich so voller Wut gesteckt, dass ich beinahe daran zerbrochen wäre. Wut auf den Staat Florida, der Menschen gestattet, ihren Führerschein ohne Überprüfung ihrer Sehfähigkeit zu verlängern. Wut auf einen Mann, der trotz des Verlustes seiner Sehkraft und seiner Reflexe weiter Auto gefahren war. Wut auf seine Angehörigen, die ihm das Auto nicht schon viel früher weggenommen hatten. Schlussendlich war die irgendwann eintretende Vergebung kein Resultat meiner Versöhnung, sondern schlichtweg meiner Erschöpfung gewesen. Das glühende Grollen meiner Wut hat sich in ein düsteres Köcheln verwandelt, wie bei einem Vulkan, der auf den ersten Blick ruhig wirkt, der aber jederzeit wieder ausbrechen kann, gerade dann, wenn man am wenigsten damit rechnet. Genau dieser vulkanische Teil ist das Problem, der Teil, den ich nicht unter Kontrolle habe – vor allem, wenn ich mitansehen muss, wie ein Kind oder ein Tier misshandelt wird. Dann flippe ich total aus und kann keinerlei Garantie für meine Handlungen übernehmen.

Ich stand auf, fühlte mich erhitzt und aufgedunsen und ging in die Wohnung, stellte mich vor den geöffneten Kühlschrank und stürzte eine ganze Flasche kaltes Wasser hinunter. Dann nahm ich mir noch eine Flasche mit in mein Bürokabuff und rief Lieutenant Guidry an. Er war nicht da, und so hinterließ ich ihm meine Nummer. Dann wählte ich Shuga Reasnors Nummer.

Sie meldete sich schon beim ersten Klingeln, und in ihrer Stimme schwang eine Mischung aus Verzweiflung und Verärgerung mit, als sei sie schon lange um das Telefon herumgeschlichen in der Hoffnung, es möge endlich anfangen zu klingeln.

Ich sagte: »Ms Reasnor, hier ist Dixie Hemingway. Ich wollte Ihnen nur schnell eine Frage stellen. Kennen Sie Dr. Coffey?«

Die Antwort ließ so lange auf sich warten, dass ich schon dachte, sie hätte aufgelegt. Dann sagte sie: »Warum wollen Sie das wissen?«

»Ich bin ihm im Village Diner begegnet und habe ihn gefragt, ob er weiß, wo Marilee hingefahren sein könnte. Ich dachte, da sie ja mal verlobt waren, hat er vielleicht eine Idee. Aber er hat sehr wütend reagiert. Wollte nicht einmal mit mir sprechen. Das fand ich merkwürdig.«

»Er ist merkwürdig. Er ist gemeingefährlich, und er ist merkwürdig. Halten Sie sich von ihm fern. Sprechen Sie nicht mit ihm über Marilee.«

»Sie halten ihn für gefährlich? Könnte er diesen Mann in Marilees Haus ermordet haben? Aus Eifersucht, vielleicht?«

»Gerald Coffey ist viel zu feige, um irgendjemanden umzubringen. Dass er jemanden damit beauftragt, dass traue ich ihm noch zu, aber selbst würde er so etwas niemals fertigbringen.«

»Aber dass er jemanden beauftragt, das würden Sie ihm zutrauen?«

»Das habe ich nicht gesagt. Ich habe nur gesagt, er hätte nicht den Schneid, eigenhändig jemanden zu töten.«

»Falls Ihnen irgendetwas zu Dr. Coffey einfällt, was das Sheriff's Department wissen müsste, dann hoffe ich doch, dass Sie das auch weiterleiten.«

»Ja, na klar.«

Wir verabschiedeten uns und legten auf. Ich wusste, dass sie Guidry nichts über Coffey verraten würde. Shuga Reasnor klang nicht gerade wie eine Frau, die bei den Ermittlungen unbedingt behilflich sein wollte. Eigentlich klang sie viel eher wie eine Frau, die etwas zu verbergen hat.

Während der nächsten Stunde kümmerte ich mich um meine geschäftlichen Belange. Ich rief die Leute an, die sich nach meinen Tarifen erkundigt hatten – zwanzig Dollar pro Tag, wobei ich einmal morgens und einmal nachmittags vorbeikomme. Eine Betreuung mit Übernachtung kostet vierzig Dollar, eine Vierundzwanzigstundenschicht sechzig Dollar. Die meisten Haustiere sind es gewöhnt, tagsüber alleine im Haus zu sein, aber wenn es erforderlich ist, kann ich auf ein paar Pensionäre zurückgreifen, die im Haus übernachten oder das Tier rund um die Uhr betreuen.

Meine Klienten unterschreiben einen Vertrag, in dem sämtliche anfallenden Kosten sowie die gegenseitigen Verantwortlichkeiten aufgelistet sind. Wenn ein Tier während der Abwesenheit seiner Besitzer krank wird und medizinisch versorgt werden muss, dann strecke ich die Kosten vor. Falls irgendeine Katastrophe eintritt und beispielsweise das Wasser abgestellt oder das Haustier evakuiert werden muss, dann kümmere ich mich um alles Notwendige, einschließlich einer neuen Unterkunft für das Tier. Nach ihrer Rückkehr bekomme ich meine Auslagen von den Tierbesitzern zurück. Die Pflege eines geliebten Haustiers während der Abwesenheit seiner Besitzer ist, als würde einem ein Kind anvertraut. Ich muss den Besitzern vertrauen und sie mir.

Die erste Frau sagte, sie hätte schon jemand anders gefunden, die zweite knallte, nachdem ich ihr meine Tarife genannt hatte, den Hörer auf die Gabel, als hätte ich sie sexuell belästigt. Die dritte meinte, ich sei ja äußerst preisgünstig. Alles ist relativ. Ich vereinbarte mit ihr einen Besuchstermin, um ihre Katze kennenzulernen und alle notwendigen Informationen einzuholen. Den Rest der Stunde verbrachte ich damit, die vormittäglichen Besuche in meine Klientenakten einzutragen.

Ich führe peinlich genau Buch über jeden Besuch, notiere Datum und Ankunftszeit, die Zeit meines Weggangs und alles, was ich in der Zwischenzeit gemacht habe, dazu alles, was das Tier in dieser Zeit verlangt oder gemacht hat und was irgendwie ungewöhnlich war. Falls ein Tier Medikamente oder Vitamintabletten oder sonstige Dinge benötigt, dann schreibe ich das auf. Ich lege für jedes Tier eine Liste mit allen Krankheiten, Verletzungen und Schwangerschaften an, dazu die genauen Impfdaten, die Identifikationsnummer, ob ihm die Krallen entfernt wurden und ob es kastriert ist. Ich kenne das Lieblingsfutter, das Lieblingsspielzeug, die

Lieblingssendung und die Lieblingsmusik jedes einzelnen Tieres. Wahrscheinlich bin ich diesbezüglich zu zwanghaft, aber es ist mir lieber, all diese Informationen zu haben und sie nicht zu benötigen, als umgekehrt. Eines schönen Tages kommt es vielleicht tatsächlich darauf an, genau zu wissen, wann ich wem ein Bad oder eine Vitamintablette oder ein verschreibungspflichtiges Medikament verabreicht habe.

Um vier Uhr nahm ich mir eine Banane aus dem kleinen Hängekorb in der Küche und aß sie auf dem Weg zum Carport. Ein großer Blaureiher stand auf der Motorhaube des Bronco und sah mir dabei zu, wie ich eine Sechzigwattglühlampe aus dem Vorratsschrank holte. Ich warf den letzten Rest der Banane in Richtung Strand, und der Reiher flog auf und pickte ihn vom Sand. Die Schale warf ich in den Mülleimer, dann stieg ich in den Bronco und fuhr zu den Graysons, wo Rufus sich fast überschlug vor Freude. Wir spielten ein bisschen Such-den-Ball im Wohnzimmer, dann gab ich ihm sein Abendessen. Während Rufus damit beschäftigt war, holte ich eine Leiter aus der Garage und wechselte die defekte Glühbirne in der einen Kutschenlaterne aus. Ich stellte die Leiter wieder weg, machte das Garagentor zu und nahm die Post der Graysons mit ins Haus. Dann suchte ich nach irgendwelchen unerwünschten Hundespuren und verpasste dem Karussellpferd im Vorbeigehen einen Klaps. Alles war in Ordnung. Ich wusch Rufus' Wasser- und Futternapf aus und gab ihm etwas frisches Wasser, bevor wir uns auf den Weg nach draußen machten. Wir gingen das kurze Stück bis zur Midnight Pass Road und joggten an dem kleinen Waldstück vorbei, wo Rufus stehen blieb und irgendwelche unsichtbaren Eichhörnchen oder Kaninchen anbellte. Doch schließlich konnte ich ihn dazu überreden, mich bis in Marilee Doerrings Straße zu begleiten.

8

In Marilees Einfahrt stand ein Streifenwagen mit einem Deputy hinter dem Steuer, und das Absperrband hing ebenfalls noch an der Tür, aber die Fahrzeuge der Spurensicherung waren allesamt verschwunden. Das bedeutete, dass der Gerichtsmediziner die Leiche bereits abtransportiert hatte und dass die Kriminaltechniker noch dabei waren, Fotos zu machen, Fingerabdrücke zu nehmen, Haare, Fasern und alle möglichen anderen Indizien einzusammeln. Nebenan, in der Einfahrt der Winnicks, lag ein Laubsauger auf dem Boden, dessen orangefarbenes Verlängerungskabel sich unter dem leicht geöffneten Garagentor hindurchschlängelte.

Ich trat an das geöffnete Seitenfenster des Streifenwagens. Der Detective machte sich gerade Notizen und schaute mich mit jenem ausdruckslosen, unpersönlichen Gesichtsausdruck an, den man als Mitarbeiter der Strafverfolgungsbehörden lernt.

Ich sagte: »Hallo, ich bin Dixie Hemingway. Ich habe den Toten heute Morgen gefunden und habe Detective Guidry versprochen, dass ich heute Nachmittag noch mal vorbeischaue, wenn ich in der Nähe bin.«

»Er ist nicht da.«

»Okay, ich rufe ihn später an. Danke.«

Rufus betrachtete versonnen eine Paradiesvogelpflanze, ganz so, als sei er der Meinung, sie müsse jetzt dringend angepinkelt werden, also zog ich an seiner Leine und ging wieder in Richtung Straße. Da drang mit einem Mal leidenschaftliche Klaviermusik aus dem Haus der Winnicks zu mir herüber, und ich wandte den Kopf. Jetzt, wo ich wusste, dass das der Junge von nebenan beim Üben war und nicht das

Radio oder eine CD, war ich wirklich beeindruckt. Nicht, dass ich auch nur das Geringste von klassischer Musik verstehe. Da finde ich Jazz und Blues und Country reizvoller, aber ich hörte, dass der Junge Talent hatte. Sogar Rufus hielt den Kopf schief und lauschte mit hündischem Respekt.

Hinter einer Reihe niedriger Büsche, die zwischen den beiden Grundstücken standen, tauchte unvermittelt Mrs Winnick auf und ging mit schnellen Schritten in Richtung Einfahrt. Sie trug keine Gartenhandschuhe und hatte auch keinen Spaten oder sonst ein Gartengerät dabei. Dadurch hatte ich eindeutig das Gefühl, als hätte sie sich hinter den Büschen versteckt. Sie schien absichtlich nicht in meine Richtung zu blicken. Vielleicht war sie eingeschnappt, weil ich ihr nichts über den Mord erzählt hatte.

Sie bückte sich und griff nach ihrem Laubsauger, schaltete ihn ein, widmete sich der eingehenden Betrachtung ihrer Einfahrt und führte das Saugrohr kreuz und quer über das Pflaster. Sie trug eine schwarze Stretchhose aus Lycra und ein kastenförmiges T-Shirt, das ihr bis zu den Hüftknochen reichte. Abgesehen von ihrem dürren Hintern wirkte ihr Körper erstaunlich muskulös. Ihr Hintern jedoch war nicht muskulös. Er bestand eher aus zwei schlaffen Hängebacken – wie die Ohren eines Basset.

Rufus und ich machten uns auf den Rückweg in sein Revier. Bei dem Wäldchen, wo ein verlassener Fahrweg zwischen den Bäumen verschwand, blieb er stehen und bellte erneut. Dabei zerrte er begierig an der Leine. Das kleine Waldstück zwischen den beiden Straßen mit Marilees beziehungsweise Rufus' Haus ist knapp zwanzig Meter breit und zieht sich von der Midnight Pass Road bis hinunter zur Bucht. Ein auf beiden Seiten in ganzer Länge verlaufender Holzzaun trennt es von den angrenzenden Gärten. Ursprünglich führte einmal eine Privatstraße hindurch bis zu einem Haus auf einer kleinen, in die Bucht hineinragenden Halbinsel. Die Besitzer waren schon vor Jahren gestorben und der ganze Grundbesitz lag durch irgendeinen Rechtsstreit bereits so lange brach, dass das Haus zerfiel und die Zufahrt sich in ihren ursprünglichen Wildniszustand zurückverwandelte. Ein sinnlos gewordenes Metalltor spannte sich quer über die alte, muschelbedeckte Zufahrtstraße – als stummes Zeugnis dafür, wie schnell die Natur sich ihr Recht zurückholt.

Ich erklärte Rufus, dass es im Wald für Hunde und Frauen in kurzen Hosen viel zu viele Dornen gab, und so nahm er – unter Zögern – von seiner Idee einer genaueren Erkundung Abstand. Als wir sein Zuhause erreicht hatten, schaltete ich ein paar Lichter und das Küchenradio ein und wir verabschiedeten uns voneinander.

Meine nächste Station lag auf der anderen Seite der Midnight Pass Road im »Sea Breeze«, einem rosafarbenen, stuckverzierten, wabenartigen Apartmenthaus, das auf ein schmales Grundstück am Ufer des Golfs gequetscht worden war. Jedes der Apartments besitzt ein geschwungenes Stuckdach über dem Balkon, sodass die Balkone wie dunkle, in eine Felswand gehauene Höhlen wirken. Das ganze Gebäude erinnert stark an eine antike indianische Ruine. Das Innere jedoch, mit seinem Marmorfoyer, riesigen Töpfen mit Grünpflanzen sowie geschmackvollen Gemälden lokaler Künstler, ist alles andere als eine Ruine. In Sarasota leben pro Einwohner vermutlich mehr Künstler als an jedem anderen Ort der Welt, sodass es hier nicht weiter schwierig ist, schöne Kunstwerke zu bekommen.

Ich nahm den Fahrstuhl – Edelstahl und Spiegelglas – und fuhr hinauf zu Tom Hale. Tom ist ein rundlicher Typ – rosiges, rundes Gesicht, warme, runde, schwarze Augen hinter runden, metallumrahmten Brillengläsern, runder Kopf mit schwarzen Locken, runder, kleiner Bauch, der ein wenig auf seinem Schoß aufliegt. Bevor er in einem Baumarkt unter eine umstürzende Regalwand geraten und ihm dabei die Lendenwirbelsäule zerquetscht worden war, hatte er eine große Steuerberatungskanzlei geleitet. Eigentlich hatte er nur ein bisschen Klavierdraht besorgen wollen, um in dem Haus, das er mit seiner Frau und den beiden Kindern bewohnte, ein großes Gemälde aufzuhängen. Aber wie es eben so ist – in einem Baumarkt kann man nicht einfach schnell etwas kaufen, ohne sich auch die vielen anderen schönen Sachen anzuschauen. Soweit er sich erinnern kann, gab es keinen besonderen Anlass, weshalb er ausgerechnet diesen Gang mit dem Holz und den Fertigtüren betreten hatte. Man hat auch nie herausgefunden, weshalb die Regale eingestürzt sind, aber genau das ist passiert, und so fielen sie mitsamt ihrer Last zu Boden und begruben alle, die zufällig in der Nähe waren, unter sich. Glücklicherweise hatte sich außer Tom nur noch eine andere Person dort befunden, die aber mit einer Gehirnerschütterung und einem gebrochenen Arm davongekommen war. Tom hatte weniger Glück gehabt.

Er hatte natürlich gegen den Baumarkt geklagt, aber der Prozess hatte sich über Jahre hingezogen. In der Zwischenzeit war seine Kanzlei bankrott gegangen, weil die vielen Operationen und der für das Leben im Rollstuhl notwendige Lern- und Gewöhnungsprozess so viel Zeit in Anspruch genommen hatten. Die Rechtsanwälte des Baumarktes hatten außerdem geltend gemacht, dass er für die Schmerzen und die Querschnittslähmung eine Teilschuld trage, weil er ein intelligenter Mann sei, der in diesem Gang eigentlich gar nichts zu suchen gehabt hatte. Die Geschworenen waren dieser Argumentation jedoch nicht gefolgt und hatten Tom eine halbe Million Dollar zugesprochen. Die Hälfte davon bekamen seine Rechtsanwälte, plus Spesen und sonstige Kostenerstattungen. Dann ließ sich seine Frau von ihm scheiden, weil sie das Zusammenleben mit einem Mann im Rollstuhl nicht ertragen konnte, und zog zusammen mit den Kindern nach Boston, wo auch ihre Eltern lebten. Mit der Scheidung erhielt sie den größten Teil des verbliebenen Geldes und Tom eine Einzimmerwohnung im Apartmenthaus Sea Breeze. Das Einzige, was ihn vor der völligen Einsamkeit bewahrte, war ein Windhund namens Billy Elliot, ein ehemaliger Rennhund, dem Tom das Leben gerettet hatte. Ich nehme an, Tom identifizierte sich irgendwie mit dem Hund.

Tom und ich haben ein Tauschgeschäft vereinbart. Er kümmert sich um meine Steuerangelegenheiten, und ich gehe zweimal am Tag mit Billy Elliot spazieren. Schon bevor ich die Tür aufmachte, konnte ich Billy Elliot mit nervösen Krallen über den Marmorfußboden schlittern hören. Als ich eintrat, sprang er gleich an mir hoch, nur um sich sofort angsterfüllt auf den Boden zu kauern, nachdem ich ihm die flache Hand hingestreckt und »Platz!« gesagt hatte. Es bricht mir jedes Mal das Herz, wenn ein Hund sich so klein macht, weil es ein eindeutiges Indiz dafür ist, dass er in der Vergangenheit geschlagen worden ist.

Ich kniete mich neben ihn und streichelte ihm das glatte Nackenfell. »Du hättest ein fürchterlich schlechtes Gewissen, wenn du an jemandem hochspringen würdest und der dadurch zu Fall käme«, sagte ich. »Und darum ist Hochspringen verboten.«

Er klopfte mit dem Schwanz auf den Boden und grinste mich hoffnungsvoll an. Da hörte ich Toms Stimme, der mir aus der Küche zurief: »Hey, Dixie! Los, erzähl mir was über diese Leiche!«

Billy Elliot kam mir nach und schlug die ganze Zeit mit dem Schwanz gegen meine Beine, während ich Tom eine Zusammenfassung der Geschichte mit dem Toten in Marilees Küche präsentierte.

»Ist Marilee schon verständigt worden?«, wollte Tom wissen.

»Wir wissen nicht, wo sie steckt. Sie hat keine Telefonnummer hinterlassen.«

»Vielleicht weiß ja ihre Großmutter etwas.«

»Marilee hat eine Großmutter?«

»Wir alle haben eine Großmutter, Dixie. Marilees wohnt im Bayfront Village. Sie heißt Cora Mathers.«

Es war mir neu, dass Tom und Marilee einander kannten, aber Tom machte für viele Leute auf der Insel die Steuern.

Ich sagte: »Cora Mathers? Hieß so nicht die Mutter des kleinen Beaver in dieser Fernsehserie Leave it to Beaver?«

»Nein, das war June Cleaver. Der Vater hieß Ward. Ward und June Cleaver. Aber der Junge, der den Beaver gespielt hat, der hieß Jerry Mathers. Vielleicht hieß seine Mutter ja Cora.«

»Möchte wissen, was aus ihm geworden ist.«

»Er hat sich vermutlich seine eigene Insel gekauft oder so was. Es sei denn, irgendjemand hat nicht aufgepasst, und er hat für all diese vielen Folgen kein Honorar bekommen.«

»Meinst du, ich könnte Cora mal anrufen?«

»Aber bestimmt. Nach allem, was Marilee mir erzählt hat, ist sie eine tolle Frau.«

Billy Elliot stieß ein deutliches Wuff aus, das besagte, dass er sich nicht in der Lage sah, unser Gequatsche noch länger zu ertragen. Wir fuhren mit dem Fahrstuhl ins Erdgeschoss, und sobald wir weit genug vom Hauseingang entfernt waren, ließ ich ihn in die Büsche pinkeln. Dann streckte er sich und raste davon, als wäre er wieder auf der Rennbahn und hinter einem falschen Hasen her. Auch wenn er seit seiner Rennsportkarriere ein paar Fettpolster dazubekommen hatte, war er immer noch schneller als die meisten anderen Hunde, und ich rannte wie eine Verrückte hinter ihm her. Als wir schließlich stehen blieben, musste ich mich erst einmal auf die Knie stützen und tief durchatmen, während er um mich herumtänzelte und mir mit leisem, verärgertem Kläffen zu verstehen gab, dass er mit meinem Bremsmanöver nicht einverstanden war. Wir trabten zurück zum Sea Breeze und fuhren mit dem Fahrstuhl wieder nach oben, wo ich ihm die Leine abnahm und an ihrem Platz verstaute. Tom war gerade mit irgendeiner Steuererklärung beschäftigt und knurrte und winkte nur kurz zum Abschied.

Um kurz vor acht hatte ich die letzte Katze gefüttert und ging nach Hause. Michael und Paco standen auf der Terrasse zwischen Haus und Carport vor dem Grill.

Michael sagte: »Beeil dich, Dixie, wir warten nur auf dich.«

Ich rannte nach oben, schälte mich aus meinen Kleidern und warf sie zusammen mit meinen Keds zu den anderen Sachen in der Waschmaschine. Dann nahm ich eine schnelle Dusche, trocknete Körper und Haare ab und zog ein kurzes, trägerloses Baumwollkleid sowie Flip-Flops an. Mein Anrufbeantworter blinkte, also drückte ich noch schnell auf die Wiedergabetaste und hörte Shuga Reasnors Stimme.

»Ich habe darüber nachgedacht«, sagte sie. »Und ich würde gerne noch einmal über die Katze sprechen. Könnten Sie vielleicht zu mir kommen? Rufen Sie mich doch so schnell wie möglich an. Oder kommen Sie vorbei. Ich bin den ganzen Tag über hier.« Dann gab sie noch ihre Adresse durch und legte auf. Eine Roboterstimme teilte mir mit, dass der Anruf um 16.37 Uhr aufgezeichnet worden war. Ich starrte das Gerät wütend an. Ich wollte diese Frau weder besuchen noch sie anrufen.

Dann holte ich tief Luft und wählte ihre Nummer. Ihr Anrufbeantworter war dran und ich war darüber so erleichtert, dass ich die geballte Faust in die Höhe reckte.

Shuga sagte: »Sie sind mit folgendem Anschluss verbunden: …« Dann nannte sie ihre Telefonnummer. Warum geben die Leute eigentlich immer die Telefonnummer an, die man gerade eben gewählt hat?

Ich sprach schnell, für den Fall, dass sie erst hören wollte, wer dran war, und vielleicht doch noch zum Hörer griff: »Ms Reasnor, hier spricht Dixie Hemingway. Ich habe Ihre Nachricht erhalten und werde versuchen, morgen früh gegen neun Uhr bei Ihnen vorbeizuschauen.«

Meine Erleichterung darüber, dass ich nicht dreimal an einem Tag mit Shuga Reasnor reden musste, war so groß, dass ich die Treppenstufen zur Terrasse beinahe hinuntergehüpft wäre. Der Tisch war gedeckt, der Grill heiß und der Wein im Kühler kalt gestellt.

Michael sagte: »Nun, da die Königin erschienen ist, können wir speisen.«

Ich streckte ihm die Zunge raus, und Paco schüttelte den Kopf. »Ihr benehmt euch ja unheimlich erwachsen.«

Michael ist der Küchenchef unserer Familie. Schon seit unserer Kindheit. Er ist auch der Küchenchef der Feuerwache. Michael ist überzeugt davon, dass der George-Foreman-Grill mehr für die zivilisierte Welt getan hat als Einsteins Relativitätstheorie, und am liebsten bereitet er darauf Sachen zu, die lange dauern, zum Beispiel Rippchen oder Bruststücke oder ganze Puten.

Als unsere Mutter uns zum ersten Mal verlassen hat, da war Michael vier und ich zwei Jahre alt. Unser Vater hatte gerade eine Vierundzwanzigstundenschicht auf der Feuerwache und wusste gar nicht, dass sie weggegangen war. Also hat Michael für uns gesorgt, bis er nach Hause kam. Er hat uns Cornflakes mit Milch gemacht, so lange, bis keine Milch mehr da war. Dann haben wir trockene Cornflakes gegessen. Er ist auf einen Stuhl geklettert und hat das Glas mit der Erdnussbutter aus dem Regal geholt, und er hat auch das Glas Traubengelee im Kühlschrank entdeckt. Wir hatten kein Brot, also haben wir es mit dem Löffel gegessen.

Als unser Vater nach Hause kam, da hat er uns gefunden, eng aneinandergekuschelt wie junge Hunde, mit Gelee verschmiert und etwas durcheinander, aber ansonsten unversehrt. Ein paar Tage später war unsere Mutter wieder da, und das Leben ging weiter, als wäre sie nie weg gewesen. Als ich neun war und Michael elf, da hat sie uns endgültig verlassen – nachdem unser Vater bei einem Löscheinsatz ums Leben gekommen war, sodass wir fortan bei unseren Großeltern in ihrem Haus am Golf von Mexiko aufgewachsen sind. Mittlerweile haben wir den Kreis geschlossen. Nach dem Tod unserer Großeltern ist Michael in das Haus zurückgekehrt, und ich habe nach dem Tod von Todd und Christy die Wohnung über dem Carport bezogen. Und immer noch kocht Michael für mich.

Wir waren so sehr daran gewöhnt, das Essen gemeinsam zuzubereiten, dass wir ganz automatisch verschiedene Aufgaben übernahmen. Michael bestrich drei Stachelmakrelen mit Olivenöl, streute Salz und Pfeffer darüber und legte sie auf den Grill. Paco holte eine große Holzschüssel mit Salat und ein Tablett mit aufgeschnittenen Auberginen und Zucchini aus der Küche, und ich tauchte die Gemüsescheiben in Öl. Michael legte sie neben die Makrelen auf den Grill, und Paco machte den Salat mit Olivenöl und Zitronensaft an. Michael drehte die Fische um, und ich schenkte Wein ein. Michael drehte die Gemüsescheiben um, und Paco bot mir einen Stuhl an. Michael schob die Makrelen und das Gemüse auf einen Servierteller, und Paco und ich schnappten uns unsere Gabeln.

Vielleicht gibt es ja noch bessere Möglichkeiten, einen Tag zu beenden, als zusammen mit den Menschen, die man am liebsten um sich hat, auf einer Terrasse zu sitzen, frischen Fisch zu essen und einen spektakulären Sonnenuntergang zu betrachten, aber ich habe bis jetzt noch keine kennengelernt. Die Männer hatten sich rasiert und die schmutzigen Shorts und die Sweatshirts mit den abgeschnittenen Ärmeln abgelegt. Michael trug eine weiße Leinenhose und ein frisches Baumwollhemd mit dünnen weißen und blauen Streifen, Paco eine schwarze Hose und ein weißes Leinenhemd. Im vollen Einklang mit sich selbst und der ganzen Welt strahlten sie jene ganz spezielle maskuline Energie aus, die mit kräftigen Körpern und wohlproportionierten Muskeln einhergeht. Überall in Sarasota gab es Frauen, die ohne zu zögern einen ihrer Eierstöcke dafür gegeben hätten, wenigstens mit einem der beiden zusammen zu sein, und ich hatte sie beide ganz für mich. Und dazu noch ihre ungeteilte Aufmerksamkeit.

Beim Essen erzählte ich ihnen alles, was ich über den Mord wusste: Dass die Lanai-Tür offen gestanden hatte, dass das Schlafzimmer und der Schrank durchwühlt worden waren und wie ich den Toten gefunden hatte. Dass ich Ghost bei Mrs Winnick untergebracht und wie seltsam sie sich benommen hatte. Dass ich Dr. Win getroffen und es so ausgesehen hatte, als hätten die Winnicks sich gerade heftig gestritten. Ich gab die Unterredung mit Guidry Wort für Wort wieder und erzählte ihnen auch von meinen Gesprächen mit Dr. Coffey und Shuga Reasnor. Ich berichtete ihnen, was Judy über Marilee gesagt hatte und wie sie Dr. Coffey den Laufpass gegeben hatte und dass sein blondes Dummchen aus der Koksgasse gekommen war.

In angemessenen Abständen warf einer der beiden ein »Hmm« ein, und als ich Dr. Win erwähnte, verzogen sie gleichzeitig das Gesicht, als müssten sie sich übergeben. Auf großes Interesse stießen vor allem die grässlichen Details im Zusammenhang mit der Leiche, und als ich ihnen erzählte, wie Marilee Dr. Coffey aufs Kreuz gelegt hatte, schüttelten sie missbilligend den Kopf. Vermutlich finden Männer es nicht besonders spaßig zu hören, wie eine Frau einen Mann um eine Million Dollar erleichtert hat.

9

Als ich mit meiner Erzählung fertig war, stellte Michael deutlich hörbar sein Weinglas auf den Tisch. »Halt dich da raus, Dixie. Überlass das der Kriminalpolizei.«

Paco nickte nüchtern. »Damit kannst du in Teufels Küche kommen, Dixie. Halt dich da raus.«

»Ich halte mich ja raus! Habe ich etwa gesagt, ich würde mich nicht raushalten? Mir geht es nur um den Kater. Was, wenn Marilee Doerring nicht mehr zurückkommt? So was kommt vor, versteht ihr das nicht?«

Ich registrierte ihren Gesichtsausdruck und verstummte. Na gut, vielleicht war ich ein bisschen zu sehr in Wallung geraten.

»Ich halte mich da raus«, sagte ich. »Keine Angst.«

Michael meinte lächelnd. »Also gut, Leute, Themenwechsel. Ich stelle hiermit den Antrag, dass wir gemeinsam ein Weile rüber ins Crab House gehen.«

Paco stand auf und sammelte die Teller ein. »Gute Idee. Auf geht's, Dixie, beeilen wir uns.«

Ich wusste, was sie vorhatten. Sie wollten nicht, dass ich mit all diesen Gedanken an Verlust und Tod zu Bett gehen musste. Und um ehrlich zu sein: Ich wollte es auch nicht. Es war zwar fast schon Schlafenszeit, aber durch die Aufregungen, die der Tag gebracht hatte, und mein ausgedehntes Mittagsschläfchen war ich immer noch hellwach.

Das Crab House ist eine direkt an der Bay gelegene Bar. Das Showprogramm reicht von Travestie über Stand-Up-Comedians bis hin zu Rhythm-and-Blues-Konzerten. Es ist einer dieser Läden, wo man zwar nicht unbedingt auf einer Ducati und in schwarzes Leder gehüllt angebraust kommen muss, aber es kann sich als durchaus hilfreich erweisen. Hinter dem Haus zieht sich eine Terrasse entlang, wo man mit Blick auf den Bootsanleger essen kann. Im Inneren, von der Terrasse durch eine Glaswand getrennt, befindet sich ein rechteckiger, von Tischen gesäumter Raum. Die Kunden stammen zur Hälfte von der Insel, zur anderen Hälfte von den Booten, die am Anleger festmachen. Sie sind in der Mehrzahl schwul und tolerant und haben keine Vorurteile gegenüber Heteros. Also genau das, was ich will.

Rechts vom Eingang befinden sich die Bühne und eine kleine Tanzfläche, und noch bevor wir die Tür aufgemacht hatten, konnten wir von drinnen schon ausgelassene Klaviermusik hören. Ein paar Leute tanzten bereits, und schon während wir zu den Tischen gingen, fingen wir automatisch an, mit den Köpfen zu wippen und die Knie im Takt zu beugen. Wir setzten uns an einen Tisch in der Ecke und bestellten bei einem fingerschnipsenden, hüftwackelnden Kellner eine Runde Margaritas.

Über die Musik und das Gelächter hinweg schrie Michael: »Wer spielt denn da?«

»Das ist Phil«, brüllte der Kellner zurück. »Ein echtes Zuckerschnittchen. Die Leute fahren total auf ihn ab.«

Er tänzelte davon, um unsere Drinks zu besorgen, und umkurvte dabei zwei Männer, die einander abwechselnd im Kreis herumwirbelten und dabei immer wieder in die Knie gingen, als wollten sie einen Wiener Walzer parodieren. Die Stimmung kochte fast über, und das lag zum größten Teil an der Musik. Überall wippten Menschen im Takt mit dem Kopf und blickten einander dämlich grinsend an.

Der Kellner kam mit den Drinks wieder zurückgetänzelt und ließ noch einmal kurz die Hüften wackeln, bevor er die Gläser auf den Tisch stellte und wieder davontänzelte. Wir lachten und stießen mit unseren Margaritas an. Michael hatte die perfekte Idee gehabt. Genau das Richtige, um wieder einen freien Blick auf das Leben zu bekommen.

Von meinem Platz aus konnte ich den Rücken des Pianisten und seine blonden Haare sehen. Er besaß breite Schultern, und sein schwarzes Jackett war mit irgendwelchen Glitzerdingern besetzt. Und er besaß lange Knochen. Als er den einen Arm bis zum Ende der Tastatur ausstreckte, da schienen seine Finger spielerisch leicht über die Tasten zu tanzen. Er hatte ganz offensichtlich großen Spaß an seinem Spiel, und das wirkte ansteckend. Ich hätte nicht sagen können, wodurch die Musik so fröhlich klang. Aber was es auch war, die quicklebendige Begeisterung, die dadurch entstand, drang tief in die Seelen der Menschen ein und spülte jede Spur von Zynismus einfach weg.

Da blieb ein Mann mit knitterigen Jeans und Doc-Martens-Schuhen neben mir stehen, und wir hoben alle den Blick. »Ähm, ich hoffe, dass ich hier nicht ganz verkehrt bin, aber hättest du vielleicht Lust zu tanzen?«

Michael bedachte ihn mit einem trägen Grinsen. »Wen meinst du denn?«

Der Mann zwinkerte ihn verwundert an. »Na, sie natürlich.«

Er war offensichtlich kein Einheimischer. Ich tippte auf New York. Michael und Paco wandten sich mir zu, die Augenbrauen hoffnungsfroh erhoben. Der Mann erfüllte alle ihre Kriterien. Er war etwa in unserem Alter und sah gepflegt aus. Seine Stiefel waren sauber und weder sein Hosenstall noch sein Mund standen sperrangelweit offen.

Ich schüttelte den Kopf. »Nein, danke.«

Er wurde rot und wandte sich ab. Ich warf Michael und Paco einen Blick zu und zuckte mit den Schultern. Ich wusste, dass sie es sehr gerne gesehen hätten, wenn ich einen Mann kennenlernen und mich wieder verlieben würde. Sie hatten Todd sehr gemocht, aber mittlerweile waren sie auch bereit, einen Nachfolger zu akzeptieren, und es bereitete ihnen Kummer, dass ich diese Idee nicht in Erwägung ziehen, ja, dass ich nicht einmal mit einem anderen Mann tanzen wollte.

Ich will ja gar nicht ausschließen, dass man auch zwei Mal im Leben der Liebe begegnen kann. So naiv bin ich nicht. Und ich fühle mich auch durch Todd in keiner Weise gebunden – es ist nicht so, dass sein Geist zwischen mir und einem zweiten Mann schweben würde. Wenn Todd überhaupt etwas dazu zu sagen hätte, dann wohl, dass ich mir einen neuen Partner suchen und eine neue Familie gründen sollte. Aber genau diese Vorstellung einer neuen Familie hält mich davon ab. Als Todd und ich Christy bekommen hatten, da waren wir so sehr in unsere rosa Wolke einer frisch entstandenen Familie gehüllt, dass wir überhaupt nicht mehr daran gedacht haben, dass jedes Ding auch eine Kehrseite hat. Wenn eine Familie neu entstehen kann, dann kann sie auch untergehen. Und dieser Untergang kommt einer seelischen Amputation gleich. Das will ich nicht noch einmal riskieren. Und ich kann der Liebe nicht solche Fesseln anlegen. Entweder bedingungslose Liebe ohne Schranken, voller Zutrauen in die Zukunft – oder gar keine Liebe. Und da ich in die Zukunft nicht das geringste Zutrauen haben kann, habe ich mich entschlossen, gar nicht zu lieben.

Kurz nach Mitternacht leitete der Pianist einen Stimmungsumschwung ein. So leise, dass die Leute sogar ihre Unterhaltungen einstellten um ihn hören zu können, spielte er »He Ain't Heavy, He's My Brother«. Überall im Saal wurde es melancholisch und nachdenklich. Für Männer, die ihre Geliebten vor deren Aids-Tod buchstäblich auf Händen getragen hatten, war das mehr als eine sentimentale Ballade. Langsam wurde das Klavierspiel intensiver und leidenschaftlicher, erfüllt von einem Schmerz, der beinahe mit Händen zu greifen war. Niemand redete mehr, niemand rührte sich, und als das Lied zu Ende war, schaute ich zu Michael und Paco hinüber und ertappte sie bei einem Blick, der mir für einen Augenblick das Herz stocken ließ. Sie stellen ihre Gefühle füreinander niemals zur Schau, aber eines lässt sich mit Sicherheit sagen: Ihre Liebe ist nichts für Schwächlinge.

Von diesem Anblick eingeschüchtert, trank ich meinen Margarita aus und fing an, meinen Stuhl zurückzuschieben. Ich musste um vier Uhr aufstehen, und Michael musste um acht in der Feuerwache sein. Was Paco vorhatte, wusste wieder einmal niemand, wie üblich.

»Wir sollten besser gehen«, sagte ich.

Sie nickten und kramten in ihren Hosentaschen nach Geld, während ich schon in Richtung Ausgang ging. Der Pianist erhob sich, um eine Pause einzulegen, und drehte sich zu mir um. Mittlerweile hatte ich das Gefühl, als würde ich ihn kennen. Durch seine Musik hatte er sich fast schon zu sehr geöffnet – ob er nun Freude oder Schmerz ausdrücken wollte, es gab absolut nichts, was ihn dabei von seinen Zuhörern trennte. Unsere Blicke begegneten sich quer durch den Raum, und ich öffnete den Mund, um ihm so etwas wie »Tolle Musik!« oder »Bravo!« oder sonst etwas Anerkennendes zuzurufen. Aber plötzlich zog er ein schuldbewusstes Gesicht und wandte sich ab. Da wurde mir klar, wer er war. Das war der Junge der Winnicks, der schüchterne klassische Pianist, der auf die Juilliard School gehen sollte.

Der Junge setzte sich in Richtung der Toiletten im hinteren Teil der Bar in Bewegung und ließ mich wie angewurzelt stehen. Vom Crab House bis zur Juilliard war es ein ziemlich weiter Weg, und ich konnte mir einfach nicht vorstellen, dass die scheinheiligen Winnicks dem nächtlichen Engagement ihres Sohnes ihren Segen erteilt hatten.

Michael und Paco holten mich ein und Michael hakte mich unter, als ob ich ein wenig Stütze gebrauchen könnte. Paco hielt uns die Tür auf, und wir traten hinaus in die feuchte, warme Luft, in der der salzige Duft der nahe gelegenen Bay lag. Mit knirschenden Schritten überquerten wir den Muschelboden des Parkplatzes. Irgendwo in der sternenbeschienenen Ferne war das gedämpfte Tuckern eines Außenbordmotors zu hören, und aus den dunklen Baumwipfeln drangen die Rufe der Nachtvögel an unser Ohr.

Ich riss mich so lange zusammen, bis wir im Wagen saßen, Michael und Paco vorne und ich hinten. Dann beugte ich mich nach vorne und sagte: »Wisst ihr, wer dieser Klavierspieler war? Das war der Junge, der neben Marilee Doerring wohnt. Dort, wo ich den Toten gefunden habe!«

Und das ist einer der Unterschiede zwischen Männern und Frauen. Wären die beiden Frauen gewesen, dann hätten sie sich jetzt mit offenen Mündern und weit aufgerissenen Augen zu mir herumgedreht. Und sie hätten gesagt: »Nein! Das gibt's doch nicht!«

Da sie aber Männer waren, sagte Michael »Hmm« und Paco gar nichts.

Ich fügte hinzu: »Der ist doch allerhöchstens sechzehn!«

Jetzt drehte sich Paco zu mir um. »Ach was, der ist schon älter. Achtzehn oder neunzehn.«

Michael meinte: »Oh, Gott, es ist schon fast eins. Das wird ganz schön hart morgen früh.«

Manchmal macht das Leben mit Männern einfach keinen Spaß.

Was das Aufstehen betraf, sollte Michael recht gehalten. Als um vier Uhr mein Wecker klingelte, kroch ich mit dröhnendem Margarita-Schädel und äußerst sensiblem Magen aus dem Bett. Früher war das anders gewesen. Da konnte ich auch bis nach ein Uhr nachts noch unterwegs sein und war um vier Uhr trotzdem zumindest andeutungsweise wach. Doch diese Zeiten waren vorbei. Hätte ich nicht gewusst, dass ich für ein halbes Dutzend Haustiere die Verantwortung trug, ich hätte die Schlummertaste gedrückt und noch eine Stunde lang geschlafen. Mit verquollenen Augen schaltete ich die Nachttischlampe ein und tapste barfuß ins Badezimmer, spritzte mir mit mechanischen Bewegungen ein wenig Wasser ins Gesicht und kämmte mich. Ich griff mir saubere Shorts und ein T-Shirt aus dem Kleiderregal und zog mich im Gehen an. Dann fiel mir ein, dass ich auch mit Menschen zu tun haben würde, ging zurück zum Regal und holte mir noch einen BH. Ich klopfte meine Keds aus, um das Ungeziefer herauszuschütteln, das sich womöglich über Nacht darin eingenistet hatte, schlüpfte hinein und band sie zu.

Draußen auf der Veranda blieb ich eine Minute lang stehen und sog die frische, salzige Seeluft ein. Eine sanfte Brise strich kühlend über meine Haut, und im milchigen Licht des Morgens konnte ich über den Wellen die dunklen, gebogenen Rücken springender Delfine erkennen. Solange ich mich auf meine Arbeit konzentrierte und Augenblicke wie diesen erleben durfte, war ich zufrieden. Nicht begeistert, aber zufrieden. Zumindest fühlte ich mich sehr viel besser noch als vor drei Jahren.

Ich polterte die Treppe hinunter, scheuchte eine Möwenkolonie von meinem Bronco und stieg ein. Eigentlich wäre ich lieber mit dem Fahrrad gefahren, aber ich wusste nicht, was der Morgen noch bringen würde. Ich fuhr auf die Midnight Pass Road, auf der mir nicht ein anderes Auto begegnete. Nicht einmal ein Frühjogger war zu sehen. Ich hätte der einzige Mensch auf der ganzen weiten Welt sein können.

Beide Kutschenlaternen an der Garage der Graysons brannten, und ich klopfte mir innerlich auf die Schulter, weil ich daran gedacht hatte, die Glühbirne auszuwechseln. Danach feierte ich mit Rufus unser allmorgendliches Wiedersehen. Sobald wir aus der Haustür waren, fing er an zu bellen und zerrte an der Leine. Ich musste ihn energisch zurechtweisen, damit er aufhörte, und lenkte ihn für sein morgendliches Geschäft in Richtung Bay anstatt, wie sonst, an die Midnight Pass Road. Irgendetwas in diesem Wäldchen übte einen starken Reiz auf ihn aus, so viel stand fest.

Nach dem Spaziergang und nachdem ich ihn gestriegelt hatte, legte ich meine Rechnung auf die Küchentheke und dazu einen Zettel, auf dem ich die Graysons bat, mich gleich nach ihrer Rückkehr heute Nachmittag anzurufen. Anderenfalls würde ich abends noch einmal nach Rufus schauen und ihnen diesen Besuch in Rechnung stellen, egal, ob sie schon da waren oder nicht. Bei solchen Dingen muss man streng sein. Manchmal vergessen die Leute, ihrer Tiersitterin Bescheid zu sagen, wenn sich ihr Flug verspätet oder wenn sie sich entschlossen haben, noch ein paar Tage länger wegzubleiben.

Ich bin weder bereit, meine Verantwortung gegenüber den Tieren schleifen zu lassen, noch will ich mich die ganze Zeit über fragen, ob Herrchen und Frauchen auch wirklich wie verabredet zurückgekommen sind. Daher müssen sie sich nach ihrer Ankunft bei mir melden oder aber für einen überflüssigen Besuch bezahlen.

Ich spendierte Rufus zum Abschied eine extra dicke Umarmung. Er würde mir fehlen.

Als ich die Tür zu Tom Hales Wohnung aufschloss, hoben Tom und Billy Elliot den Kopf. Tom winkte mir kurz zu und richtete seine Aufmerksamkeit anschließend wieder auf den Fernseher.

Eine Frau mit einer schwarzen Stachelfrisur und dunkelroten Lippen hielt sich ein blaues Kugelmikrofon vor den Mund und sprach mit leiser Stimme hinein, ungefähr so wie ein Reporter bei einem Golfturnier.

Hinter ihr war ein breites schmiedeeisernes Tor zu sehen und dahinter eine riesige Villa.

»Mrs Frazier hat bis jetzt noch keine Erklärung abgegeben, und so stehen wir nun hier und warten auf die neuesten Entwicklungen. Nach Angaben des Sarasota County Sheriff's Department hat die Gerichtsmedizin die Leiche immer noch nicht freigegeben.«

Eine Männerstimme aus dem Off sagte: »Gibt es irgendetwas Neues, was die Verbindung zwischen Harrison Frazier und der Frau angeht, in deren Haus er aufgefunden worden ist?«

»Nun, das ist eine interessante Frage, Joel. Nach Angaben

des Sprechers der Familie Frazier gibt es zwischen den beiden nicht die geringste Verbindung. Die Angehörigen sind der Überzeugung, dass er irgendwo anders umgebracht worden sein muss und seine Leiche anschließend in das Haus geschafft wurde.«

Tom schaltete den Fernseher stumm und sagte. »Na, eindeutig ein klassischer Fall von Verdrängung.«

»Der Tote bei Marilee, das war Harrison Frazier?«

»Oh ja, und wenn er nicht schon tot wäre, dann hätte ihn allein die Tatsache, dass er bei Marilee war, garantiert das Leben gekostet.«

Harrison Frazier war einer der reichsten Männer Floridas. Sein Stammbaum reichte praktisch zurück bis zu Ponce de León, dem spanischen Konquistador. Der Name Frazier war so etwas wie der Inbegriff der guten Kinderstube und des guten Geschmacks und zierte in fast jeder Stadt in Florida ein Opernhaus, einen botanischen Garten oder eine öffentliche Bibliothek.

»Du glaubst, dass Harrison Frazier und Marilee einander gekannt haben?«

»Ach, komm schon, Dixie. Wieso sollte jemand auf die Idee kommen, einen Toten in Marilees Haus zu entsorgen? Natürlich haben sie sich gekannt.«

»Glaubst du, dass sie ihn umgebracht hat?«

»Marilee war eigentlich nicht der Typ für so was.«

»Jeder Mensch ist der Typ für so was, Tom. Jeder von uns wäre in der Lage, einen Mord zu begehen.«

Seine Züge wurden härter. »Ich weiß genau, was du meinst.«

»Das wissen wir alle. Bloß dass die meisten das Glück haben, dass diese Augenblicke vorübergehen.«

»Trotzdem, Marilee ist so ein sanftes Wesen. Ich kann mir einfach nicht vorstellen, dass sie jemanden erschießen würde.«

»Haben sie das gesagt? Dass er erschossen wurde?«

»Davon bin ich einfach ausgegangen. Stimmt das denn nicht?«

Ich zuckte mit den Schultern. »Ich weiß nicht. Könnte schon sein.«

Jetzt war der richtige Zeitpunkt, um aufzubrechen, bevor er mich fragen konnte, was ich alles gesehen hatte. Ich machte die Leine an Billy Elliots Halsband fest und ging in Richtung Wohnungstür. Tom sagte: »Dixie, hast du Cora Mathers angerufen?«

Ich schüttelte den Kopf. »Hatte noch keine Gelegenheit. Ich mach es später.«

10

Wir fuhren mit dem Fahrstuhl nach unten, und als wir zur Haustür hinaus kamen, jagte Billy Elliot mit mächtigen Sätzen vorwärts. Ich war froh darüber. Das schnelle Laufen half mir, die Spinnweben, die die Ausschweifungen des vergangenen Abends in meinem Kopf hinterlassen hatten, zu vertreiben. Wir drehten so viele Runden um den gepflasterten Parkplatz, bis wir an die zwei Kilometer geschafft hatten, dann verlangsamte er sein Tempo und fiel in einen zufriedenen Trab. Wenigstens dieses eine Mal hatte er so lange laufen dürfen, wie er wollte. Ich war halb tot, und meine Oberschenkelmuskeln brannten, als würden heiße Spieße darin stecken, aber so hatte ich wenigstens den Restalkohol ausgeschwitzt.

Wieder oben angelangt, schloss ich Billy Elliot die Tür auf und rief Tom einen Abschiedsgruß zu. Dann fuhr ich zu Marilee, stellte den Bronco in der Einfahrt ab und starrte das leer stehende Haus an. Weit und breit war kein Deputy zu sehen, aber das Absperrband hing immer noch da. Ich warf einen Blick hinüber zu den Winnicks, aber dort sah es genauso verlassen aus wie bei Marilee. Ich beschloss, noch einmal vorbeizuschauen, sobald ich meine morgendlichen Pflichten erledigt hatte. Falls Guidry nicht da sein sollte, dann würde ich ihn anrufen und ihn fragen, wann ich Ghost wieder nach Hause bringen konnte.

Ich fuhr rückwärts aus der Einfahrt und steuerte die Midnight Pass Road an. Im Rückspiegel sah ich das Garagentor der Winnicks aufschwingen und einen weißen Jeep Cherokee herausfahren. An der Kreuzung hielt ich an, und der Jeep fuhr ziemlich dicht auf. Am Steuer saß der Junge. Ich konnte sein verzweifeltes Gesicht im Rückspiegel erkennen. Er bremste, sprang aus dem Wagen und kam an meine Fahrertür gerannt. Ich ließ das Fenster herunter und blickte in ein Paar verängstigte rote Augen.

»Auf dem Weg zur Schule?«

»Nein, Madam, heute ist Samstag.«

Oh, Gott, jetzt war ich schon in dem Alter, wo man nicht einmal mehr wusste, welcher Tag eigentlich war. Und nicht nur das! Menschen, die größer waren als ich selbst, sprachen mich mit »Madam« an.

Der Junge warf einen ängstlichen Blick auf das Haus der Winnicks. »Könnten wir uns vielleicht irgendwo treffen und miteinander reden?«

Eigentlich wären jetzt die Katzen an der Reihe gewesen, aber ich brachte es nicht übers Herz, ihn abzuweisen. Außerdem müssen Katzen nicht immer genau zur gleichen Zeit gefüttert werden. Würden sie in freier Wildbahn leben, dann würden ihnen die Nagetiere und Vögel ja auch nicht nach Stundenplan serviert. Also gut, in Wirklichkeit wollte ich natürlich bloß wissen, was er mir zu sagen hatte.

»Wir treffen uns im Village Diner.«

Er fuhr dicht hinter mir her, und wir fanden beide einen Parkplatz direkt vor dem Diner. Vollkommen selbstverständlich hielt er mir die Eingangstür auf. Welches Elternteil hatte ihm wohl so gute Manieren beigebracht? Wahrscheinlich sein Vater. Der Kerl besaß zwar die Seele einer Nacktschnecke, half aber vermutlich jeder Frau in den Mantel. Der Junge trug eine Jeans und ein neongelbes Strickhemd mit blau-weißem Kragen und einer Brusttasche mit Bordüre. Ich hätte eine Menge Geld darauf gewettet, dass seine Mutter diese Garderobe ausgesucht hatte und dass er gar nicht wusste, wie streberhaft er damit aussah.

Als Judy mich mit einem weiteren Vertreter des männlichen Geschlechts erblickte, hob sie fragend die Augenbrauen. Ich winkte ihr mit den Fingern zu, und wir entschieden uns für dieselbe Nische, in der ich schon mit Detective Guidry gesessen hatte. Judy kam mit Kaffee und Tassen direkt hinter uns her.

Ohne mit der Wimper zu zucken, sagte sie zu dem Jungen: »Wünschen Sie einen Kaffee, Sir?«

Er wurde rot und schüttelte den Kopf. »Apfelsaft, bitte.«

Apfelsaft war auch Christys Lieblingsgetränk gewesen. Für kurze Zeit sah ich ihn so, wie seine Mutter ihn wahrscheinlich sah: zwei oder drei Jahre alt und gerade dabei zu lernen, wie man sich Fremden gegenüber verhält. Vermutlich sind es genau diese niedlichen Erinnerungen, die sich immer wieder vor die Realität schieben und Eltern daran hindern, sich beim Anblick dieser schlaksigen Jugendlichen zu erhängen.

Judy sagte: »Möchten Sie etwas zu essen bestellen?«

»Ich habe keinen Hunger«, erwiderte er.

Ich wusste, wie ihm zumute war. Wenn mir etwas auf der Seele liegt, dann kann ich auch nichts essen.

Judy wusste, was ich wollte, also warf sie mir noch einen Blick zu und ließ uns alleine.

Jetzt kam eine Frau mit einem heulenden kleinen Jungen an der Hand herein. Er mochte vielleicht drei Jahre alt sein. Milchkaffeebraune Haut und ein dunkler Lockenschopf über runden schwarzen Augen. Die Frau besaß dieselbe Hautfarbe und seidiges schwarzes Haar, aber ihr gut eins fünfzig großer Körper musste an die hundert Kilo Fett mit sich herumschleppen, und tiefe Falten der Verdrossenheit und des Ärgers zogen sich über ihr Gesicht. Sie hielt die Hand des Jungen fest umklammert und riss und zerrte daran wie an einem verknäulten Gartenschlauch. Dann blieb sie vor einer Nische auf der anderen Seite des Gangs stehen und blaffte: »Halt die Klappe und rutsch rein!«

Der junge Winnick und ich beobachteten, wie der Kleine versuchte, auf die Plastiksitzbank zu krabbeln. Seine Beine waren zu kurz und das Plastik zu rutschig, um sich festzuhalten, und so hing er mit den Beinen hilflos in der Luft. Die

Frau schlug ihm mit der flachen Hand auf den Po. Er erschrak so sehr darüber, dass er den Kopf nach oben riss und damit an die Unterseite der Tischplatte stieß. Die meisten Kinder hätten jetzt angefangen zu weinen, aber er nicht, und das sagte eine Menge aus: Dieser Kleine war Schmerzen gewöhnt und er wusste, dass Weinen ihm nur noch mehr davon einbringen würde.

Sie schob ihn vollends hinein und setzte sich ihm gegenüber. »Und jetzt benimmst du dich«, sagte sie. »Bleib sitzen und sei still.«

Judy nahm die Bestellung der Frau auf, und der junge Winnick und ich wandten uns ab. Ich nippte an meinem Kaffee und sah zu, wie er das Besteck in eine Papierserviette einrollte. Er besaß große Hände mit langen, dünnen Fingern und knubbeligen Knöcheln.

An die Tischplatte gewandt sagte er: »Ich weiß, dass Sie mich gestern Abend gesehen haben.«

»Ich habe dich auch gehört. Du warst fantastisch.«

Er zuckte mit den Schultern und errötete. Es war schwer zu glauben, dass das jener selbstbewusste Pianist vom vergangenen Abend sein sollte.

»Der Kellner hat gesagt, du heißt Phil?«

Er blinzelte ein paar Mal und sagte dann: »Eigentlich Phillip.« Der Arme war nicht einmal in der Lage, sich ein vernünftiges Pseudonym zuzulegen.

»Trittst du eigentlich regelmäßig im Crab House auf?«, wollte ich wissen.

»Ja, schon. Von elf bis eins.« Er schaute mich aus blutunterlaufenen Augen an. »Ich klettere zum Fenster raus und gehe zu Fuß rüber.«

»A-haaaa. Das soll wahrscheinlich heißen, dass deine Eltern davon keine Ahnung haben.«

Er ließ ein ersticktes Lachen hören. »Unter anderem auch davon nicht.«

»Dann bekommst du wohl nicht viel Schlaf.«

»In ein paar Monaten bin ich mit der Schule fertig, und im August gehe ich weg.«

»An die Juilliard.«

»Ja, genau.«

»Freust du dich darauf?«

»Klar.«

»Deine Mom ist wirklich stolz auf dich.«

»Ja, genau, sie redet über nichts anderes. Sie hat jede Menge Fotoalben und Bilder.«

Für einen kurzen Augenblick hatte ich ein Bild vor Augen: Olga Winnick, wie sie alleine in diesem abgedunkelten Haus saß, sich mit ihren Fotoalben und Bildersammlungen beschäftigte und so Zeugnisse einer glücklichen Familie erstellte, die gar nicht existierte. Phillip diente ihr als Werkzeug, mit dem sie sich gegenüber der Außenwelt darstellen konnte, aber das wahre Wesen ihres Sohnes kannte sie gar nicht – sie kannte nur den Sohn, den sie sich geschaffen hatte.

»Wie bist du überhaupt an diesen Job in der Bar gekommen?«

Er warf mir einen kurzen, beinahe schon verschlagenen Blick zu. »Ich kenne jemanden, und der hat dem Besitzer von mir erzählt. Der hat mich dann vorspielen lassen und mich engagiert.«

Ich hätte ziemlich viel Geld darauf gesetzt, dass dieser Jemand, den er kannte, ein älterer Liebhaber war. Er hob den Blick und schaute mir direkt in die Augen. »Werden Sie meinen Eltern davon erzählen?«

Ich spielte mit meiner Kaffeetasse und stellte fest, dass ich bisher noch keinen einzigen Gedanken daran verschwendet hatte. Ich weiß nicht genau, was das über mich aussagt, aber so war es eben.

»Wenn ich deine Mutter wäre, ich würde es schon gerne erfahren, wenn du nachts aus dem Fenster kletterst und in einer Bar Klavier spielst. Aber ich bin nicht deine Mutter und du bist, tja, achtzehn? Jedenfalls geht mich das alles gar nichts an. Vermutlich bekommst du nicht genügend Schlaf, aber abgesehen davon kann ich daran nichts Schlimmes finden. Es ist eine ehrliche Arbeit, es ist keine gefährliche Umgebung, und auf diese Weise kannst du etwas machen, was dir Spaß macht.«

Er schaute mich weiterhin an, als würde er auf etwas warten.

Ich lächelte. »Das ist alles, Phillip.«

Da kam Judy mit meinem Frühstück in der einen und einer Kanne Kaffee in der anderen Hand.

Phillip sagte: »Wenn es Ihnen nicht zu viel Umstände macht, dann hätte ich vielleicht doch gerne ein paar Pancakes.«

»Überhaupt keine Umstände. Möchten Sie Schinken oder Würstchen dazu?«

»Ja, Madam.«

»Was denn nun?«

»Beides, schätze ich.«

Nichts wirkt so appetitanregend wie die Erkenntnis, dass man doch nicht so rettungslos verloren ist, wie man geglaubt hat.

Ich beschäftigte mich für eine Weile mit meinen Spiegeleiern, während er rhythmisch mit den Fingern auf den Tisch klopfte. Seine Fingerspannweite war vermutlich doppelt so groß wie meine beiden nebeneinanderliegenden Hände.

Der kleine Junge auf der anderen Seite des Gangs sagte: »Schau mal, Mama! Ein Mond!«

Er hielt ein dreieckiges Stück Toast in die Höhe, aus dem in der Mitte ein Stück herausgebissen war. Der Umriss sah tatsächlich ein bisschen nach Mond aus. Kluges Kerlchen, dass ihm in dem Alter so etwas überhaupt schon auffiel.

Seine Mutter, die Backen mit mächtigen Wurstbrocken vollgestopft, erwiderte: »Mibb Eschen schbield man nich.«

Seine Miene wurde schlagartig traurig, und er beugte sich wieder über seine Cornflakes.

»Die Polizei war bei uns und hat mit meiner Mom und meinem Dad und mir über diesen Mord gesprochen.«

»Das war keine Polizei«, sagte ich. »Das waren die Leute vom Sheriff's Department.«

»Oh. Na ja, sie wollten wissen, ob wir da drüben irgendetwas gesehen haben. Oder gehört.«

»Und? Hast du?«

Er errötete leicht, rutschte unruhig auf seiner Bank hin und her und schaute zum Fenster hinaus. »Eigentlich nicht.«

Judy kam mit einem Teller voll Pancakes und einem zweiten mit Schinkenscheiben und Würstchen an. »Noch ein bisschen Apfelsaft?«

»Ja, gerne, Madam, wenn es nicht zu viele Umstände macht.«

Sie sauste davon, um ihm seinen Saft zu holen, während ich den Schinken ins Auge fasste und dabei überlegte, was »Eigentlich nicht« wohl zu bedeuten hatte.

Judy brachte uns ein weiteres Glas Saft und schenkte mir Kaffee nach. »Noch einen Wunsch?«

»Alles bestens«, erwiderte ich.

Die Frau auf der anderen Seite des Gangs schimpfte: »Du isst jeden Bissen davon auf. Du wolltest es haben, also isst du es auch auf. Ich bezahle dir doch kein Essen, das du gar nicht aufisst!«

»Armer Junge«, meinte Judy und ging mit ihrer Kaffeekanne weiter.

»Phillip, kennst du Ms Doerring gut?«

»Hmmm-mmmmh.« Den Mund voller Pancakes schüttelte er den Kopf. Ich schlürfte meinen Kaffee und sah ihm beim Kauen zu. Er hatte sämtliche Würstchen auf seinen Teller gehäuft, aber kein einziges Stück Schinken.

Er schluckte und sagte: »Mein Dad war ihr gelegentlich mal behilflich, aber ich habe noch nie ein Wort mit ihr gewechselt.«

Ich sagte: »Dürfte ich mir vielleicht eine von deinen Schinkenscheiben nehmen? Ich esse normalerweise ja keinen Schinken, aber der da sieht wirklich so lecker aus …«

»Oh, na klar! Klar! Kein Problem!« Ich hatte das Gefühl, als wollte ich einem Kleinkind den Lutscher wegnehmen.

Die Parfümhersteller sollten mal den Geruch nach knusprigem Schinken in Flaschen füllen. Vergesst alle Pheromone! Einer Frau mit ein paar Spritzern Schinkenfett hinter den Ohren würde garantiert jeder Mann im Umkreis von fünf Kilometern hinterherlaufen. Jede Wette. Ich biss immer nur winzig kleine Stückchen ab, damit ich länger etwas davon hatte, und sagte: »Wobei?«

Es dauerte eine Weile, bis er begriffen hatte, an welcher Stelle ich den Faden wieder aufnehmen wollte. »Wasserleitungen und so.«

»Sie ruft ihn an und bittet ihn, ihr bei irgendwelchen Reparaturen behilflich zu sein?«

Er kaute noch ein bisschen und überlegte, was er antworten sollte. »Eigentlich kann man nicht sagen, dass sie ihn anruft. Ein paar Mal hat ihr Garagentor offen gestanden, als er nach Hause gekommen ist, und sie war auch gerade da, verstehen Sie? Ich schätze mal, er hat sie gesehen und hat sie gefragt, ob er ihr was helfen kann.«

So sehr ich mich auch bemühte – ich konnte mir einfach nicht vorstellen, wie Marilee Doerring in ihrer Garage stand und einen Saugglocke für ihre verstopfte Toilette oder eine Dichtung für einen tropfenden Wasserhahn suchte.

»Das ist aber nett von ihm.«

»Ja.«

Schweigend aßen wir eine Weile weiter. Während er sich eine übervolle Gabel nach der anderen einverleibte, bekämpfte ich die Wut, die in mir aufkeimte, als ich an Carl Winnick denken musste und daran, wie er eine Stunde seiner Sendezeit dafür genutzt hatte zu behaupten, dass Christy noch am Leben wäre, wenn ich zu Hause geblieben wäre, wo ich hingehörte, anstatt als Mann verkleidet in einer Deputy-Uniform herumzulaufen. Er hatte sogar gegen die Witwenrente protestiert, die ich vom Sheriff's Department zugesprochen bekam, mit der Begründung, die Steuerzahler sollten nicht dafür büßen müssen, dass ich eine schlechte Ehefrau und Mutter gewesen sei.

Eingehend betrachtete ich Phillips Gesicht und machte mir klar, dass der Junge nicht sein Vater war. Es gab keinen Grund, ihn dafür verantwortlich zu machen, dass sein Vater ein arroganter Vollidiot war.

»Ich habe den Eindruck, als könnte deine Mutter Ms Doerring nicht besonders gut leiden.«

»Meine Mom hält sie für eine Schlampe«, erwiderte er. »Und das ist sie wahrscheinlich auch.«

Dieser Satz hatte so beiläufig geklungen, dass ich mich an meinem Kaffee verschluckte. Während ich noch hustete und röchelte und mir mit einer Papierserviette Luft zufächelte, meinte Phillip grinsend: »Das hätten Sie wohl nicht gedacht, dass ich das weiß.«

So langsam fing ich an, diesen Jungen zu mögen. Nach vier Jahren auf dem College weit weg von hier war er wahrscheinlich genauso glatt gebügelt wie sein Vater, aber – im Gegensatz zu ihm – kein Schaumschläger. Dieser Junge war eine ehrliche Haut.

Die Frau in der Nachbarnische stand auf und zog sich das Kleid über den Speckwülsten glatt. »Los geht's«, sagte sie. »Wir haben nicht den ganzen Tag Zeit.«

Ich sah zu, wie der kleine Junge von der Sitzbank rutschte und seiner Mutter zur Kasse folgte.

Dann holte ich ein paar Geldscheine aus meinem Rucksack und legte sie auf den Tisch. »Meine Katzen warten«, sagte ich. »Bis demnächst, wahrscheinlich.«

Phillip hatte den Mund voll und während er zu mir hinauflächelte, entdeckte ich einen winzigen Sirupklecks an seinem Kinn. Ich widerstand dem Drang, auf eine Serviette zu spukken und den Sirup wegzuwischen, und ging in Richtung Tür zur Kasse. Vor mir stand die Frau, zählte Kleingeld auf die Theke und schimpfte mit ihrem kleinen Jungen. Draußen stellte ich meinen Fuß auf einen der Metallbügel, die die Grenze zwischen Parkplätzen und Fußweg markierten. Ich machte die Schleife an meinem Schuh auf und wieder zu und wartete auf den Jungen und seine Mutter.

Da ging die Tür auf und die Frau legte dem Kleinen die Hand zwischen die Schulterblätter und schob ihn vorwärts. »Jetzt geh endlich, verdammt noch mal!«

Ungefähr zwei Nanosekunden später war ich von meinem Metallbügel aus herumgewirbelt und drückte sie nun gegen die stuckverzierte Hauswand des Diners. Mein Unterarm lag quer über ihrer Kehle. »Sie haben da ein wunderbares Kind, das eigentlich etwas sehr viel Besseres als Sie verdient hätte. Entweder Sie behandeln ihn auf der Stelle sehr viel freundlicher als bisher oder ich sorge dafür, dass er Ihnen weggenommen wird und zu Menschen kommt, die ihn wirklich lieben, das schwöre ich.«

Aller Zorn war aus ihrem Gesicht gewichen. Sie hatte Angst und sie hatte allen Grund dazu. Da traf mich irgendetwas am Knöchel, mit Wucht, und ich schaute hinab. Der kleine Junge starrte mich wütend an und war bereit, mich gleich noch einmal zu treten.

»Lass meine Mama in Ruhe!«

Ich ließ sie los und sie griff sich mit beiden Händen an die Kehle, als hätte sie Angst, es könnte ein Loch darin sein. Die Tür des Lokals ging auf, und eine ganze Familie kam heraus – Mutter, Vater, drei Kinder. Sie strömten an uns vorbei, ohne uns groß zu beachten, der Vater neckte eines der Kinder und die anderen lachten, so wie vertraute Familienmitglieder über familieninterne Scherze lachen. Sie gingen auf dem Bürgersteig zu ihrem Minivan und stiegen redend und lachend ein.

Die Frau beobachtete mich mit verängstigtem Blick. Der kleine Junge schmiegte sich an ihr Bein, und sie hatte ihm die Hand auf den Kopf gelegt.

»Okay«, sagte ich. »Das wäre alles.« Mit vehementen Schritten ging ich den Bürgersteig entlang zu meinem Auto.

Meine Hände zitterten so sehr, dass ich nur unter größter Anstrengung die Tür aufschließen konnte. Ich ließ den Kopf auf das Lenkrad sinken und wartete darauf, dass mein Körper das Adrenalin wieder abbaute und das Zittern aufhörte.

Mir war schlecht. Ich schämte mich. Sergeant Owens hatte recht gehabt. Ich war noch nicht so weit, um mit Menschen zu tun zu haben.

Vielleicht werde ich nie wieder so weit sein.

11

Nachdem ich mich wieder in den Griff bekommen und meine Katzen versorgt hatte, fuhr ich in eines der noblen Sträßchen am Rand der Roberts Bay um Shuga Reasnor zu besuchen. Ihr Haus, ein leuchtend weißer Stuckgigant in Form eines breit angelegten V, lag versteckt hinter einem kleinen Hain aus Königspalmen, und seine hoch aufragenden Seitenflügel verliehen ihm das Aussehen eines Albino-Fregattenvogels im Flug.

Ich ließ den Bronco in der kreisförmigen Auffahrt stehen, stieg aus und zog mir erst einmal die Shorts aus dem Schritt, bevor ich die drei breiten Steinstufen zum Hauseingang emporging. Die Haustür bestand aus einer riesigen, dicken Glasscheibe, die den Blick durch das gesamte Haus hindurch bis auf den Lanai freigab. Auch wenn ich ihn nicht sehen konnte, wusste ich, dass der Swimmingpool fast schon olympische Ausmaße hatte und entweder mit sämtlichen Extras, die ein Mensch sich ausdenken konnte, oder mit einem Wasserfall ausgestattet war. Oder mit beidem. Ich drückte die Türklingel – eine Bronzeplatte, auf der man einen ganzen Truthahn hätte servieren können – und betrachtete wartend die gläserne Haustür. Wenn dieses Ding auseinanderbrach, während man gerade ins Haus ging, dann hätte schon ein einziger Splitter genügt, um einem den Kopf vom Rumpf zu trennen.

Durch die Glaswand am hinteren Ende des Hauses war nun eine Frau zu erkennen. Sie kam aus dem Lanai, trat durch die Schiebetür ins Haus und kam auf mich zu, wobei sie mich gründlich von oben bis unten musterte.

»Sind Sie Dixie? Tut mir leid, dass es so lange gedauert

hat, aber ich habe gerade die Pflanzen auf dem Lanai gewässert. Kommen Sie rein.«

Shuga war solariumgebräunt und hatte lange blonde Haare, wie sie entweder bei Fünfzehnjährigen vorkommen – oder aber bei Frauen, die einen Haufen Geld für Echthaarverlängerungen ausgegeben haben. Auch ihre Haut war weich und straff wie die einer Fünfzehnjährigen, und ihr Körper wirkte durchtrainiert und jugendlich. Sie trug ein kurzes schwarzes Tank-Top und eine tief geschnittene weiße Jeans, die den Blick auf ihren flachen Bauch und die zarte Rundung ihres Bauchnabels freigab. Nur ihr wissender Blick und die sehnigen Arme verrieten ihr wahres Alter, das irgendwo zwischen fünfunddreißig und fünfundvierzig liegen musste. Barfuß führte sie mich ins Wohnzimmer, wobei ihre Füße winzige feuchte Spuren auf den schwarzen Bodenfliesen hinterließen. Hinter den gläsernen Schiebetüren lag, wie eine grüne Anakonda inmitten eines Topfpflanzendschungels, ein zusammengerollter Wasserschlauch.

Sie deutete auf einen Kaffeetisch, der ungefähr die Größe meines Bettes besaß, pickte sich eine Zigarette aus einem Rauchwarenbouquet in einer extra dafür gedachten Kristallschale und schaffte es, mich mit einer einzigen Handbewegung gleichzeitig zum Rauchen und zum Sitzen einzuladen. Ihre Fingernägel sahen aus wie die Heckspoiler eines Porsche – elegant und geschwungen und feuerrot. Kopfschüttelnd lehnte ich die Zigarette ab und ließ mich auf ein geschwungenes, in rosenfarbenes Leinen gehülltes Sofa sinken. Das ganze Zimmer war, wie Shuga auch, wunderbar zurechtgemacht, aber dennoch war unterschwellig eine gewisse durchtriebene Härte zu spüren, die sich weder durch Kosmetikpräparate noch durch Geld übertünchen ließ.

Ohne Umschweife kam sie zur Sache. »Ich war am Telefon nicht ganz ehrlich zu Ihnen. Ich möchte gar nicht über die verdammte Katze sprechen, sondern über Marilee. Ich mache mir Sorgen um sie. Dieser Detective war bei mir, ich weiß also von dem toten Mann in ihrem Haus, diesem ... wie hieß er gleich noch mal? Aber mehr wollte er mir nicht sagen. Sie wissen ja, wie diese Polizisten sind ... die verraten einem überhaupt nichts, auch wenn man die beste Freundin von jemandem ist. Aber Sie arbeiten ja bei ihr im Haus, also wissen Sie doch bestimmt mehr als die Polizei.«

Bei ihren letzten Worten hatte sie ein künstliches Lächeln aufgesetzt, so als wäre ihr gerade eingefallen, dass sie etwas von mir wollte und sich deshalb besser ein bisschen einschmeicheln sollte.

»Dass ich dort arbeite, kann man nicht gerade sagen«, erwiderte ich. »Ich komme ja bloß zweimal am Tag vorbei und versorge die Katze.«

»Und Sie wissen nicht, wo sie hingefahren ist?«

»Nein. Deshalb habe ich Sie ja angerufen. Sie hat mir keine Telefonnummer hinterlassen.«

»Der Detective hat gesagt, sie würde ungefähr eine Woche lang wegblieben.«

Sie schaute mich mit erhobener Augenbraue an, als ob ich jetzt an der Reihe sei. Ich blieb stumm. Shuga Reasnor wollte irgendwelche geheimniskrämerischen Ratespielchen mit mir spielen, aber daran würde ich mich nicht beteiligen.

Seufzend stieß sie eine Rauchwolke aus. »Was mich interessiert, ist Folgendes: Woher will die Polizei wissen, dass sie überhaupt die Stadt verlassen hat? Hat das irgendjemand nachgeprüft?«

Ich dachte an den Föhn auf ihrer Badezimmerablage. »Gibt es denn einen triftigen Grund zu der Annahme, dass sie es nicht getan haben könnte?«

Sie zog an ihrer Zigarette und ließ den Blick zu den Pflanzen auf dem Lanai hinausschweifen, als hoffte sie auf eine Eingebung von dort. Dann ließ sie sich abrupt auf einen Sessel sinken und starrte mich durchdringend an. »Könnte schon sein, aber Marilee würde mich umbringen, wenn ich das verrate.«

»Ms Reasnor, wenn Sie irgendetwas wissen, das auf ein Verbrechen hindeuten könnte, dann sollten Sie mit dem Detective darüber sprechen.«

»Sie können mich Shuga nennen«, erwiderte sie mit kehliger Stimme. Der verführerische Klang war sorgfältig einstudiert.

Ich blickte sie ungerührt an, und ihre Mundwinkel zuckten ungeduldig. »Menschen haben Geheimnisse«, sagte sie. »Jeder Mensch hat Geheimnisse. Sie wahrscheinlich auch.« Sie verengte die Augen zu Schlitzen und starte mich an, als überlegte sie, welche Geheimnisse ich wohl haben mochte.

»Und Sie haben Angst, dass Marilee wütend auf Sie wird, wenn Sie eines ihrer Geheimnisse preisgeben.«

»Verdammt noch mal, ja. Wären Sie nicht auch wütend, wenn Ihre beste Freundin eines Ihrer Geheimnisse ausplaudern würde?«

Ich zuckte mit den Schultern und stand auf. Für so etwas hatte ich wirklich keine Zeit. »Dann behalten Sie es doch für sich.«

Sie schlug die Beine übereinander und ließ den Unterschenkel auf und ab schwingen wie eine aufgeregte Katze den Schwanz. »Gestern Abend habe ich dort angerufen, wo sie vielleicht sein könnte. Aber sie war nicht da.«

Ich setzte mich wieder. »Aber Sie haben doch gesagt, Sie wüssten gar nicht, wo sie sein könnte.«

»Da habe ich ja auch noch nicht gewusst, dass es einen Mord gegeben hat.«

»Aber den Detective haben Sie angelogen, nachdem Sie es gewusst haben.«

»Ich bin mir nicht sicher, ob sie wirklich dorthin gegangen ist. Sie hat mir ja schließlich nichts davon gesagt.«

Ihr Unterschenkel schwang schneller, und sie zog heftig an der Zigarette. Dann stapfte sie mit dem baumelnden Fuß auf den Boden, beugte sich vor und blickte mich durchdringend an.

»Es ist verdammt seltsam. Einfach verdammt seltsam. Alle Medien sind voll von Berichten über den Mord, also warum hat sie sich noch nicht gemeldet?«

Um ehrlich zu sein, diese Frage hatte ich mir auch schon gestellt.

Ich sagte: »Wenn Sie sich wirklich Sorgen um sie machen, dann sollten Sie den Ermittlungsbehörden alles sagen, was Sie wissen.«

Sie beugte sich nach vorne und drückte ihre Zigarette in einem Kristallaschenbecher aus, in dem schon etliche mit Lippenstift verschmierte Stummel lagen. Dann zündete sie sich die nächste an – mit zitternden Händen dieses Mal. »Ich überlege es mir«, sagte sie. »Ich überlege es mir wirklich ernsthaft. Sie werden doch nichts verraten, oder? Ich meine, ich weiß ja gar nicht, ob sie wirklich da hingegangen ist.«

Ich stand auf. »Es sei denn, ich habe das Gefühl, dass es sein muss. Versprechen kann ich gar nichts.«

Sie nickte, und für einen kurzen Augenblick sah ihr Gesicht so alt aus wie ihre Hände.

Ich ging durch die gewaltige Glastür nach draußen und die Treppenstufen hinunter zu meinem Bronco. Dabei spürte ich die ganze Zeit Shuga Reasnors Blicke in meinem Rücken. In zweierlei Hinsicht war ich mir ganz sicher: Sie hatte gehofft, mich benutzen zu können, und sie hatte mich angelogen, ohne mit der Wimper zu zucken. Aber in welchem Punkt?

Ich besitze ein hervorragendes Gedächtnis in Bezug auf das, was Menschen gesagt haben, und wie sie es gesagt haben, und das ist Segen und Fluch zugleich. Angefangen hat es in meiner Kindheit, als ich immer sehr genau darauf achten musste, was meine Mutter sagte, um zu wissen, was gelogen war und was nicht. Nur so konnte ich mich auf plötzliche Stimmungsschwankungen und unvorhergesehene Ereignisse einstellen, auch wenn es nicht jedes Mal geklappt hat. Mit der Zeit wurde ich immer besser, und jetzt ist es mir zur zweiten

Natur geworden, als hätte ich einen eingebauten Lügendetektor.

Ich schlängelte mich durch die gewundenen Sträßchen, ging das gesamte Gespräch mit Shuga noch einmal durch, hatte ihre Stimme und jede Veränderung ihres Tonfalls im Ohr. Ich fuhr am Städtchen und an der Feuerwache vorbei, völlig automatisch, während ich das Gespräch noch einmal vor meinem inneren Ohr ablaufen ließ. Dann wiederholte ich es, spulte zurück wie bei einem Kassettenrekorder und fing noch mal von vorne an. Sie war nervös gewesen, aber auch ehrliche Menschen können nervös sein, wenn sie über Dinge reden, die ihnen unangenehm sind, und ihre Scheu vor dem Geheimnisverrat hätte durchaus als plausible Erklärung für ihre Nervosität dienen können.

Als ich über den Muschelweg zu unserem Haus fuhr, kam mir eine schwarze Harley-Davidson entgegengebraust. Der Fahrer hatte die buschigen schwarzen Haare mit einem Tuch zusammengebunden. Ein dichter Bart bedeckte die untere Hälfte seines Gesichts, und seine Augen verschwanden hinter einer dunklen Sonnenbrille. Er trug eine schwarze Lederweste und ausgewaschene Jeans. Schwarze Stiefel. Ich hielt am Wegrand an, um ihn vorbeizulassen, und schaute auf seine rechte Hand. Als er an mir vorbeifuhr, streckte er kurz den Zeige- und den Mittelfinger aus.

Er brauste auf die Midnight Pass Road, und ich fuhr bis zum Ende der Zufahrt. Die gestreckten Finger waren das Zeichen, das Paco und ich vereinbart hatten, falls ich ihm einmal bei einer verdeckten Ermittlung begegnen sollte. Sonst hätte ich vielleicht befürchtet, ein Serienmörder hätte sich auf unserem Grundstück herumgetrieben.

Ich ließ das Gespräch mit Shuga noch einmal ablaufen, aber dieses Mal nicht als Hörspiel, sondern als Stummfilm. Ich sah Shugas Gesicht, ihr baumelndes Bein, ihre Finger, wie sie eine Zigarette ausdrückten. Auf die eine oder andere Weise verraten sich Lügner immer. Manche fangen übermäßig an zu schwitzen, manchen rutscht die Stimme in verräterische Höhen, und manche wenden den Blick nach rechts oben, als könnten sie dort das Märchen sehen, das sie sich gerade ausdachten. Ich war mir hundertprozentig sicher, dass Shuga Reasnor gelogen hatte, ich hatte nur noch nicht herausgefunden, an welcher Stelle sie sich verraten hatte.

Ich fuhr auf meinen Stellplatz und blieb bei laufendem Motor sitzen, die Augen starr auf den vor mir liegenden Golf von Mexiko gerichtet, ohne jedoch irgendetwas anderes wahrzunehmen als die Bilder in meinem Kopf. Wie ein Film liefen sie ab, und ich verlangsamte diesen Film immer mehr, bis ich ihn beinahe Bild für Bild sehen konnte. Dann hatte ich es. Als Shuga von dem Toten gesprochen hatte, da hatte sie gesagt: »Dieser ... wie hieß er gleich noch mal?« Dabei war ihr Blick für einen kurzen Augenblick an den rechten Rand der Zimmerdecke gerutscht – ein sicheres Zeichen dafür, dass sie sich gerade eine Lüge ausgedacht hatte. Jetzt, wo ich das Zeichen erkannt hatte, merkte ich, dass schon ihre Worte verräterisch gewesen waren. Dass sie unbedingt den Eindruck hatte erwecken wollen, von einem Mann, den jeder halbwegs bei Verstand befindliche Einwohner Floridas kannte, noch nie etwas gehört zu haben. Shuga Reasnor kannte Harrison Frazier. Entweder stand sie selbst in einer persönlichen Beziehung zu ihm, oder sie wusste über Marilees Beziehung zu ihm Bescheid.

Eine leise Stimme in meinem Kopf sagte: »Sag bloß, Sherlock! Das hast du gerade eben rausgekriegt?«

Ich hätte es von Anfang an wissen müssen, so wie Tom Hale. Aber ich hatte mich so sehr darauf konzentriert, einen Schritt vor den anderen zu setzen, dass ich über die Einzelheiten der Tat gar nicht nachgedacht hatte. So musste sich auch Schneewittchen gefühlt haben, nachdem der Prinz sie mit einem Kuss aus ihrem Todesschlaf geweckt hatte. In gewisser Weise hatte auch ich drei Jahre lang in einer Art Todesschlaf gelegen. Doch jetzt fing ich an aufzuwachen.

Ich stieg die Stufen zu meiner Veranda hinauf und klappte die beiden Türflügel auf, damit die Meeresbrise die abgestandene Morgenluft vertreiben konnte, ging ins Badezimmer und putzte mir die Zähne. Mein Anrufbeantworter blinkte nicht, und so ging ich auf die Veranda und ließ mich in die Hängematte sinken.

Ich dachte über diese vielsagende Härte nach, die Shuga Reasnor wie eine Aura umgeben hatte, und über ihren opulenten Lebensstil. Meine Vermutung war, dass sie auf die harte Tour zu ihrem Geld gekommen war, dass sie sich also entweder in regelmäßigen Abständen auf den Rücken oder aber in ein Ehebett gelegt hatte, neben einen Mann, der angenehmerweise verstorben war, ohne irgendwelche anderen Erben zu hinterlassen. Nach allem, was ich wusste, war es durchaus denkbar, dass auch Marilee auf diese Art und Weise an ihr Geld gekommen war.

War Marilee dabei gewesen, als Harrison Frazier diesen Schlag auf den Hinterkopf bekommen hatte? War sie dabei gewesen, als sein Kopf mit dem Gesicht nach unten in Ghosts Wasserschale festgeklebt worden war? Vielleicht hatte Marilee eine Affäre mit ihm, und seine Frau war ihm gefolgt und hatte ihn getötet. Aber was hatte sie dann mit Marilee angestellt? Vielleicht war ja auch Marilee die Mörderin. Er war zwar groß, aber mit einem Baseball- oder einem Golfschläger kann jede Frau auch einen starken Mann bewusstlos schlagen. Aber Marilee wäre doch nicht so dumm gewesen, in ihrer eigenen Küche einen Mann umzubringen und ihn anschließend mit dem Kopf in der Wasserschale ihrer Katze liegen zu lassen. Es sei denn, sie rechnete damit, dass die Leute sie nicht für so dumm und deshalb für unschuldig halten würden. Und wo, zum Teufel, war Marilee überhaupt? Wenn sie ihn umgebracht hatte, dann konnte sie jetzt schon am anderen Ende der Welt sein. Mit all ihrem Geld konnte sie sich eine neue Identität kaufen, sich die Haare färben, ein unauffälliges Leben führen und blieb vielleicht für immer verschwunden.

Ganz egal, wer Harrison Frazier umgebracht hatte, Shuga Reasnor hatte recht: Es war verdammt seltsam, dass Marilee sich nicht gemeldet hatte.

Die Hängematte schaukelte ruhig und gleichmäßig in der Meeresbrise. Die Möwen kreischten und beschrieben am wolkenlosen blauen Himmel ihre Kreise. Die Wellen der Brandung schwappten unablässig an den Strand, und ich war hellwach. Schließlich gab ich es auf und schnappte mir meine Autoschlüssel. Ich konnte doch nicht einschlafen. Olga Winnick hielt Marilee für eine Schlampe. Kristin Lord hielt sie für ein Raubtier. Tom Hale hatte sie als sanftes Wesen bezeichnet. Shuga Reasnor kannte eines ihrer Geheimnisse, wollte es aber nicht verraten. Ich wusste nichts weiter über sie, als dass sie ordentlich und reinlich war und sich vorbildlich um ihre Katze kümmerte. Ich wollte erfahren, was ihre Großmutter über sie zu sagen hatte.

12

In Sarasota gibt es eine ganze Anzahl von Seniorenwohnanlagen und Einrichtungen für betreutes Wohnen, und Bayfront Village ist eine der exklusivsten Adressen dieser Art. Als Hauptgebäude dient ein rosafarbenes Backsteinmonstrum, eine undefinierbare Mischung aus gotischen Türmchen, mediterranen Torbogen, einem roten Ziegeldach und türkisfarbenen Jugendstilelementen zur Verzierung. Ich fuhr über eine mit Pflastersteinimitat belegte Einfahrt und hielt unter einem Säulengang an, wo ein Parkwächter in Uniform mir höflich die Tür aufhielt. Als er sich in meinen Bronco setzte, um ihn an irgendeinem geheimen Ort zu parken, spürten die breiten Glastüren meine Anwesenheit und schoben sich seufzend beiseite. Das höhlenartige Foyer, das ich nun betrat, war allem Anschein nach von einer Kommission im Fieber liegender Innenarchitekten entworfen worden, die hier eine Möglichkeit gesehen hatten, sämtliche Patzer, die sie bei anderen Kunden nicht losgeworden waren, zu verwirklichen. Die Bezüge der bis zum Bersten gestopften Sofas zeigten Szenen einer Fuchsjagd, dazwischen standen indische Statuen und vergoldetes Rokoko. Gipsengel mit dicken Backen im Wechsel mit eleganter dänischer Moderne und Chintzrüschen.

Silberhaarige Männer und Frauen bewegten sich durch das Foyer, ein paar gingen auch nach draußen auf die Autos zu, die unter den Säulengang gefahren wurden. Die große Mehrheit schob kleine dreirädrige Gehhilfen vor sich her, die wie leere Puppenwagen wirkten. Das überraschte mich nicht. Allein die Inneneinrichtung konnte bereits heftige Schwindelattacken verursachen. Trotz der brütenden Hitze draußen waren die meisten in einen Pullover gehüllt.

Ich fühlte mich beinahe abstoßend jung und fit und kam an einer Staffelei vorbei, auf der ein großes Pappschild mit den Angeboten der laufenden Woche stand. Es wurde von blinkenden Lichtern umrahmt – meines Erachtens eine ziemlich geschmacklose Methode, um Aufmerksamkeit zu werben, aber trotzdem las ich es im Vorübergehen. Unter anderem wurde auch ein Vortrag von Dr. Gerald Coffey mit dem Titel »Hilfe für das Herz« angekündigt.

Ich trat an den Empfangsschalter und teilte einer ruhigen, jungen Frau mit maßgeschneidertem schwarzem Anzug mit, dass ich Cora Mathers besuchen wollte.

»Werden Sie erwartet?«

»Nein. Es wäre sicher besser gewesen, wenn ich mich vorher telefonisch angemeldet hätte, aber ich bin einfach auf gut Glück hergefahren.«

»Ich sage ihr Bescheid. Wie heißen Sie?«

»Dixie Hemingway, aber sie kennt mich gar nicht. Sagen sie ihr bitte, ich sei die Katzensitterin ihrer Enkelin.«

»Die Katzensitterin ihrer Enkelin?«

»Ich kümmere mich um die Katze ihrer Enkelin, wenn diese verreist ist. Sie ist weggefahren, ohne mir eine Telefonnummer zu hinterlassen, und ich hoffe, dass Mrs Mathers eine Möglichkeit hat, mit ihr Kontakt aufzunehmen.«

Sie nickte und drückte ein paar Tasten. Ich konnte das Klingeln am anderen Ende der Leitung hören. Nach dem neunten oder zehnten Mal wollte ich schon wieder gehen. Die junge Frau ließ sich jedoch nicht aus der Ruhe bringen, und so wartete ich ab. Nachdem es an die dreißig Mal geklingelt hatte, meldete sich eine Stimme. Die junge Frau erklärte, weshalb ich gekommen war, und hörte dann aufmerksam zu, während die Person am anderen Ende der Leitung zu einer längeren Antwort ansetzte. Sie sagte: »Okay, Mrs Mathers, ich richte es ihr aus«, und legte den Hörer auf die Gabel.

»Sie sagt, Sie sollen hochkommen«, meinte sie dann. »Sie

wohnt im sechsten Stock. Wenn Sie aus dem Fahrstuhl kommen, links, Zimmer Nummer sechshundertdreizehn.«

Der Fahrstuhl war mit Spiegeln verkleidet, und so strich ich mir während der Fahrt nach oben die Haare glatt und versuchte, ein paar Falten in meinen Shorts zu glätten. Im sechsten Stock stieg ich aus und wandte mich nach rechts. Mitten im Flur stand eine winzige Frau mit strähnigen weißen Haaren und schwenkte einen mit Sommersprossen übersäten Arm mit großer Geste hin und her wie ein Arbeiter vor einer Autobahnbaustelle. Sie trug weite Shorts mit exotischem Papageienmuster und dazu eine leuchtend rote Bluse, die locker über ihre schmalen Hüften fiel. Ihre bleichen Beine waren dünn wie die eines Kindes und wenn sie sich auf die Zehenspitzen stellte, kam sie vielleicht auf knapp über eins fünfzig.

»Hier bin ich«, rief sie. »Kommen Sie.« Sie strahlte mich mit einer solchen Herzlichkeit an, dass ich einen Stich in der Brust fühlte und mich nach meiner eigenen Großmutter sehnte.

Beim Näherkommen sagte ich: »Vielen Dank, dass Sie sich bereit erklärt haben, mit mir zu sprechen, Mrs Mathers. Ich heiße Dixie Hemingway.«

Sie wandte sich ihrer Wohnungstür zu und winkte mich mit dem gekrümmten Zeigefinger zu sich. »Ich weiß«, sagte sie. »Das hat Debby am Telefon schon gesagt. Sind Sie irgendwie mit Ernest Hemingway verwandt?«

»Nein, leider nicht.«

Mit ihren winzigen Schritten kam sie nur zentimeterweise voran. Dabei sagte sie: »Kein Grund zum Bedauern, finde ich. Er hatte keinen starken Charakter. Oh, als er jung war natürlich schon – all dieses Geprotze und seine ganzen Angebereien, aber als es wirklich darauf ankam, da hat er es nicht ertragen. Er hat sich ja erschossen. Ist alt geworden und hat sich erschossen. Jung zu sein ist leicht, das kann jeder, aber alt zu werden, das erfordert echten Mut.«

Mittlerweile hatten wir einen kleinen Flur durchquert, an

dessen Wänden gerahmte Pflanzendrucke hingen. Ihr Apartment duftete nach Schokoladenkeksen.

Ich sagte: »Ach, ist das hübsch hier.«

Und keineswegs nur aus Höflichkeit. Es war tatsächlich hübsch. Zu meiner Linken befand sich eine Theke, dahinter eine kleine Einbauküche, und rechts entdeckte ich ein geräumiges Schlafzimmer. Direkt vor mir lag ein luftiges Wohnzimmer mit einer Glaswand am hinteren Ende. Die Bodenfliesen waren blassrosa, während die Wände in einem dunkleren Rosaton gehalten waren. Ein blassgrünes Tuxedo-Sofa aus Leinen stand vor einem Kaffeetischchen mit Glasplatte, und dem Sofa gegenüber standen zwei Sessel in grün- und rosafarbenen Pastelltönen. Der Raum zwischen der Küche und dem Sofa wurde von einem runden Tisch mit einer bis zum Boden reichenden Tischdecke dominiert, zu dem zwei einfache blassgrüne Drahtgeflechtstühle gehörten. Das ganze Arrangement strahlte Anmut und Gelassenheit aus, die durch das weiße Korbgeflecht und das Grün des schmalen Wintergartens, der sich vor dem Wohnzimmer und dem Schlafzimmer erstreckte, noch verstärkt wurde.

»Ja, es ist wirklich hübsch, nicht wahr? Ich bin so froh, dass ich das hier habe. Marilee hat mir das alles geschenkt, wissen Sie? Setzen Sie sich, ich mache uns eine Tasse Tee. Sie haben Glück, gerade eben ist mein Schokoladenbrot fertig geworden.«

Ich setzte mich auf einen Stuhl an dem runden Tisch und sagte: »Schokoladenbrot habe ich noch nie gegessen.«

»Tja, das ist meine eigene Erfindung. Marilee hat mir mal eine Brotbackmaschine geschenkt, das muss jetzt, hmm, bestimmt fünfzehn Jahre her sein, und seither backe ich jede Woche. Ich schalte die Maschine ein und dann, genau zum richtigen Zeitpunkt, werfe ich ein paar Schokoladenstücke hinein. Aber ich verrate niemandem, wann der richtige Zeitpunkt ist. Das ist mein Geheimnis.«

Sie trippelte um die Theke herum in die Küche, wo sie zwei

Becher aus einem Regal holte und kochendes Wasser in eine dicke Teekanne goss. »Ich habe immer kochendes Wasser auf dem Herd«, sagte sie. »Man weiß ja nie, wann man Besuch bekommt.«

»Sie haben bestimmt viele Bekannte hier.«

»Na ja, nicht gerade viele, aber doch genügend. Man will ja auch nicht, dass zu viele Leute ein und aus gehen, nur so viele, dass man sich nicht einsam fühlt. Aber natürlich schaut Marilee auch ziemlich oft bei mir vorbei und das ist sehr schön.«

Sie stellte das Teezubehör auf ein Tablett und packte noch einen Teller mit faustgroßen Stücken dunklem Brot, gespickt mit dunklen Stücken geschmolzener Schokolade, dazu. Abgesehen vom Duft nach frisch gebratenem Schinken ist der nach heißer, geschmolzener Schokolade wohl der verführerischste Duft der Welt. Ich stand auf und brachte das Tablett an den Tisch.

»Über Marilee würde ich gerne mit Ihnen sprechen, Mrs Mathers«, sagte ich.

»Nennen Sie mich Cora.«

»Wissen Sie vielleicht zufällig, wo sie hingefahren ist? Sie hat vergessen, mir vor ihrer Abreise eine Telefonnummer zu hinterlassen.«

Sie zog sich einen Stuhl heran und setzte sich mir gegenüber. »Es geht um diesen Frazier, stimmt's?«

»So ungefähr. Ich würde ihr gerne Bescheid sagen, bevor sie zurückkommt.«

Sie schenkte Tee in unsere Tassen und sagte: »Nun, meine Liebe, ich denke, dass sie mittlerweile Bescheid wissen müsste, oder was meinen Sie? Ich bin mir sicher, dass in jeder Nachrichtensendung darüber berichtet worden ist. Hier, streichen Sie sich etwas Butter drauf, solange das Brot noch warm ist. Ich schneide es nicht, sondern reiße einfach nur Brocken vom Laib. Ich weiß gar nicht wieso, aber irgendwie kommt es mir so richtiger vor.«

Unter Coras eindringlichen Blicken schmierte ich ein Stück Butter auf ein Stück Brot und biss ab. Ich schloss die Augen und stöhnte. »Oh, Gott, ist das gut.«

»Besser als Sex, nicht wahr? Na ja, es ist natürlich schon lange her, dass ich Sex gehabt habe, also kann ich mich vielleicht nicht so genau erinnern. Ich wette, Sie haben jede Menge Sex, so eine hübsche junge Frau wie Sie.«

Ich nippte an meinem Tee und wich ihren Blicken aus. »Cora, hat Marilee sich in den letzten Tagen bei Ihnen gemeldet?«

Sie schluckte einen Bissen Brot hinunter und trank einen Schluck Tee, bevor sie mir antwortete. »Ich könnte mir vorstellen, dass sie im Augenblick nicht mit mir sprechen will. Nicht jetzt, wo dieser Frazier tot in ihrem Haus gelegen hat.«

»Sie haben ihn gekannt?«

»Ich habe ihn nie persönlich getroffen.«

Mein Kopf fühlte sich an, als hätte man ihn herumgedreht wie einen Türknauf und ihn anschließend wieder zurückschnappen lassen. Ich bestrich noch einen Bissen Brot mit Butter und kaute langsam, während ich Coras Miene musterte. Der Blick aus den Augen unterhalb ihrer kreppartigen Lider war klar und wach.

»Wieso glauben Sie, dass Marilee nicht mit Ihnen sprechen möchte?«, wollte ich wissen.

Ihre Lippen wurden zu einem schmalen Strich, und sie klatschte Butter auf ein Stückchen Brot. »Na ja, Frazier ist der Mann, der das Leben meiner Enkelin ruiniert hat, nicht wahr? Nicht, dass sie mich missverstehen: Marilee hat das Beste daraus gemacht, das hat sie wirklich. Aber das ist jetzt alles Schnee von gestern, nicht wahr?«

Da lagen ihre Worte vor mir auf dem Tisch, direkt neben dem Brot und der Butter und dem Tee. Ich konnte sie aufnehmen und dabei etwas sehr Persönliches über Marilee erfahren, etwas, von dem sie wahrscheinlich nicht wollte, dass ich es erfuhr, oder ich konnte mich um meinen eigenen Kram kümmern und ahnungslos bleiben.

Ich sagte: »Darüber weiß ich nichts, Cora. Um ehrlich zu sein, ich habe eigentlich nie verstanden, was diese Redensart genau bedeuten soll – Schnee von gestern, Tee von gestern.«

»Nun ja, es ist eben einfach zu spät, nicht wahr? Was geschehen ist, ist geschehen, und man kann die Zeit nicht einfach zurückdrehen und alles ungeschehen machen, nicht wahr?«

»Wohl nicht. Ähm, Cora, würde es Ihnen etwas ausmachen, mir zu verraten, woher Marilee Harrison Frazier kannte?«

»Nun ja, meine Liebe, das würde mir tatsächlich etwas ausmachen. Das ist Marilees Privatangelegenheit, und ich laufe schließlich nicht herum und plaudere die Privatangelegenheiten meiner Enkelin aus, nicht wahr? Nehmen Sie noch etwas Tee.«

»Nein, danke. Könnten Sie mir vielleicht sagen, wo sie sich jetzt aufhält? Ich glaube wirklich, dass ich mich mit ihr in Verbindung setzen sollte.«

»Nein, auch das kann ich Ihnen nicht sagen. Aber ich kann Folgendes tun: Falls sie mich anruft – und das macht sie in der Regel, wenn sie eine dieser Reisen unternimmt –, dann richte ich ihr aus, dass Sie sie sprechen wollen. Was sagen Sie dazu?«

»Cora, ich bin nicht die Einzige, die gerne wissen möchte, wo sie ist. Auch das Sheriff's Department sucht sie.«

»Nun, dann gebe ich denen die gleiche Auskunft wie Ihnen auch. Ich weiß es nicht, und selbst wenn ich es wüsste, würde ich es nicht sagen, weil das Marilees Privatangelegenheit ist.«

»Aber Sorgen machen Sie sich keine?«

»Oh, aber nein. Marilee kann sehr gut auf sich selbst aufpassen. Das muss man ihr wirklich zugutehalten, sie kann sehr gut auf sich selbst aufpassen.« Dabei machte sie eine ausladende Geste in Richtung Glaswand. Vermutlich wollte sie damit ausdrücken, dass die Weite des blauen Himmels ein Symbol dafür war, wie gut Marilee auf sich selbst aufpassen konnte.

Ich sagte: »Für Notfälle hat mir Marilee Shuga Reasnors Nummer hinterlassen. Kennen Sie Ms Reasnor?«

»Oh, aber natürlich, schon seit sie so ein süßes, kleines Ding war, bloß dass sie da noch nicht Shuga geheißen hat, sondern Peggy Lee. Ihre Mutter war ganz vernarrt in Peggy Lee, und so hat sie ihr kleines Mädchen nach ihr benannt. Die arme Kleine, das war so ungefähr das Einzige, was sie von ihr Mutter bekommen hat. Ihr Vater war auch nicht viel besser. Alkoholiker, alle beide. Wenn ich Peggy nichts zu essen gegeben hätte, sie wäre womöglich glatt verhungert. Sie hat sich aber ganz gut gemacht. Als ich sie das letzte Mal gesehen habe, da sah sie aus, als würde sie im Geld schwimmen.«

»Sie sind ihr kürzlich begegnet?«

»Nein, das ist schon etliche Monate her. Marilee war für mich in der Apotheke und hat mir meine Herztabletten besorgt, aber dann hat sie vergessen, sie mir vorbeizubringen, und ist abgereist. Also hat Peggy Lee das für sie erledigt. Ich habe ihr gesagt, dass sie aussieht wie ein Filmstar. Aber, mal ganz unter uns … ich glaube nicht, dass ihre Haare echt sind.«

»Sie hat also einen Schlüssel für Marilees Haus?«

»Aber ja doch. Das war bei den beiden schon immer so. Sie sind im Haus der anderen ein und aus gegangen, als wäre es ihr eigenes.«

»Cora, haben Sie gewusst, dass Marilee die Türschlösser ausgewechselt hat? Ich musste vor ihrer Abreise extra noch bei ihr vorbeifahren und mir einen neuen Schlüssel abholen.«

»Ach, tatsächlich? Tja, nun ja, das habe ich nicht gewusst. Aber wieso auch? Ich habe ja schließlich gar keinen Schlüssel. Ich gehe sie ja nur besuchen, wenn Marilee mich hier abholt, also brauche ich auch keinen Schlüssel.«

Ich war mit meinem Latein am Ende. So viel ich wusste, hatte Marilee nicht gegen irgendwelche Gesetze verstoßen oder sich sonst etwas zuschulden kommen lassen. Wenn ihre Großmutter nicht sagen wollte, wohin sie verreist war, dann war sie dazu auch nicht verpflichtet. Und außerdem war ich Tiersitterin und keine Kriminalpolizistin. Schon durch meinen Besuch hier hatte ich eine Grenze überschritten, und wenn ich noch einen Schritt weiterging, dann begab ich mich ganz eindeutig auf verbotene Pfade.

Ich stand auf. »Ich gehe jetzt besser wieder«, sagte ich. »Falls Marilee sich meldet, dann würde ich mich sehr darüber freuen, wenn Sie sie bitten könnten, sich mit mir in Verbindung zu setzen. Ich habe ihren Kater bis zur Freigabe des Hauses in eine Katzenpension gegeben, und darüber würde ich gerne mit ihr sprechen.«

»Ich bin mir sicher, dass alles, was Sie unternommen haben, seine Richtigkeit hat.«

»Soll ich vielleicht noch das Teegeschirr wegstellen, bevor ich gehe?«

»Nun, wenn es Ihnen nichts ausmacht, das wäre sehr nett, ja. Die Dinge werden immer schwerer, je älter man wird.«

Ich stellte die Teekanne, die Becher und die Teller auf das Tablett und stellte es auf dem Küchentresen ab. An der Kühlschranktür waren mit Magneten ein paar Notizzettel sowie etliche Fotos einer hübschen, dunkelhaarigen jungen Frau befestigt.

Ich rief: »Das auf den Fotos, ist das Marilee, als sie noch jünger war?«

Coras Gesicht, das über der Theke schwebte, verschloss sich wie eine Blume, die die Blütenblätter einzieht. Sie sah plötzlich viel älter und unendlich viel trauriger aus.

»Nein, meine Liebe, das ist nicht Marilee.«

Die Bestimmtheit in ihrer Stimme machte mir klar, dass ich mit meiner Frage irgendein unausgesprochenes Tabu verletzt hatte.

»Es tut mir leid«, erwiderte ich. »Ich wollte nicht neugierig sein.«

»Oh, aber natürlich wollten Sie das. Macht aber nichts, ich bin Ihnen nicht böse. Ich kann nur nicht mit Ihnen über Dinge reden, über die ich nicht reden kann, nicht wahr?«

Ich machte mir noch einmal klar, dass ich kein Recht hatte, ihr irgendwelche Fragen zu stellen, und verabschiedete mich. Sie blieb über den kleinen runden Tisch gebeugt sitzen.

Im Foyer im Erdgeschoss sah ich zwei elegant gekleidete Damen vor dem blinkenden Veranstaltungsanzeiger stehen und sprach sie an.

»Verzeihen Sie, bitte. Meine Großmutter überlegt, ob sie sich hier vielleicht eine Wohnung kaufen soll. Wären Sie vielleicht so nett, mir zu verraten, wie es Ihnen hier gefällt?«

Sie wandten sich zu mir um und fingen gleichzeitig an zu reden. Ich bekam mit, dass der Koch einen fabelhaften Sonntagsbrunch zauberte, dass man eigentlich jederzeit an Kursen und Workshops und Ausflügen teilnehmen konnte und dass hier nur interessante Menschen wohnten. Sie hätten auch in einem Werbespot für die Anlage auftreten können.

Mit einer Kopfbewegung deutete ich auf die blinkende Tafel. »Ich habe gelesen, dass Dr. Coffey demnächst hier einen Vortrag über Bypassoperationen hält. Macht er das öfter?«

Sie wurden wieder ernst und nickten »Oh, ja«, meinte die eine. »Wahrscheinlich hat er schon so viele der Bewohner operiert, dass er uns unbedingt mitteilen muss, dass wir so was auch machen lassen können.«

Ich warf einen Blick auf ein braun gebranntes silberhaariges Paar, das mit Tennisschlägern unter dem Arm der Tür zustrebte. »Aber hier sehen doch alle so unglaublich gesund aus. So viele Bypasspatienten kann er hier noch nicht gehabt haben.«

Eine der Frauen spielte mit der Zuchtperlenkette um ihren Hals und sagte: »Der Schein trügt. Ich kenne etliche Leute, die am einen Tag noch völlig ohne Beschwerden waren und am nächsten schon im Krankenhaus gelegen haben. Das ist wirklich alarmierend.«

Die andere Frau sagte: »Mary Kane zum Beispiel. Sie hat aus dem Sonntagsbrunch eine große Party gemacht und ist noch in derselben Nacht in ein Diabeteskoma gefallen. Sie wollte eben unbedingt diese Kirschplinsen essen, und wieso auch nicht? Sie war fünfundachtzig Jahre alt und hat seit Jahren mit ihrer Diabetes gelebt. Sie hat eigentlich genau gewusst, was sie sich erlauben kann und was nicht, aber vermutlich hat sie es dieses eine Mal einfach übertrieben. Zwei Tage später hat Dr. Coffey ihr einen dreifachen Bypass gelegt.«

Ich wartete auf den Schluss der Geschichte, und als keine der beiden freiwillig damit herausrückte, sagte ich: »Und, war die Operation ein Erfolg?«

»Sie ist nie wieder aufgewacht. Sie mussten sie in ein Krankenhaus in St. Pete verlegen. Dort hat sie noch drei Monate gelebt, bis sie dann letztendlich gestorben ist. Dr. Coffey hat gesagt, sie sei einfach zu schwach gewesen. Das arme Ding hat noch nicht einmal gewusst, dass mit ihrem Herzen etwas nicht in Ordnung war. Nur das mit ihrer Diabetes hat sie gewusst.«

»Und bei Mr Folsom war es doch fast das Gleiche, weißt du noch? Er hat doch auch einen gesunden Eindruck gemacht, abgesehen von seinem Lungenemphysem durch die Raucherei. Und dann, auf ein Mal, hat Dr. Coffey festgestellt, dass vier Arterien verstopft waren, sodass er einen Bypass bekommen musste. Auch er ist nicht wieder aufgewacht, aber immerhin musste er nicht so lange leiden wie Mary. Schon wenige Tage nach der Operation ist er gestorben.«

Sie sahen mich mit verängstigten und resignierten Augen an, während in meinem Kopf leise die Alarmglocken anfingen zu schrillen.

13

Ich sagte: »Dr. Coffey muss ja schrecklich viel zu tun haben.«

»Oh, das stimmt. Jede Woche bekommt mindestens ein Bewohner aus unserer Wohnanlage einen Bypass. Und von diesen Anlagen gibt es ja eine ganze Menge.«

»Für die Familie muss es doch furchtbar sein, wenn ihre Angehörigen so schnell und plötzlich sterben.«

Sie nickten, schauten allerdings dabei ein wenig verwirrt drein. »Also, eigentlich hatten sie gar keine Angehörigen mehr. Sie waren völlig alleinstehend.«

Irgendwie überraschte mich das nicht.

Während der Parkwächter mein Auto holte, überschlug ich Dr. Coffeys Einkommen aus den Bypassoperationen. Der übliche Kurs stand bei ungefähr 150 000 US-Dollar pro Arterie. Ein Dreifachbypass brachte ihm also locker eine knappe halbe Million ein. Er brauchte pro Woche nur zwei davon zu machen, dann entsprach die Million, die Marilee ihm aus der Tasche gezogen hatte, seinem Wochenumsatz. Angesichts der Tatsache, dass sie ihrer Großmutter eine Wohnung gekauft hatte, die wahrscheinlich mindestens eine halbe Million gekostet hatte, und angesichts der Tatsache, dass man den Eindruck haben konnte, dass die eine oder andere Operation nicht unbedingt notwendig gewesen wäre, kam es mir gar nicht mehr so schlimm vor, dass Marilee ihn ausgenommen hatte.

Ich fuhr nach Süden auf den Tamiami Trail, am Marina Jack vorbei, wo sich ein paar Schäfchenwolken im glasklaren blauen Wasser spiegelten und nackte Segelmasten die in der Sonne schlafenden Jachten bewachten. Eine Million Fragen spukten mir im Kopf herum. Wieso hatte Cora gesagt, dass Harrison Frazier Marilees Leben ruiniert hatte? Falls

Marilee Frazier gekannt hatte, hatte sie die Schlösser ausgetauscht, um ihn am Betreten des Hauses zu hindern? Und wo, zum Teufel, steckte Marilee überhaupt?

Als ich nach Hause kam, schob ich eine CD in den Player und Patsy Kline und ich sangen im Duett, während ich mein Bett abzog und noch mehr Wäsche zusammensammelte, die ich zu den anderen Sachen in die Waschmaschine stopfte. Ich schüttete Waschpulver hinein und schaltete die Maschine ein, und während sie sich mit Wasser füllte, sangen Patsy und ich das nächste Stück. Dann holte ich den Swiffer aus dem Schrank und zog ein frisches Saugtuch auf, und die Waschmaschine fing an zu waschen, während wir immer noch sangen. Das Gute an Patsy ist, dass es bei ihr immer einfach und eindeutig zugeht. Nichts Schmieriges, nichts Geheimnisvolles. Wenn alle so dächten wie Patsy, dann wäre diese Welt eine bessere Welt.

Im einen Augenblick schob ich noch den Swiffer vor mir her und begleitete Patsy, aber im nächsten schrie ich schon »Oh, Scheiße!« und rannte los, um die Waschmaschine aufzureißen. Die Wäsche lag völlig verknüllt und aufgedunsen im dreckigen Wasser – so mussten die schleimigen Föten irgendeines grässlichen Monsters aussehen. Ich tauchte den Arm hinein und riss T-Shirts und Handtücher, Keds und Shorts heraus, bis ich meine Khakishorts mit den großen Seitentaschen zu fassen bekam. Ich breitete die Hose in triefenden Falten über der Trommelöffnung aus und riss mit zitternden Händen den Klettverschluss auf, um die Briefe, die ich von Marilees Flurschrank genommen und eingesteckt hatte, aus der Tasche zu holen.

Unter lautem Stöhnen legte ich jeden einzelnen nassen, tinteverschmierten Briefumschlag auf die Waschmaschine. Ich malte mir aus, wie ich Marilee erklärte, dass ich in bester Absicht gehandelt hatte, dass ich die Sachen eigentlich hatte in den Briefkasten werfen wollen, aber dann leider, Sie wissen ja, wie so was passiert, vergessen hatte. Ich stellte mir vor, wie ich mich bereit erklärte, die Strafe, die das Finanzamt ihr wegen Fristüberschreitung aufbrummen würde, zu bezahlen. Dann wurde ich wütend und sagte in Gedanken: »Sie haben mir ja gar nicht aufgetragen, die Sachen abzuschicken. Sie sind einfach abgereist und haben sie liegen lassen, und es gibt eine Menge Leute, denen das nicht einmal aufgefallen wäre. Deshalb ist es wirklich nicht fair, dass ich jetzt Ihre Strafe bezahlen soll!«

Ich ging in die Küche und holte Papiertücher und sog damit so viel Wasser wie möglich aus den Umschlägen, aber sie boten allesamt einen erbärmlichen Anblick. Ein paar hatten sich so gut wie aufgelöst und gaben den Blick auf Schecks und Rechnungen frei. Ein Antwortumschlag des Stromversorgers Florida Light and Power kam mir bekannt vor, ebenso wie die Kuverts, die an Verizon und Teco gerichtet waren, aber sonst keiner. Ein tropfnasser Scheck war auf eine Pool-Reinigungsfirma ausgestellt, aber die Tinte war so verwischt, dass der Empfängername darauf nicht mehr zu entziffern war, während ein weiterer Scheck an die Rechnung eines Sicherheitsunternehmens getackert worden war. Der Scheck war zwar nicht mehr zu gebrauchen, aber auf der durchnässten Rechnung stand klar und deutlich zu lesen, dass Marilee für den Einbau eines Wandsafes der Firma Centurion einen Betrag von 785 Dollar bezahlen musste.

»Huh« lautete mein gelehrter Kommentar dazu. Marilee musste etwas besitzen, das ihr so wichtig war, dass sie es in einem Wandsafe aufbewahren wollte. Etwas, das sie nahe bei sich behalten wollte, anstatt es in einem Bankschließfach zu lagern. Vielleicht hatte ja derjenige, der Marilees Schlafzimmer verwüstet hatte, genau nach diesem Etwas gesucht.

Die Briefumschläge sahen nüchtern und geschäftsmäßig aus – mit Ausnahme eines blassblauen Quadrats aus schwerem, edlem Leinenpapier. Die Adresse, die mit dunkelblauer Tinte geschrieben worden war, war vollkommen zerflossen und der Klebstoff der Lasche hatte sich gelöst, aber durch die Dicke des Umschlags schien der Brief selbst relativ trocken geblieben zu sein. Ich klappte den Umschlag auf, nur um zu sehen, wie nass das Papier im Inneren tatsächlich geworden war, nur um zu sehen, ob es vielleicht noch zu retten war. Na gut, bitte sehr, ich habe ihn aufgeklappt, weil ich nachsehen wollte, ob ich vielleicht ein paar Worte lesen konnte. Ich weiß, dass das nicht richtig war, aber so war es eben.

Marilee besaß eine runde, mädchenhafte Handschrift, und ihre i-Punkte sahen aus wie kleine Herzchen. Der erste Satz ihres Briefes lautete: »Ich kann es kaum erwarten, dich zu sehen!«

Vorsichtig holte ich den feuchten Brief aus dem Umschlag, trug ihn behutsam in die Küche und breitete ihn auf Papiertüchern aus. Er bestand aus zwei Blättern, und ich legte jedes einzelne Blatt so sorgfältig und exakt auf den vorgesehenen Platz wie ein Apotheker seine verschreibungspflichtigen Medikamente. So lange ich mich voll und ganz darauf konzentrierte, diese feuchten Blätter zu trocknen, konnte ich die Tatsache ausblenden, dass ich soeben das Postgeheimnis verletzte, in Marilees Privatsphäre eindrang, mich in eine Morduntersuchung einmischte und meine Nase ganz allgemein in Dinge steckte, die mich nicht das Geringste angingen.

Ich ließ den Brief zum Trocknen liegen, ging zurück zur Waschmaschine und schaltete sie wieder ein, machte anschließend mit dem Swiffer den Boden sauber, wischte Staub und klopfte die Kissen auf den Sitzmöbeln im Wohnzimmer zurecht. In meinem Wohnzimmer steht ein Sessel. Er passt zu einem Zweiersofa aus Rattan mit dunkelgrünen Leinenkissen, die mit leuchtend roten und gelben Fantasieblumen bestickt sind. Ursprünglich hatten sowohl der Sessel als auch das Zweiersofa in einer kleinen Kammer gestanden, die an das gemeinsame Schlafzimmer meiner Großeltern angrenzte und die Großmutters Privatzimmer war. Hierher konnte sie sich zurückziehen, wenn sie allein sein oder einfach nur dem

Lärm entfliehen wollte, den ein Mann und zwei Kinder – das waren Michael und ich – verursachten. Allerdings hatte sie eigentlich nie die Zeit gehabt, um sich zurückzuziehen, sodass die Möbel praktisch unbenutzt waren. Bei meinem Einzug in die Wohnung über dem Carport habe ich sie zu mir genommen. Aber da ich, genau wie meine Großmutter, nicht gerne einfach nur herumsitze, kann es gut sein, dass diese Wohnzimmermöbel auch nach meinem Tod noch so gut wie neu sind. Nur, dass ich dann keine Enkel haben werde, die sie erben könnten. Es wird überhaupt keine Nachfahren geben, die irgendetwas erben könnten, es sei denn, Michael und Paco adoptieren ein Kind. Wir alle werden sterben, ohne irgendwelche Spuren zu hinterlassen, wie Figuren aus Sand, die von der Flut weggespült werden.

Als ich schließlich mein Bett frisch bezogen und das Badezimmer geputzt hatte, war die Wäsche fertig gewaschen und ich warf sie in den Trockner, schaltete ihn ein und ging in die Küche, um nach dem Brief zu sehen. Die Tinte war zum größten Teil so verwischt, dass das Geschriebene nicht mehr zu entziffern war, aber ich nahm den Brief mit auf die Veranda und setzte mich dort an den Tisch.

> Liebste Lily,
> es kommt mir immer noch komisch vor, dich Lily zu nennen! Es ist ein hübscher Name, und er gefällt mir, aber ich hatte mir eigentlich Bonnie ausgesucht, und so habe ich dich in Gedanken immer genannt. Meine Bonnie. Ich schätze, mit fünfzehn ist man nicht so gut im Namengeben. Ha! Ich schätze, ich weiß, wieso sie dich Lily getauft haben, aber auch das werde ich dir erzählen, sobald wir uns sehen.

Der nächste Absatz war verwischt, dann folgten wieder ein paar lesbare Zeilen: »Du hast das Recht, die ganze Wahrheit zu erfahren und nicht nur einen Teil. Schätzchen, bitte sei nicht böse, dass du dieses Geheimnis noch für dich behalten sollst ...«

Der Rest, abgesehen von einem »Ich kann es kaum erwarten, dich zu sehen!«, war unleserlich geworden.

Immer und immer wieder las ich mir diese Zeilen durch, und jedes Mal musste ich mich heftig zusammenreißen, um nicht in Tränen auszubrechen. Offensichtlich hatte Marilee als fünfzehnjähriges Mädchen eine Tochter zur Welt gebracht und sie jetzt ausfindig gemacht. Eine Tochter zu finden, die man nach der Geburt weggegeben hat, das musste ungefähr so sein, als würde ein totes Kind wieder ins Leben zurückkehren, die Erfüllung einer unendlich tief sitzenden Sehnsucht.

Ich sank gegen die Lehne und schaute hinaus aufs Meer. Die Sonne ließ die glitzernden Wellen wie Edelsteine funkeln. In der Ferne schoben sich dreieckige Segel langsam über den Horizont. Ein paar Meeresvögel hinterließen ihre Spuren im Sand. Ein schneeweißer Silberreiher stand auf einem Bein auf einem Stützpfeiler des Anlegers, wandte der Brise frohgemut den Rücken zu und ließ sich von ihr die Federn zerzausen. Ein Pelikan segelte vom Dach herunter ans Ufer und nahm ein paar Schlucke von dem heranschwappenden Wasser. Egal, was in der Welt auch geschehen mag, die Meereswellen schwappen an den Strand. Das ist das Einzige, worauf man sich verlassen kann.

Ich ging nach drinnen und holte mir einen Apfel aus dem Kühlschrank, setzte mich wieder nach draußen, und während ich den Apfel aß, sah ich den Wellen zu. Ich überlegte, ob ich Guidry anrufen und ihm von dem Brief erzählen sollte, ließ es aber sein. Ich wollte ihm nicht erklären müssen, dass ich ihn gelesen hatte, und außerdem musste das gar nichts mit Harrison Fraziers Ermordung zu tun haben. Ich dachte an Shuga Reasnors Worte über Marilees Geheimnis. Jetzt kannte ich es wahrscheinlich auch.

In mir regten sich Beschützergefühle für Marilee Doerring.

Ich wollte ihr Geheimnis erst dann preisgeben, wenn es wirklich unvermeidlich war. Für Menschen, die gut zu ihren Haustieren und ihren Großmüttern und zu den Kindern sind, die sie mit fünfzehn zur Adoption freigegeben haben, habe ich einfach eine Menge übrig.

Ich warf einer Gruppe schwarzer Möwen das Kernhaus des Apfels hin und ging hinein, um die Sachen zusammenzusuchen, die ich für meine nachmittäglichen Tierbesuche brauchte. Anschließend verriegelte ich die Holzläden vor der Terrassentür, auch wenn jeder Einbrecher, der etwas auf sich hielt, sie ohne großen Aufwand hätte aufbrechen können. Ich fuhr die baumbestandene Zufahrt hinunter bis zur Straße, wo ein Urlauberpärchen auf dem Bürgersteig stehen blieb, um mich vorbeifahren zu lassen. Die Frau war klein und rundlich und hatte leicht gerötete Haut. Unter ihrer Tennismütze quollen kreuz und quer lockige braune Haare hervor. Sie trug Shorts mit Blumenmuster, und über ihre melonengroßen Brüste spannte sich ein gelbes trägerloses Stretch-Top. Sie hatte die Arme in Brusthöhe abgespreizt wie ein Hühnchen und zusätzliche Gewichte an den Handgelenken befestigt. Als ich vorbeifuhr, marschierte sie auf der Stelle, ließ die Arme schwingen und atmete mit aufgeblasenen Backen energisch ein und aus. Ihr Mann war beinahe zwei Köpfe größer als sie und kam, die Hände in den Taschen seiner Shorts, hinter ihr her geschlendert. Sie sahen so niedlich aus, dass ich ihnen zuwinkte, während ich auf die Midnight Pass Road einschwenkte. Der Mann winkte zurück, aber die Frau warf mir einen verdutzten Blick zu und nahm dann ihren Powerwalk wieder auf.

Die Graysons hatten sich nicht bei mir gemeldet, also fing ich bei ihnen an. Schon beim Näherkommen sah ich eines der drei Garagentore offen und Sam Grayson neben der Fahrertür seines BMW stehen. Sam war ein ausgesprochen attraktiver Cary-Grant-Typ um die siebzig mit einer hohen Stirn und silbergrauen Haaren, die fast militärisch kurz geschnitten waren. Er war groß und schlank, und seine Bewegungen besaßen eine geschmeidige Anmut, sodass ich jedes Mal den Wunsch verspürte, einmal mit ihm tanzen zu dürfen.

Ich stellte meinen Wagen vor eines der geschlossenen Garagentore, um ihm nicht im Weg zu stehen, aber er kam mir entgegen. »Wir haben vergessen, Sie anzurufen, stimmt's?«

Ich erwiderte: »Willkommen zu Hause. Wie war die Reise?«

»Oh, großartig. Einfach großartig. Wir haben viel Zeit mit unserer Tochter und den Enkelkindern verbracht und so viele Fotos gemacht, dass wir unsere Freunde monatelang damit langweilen können.«

»Das ist wahre Freundschaft.«

»Ja, genau. Kommen Sie doch rein, dann können Sie auch Libby begrüßen.«

Wir gingen den Gartenweg entlang bis zur Haustür. Er machte sie auf und trat dann beiseite. Sofort war Rufus zur Stelle und schwänzelte um meine Beine, während Libby Grayson aus der Küche kam und sich dabei die Hände an einem Geschirrhandtuch abtrocknete. Mit ihren schulterlangen silbernen Haaren und den strahlend blauen Augen, die Intelligenz und Humor versprühten, war sie genauso schön, wie Sam gut aussehend war. Zusammen sahen sie aus wie eines jener Paare aus einer Werbekampagne für Seniorenwohnanlagen – die immer so gesund und sexy wirken, dass man sich wünscht, auch so alt zu werden, um endlich so gut aussehen zu können.

»Oh, Dixie, tut mir leid, dass ich nicht angerufen habe! Na ja, so können wir uns wenigstens persönlich dafür bedanken, dass Sie sich so wunderbar um Rufus gekümmert haben. Sehen Sie doch, wie er Sie anbetet! Ich wette, er hat uns kein bisschen vermisst.«

Ich beugte mich zu Rufus hinunter und streichelte ihn und wünschte, er hätte angesichts meiner Anwesenheit nicht ganz so glücklich gewirkt.

Libby sagte: »Sam, gib Dixie ihr Geld.« Er nahm ihr die Rechnung ab und warf einen Blick darauf, dann holte er sein Portemonnaie hervor.

Während er die Zwanziger abzählte, trottete Rufus zu Libby, setzte sich zu ihren Füßen und lächelte mich an, als wäre ihm vollkommen klar, dass es unhöflich gewesen wäre, mir direkt vor ihren Augen noch einmal seine Liebe zu beweisen.

Ich sagte: »Das neue Karussellpferd gefällt mir sehr gut.«

Sam reichte mir einen hübschen Stapel Zwanziger und erwiderte: »Das ist eine echte Rarität. Aus Gusseisen, nicht wie die sonst üblichen leichteren Modelle. Sie glauben ja gar nicht, was für eine Mühe es gekostet hat, es an diesem Messingrohr zu befestigen!«

Libby meinte: »Es ist so schwer, dass das Messingrohr mit galvanisiertem Stahl verstärkt werden musste. Zuerst mussten wir ein Messingrohr finden, das genau eineinviertel Zoll Durchmesser hatte, weil die Löcher im Karussellpferd einen Durchmesser von eineinhalb Zoll haben. Dann mussten wir ein galvanisiertes Stahlrohr mit den richtigen Maßen auftreiben, damit es genau in das Messingrohr gepasst hat. Wir haben Wochen nur herumtelefoniert!«

Rufus gähnte und trottete in Richtung Küche davon. Ich wusste genau, wie ihm zumute war. Auch ich hatte bereits sehr viel mehr über Rohre erfahren, als ich eigentlich hätte wissen müssen, aber die beiden waren mit solchem Feuereifer bei der Sache, dass ich versuchte, eine interessierte Miene aufzusetzen.

Sam sagte: »Das Zersägen und Einpassen der Rohre haben wir machen lassen. Der Handwerker musste das Rohr erst durchbohren und dann das Pferd daran befestigen. Als er es dann in die Messinghalterungen am Fußboden und an der Decke eingepasst hat, da bin ich mir vorgekommen wie bei einer Gehirnoperation. Hätte er auch nur ein Rohrstück ein paar Millimeter zu kurz oder zu lang abgesägt, dann hätten wir wieder ganz von vorne anfangen können.«

Ich bewegte mich langsam in Richtung Haustür. »Tja, ich mache mich dann mal lieber auf den Weg. Ach, übrigens, da hat jemand ein paar Bücher in Ihre Kiste gelegt.«

Wir verabschiedeten uns voneinander und als ich rückwärts aus der Einfahrt fuhr, stand Sam gerade über die Kiste gebeugt da und holte die Zeitungen heraus, die sich darin angesammelt hatten. Ob die beiden sie wohl lesen würden, oder ob sie gleich im Müll landeten? Ich nahm an, das Letztere. Wer braucht schon so viele Nachrichten?

Tom Hale saß lesend im Rollstuhl und Billy Elliot lag auf dem Boden, den Kopf auf Toms Füße gelegt. Der Mann und der Hund hoben bei meinem Eintreten gleichzeitig den Kopf. Tim sagte, als wären wir bereits mitten im Gespräch: »Dixie, hast du gewusst, dass die Windhundhaltung früher ausschließlich dem englischen Landadel vorbehalten war?«

»Und was haben die mit den Tieren angestellt?«

»Haben sie Hasen jagen lassen.«

»Dann wärst du also ein englischer Adliger?«

»Und du wahrscheinlich meine Jagdgehilfin, Dixie.«

»Tja, das war schon immer mein sehnlichster Wunsch, Tom, eine gottverdammte Jagdgehilfin zu sein.«

Ich schnappte mir Billy Elliots Leine, und wir gingen nach unten und rannten los. Als ich hinter ihm her am Rand des Parkplatzes entlanglief, schob sich ein dunkler Chevrolet Blazer neben mich und begleitete mich. Ich warf einen Blick auf den Fahrer und sah, dass Detective Guidry mich mit diesem ruhigen, kühlen Blick musterte, den nur Polizisten beherrschen. Ich hätte vermutlich splitterfasernackt hier entlangjoggen können, ohne dass er eine Miene verzogen hätte. Mit dem Kinn deutete ich auf den Haupteingang des Hauses und er nickte, wendete seinen Wagen und stellte ihn vor der Tür ab.

14

Billy Elliot raste los, als wäre er wieder auf der Rennstrecke bei seinen Windhundkumpeln, und meine Muskeln brannten vor Anstrengung. Wir umrundeten das hintere Ende des Parkplatzes und stürmten die Mittelpromenade mit ihren Stechpalmen und Hibiskussträuchern entlang. Am Hauseingang, wo Guidry uns erwartete, brachte ich Billy Elliot zum Stehen, ließ ihm aber genügend Leine, damit er noch ein bisschen herumschnüffeln konnte. Auf schmerzenden Beinen schleppte ich mich zu Guidrys Fenster. Dabei keuchte ich wie Billy Elliot, konnte aber immerhin verhindern, dass mir die Zunge seitlich zum Mund heraushing.

Guidry grinste mich an. »Jetzt ist mir auch klar, wieso Sie ständig diese Riesenmengen Schinken verdrücken können.«

Ich gab ein pfeifendes Keuchen von mir.

»Man hat mir ausgerichtet, dass Sie versucht haben, mich zu erreichen«, sagte er.

»Ja, genau. Ich wollte wissen, wann ich die Katze wieder zurückbringen kann.«

Er schaute mich eine Augenblick lang verständnislos an, dann fiel es ihm wieder ein. »Ach so, die Katze. Na ja, die Kriminaltechnik ist fertig, aber das Haus muss noch so lange gesperrt bleiben, bis ich den Bericht der Gerichtsmedizin habe.«

»Was glauben Sie, wie lange das noch dauert?«

Er blickte auf seine Armbanduhr. »Ich bin gerade auf dem Weg in die Leichenhalle. Es dauert bloß ein paar Minuten. Wollen Sie nicht mitkommen?«

Ich starrte ihn an. War er denn wahnsinnig geworden?

»Es kommt die Zeit, wo Sie wieder in den Sattel müssen«,

sagte er dann. »Vielleicht wäre das jetzt eine günstige Gelegenheit.«

»Vielleicht sind Sie gerade meilenweit übers Ziel hinausgeschossen.«

»Könnte sein. Könnte aber auch sein, dass ich recht habe.«

»Unser Gespräch ist hiermit beendet.«

Ich drehte mich ruckartig um und riss Billy Elliot aus den Heckenpflanzen, nahm ihn an die kurze Leine und machte die Haustür auf.

»Sie können sich doch nicht Ihr Leben lang nur noch verstecken«, rief Guidry hinter mir her.

Ich zerrte Billy Elliot in den Fahrstuhl und lehnte mich während der Fahrt bis hinauf in Tom Hales Etage an die Kabinenwand. Mein Herz klopfte heftig, und ein kräftiger Adrenalinstoß brachte mich zum Zittern. Guidry hatte nicht das Recht, mir zu sagen, was ich mit meinem Leben anfangen sollte. Er hatte nicht das Recht, mir überhaupt etwas zu sagen.

Als ich Billy Elliot in seine Wohnung zurückgebracht hatte, da zitterte ich nicht nur vor Wut, sondern auch vor Scham darüber, dass Guidrys Worte mir so sehr zusetzten. Ich war doch die Kaltschnäuzige, ich war es doch, die in Notsituationen ruhig und gelassen blieb. Zumindest war ich das gewesen. Jetzt aber zitterte ich wie Espenlaub, weil ein Kriminalbeamter angedeutet hatte, dass es an der Zeit sein könnte, aus meinem Versteck zu kommen. Das Zittern begleitete mich während gesamten Fahrstuhlfahrt nach unten und war so stark, das ich die Zähne fest aufeinanderpressen musste. Das ist das Allerschlimmste: wenn man weiß, dass jemand anders recht hat und man selbst unrecht. Es wurde Zeit, dass ich aus meinem Versteck kam. Ich wusste eben nur nicht, ob ich dafür schon stark genug war.

Als ich zur Haustür hinaus ins Freie trat, stöhnte ich unwillkürlich auf. Guidry stand immer noch da.

Er sagte: »Sind Sie so weit?«

Ich stapfte die Treppe hinunter, ging hinter dem Heck des Wagens herum und stieg auf der Beifahrerseite ein. Als ich die Tür aufmachte, blickte Guidry starr geradeaus.

»Wir müssen uns beeilen«, sagte ich. »Ich muss mich noch um ein paar Haustiere kümmern.«

»Halbe Stunde, höchstens«, erwiderte er und setzte das Auto in Bewegung.

Das Sarasota County besitzt keine eigene Leichenhalle, sondern nutzt zu diesem Zweck die Einrichtungen des Sarasota Memorial Hospital. Die Fahrt dorthin dauerte zehn Minuten und in dieser Zeit sprachen wir kein Wort. Ich saß mit vor der Brust verschränkten Armen da und hoffte, dass Guidry dachte, mein Zittern käme vom Gebläse der Klimaanlage. Er konzentrierte sich auf den Verkehr, und falls er mein Zittern registrierte, dann ließ er es nicht erkennen. Wir hielten auf dem Parkplatz hinter dem Krankenhaus an und betraten durch den Hintereingang das für große Krankenhäuser so charakteristische Labyrinth aus Fluren, wodurch sie immer ein wenig an eine Stadt erinnern. Sollte ich jemals ein Kapitalverbrechen begehen, dann setze ich mich anschließend direkt ins nächste Großkrankenhaus ab. Dort kann man sich einen ganzen Tag lang im Wartebereich aufhalten und so tun, als hielte man Krankenwache bei einer nahen Verwandten. Am nächsten Tag geht man einfach in den Wartebereich einer anderen Station. Man hätte einen Haufen Toiletten zur Verfügung, könnte auf den Sofas schlafen, und wer genügend Geld hätte, um sich an den verschiedenen Automaten mit Essen zu versorgen, der könnte hier für alle Zeiten untertauchen.

Guidry und ich hatten immer noch kein Wort miteinander gewechselt – als hätten wir eine stillschweigende Vereinbarung getroffen, dass wir diese Sache hier ohne Konversation hinter uns bringen wollen. Er ging voraus und hielt mir die Tür zum Obduktionssaal auf. Hinter der Tür befand sich ein kleines, quadratisches Wartezimmer mit einem abgewetzten

Linoleumfußboden und ein paar Plastikstühlen. Auf einem ramponierten Holztischchen häuften sich Stapel von eselsohrigen Zeitschriften mit abgerissenen Adressaufklebern, und an der Wand hing, wie in einem Krankenzimmer, ein Fernseher. Eine halbe Wand trennte den Warteraum von einem Mitarbeiter in grüner Operationskluft. Er stand auf seiner Seite, hatte die Fäuste auf die Theke gestützt und starrte uns misstrauisch an. Hinter ihm, auf einem Aktenschrank an der Wand, standen eine Kaffeekanne sowie ein paar Becher und ein Glas mit Kaffeeweißer, aber er schien kaum geneigt, uns eine Erfrischung anzubieten.

Guidry nannte ihm seinen Namen, und der junge Mann griff zum Telefon und sprach ein paar Worte hinein. Schon wenige Sekunden später öffnete sich die Tür ins Innere, und eine groß gewachsene, kubanisch-amerikanische Frau mit einem großen braunen Umschlag unter dem Arm trat hervor. Sie besaß warme, mandelförmige Augen und hatte die weißen Haare eng an den Kopf gesteckt.

Sie und Guidry gaben sich die Hand und Guidry sagte: »Dr. Corazon, das hier ist Dixie Hemingway.«

Wir reichten uns die Hand, und falls sie es merkwürdig fand, dass Guidry eine Begleitperson in zerknitterten Shorts und T-Shirt mitgebracht hatte, dann ließ sie es sich nicht anmerken.

15

Dr. Corazon schob sich die Lesebrille auf die Stirn. »Der Mann hatte ein subdurales Hämatom, das auch zu seinem Tod geführt hätte, aber wahrscheinlich ist er an einem Laryngospasmus gestorben, einem Kehlkopfkrampf. Die offizielle Todesursache lautet Ertrinken.«

Guidry runzelte die Stirn: »Das verstehe ich nicht.«

»Falls jemand innerhalb von achtundvierzig Stunden, nachdem er ins Wasser gestürzt ist, stirbt, dann lautet die offizielle Todesursache Ertrinken. Fünfzehn Prozent aller Ertrunkenen haben kein Wasser in der Lunge, sondern sterben an Sauerstoffmangel, verursacht durch einen Kehlkopfkrampf. Mit anderen Worten: Sie ersticken. Mr Frazier hatte zwar genügend Wasser in der Lunge, um daran zu sterben, aber er hatte auch einen Kehlkopfkrampf erlitten. Ich kann unmöglich sagen, woran er letztlich gestorben ist, aber wenn er keinen Kehlkopfkrampf erlitten und kein Wasser in die Lunge bekommen hätte, dann wäre er mit Sicherheit an dem Blutgerinnsel im Schädelinneren gestorben.«

Guidry sagte: »Ich denke, es spielt keine Rolle, ob er an dem Schlag auf den Kopf gestorben, ertrunken oder erstickt ist. Es war so oder so Mord.«

»Tja, genau da liegt das Problem, Lieutenant. Es spielt eben doch eine Rolle. Der Schlag auf den Kopf wurde ihm mit einem stumpfen Gegenstand in einer von rechts nach links verlaufenden Bewegung zugefügt. Das Klebeband, das dafür gesorgt hat, dass er mit Nase und Mund unter Wasser geblieben ist, wurde aber von links nach rechts an seinem Kopf befestigt.«

Guidry und ich starrten sie mit offenem Mund an. Ich

hatte zuerst meine Stimme wiedergefunden. »Sie meinen, er wurde von zwei Personen umgebracht?«

»Ich meine, dass er zunächst von einer rechtshändigen Person einen Schlag auf den Hinterkopf erhalten hat und anschließend von einer linkshändigen Person so an der Katzenschüssel festgeklebt wurde, dass Nase und Mund unter Wasser waren.«

Guidry meinte: »Vielleicht war der Täter oder die Täterin ja beidhändig.«

»Auch das ist denkbar.«

»Haben Sie eine Ahnung, was die Tatwaffe gewesen sein könnte?«

»Ein stumpfer Gegenstand, Lieutenant. Sie wissen, was das bedeutet.«

Das wussten wir alle. Ein stumpfer Gegenstand, das kann praktisch alles sein.

»Da wäre noch etwas«, sagte Dr. Corazon. »Als er den Schlag auf den Schädel bekommen hat, war er nackt, und es hat eine Weile gedauert, bis ihn jemand angezogen und versucht hat, ihn zu ertränken. Das weiß ich, weil wir unter der Kleidung an seinem Körper getrocknetes Blut gefunden haben.«

Ich sagte: »Wenn sie ihn so lange haben liegen lassen, dass Blut auf seinem Körper getrocknet ist, dann war er vielleicht sogar schon tot, als man seine Nase in die Katzenschüssel getaucht hat.«

Sie schüttelte den Kopf. »Nein, ein bisschen Wasser hatte er schon in der Lunge. Als ihm der Kopf unter Wasser gedrückt wurde, hat er immer noch geatmet, auch wenn er nicht bei vollem Bewusstsein war. Das weiß ich, weil ich keine Petechien gefunden habe. Das sind punktförmige Gefäßverletzungen, die bei Menschen, die um Atem ringen, normalerweise auftreten.«

Guidry sagte: »Können Sie den Zeitpunkt des Todes bestimmen?«

»Wir sind hier nicht im Fernsehen, Lieutenant. Irgendwann zwischen dem Zeitpunkt, wo er zum letzten Mal lebend gesehen, und dem Zeitpunkt, wo er gefunden wurde.«

Er grinste. »Lässt sich das vielleicht noch ein bisschen eingrenzen?«

»Von den Leichenflecken ausgehend würde ich sagen ungefähr zwei Uhr nachts.«

»Haben Sie eine Ahnung, wie viel Zeit zwischen dem Schlag und dem Zeitpunkt seines Todes vergangen ist?«

»Vermutlich etliche Stunden.«

Guidry bedankte sich bei der Gerichtsmedizinerin und nahm ihr den Umschlag aus der Hand. Sie sagte: »Viel Glück, Lieutenant. Nett, Sie kennengelernt zu haben, Ms Hemingway.«

Wir lächelten einander zu, und sie eilte geschäftig wieder davon in ihr gruseliges Allerheiligstes. Guidry hielt mir die Tür auf, und ich trat wie eine gehorsame Marionette hindurch. Wir suchten uns unseren Rückweg mitten durch dieses ganz spezielle Duftgemisch aus Chemikalien und Verwesung und Exkrementen, dem man in jedem Krankenhaus begegnet. Dabei hielten wir beide unsere Köpfe gesenkt, um so flach wie möglich atmen zu können, und dachten angestrengt nach. Guidry dachte vermutlich an seinen Fall, aber ich dachte, wie merkwürdig es war, dass ich in dem Augenblick, als die Gerichtsmedizinerin herausgekommen war, um mit uns zu sprechen, aufgehört hatte zu zittern. Und vor allem davor hatte ich mich doch so sehr gefürchtet. Bei meiner letzten Begegnung mit einem Gerichtsmediziner waren mir die Obduktionsergebnisse von Todd und Christy mitgeteilt worden, aber aus irgendeinem Grund hatte sich diese Erinnerung gar nicht bemerkbar gemacht, solange Dr. Corazon mit uns geredet hatte. Vielmehr hatte ich automatisch eine distanziert-objektive Haltung eingenommen.

Wir traten durch die Tür in die Hitze des Parkplatzes hinaus. Ich sagte: »Bevor ich die Leiche gefunden habe, habe ich einen Durchgang durch das ganze Haus gemacht. Ich habe aber nirgends irgendwelche Blutspritzer gesehen.«

Guidry sagte: »Er hat vermutlich gerade geduscht, als der Schlag ihn getroffen hat. Die Kriminaltechnik hat im Badewannenabfluss Blutspuren entdeckt.«

»Dann hat also jemand die Badewanne geputzt?«

»Ja, genau.«

Wir trotteten auf dem heißen Bürgersteig zu Guidrys Auto, und er ließ per Fernbedienung die Zentralverriegelung aufschnappen. Wir schlüpften hinein in die glühende Hitze, er ließ den Motor an und drehte die Klimaanlage auf. Ich warf einen Blick auf meine Armbanduhr. Unser Aufenthalt im Krankenhaus hatte nur fünfzehn Minuten gedauert.

»Als ich Marilees neuen Hausschlüssel abgeholt habe, da hat sie gesagt, sie sei gerade auf dem Weg unter die Dusche gewesen.«

Er drehte den Kopf und schaute mich an. »Glauben Sie, das hat etwas zu bedeuten?«

»Nur wenn sie vorhatte, gemeinsam mit Harrison Frazier unter die Dusche zu steigen.«

»Gibt es irgendeinen Anhaltspunkt für solch eine Annahme?«

»Ach, kommen Sie schon, Lieutenant. Die beiden müssen sich gekannt haben. Harrison Frazier war nicht gerade der Typ Mann, der einfach bei einer Frau ins Haus einbricht.«

»Es sei denn, er besaß einen Schlüssel, und sie hat die Schlösser austauschen lassen.«

Eigentlich hätte ich ihm jetzt in diesem Augenblick gestehen müssen, dass ich Marilees Brief an ihre Tochter gelesen hatte. Ich hätte ihm sagen müssen, dass Shuga Reasnor etwas wusste, wovon sie ihm nichts erzählt hatte. Aber Marilee war eine Frau, die ihrer Großmutter Brotbackmaschinen und teure Wohnungen schenkte. Sie sollte zumindest die Chance bekommen, eine Beziehung zu ihrer Tochter aufzubauen – der Tochter, die sie im Alter von fünfzehn Jahren weggegeben hatte, ohne dass es an die Öffentlichkeit gedrungen war. Und abgesehen davon: Shuga Reasnor hatte recht. Falls Marilee nichts zugestoßen war, dann würde sie unglaublich wütend werden, wenn sie nach Hause kam und feststellen musste, dass alle Welt sich über ihre intimsten Geheimnisse das Maul zerriss.

Aus all diesen irrationalen Gründen blieb ich stumm.

Guidry sagte: »Wissen Sie zufällig, ob sie Rechtshänderin ist?«

Ich machte die Augen zu und sah vor meinem inneren Auge, wie sie mir eine Hand entgegenstreckte, an deren Zeigefinger der Hausschlüssel baumelte. »Den neuen Schlüssel hat sie mir mit der linken Hand gegeben.«

Er nickte und sagte nichts weiter. Ich auch nicht.

Vor der Parkplatzeinfahrt des Sea Breeze hielt Guidry an und ließ eine Frau auf einem gelben Dreirad vor uns passieren. Mit rotem Gesicht unter in ziemlich unnatürlichem Magenta gefärbten Haaren gab sie sich, über den Lenker gebeugt, ihrer gesundheitsfördernden Strampelei hin. Vom Heck des Dreirads ragte eine Stange schräg nach oben, an deren Ende wie ein wedelnder Schwanz ein dreieckiger orangefarbener Warnwimpel flatterte. Wir sahen ihr nach, wie sie den Gehweg entlangrollte, als wären wir Dschungeltiere, die eine Löwin auf der Jagd beobachteten.

Wir fuhren auf den Parkplatz, und ich deutete schweigend auf meinen Bronco. Guidry blieb direkt dahinter stehen, und ich sagte: »Und? Wann kann ich Ghost denn nun nach Hause bringen?«

»Das ist doch nicht Ihr Ernst«, besagte sein Blick.

Ich meinte: »Jetzt seien Sie doch nicht so. Der Kater hat doch nichts verbrochen. Lassen Sie ihn nach Hause gehen.«

»Morgen vielleicht, gegen Abend.«

»Sie sagen mir Bescheid?«

»Ja.«

Ich klappte die Tür zu und ging zu meinem Auto, das ich

per Knopfdruck schon im Gehen aufschloss. Guidry fuhr los, ohne sich zu verabschieden, und das war mir gerade recht. Ich war froh, dass ich ihn begleitet hatte, aber ich wollte nicht darüber reden.

Als ich schließlich mit der letzten Katze fertig war und nach Hause fuhr, war es nach 20 Uhr. Noch bevor ich die Treppe zu meiner Wohnung hinaufstieg, schaute ich ein paar Minuten lang hinaus auf die Silhouetten der Segelboote, vor einem Himmel so klar und blau, dass mein Herz von einer ungestillten Sehnsucht erfüllt wurde. Segelboote strahlen eine gewisse Unbekümmertheit aus, obwohl mir durchaus klar ist, dass ihre Besatzung oftmals aus Männern und Frauen besteht, die alles andere als unbekümmert sind. Ich ging nach oben, schloss die Verandatüren auf und warf auf dem Weg ins Badezimmer meine Schultertasche auf den Schreibtisch in meinem Bürokabuff. In der Küche machte ich eine Flasche Tecate-Bier auf und kippte den Inhalt der Flasche in ein Weinglas, gab eine Zitronenecke dazu und nahm das Glas mit hinaus auf die Veranda, wo ich einer leuchtend orangefarbenen Sonne bei ihrem Sinkflug in Richtung Horizont zusah.

Als sie den Rand der Erde erreicht hatte, entstand ein kurzes Vibrieren auf dem Wasser und ein schimmerndes goldenes Band erstreckte sich bis ans Ufer unter mir. Als ich klein war, da glaubte ich, dass dieser goldene Pfad ganz alleine mir galt. Ich dachte, dass ich – hätte ich nur genügend Mut aufgebracht – ihn betreten und bis zum Rand des Meeres darauf gehen könnte, wo ich eine verzauberte Welt entdecken würde. Aber ich hatte niemals genügend Mut aufgebracht, und so war jeder Sonnenuntergang ein wunderbares und zugleich enttäuschendes Ereignis gewesen.

Als die Sonne dann hinter dem Horizont verschwunden und nur noch ein leises Glimmen übrig geblieben war, ging ich nach drinnen und inspizierte den Inhalt des Kühlschranks. Michael und Paco waren beide unterwegs, also würde ich für mich selbst sorgen müssen. Abgesehen von Mayonnaise, Senf und Gewürzgurken gab es nur noch ein paar Scheiben Käse, Bier und eine Packung Maistortillas. Im Tiefkühlfach lag eine Schachtel Sojaburger, ein paar steinzeitliche Hamburgerbrötchen, umhüllt von einer dicken Schicht Eiskristalle, sowie ein paar Tiefkühlbeutel mit geheimnisvollen Resten.

Ob ich mir eine Schüssel Cornflakes machen sollte? Aber seit dem Frühstück vor rund zwölf Stunden hatte ich nichts weiter gegessen als einen Apfel, und ich hatte einen Mordshunger. Außerdem hatte der Seelenklempner, bei dem ich nach dem Verlust von Todd und Christy in Therapie gewesen war, mir gesagt, es sei wichtig, auch dann richtig zu essen, wenn ich alleine war – »Wenn Sie in Zeiten des Alleinseins nicht gut auf sich achten, dann glauben Sie irgendwann, Sie seien nur dann etwas wert, wenn Sie mit einem anderen Menschen zusammen sind.«

Im Dorf gab es einen kleinen Griechen, wo ich einen großartigen Lammspieß bekommen konnte, falls ich es noch schaffte, bevor die Küche zumachte. Ich sprang also unter die Dusche, rannte anschließend, immer noch feucht, in mein Bürokabuff und zog einen kurzen Jeansrock und ein weißes Stretch-T-Shirt an. Dann schlüpfte ich in ein Paar weiße halboffene Segeltuchschuhe, nahm die Schultertasche vom Schreibtisch und wollte gerade losgehen, als ich das blinkende Licht an meinem Anrufbeantworter entdeckte. Wahrscheinlich hatte der Schultergurt meiner Tasche es vorher verdeckt. Nach kurzem Zögern drückte ich auf die Wiedergabetaste.

»Ähm, Ms Hemingway? Hier ist Phillip Winnick? Ähm, wäre es vielleicht möglich ... also ... ich würde gerne mit Ihnen reden ... Sie wissen schon, über den Klub und alles. Es ist sehr wichtig. Äh, Sie können mich nicht anrufen, also versuche ich's vielleicht später noch mal? Und könnten Sie vielleicht mit niemandem über diese Sache sprechen? Bitte?

Danke. Äh, hier spricht Phillip Winnick.« Und dann fügte er nervös und gehetzt hinzu. »Ich melde mich später noch einmal. Hier spricht Phillip Winnick.« Irgendjemand musste ihm gesagt haben, dass man den eigenen Namen unbedingt mehr als einmal auf einem Anrufbeantworter hinterlassen sollte.

Ich warf mir die Tasche über die Schulter, ging hinunter zum Bronco und fuhr ins Crab House anstatt zum Griechen. Als ich ankam, war Phillip noch nicht da, aber der Kellner, der mich an einen Tisch auf der hinteren Terrasse brachte, sagte, er werde um elf erwartet.

Dann sagte er: »Möchten Sie etwas trinken?«

»Einen Margarita, bitte. Außerdem habe ich einen Riesenhunger, deshalb möchte ich gleich bestellen.«

»Steinkrabbe?«

»Unbedingt.«

»Pommes?«

»Extra knusprig.«

»Salat?«

»Ja, bitte, mit Blauschimmeldressing.«

»Caesar oder Haussalat?«

»Haus.«

»Welches Dressing?«

»Blauschimmel.« Es musste ein Gesetz geben, das es Kellnern verbietet, Dressingbestellungen anzunehmen, bevor sie sich nicht ausdrücklich danach erkundigt haben.

Er grinste über beide Ohren und eilte davon. Ohne Phillips Klavierspiel war es still im Crab House. Die beiden Typen am Nebentisch gingen so behutsam und höflich miteinander um, dass klar war, dass es sich um ihr erstes Date handeln musste. An meinem anderen Nebentisch saßen ein Mann und eine Frau. Sie hatten sich zueinander gebeugt, die Ellbogen auf die Tischplatte gestützt und die Hände ineinander verschlungen. Auf dem Tisch standen auch ein paar Drinks, aber so, wie sie in den Augen ihres Gegenübers versanken, hatte das zarte Pflänzchen der Verliebtheit bereits Wurzeln geschlagen. Ein Motorboot kam an den Anleger getuckert, und ein Mann mit einer ärmellosen Jacke sprang heraus und machte es fest, während zwei Frauen und ein Mann im Boot standen, durch Streichen und Zupfen versuchten, Haare und Kleidung in Ordnung zu bringen, und schließlich an Land kletterten. Sie kamen im Gänsemarsch auf die Terrasse und setzten sich an einen seitlich stehenden Tisch. Dabei lachten und redeten sie miteinander, locker und vertraut wie alte Freunde.

Der Kellner brachte mir meinen Margarita sowie ein Körbchen mit einem winzigen, noch heißen Brotlaib, in dem ein gewaltiges und mächtig scharf aussehendes Messer steckte. Er sagte: »Der Drink ist von einem Kerl an der Bar.«

Ich schaute durch die Glaswand ins Innere und sah einen großen Mann mit geröteten Wangen an der Theke stehen und mich angrinsen. Er besaß einen kugelförmigen, kahlen Kopf und Augen wie schwarze Kugellager. Er prostete mir zu und rutschte von seinem Hocker herunter – eindeutig auf dem Weg zu mir nach draußen.

»Nehmen Sie das Glas wieder mit«, sagte ich.

»Es ist schon bezahlt. Sie können es also ruhig austrinken.«

»Nehmen Sie's zurück und sagen Sie dem Barkeeper, er soll mir ein frisches machen.«

Er stellte das Glas auf sein Tablett und verzog sich in Richtung Theke. Mein Verehrer wandte sich an ihn und stellte ihm eine Frage. Als der Kellner ihm antwortete, warf er mir unter düsterem Stirnrunzeln einen Blick zu. Auch der Barkeeper schaute mich an, und als er das Glas in den Ausguss schüttete und mir einen frischen Margarita machte, da verzogen sich seine Lippen zu einem schmalen Lächeln.

Ich schnitt mir mit dem Riesenmesser eine dicke Scheibe Brot ab und benutzte es anschließend auch, um das Brot mit Butter zu bestreichen, als der Kellner mir den frischen Drink brachte. Dabei hielt er das Tablett in Schulterhöhe und setzte es mit großer Geste ab.

»Es sagt, Sie seien eingebildet.«

»Sagen Sie ihm, ich sei außerdem auch bewaffnet.«

»Na ja, Augenblick mal, junge Frau. Betrachten Sie's doch als Kompliment. Wird nicht das letzte Mal sein, dass Sie von einem Mann angebaggert werden. So ist das Leben nun mal.«

Er ging weg und warf den beiden Männern zu meiner Rechten einen Blick zu. Sie hatten ihre Nervosität des ersten Dates vergessen und grinsten mich an. Als ich ihren Blick erwiderte, hoben sie ihre Weingläser und prosteten mir zu. Ich lächelte zurück und nippte an meiner Margarita. Der kugelköpfige Mann im Inneren der Bar legte ein paar Scheine auf die Theke und stapfte nach draußen. Seine Hose zeigte im Schritt eine deutlich sichtbare Ausbeulung.

Als die Steinkrabbe schließlich serviert wurde, hatte ich so viel Brot und Salat gegessen, das sich meine Laune spürbar gebessert hatte. Gott isst vermutlich jeden Abend Steinkrabbe, aber wir gewöhnlichen Sterblichen in Florida können sie nur von Mitte Oktober bis Mitte Mai genießen. Es ist den Fischern gesetzlich verboten, die Krabben zu töten, aber sie dürfen ihnen eine ihrer nachwachsenden Scheren abreißen, um sie anschließend wieder ins Meer zurückzuwerfen. Dann haben die Krabben zwar nur noch eine Schere zur Selbstverteidigung, aber immerhin werden sie nicht bei lebendigem Leib in kochendes Wasser geworfen wie die Hummer.

Die Scheren werden dann direkt auf dem Schiff gekocht, tiefgekühlt und an Restaurants wie das Crab House geliefert, wo Menschen wie ich sie aufessen, ohne auch nur einen Gedanken an die traumatisierte Krabbe zu verschwenden. Meine zum Beispiel wurde mit Senfsoße und einem Holzhammer serviert, um die Schale aufzuknacken, und so knackte und schlürfte ich munter vor mich hin.

16

Während des Essens sah ich den am Anleger auf und ab hüpfenden Booten zu und lauschte selbstvergessen den Gesprächsfetzen, die von den Nachbartischen an mein Ohr drangen. Ich erfuhr, dass ein gewisser Tony eine echte Zicke sei, aber so was von zickig, und dass eine gewisse Grace endlich an das Geld gekommen war, um das es ihr bei der ganzen Heiraterei gegangen war, weil ihre reiche und steinalte Schwiegermutter nun gestorben war. Grace, so hörte ich, wollte unbedingt wieder zurück in den Osten ziehen, wo die Leute von ihrem neuen Reichtum schwer beeindruckt sein würden, aber ihr Ehemann wollte den Golf- und den Tennisklub nicht aufgeben, um stattdessen mit ein paar versnobten Neuengländern zu verkehren. Arme Grace. So viel Geld und keine Gelegenheit, damit anzugeben.

Es war beinahe elf Uhr, als ich mir den letzten Bissen in den Mund steckte. Ohne auf den Kellner zu warten, legte ich ein paar Scheine auf den Tisch und fügte ein gutes Trinkgeld hinzu, zum Ausgleich für meine Kratzbürstigkeit von vorhin. Dann stand ich auf und ging nach drinnen. Der Kellner sah es und kam mit fragendem Blick zu mir herübergeeilt.

Ich sagte: »Ich setze mich noch an die Bar. Ich will noch ein bisschen Klaviermusik hören.«

Über meine Schulter hinweg sah er das Geld auf dem Tisch und lächelte. »Kein Problem«, sagte er. »Der Pianist müsste eigentlich jeden Augenblick da sein.«

»Kennen Sie ihn?«

»Flüchtig. Scheint ein richtig netter Kerl zu sein.«

»Das ist er.«

»Oh, ein Freund von Ihnen?«

Ich lächelte. Plötzlich war ich richtiggehend stolz darauf, Phillip zu kennen. »Ja, genau, ein Freund.«

Bis jetzt saßen nur wenige Leute an der Bar. Allesamt Männer und allesamt mit der prüfenden Miene derjenigen, die erkannt haben, dass es spät geworden ist und dass, wenn an diesem Abend überhaupt noch etwas laufen sollte, es möglichst bald der Fall sein müsste. Keiner von ihnen würdigte mich eines Blickes. Ich setzte mich auf einen Hocker nahe der Bühne und bestellte mir noch eine Margarita.

Der Barkeeper stellte das Glas vor mir auf die Theke und grinste mich an. »Das wäre dann der dritte heute Abend, stimmt's?«

»Nur, wenn man den mitzählt, den ich nicht getrunken habe.«

»Dieser Typ ... so ein Arschloch! Was denkt er sich eigentlich dabei?«

»Vielleicht hat er ja manchmal Erfolg mit der Masche.«

»Nicht bei einer Frau wie Ihnen. Das hätte er doch wissen müssen.«

Da hörte ich hinter mir Phillips Stimme: »Ms Hemingway?«

Ich wirbelte herum und sah ihn vor mir stehen, mit ungläubiger Miene, so als wäre ich ein Geist, den er soeben aus einer Flasche hervorgezaubert hatte. Aus der Nähe konnte ich erkennen, dass sein schwarzes Veloursjackett eigentlich für einen sehr viel kräftigeren Mann gedacht war. Er sah ein bisschen so aus wie ein kleiner Junge, der sich die Anzugjacke seines Vaters übergestreift hat.

»Mein Gott, was schleichst du dich denn so an, Phillip!«

»Oh, tut mir leid. Ich wollte Sie nicht erschrecken.«

»Das hast du auch nicht, ich hab dich bloß nicht hereinkommen sehen.«

»Ich habe den Hintereingang genommen.«

»Kann ich dich vielleicht kurz sprechen, bevor du anfängst?«

Er ließ ein nervöses Grinsen sehen, und ich hätte ihn am liebsten in den Arm genommen. Er war so unsicher, fühlte sich so unwohl angesichts dieser für ihn unbekannten Situation.

»Komm mit«, sagte ich. »Setzen wir uns kurz an einen Tisch. Möchtest du etwas trinken?«

Er schüttelte erst den Kopf, leckte sich dann die spröden Lippen und nickte. Der Barkeeper, der uns schweigend beobachtet hatte, reichte ihm ein Glas Club Soda.

»Okay«, sagte ich mit fester Stimme und ging an der Theke entlang auf einen winzigen Zweiertisch in der hintersten Ecke zu. Phillip kam mit seinem Club Soda hinter mir her, und wir ließen uns schwer wie Felsbrocken auf die Stühle fallen.

Er war anscheinend immer noch sprachlos angesichts der Tatsache, dass ich hier war. Deshalb beugte ich mich zu ihm und sagte: »Du hast mir auf dem Anrufbeantworter eine Nachricht hinterlassen, dass du mich sprechen willst.«

»Oh. Ja. Das. Na ja, sehen Sie, ich habe nachgedacht, irgendwie ... Sie wissen schon, über das, was nebenan passiert ist. Sie wissen schon, wie der Polizist mich gefragt hat, ob ich was gesehen habe?«

»Mm-hmm. Und, hast du was gesehen?«

»Na ja, das ist es ja. Ich meine, eigentlich hätte ich es sagen sollen, aber meine Mutter war da und ich wollte nicht, dass sie erfährt, dass ich um diese Zeit noch draußen war, verstehen Sie? Aber wahrscheinlich wäre es gut, wenn die Polizei es weiß ... ich dachte, vielleicht könnten Sie es diesem Detective sagen?«

Wenn ich ihm nicht auf die Sprünge half, dann würde es bis zum Morgengrauen so weitergehen, so viel war mir klar. »Okay. Was genau hast du denn nun gesehen, dass du es nicht vor den Ohren deiner Mutter ausplaudern wolltest?«

Von seinem Hals ausgehend legte sich eine tiefe portweinrote Färbung über sein Gesicht. »Als ich am Freitagmorgen nach Hause gekommen bin, da bin ich hinter Ms Doerrings

Haus durchgegangen und habe gesehen, wie eine Frau aus ihrem Haus gekommen ist. Dann ist sie in der Auffahrt in ein Auto eingestiegen, einen schwarzen Mazda MX-5. Das Auto kam angefahren, die Frau kam aus dem Haus, ist eingestiegen und schon war sie weg. Ich habe zuerst gedacht, das sei Ms Doerring, aber jetzt denke ich, dass es vielleicht jemand anders gewesen sein könnte. Sie wissen schon, die Mörderin vielleicht.«

Ich wartete ab, aber anscheinend konnte er nicht mehr weitersprechen. Ich sagte: »Hast du den Fahrer gesehen?«

Phillips Gesicht wurde noch röter. »Das Verdeck war zu, deshalb habe ich nichts gesehen, nur die Frau.«

Ich nippte an meinem Drink und tat so, als würde ich sein Unwohlsein nicht bemerken. »Aber du hast sie immerhin so gut gesehen, dass du annehmen konntest, es sei Marilee Doerring?«

Er starrte auf seinen Teller und für einen kurzen Moment hatte ich die Befürchtung, er könnte jeden Augenblick anfangen zu weinen. »Eigentlich nicht. Ich schätze, ich hab auch nicht so besonders genau hingeschaut. Es hätte genauso gut eine andere Frau sein können.«

Er vermied jeden direkten Blickkontakt und sein Adamsapfel hüpfte in nervösen Schluckbewegungen auf und ab. Ich versuchte, mich in seine Lage zu versetzen: ... ein Jugendlicher kommt spät in der Nacht nach Hause, was seine Eltern auf gar keinen Fall erfahren dürfen, und sieht eine Frau, die er für eine Nachbarin hält, in ein Auto steigen und wegfahren.

»Hat die Frau dich gesehen?«

Er warf den Kopf in schnellem Stakkato auf und ab, was ich als bestätigendes Nicken interpretierte. »Ich glaube, vielleicht schon. Sie hat über die Schulter zu mir rübergeschaut, und es ist mir so vorgekommen, als wäre sie zusammengezuckt – als wäre sie überrascht oder ängstlich oder so, verstehen Sie?«

»Und dann?« Jetzt blickte er mir zum ersten Mal direkt in die Augen. »Dann ist sie in das Auto gestiegen und weggefahren.«

Vorsichtig sagte ich: »Was schätzt du, um wie viel Uhr war das?«

»Ich möchte niemanden in diese Sache reinziehen!«

»Ich will ja auch nicht wissen, wo oder mit wem du vorher zusammen gewesen bist, sondern bloß, um welche Zeit du eine Frau aus Marilee Doerrings Haus hast kommen sehen.«

»Es war kurz nach vier.«

Mir fiel die flüchtige Bewegung zwischen den Bäumen wieder ein, die ich an jenem Morgen bei meinem Spaziergang mit Rufus gegen 4.30 Uhr bemerkt hatte.

»Hast du auch mich an diesem Morgen gesehen?«

Er blinzelte. »Sie? Nein, Madam, Sie habe ich nicht gesehen.«

Der arme Junge war offensichtlich völlig verschreckt, und das aus gutem Grund. Wenn die Frau, die er beobachtet hatte, befürchtete, dass er sie identifizieren konnte, dann steckte er vielleicht bald in erheblich größeren Schwierigkeiten, als wenn seine Eltern erfahren hätten, wie er seine Abende und Nächte verbrachte.

»Phillip, wenn wir beide Freunde werden sollen, dann musst du mir einen Gefallen tun.«

»Welchen?«

»Du musst aufhören, mich ›Madam‹ zu nennen. Und außerdem heiße ich Dixie und nicht Ms Hemingway. Kapiert?«

Er schenkte mir ein schwaches Lächeln. »Okay.«

»Es war richtig, dass du mir von dieser Frau erzählt hast. Lieutenant Guidry muss das unbedingt erfahren. Ich erzähle ihm, was du gesehen hast, und dann wird er sich wahrscheinlich auch noch einmal mit dir unterhalten wollen. Sollte das der Fall sein, erschrick nicht. Ich sage ihm, er soll sehr diskret vorgehen und nur unter vier Augen mit dir sprechen, und er wird auch nichts von dem, was du ihm sagst, an deine Eltern oder sonst jemanden weitergeben. Er ist ein netter Kerl, du kannst ihm vertrauen.«

»Okay.«

Ich war so stolz auf ihn, weil er tatsächlich den Mut gefunden hatte, sich mir zu offenbaren, dass ich seine Geschichte nicht mit meinem eingebauten Lügendetektor überprüfte.

Wir blickten uns eine Sekunde lang an, zur Zementierung unserer neuen Freundschaft, und dann schenkte er mir ein vollkommen ungekünsteltes Lächeln. »Ich muss jetzt anfangen. Bleiben Sie noch eine Weile?«

»Das würde ich liebend gern, aber eigentlich gehöre ich schon längst ins Bett.«

Er wurde rot und winkte mir zum Abschied lächelnd zu.

Als ich nach draußen kam, war die Parkplatzbeleuchtung erloschen und der abnehmende Mond die einzige Lichtquelle. Kein Mensch war zu sehen, und die Zwischenräume zwischen den parkenden Autos wirkten wie schwarze Mulden, in denen sich alles Mögliche verbergen konnte. Eine Minute lang blieb ich vor der Tür stehen und überlegte, ob ich noch einmal umkehren und dem Geschäftsführer wegen der Parkplatzbeleuchtung Bescheid sagen sollte, doch dann ließ ich es sein. Ich ging über den dunklen Parkplatz zu meinem Auto, und meine Schritte knirschten auf dem losen Muschelbelag.

Einerseits war ich stolz darauf, dass Phillip mir so viel Vertrauen entgegengebracht und es mir erzählt hatte. Andererseits aber war ich auch entsetzt. Jetzt wusste ich etwas, was dem Jungen eine Menge Schwierigkeiten einbringen konnte. Wenn er die Mörderin beim Verlassen von Marilees Haus beobachtet hatte, dann musste er seine Aussage höchstwahrscheinlich früher oder später öffentlich wiederholen. Damit wäre ihm dann die volle Aufmerksamkeit der Medien sicher und so würde unweigerlich auch an den Tag kommen, dass er schwul war. Er war ein netter Junge, und ich wollte nicht diejenige sein, die ihn bloßstellte. Aber ich musste Guidry von der Frau erzählen, die er gesehen hatte.

Ein Silberreiherpärchen flatterte im Tiefflug über meinen Kopf hinweg und gab dabei diese gutturalen Laute von sich, die mich immer an das Geräusch erinnern, wenn jemand versucht, ein verirrtes Popcornhäutchen aus der Luftröhre zu husten. Ich drehte den Kopf, blickte über meine Schulter und stellte erschrocken fest, dass ich Angst hatte. Das ist eben das Problem, wenn man sich wieder Gefühle gestattet, nachdem man sich so lange von ihnen abgekapselt hat. Man kann sich nicht aussuchen, was man fühlen will. Man muss das ganze Spektrum akzeptieren, auch die Angst.

Als ich dann im Laufschritt auf mein Auto zulief, löste sich plötzlich eine Gestalt aus dem Schatten und rannte mir nach. Ich beschleunigte und sprintete los, als wäre der Teufel hinter mir her. Dank Billy Elliot hatte ich erst kürzlich die eine oder andere Rennerfahrung gemacht. Ich drückte auf die Fernbedienung, riss die Tür auf und sprang mit einem Satz hinein, zog die Tür hinter mir zu und verriegelte sie – eine Sekunde bevor der Mann seine Faust gegen das Beifahrerfenster donnerte und sein Gesicht an das Glas drückte. Auch wenn Nase und Mund zu einer grotesken Maske platt gepresst waren – ganz eindeutig um mir Angst einzujagen –, erkannte ich den kugelköpfigen Mann aus der Bar. Ich riss am Schalthebel, legte den Rückwärtsgang ein und schoss aus der Parkbucht. Dabei hoffte ich beinahe, dass der Mann dumm genug sein würde, mir nachzulaufen, damit ich ihn über den Haufen fahren konnte. War er aber nicht. Er rannte hinter die parkenden Autos und duckte sich, sodass er aus meinem Sichtfeld verschwand. Ein paar Minuten lang blieb ich mit laufendem Motor stehen, dann fuhr ich weg.

Während der Fahrt auf der Midnight Pass Road in Richtung Norden suchte ich im Rückspiegel nach Scheinwerfern, falls der Kerl auf die Idee kommen sollte, mich zu verfolgen. An unserer Einfahrt fuhr ich vorbei und steuerte direkt die Feuerwache an. Dort stellte ich mich rückwärts auf einen Parkplatz auf der gegenüberliegenden Straßenseite. So hatte ich den gesamten Verkehr auf der Midnight Pass Road und auch die Feuerwache, in der Michael jetzt gerade schlief, im Blick. Allein das Wissen, dass Michael in der Nähe war, ließ mich ruhiger werden. Es waren nur wenige Autos unterwegs, und nach einer Weile war ich mir sicher, dass ich nicht verfolgt worden war. Also fuhr ich nach Hause. Pacos Auto stand im Carport, aber seine Harley war weg. Er war also immer noch mit seinen verdeckten Ermittlungen beschäftigt. Immer zwei Stufen auf einmal nehmend, rannte ich nach oben in meine Wohnung.

Die Wohnung sah noch genauso aus wie bei meinem Weggang, aber ich hatte trotzdem ein ungutes Gefühl. Dabei war es gar nicht die Bösartigkeit in den Augen des Mannes, der mich durch das Beifahrerfenster hindurch angestarrt hatte, die mir solche Angst einjagte, sondern vielmehr seine wilde Entschlossenheit, als hätte er ein ganz bestimmtes Ziel – und zwar mich. Ich ließ die metallenen Fensterläden herunter, warf einen Blick auf den Anrufbeantworter, putzte mir die Zähne, drehte ein paar Runden durch die Wohnung, um mich abzureagieren, und ging schließlich mit einer Million offener Fragen im Kopf zu Bett.

Falls es sich bei der Frau, die Phillip gesehen hatte, um Marilee gehandelt hatte, dann hätte sie Harrison Frazier tot in ihrem Haus zurückgelassen. Bedeutete das, dass sie ihn auch umgebracht hatte? Und falls ja, wer hatte das Auto gefahren, in das sie eingestiegen war? Falls es sich aber nicht um Marilee gehandelt hatte, um wen dann? Womöglich um Shuga Reasnor? Sie kannte Harrison Frazier und hatte vielleicht irgendeinen persönlichen Grund gehabt, ihn zu ermorden. Vielleicht hatte sie ihn unter einem Vorwand zu Marilee gelockt und ihn dort umgebracht. Vielleicht konnte

Marilee ein gutes Alibi für die Tatzeit vorweisen. Vielleicht hatten sie und Shuga das Ganze gemeinsam geplant, weil sie dachten, dass Shuga nicht mit dem Mord in Verbindung gebracht werden konnte. Ob Shuga wohl ein Alibi für die Tatnacht hatte? Das wollte ich Guidry fragen, wenn ich das nächste Mal mit ihm sprach.

Ich drehte mich auf die andere Seite und klopfte mein Kissen zurecht und versuchte einzuschlafen. Die Suche nach Harrison Fraziers Mörder war nicht meine Aufgabe. Meine Aufgabe bestand darin, mich um Ghost zu kümmern. Aber wer, zum Teufel, hatte Frazier umgebracht? Vielleicht war seine Frau ihm bis zu Marilee gefolgt, hatte ihm einen Schlag auf den Hinterkopf verpasst und sich anschließend von jemandem in einem schwarzen Mazda MX-5 abholen lassen. Das erschien mir allerdings nicht besonders wahrscheinlich. Und warum hatte Marilee vor ihrer Abreise die Schlösser austauschen lassen? Doch mit Sicherheit, weil irgendjemand einen Schlüssel besaß und sie nicht wollte, dass dieser Jemand zu ihr ins Haus kam. Aber wer? Und wieso? Vielleicht hatte sie sich ja mit Shuga Reasnor zerstritten, und sie wollte sichergehen, dass Shuga während ihrer Abwesenheit das Haus nicht betreten konnte. Vielleicht war Dr. Coffey auch immer noch im Besitz eines Haustürschlüssels aus ihrer Verlobungszeit und sie war erst jetzt dazu gekommen, dafür zu sorgen, dass er ihn nicht mehr benutzen konnte. Vielleicht hatte Coffey eine Frau engagiert, um bei Marilee einzudringen und Harrison Frazier zu ermorden. Nein, das war Quatsch. Wieso sollte er so etwas tun? Wenn er jemanden tot sehen wollte, dann doch wohl Marilee und nicht Frazier.

Ich wälzte mich auf den Rücken und holte tief Luft. Wieso war dieser Kerl auf dem Parkplatz hinter mir her gewesen? Ich hatte ihm einen Korb gegeben. Hatte er sich so sehr darüber geärgert, dass er die ganze Zeit da draußen auf mich gewartet hatte? Er war doch bestimmt nicht zum ersten Mal von einer Frau abgewiesen worden. Er würde sich durch so etwas doch nicht so sehr in Rage bringen lassen. Vielleicht hatte er ja irgendetwas genommen. Vielleicht hatte er, nachdem er die Bar verlassen hatte, seine bevorzugte Droge geschnupft oder gespritzt oder geschluckt und war davon so high geworden, dass er aus reiner Vergeltungssucht wiedergekommen war. Vielleicht war es reiner Zufall gewesen, dass es mich getroffen hatte, vielleicht hätte er auch jede andere Frau, die alleine herausgekommen wäre, so überfallen.

Ich riss die Augen auf. Ach, du Scheiße, ich hätte im Crab House anrufen und Bescheid sagen müssen, dass sich auf ihrem Parkplatz ein Irrer herumtrieb. Ich hätte ihnen sagen müssen, dass sie keine Frau alleine aus dem Lokal gehen lassen durften. Ich wälzte mich wieder herum und hieb auf mein Kissen ein. Jetzt war es zu spät, bereits nach zwei Uhr, und das Crab House hatte geschlossen. Aber wenn auf diesem Parkplatz irgendjemand vergewaltigt worden sein sollte, dann war das allein meine Schuld.

Und mit diesem erquickenden Gedanken glitt ich endlich in einen ruhelosen Schlaf.

17

Lauter Donner weckte mich auf. Schwer prasselte der Regen auf das Dach und trommelte gegen die Fensterläden. Es war ein tröstliches Geräusch. Ich liebe es, warm und geborgen im Bett zu liegen, während draußen ein Unwetter tobt. Also schlief ich wieder ein, und als um vier Uhr der Wecker schrillte, schaltete ich ihn ab und quälte mich ins Badezimmer, um mir ein bisschen Wasser ins Gesicht zu spritzen. Ich hatte schätzungsweise zwei Stunden geschlafen. Höchstens.

Es hatte aufgehört zu regnen, und so ließ ich den Bronco stehen und fuhr mit dem Fahrrad in einen wunderschönen Sonntagmorgen hinein. Auf dem Fahrweg bis zur Straße scheuchte ich eine Schar wilder Sittiche auf, die in den feuchten Baumkronen saßen, und deren Gezwitscher von den klagenden Rufen gut versteckter Trauertauben beantwortet wurde. Es hatte um die zwanzig Grad Celsius, die Luftfeuchtigkeit war erträglich, und ein frischer, sauberer Duft lag in der Luft. Ich war infolge der Angst und der Schlaflosigkeit der vergangenen Nacht zwar immer noch halb betäubt, genoss den anbrechenden Tag aber dennoch in vollen Zügen.

Da die Graysons wieder zu Hause waren, hatte ich nur einen Hund auszuführen, nämlich Billy Elliot. Ansonsten nur Katzen und das war auch gut so. Katzen sind sehr viel unkomplizierter als Hunde, und ein unkomplizierter Tag war genau das, was ich jetzt dringend benötigte. Ich wollte bis acht Uhr warten, Guidry anrufen und ihn mit den neuesten Informationen versorgen, mich um die Katzen kümmern und mich anschließend zu Hause wieder schlafen legen. Michael würde heute Vormittag auch nach Hause kommen, sodass uns heute Abend ein gutes Essen sicher war. Vielleicht war ja sogar Paco da, und ich konnte die beiden auf den neuesten Stand der Ereignisse bringen.

Tom Hale schlief noch, als ich seine Wohnung betrat, aber Billy Elliot erwartete mich an der Tür. Wir gingen nach draußen und rannten wie verrückt durch die Gegend, dann brachte ich Billy Elliot zurück, verabschiedete mich und machte mich schnaufend auf den Weg zu meinem Fahrrad. Es war immer noch dunkel, aber der Himmel zeigte bereits den fahlen Schimmer der Morgendämmerung. So langsam erwachten auch die Vögel in den Bäumen und gaben schläfrig die ersten Laute von sich.

Meine nächste Station war das Heim zweier dreifarbiger Calicos, auch Glückskatzen genannt, einem Zwillingspärchen namens Stella und Marie. Wären sie Menschen gewesen, sie hätten garantiert als Sängerinnen in einer Bar gearbeitet. Stella verbrachte ihre gesamte Zeit auf dem Fensterbrett und betrachtete sehnsüchtig ihr eigenes Spiegelbild, während sich Marie auf dem Sofa räkelte und darauf wartete, dass ihr irgendjemand die Nägel machte. Wenn ich sie kämmte, warfen sie sich in die Brust und posierten genüsslich und selbstvergessen, aber wenn ich den Staubsauger einschaltete, um die Haare aufzusaugen, die sie auf dem Teppich hinterlassen hatten, dann wandten sie sich beide ab, und aus ihren gelangweilten Blicken sprach vollkommenes Desinteresse.

Während sie fraßen, machte ich das Katzenklo sauber, wusch anschließend ihre Futterschalen aus und stellte ihnen frisches Wasser hin. »Ich gehe jetzt«, sagte ich. »Ich hoffe, ihr vermisst mich nicht allzu sehr.«

Auf der Fensterbank liegend senkte Stella ihre Augenlider auf Halbmast, zum Zeichen dafür, dass sie meine Existenz zähneknirschend in Kauf nahm, doch Marie zuckte einfach nur mit der Schwanzspitze und gähnte. Ich musste grinsen und bestieg mein Fahrrad, um zu meiner nächsten Station zu fahren. Der Himmel zeigte mittlerweile erste Spuren einer fahlen Korallenfärbung, die die östlichen Ränder der kleinen Schäfchenwolken mit einem etwas dunkleren Lachsrosa überzogen. Noch eine Stunde, dann würde die Sonne vollständig am Himmel stehen und der Verkehr spürbar stärker werden.

Als ich auf die Midnight Pass Road einbog, raste ein Bäckereitransporter, der irgendwo frische Croissants und Bagels abgeliefert hatte, an mir vorbei, so dicht, dass er mich beinahe gestreift hätte und meine Beine eine kräftige Spritzwasserdusche abbekamen. Missmutig blieb ich auf dem Seitenstreifen stehen und stellte meine durchnässten Keds auf dem Boden ab. Ich befand mich an der Abzweigung der alten, verlassenen Zufahrtsstraße hinter Marilee Doerrings Haus, die in das Waldstück hineinführte. Schimpfend, sodass meine Großmutter, hätte sie mich hörten können, mir den Mund mit Seife ausgewaschen hätte, nahm ich ein paar tiefe Atemzüge, um mein jagendes Herz ein wenig zu beruhigen.

Da hörte ich ein leises Geräusch und schaute zu dem rostigen Metallgatter hinüber, das sich quer über die unbenutzte Straße spannte. Die Fahrspur hatte einst einen Belag aus Muschelsplittern besessen, aber die Zeit und das Wetter hatten ihren Tribut gefordert, und jetzt war sie größtenteils von Unkraut und Unterholz überwuchert. Da war das Geräusch schon wieder, leise und drängend. Vielleicht ein angefahrenes Tier, das sich in die Büsche verkrochen hatte. Ich stieg von meinem Fahrrad ab und ging die Straße entlang.

Als ich näher kam, entdeckte ich ein Stück blauen Stoff und erkannte schlagartig, dass das, was da im Gebüsch stöhnte, kein verletztes Tier, sondern ein Mensch war. Ich blieb stehen. Es war zwar unwahrscheinlich, aber womöglich war die Verletzung nur vorgetäuscht und das Ganze eine Falle.

Ich rief: »Ist da jemand?«

Da war das Stöhnen schon wieder. Ich trat näher und dann machte ich plötzlich ein paar schnelle Schritte. Dort im nassen Dickicht lag, alle viere von sich gestreckt, mit Blut und Dreck verschmiert, Phillip Winnick. Irgendjemand hatte ihm eine deftige Tracht Prügel verpasst.

Ich ließ mich neben ihm auf die Knie sinken. »Phillip? Phillip, ich bin's, Dixie. Ich hole Hilfe. Jetzt wird alles gut. Phillip?«

Seine geschwollenen Lippen versuchten, ein Wort hervorzupressen, aber so leise, dass ich es nicht hören konnte. Ich beugte mich dicht über ihn und sagte: »Noch einmal, Phillip. Ich habe dich nicht verstanden.«

Sehr schwach hauchte er mir eine Bitte ins Ohr. »Bitte nicht meiner Mutter sagen.« Dann wurde er bewusstlos.

Ich rief von meinem Handy aus die 911 an und gab ihnen meinen Standort durch. Dann setzte ich mich im Schneidersitz neben Phillip und redete mit ihm, während ich auf das Eintreffen des Notarztwagens wartete. Ich wollte, dass er in den wenigen Augenblicken, in denen er etwas mitbekam, eine menschliche Stimme hören konnte.

»Das ist eine Riesensauerei, was sie da mit dir gemacht haben, Phillip, aber die Welt geht davon nicht unter. Du wirst sehen, bald bist du wieder auf den Beinen und fühlst dich so gut wie neu.«

Da durchzuckte mich ein fürchterlicher Schreck und ich blickte schnell auf seine Hände. Sie wirkten vollkommen unverletzt und ich schickte ein hastiges Dankgebet zum Himmel.

»Deine Hände sind noch heil, Phillip, und bald kannst du wieder Klavier spielen. Ich weiß, dass das eine furchtbare Erfahrung für dich ist, aber du kommst darüber weg. Viele Menschen haben so etwas erlebt und sind darüber weggekommen. Ich helfe dir dabei und viele andere bestimmt auch.«

Ich plapperte immer weiter, um meinetwillen genauso wie

um seinetwillen, so lange, bis der Notarztwagen da war. Zwei Sanitäter sprangen heraus und legten Phillip so schnell und gleichzeitig so behutsam auf eine Trage, dass ich sie am liebsten beide umarmt hätte. Direkt hinter dem Notarztwagen hielt jetzt ein Streifenwagen. Deputy Jesse Morgan stieg aus und stellte sich neben mich, während die Sanitäter die Bahre vorsichtig in den Wagen schoben.

»Ms Hemingway«, sagte er. Ob er wohl mit den anderen Deputys über mich gesprochen hatte?

Ich sagte: »Kann ich Phillip ins Krankenhaus begleiten?«

»Sie kennen ihn?«

»Das ist Phillip Winnick. Er wohnt direkt neben Marilee Doerring, da, wo man am Freitag diesen Toten gefunden hat.« Ich versuchte, genauso distanziert zu wirken wie er, aber bei den letzten Worten fing meine Stimme an zu zittern.

Er blickte mich forschend an. Oh, ja, er hatte mit den anderen über mich gesprochen.

»Seit wann kennen Sie ihn schon?«

Ich verstand, was sein Blick mir sagen wollte, und sagte: »Seit dem Morgen, als ich die Katze dort hingebracht habe.«

»Sie sind also nicht eng mit ihm befreundet?«

Einer der Sanitäter kletterte zu Phillip in den Notarztwagen, setzte ihm eine Sauerstoffmaske auf und legte eine Infusion, während der andere noch etwas mit Deputy Morgan besprechen wollte. Sie traten beiseite und unterhielten sich so leise, dass ich kein Wort verstehen konnte. Dann kam Morgan zu mir zurück, während der Sanitäter in den Notarztwagen stieg und wegfuhr.

»Ich werde seine Eltern verständigen«, sagte er. »Wenn Sie ihn im Krankenhaus besuchen wollen, dann müssen Sie sich von ihnen eine Genehmigung geben lassen.«

Niedergeschlagen presste ich die Lippen aufeinander und zwang mich, ihn nicht anzubrüllen. Morgan hatte recht. Phillips Eltern waren von Gesetzes wegen als Einzige berechtigt, ihn im Krankenhaus zu besuchen, und sie mussten benachrichtigt werden. Doch der Gedanke daran, wie seine vorurteilsbeladenen Eltern reagieren würden, ließ mir das Herz schwer werden.

Morgen holte sein Notizbuch hervor. »Woher haben Sie denn gewusst, dass er hier gelegen hat?«

»Gar nicht. Ich wäre beinahe von einem Lieferwagen überfahren worden, habe mich an den Straßenrand gestellt und ihn stöhnen gehört.«

»Hat er etwas gesagt?«

Ich schüttelte den Kopf. »Ich glaube, er war gar nicht mehr bei Bewusstsein.«

»Dann wissen Sie also nicht, wieso er sich um diese Uhrzeit noch draußen aufgehalten hat?«

»Ich habe keine Ahnung.«

Er musterte mich mit einem distanzierten, abschätzigen Blick. »Sie scheinen ja wirklich eine schlimme Pechsträhne zu haben. Erst entdecken Sie einen Toten und jetzt noch das Opfer einer üblen Prügelei.«

»Soll das eine Frage sein?«

Er klappte das Notizbuch zu. »Sind Sie später noch erreichbar?«

»Natürlich.«

Er setzte sich ins Auto, um zu den Winnicks zu fahren und ihnen mitzuteilen, dass ihr Sohn nicht etwa schlafend in seinem Bett lag, wie sie vielleicht dachten, sondern in einem Notarztwagen auf dem Weg in die Notaufnahme des Sarasota Memorial Hospital. Ich ging zu meinem Fahrrad zurück. Dabei blieb mein Blick am einen Ende des Gatters hängen, wo sich die Zweige einer verkrüppelten Limette gegen die senkrechten Torpfosten stemmten. Ich trat näher, um etwas genauer sehen zu können.

Limettenbäume besitzen lange, sehr gefährliche Stacheln, und an einem hing ein Büschel aus schwarzen menschlichen Haaren. Lange, lockige Haare, die allem Anschein nach noch nicht lange hier hingen. Ich dachte an Marilees leuchtend schwarze Haare, die ich im Bürstenaufsatz ihres Föhns entdeckt hatte, und kalter Schauer schlängelte sich über meinen Rücken.

Eines Tages, als Christy noch kaum laufen konnte, war ich nachmittags in die Spielgruppe gekommen, um sie abzuholen. Bei meiner Ankunft bekam ich mit, wie eine andere Mutter gerade einen Riesenaufstand veranstaltete, weil ihr kleines Mädchen eine kahle Stelle am Kopf hatte. Die Erzieherinnen waren knallrot angelaufen und hatten Tränen in den Augen. Sie berichteten, dass ein anderes Kind sich völlig unvorhergesehen ein Haarbüschel der Kleinen gekrallt und es herausgerissen habe. Sie sagten, der Junge habe so etwas noch nie zuvor gemacht und dass es so schnell passiert sei, dass sie es nicht mehr hatten verhindern können. Die Mutter drohte mit einer Anzeige und weinte die ganze Zeit über. Ich konnte es ihr nicht verdenken. Wer will schon, dass dem eigenen Kind die Haare vom Kopf gerissen werden, selbst wenn der Übeltäter nur ein Kleinkind ist?

Ich stützte mich mit den Ellbogen auf das Gatter und ließ den Blick zwischen die Bäume schweifen. Die Fahrrinnen der alten Straße waren noch ungefähr fünf Meter weit zu sehen. Dann verschwanden sie in einem undurchdringlichen Dickicht aus Eichen, Palmen, Hibiskussträuchern, Limettenbäumen, Stechpalmen, Farnen und Süßkartoffelranken. Das Unterholz war so undurchdringlich, dass nur noch Grün zu sehen war. Der Dampf, der aus dem feuchten Untergrund aufstieg, wurde von dem Gestrüpp absorbiert und wieder ausgestoßen.

Ich setzte einen Fuß auf die Querstreben des Gatters und stieß mich vom Boden ab. Obwohl ich mich eigentlich lieber um meine eigenen Angelegenheiten kümmern und Guidry die Ermittlungsarbeit überlassen sollte. Aber, so erwiderte ich mir selbst, ich wollte ja lediglich einen Blick hinter die Stelle werfen, wo die Straße im Dickicht verschwand. So schwang ich also ein Bein über das Gatter und kletterte hinüber. Meine

Keds erzeugten knirschende Geräusche auf der überwucherten Straße, während ich zu der Stelle ging, wo sie im Unterholz verschwand. Mit steifen Armen teilte ich die Zweige vor meinen Augen. Dadurch konnte ich noch ein Stück des Weges sehen, bis er erneut hinter dichtem Laub verschwand. Ich schob mich hindurch, ließ die Zweige hinter mir zurükkschnappen und ging weiter.

Ich kam mir vor wie im Amazonasgebiet. Die dicken Äste hoch über mir bildeten ein dichtes Dach, das den frühmorgendlichen Himmel unsichtbar machte, und ich konnte den heißen Atem der mich umgebenden Blätter spüren. Aus dem dampfenden Dickicht stieg der Geruch der Verwesung und des Todes auf. Ich habe noch nie unter Klaustrophobie gelitten, aber das, was ich hier veranstaltete, war kompletter Blödsinn. Es gab nichts zu sehen und keinen Grund hier zu sein. Ich musste von hier verschwinden und mich um meine Haustiere kümmern. Vorher warf ich schnell noch einen Blick hinter den nächsten Vorhang aus Zweigen und der Geruch wurde stärker – ein süßlich-schwerer Hauch, der mich an irgendetwas erinnerte, auch wenn ich nicht mehr wusste, woran. Ich schob einen Ast beiseite und sah den Weg vor mir liegen. Noch mehr lange schwarze Haare auf dem schattigen Untergrund. Für einen kurzen Augenblick war das alles, was mein Bewusstsein mir zu sehen gestattete. Aber wenn die Wahrheit so eindeutig vor einem liegt, dann lässt sie sich nur kurz verleugnen. Da lag Marilee, quer über dem Weg. Sie lag auf dem Rücken, die Arme zu beiden Seiten ausgebreitet und die Beine auf seltsam obszöne Art und Weise angewinkelt. Sie trug einen weißen Rock und eine marineblaue Bluse, in Hüfthöhe zu einem Knoten zusammengebunden. An ihren Armen und Beinen hatte sich irgendwelches Ungeziefer zu schaffen gemacht und auch ihre gesamte untere Gesichtshälfte war bereits abgefressen worden. Ihre Augen starrten in tödlichem Schrecken in den Himmel. Ich musste würgen und schlug die Hand vor den Mund, drehte mich um und rannte los, schlug nach den Zweigen, die mir den Weg versperrten, und stieß ein kehliges Wimmern aus.

Ich purzelte über das Gatter und rannte zu meinem Fahrrad, jagte quer über die Midnight Pass Road und bog auf den Parkplatz des Sea Breeze ein. Dort holte ich mein Handy aus der Gürtelhalterung und wählte die 911.

Die Telefonistin blieb ganz ruhig. Ich nannte ihr meinen Namen und die genaue Stelle und erzählte ihr, was ich entdeckt hatte. Sie behielt ihren monotonen Tonfall unverändert bei. »Bleiben Sie, wo Sie sind«, sagte sie. »In wenigen Minuten ist jemand bei Ihnen. Könnten Sie sich bitte beschreiben, damit man Sie leichter erkennt?«

Das war schlau. Sie ließ mich über mich reden und nicht über die Leiche. Und außerdem hielt sie mich in der Leitung, während sie einen Wagen losschickte, nur für den Fall, dass ich eine Irre war, die die Leiche eigenhändig in den Wald geschmissen hatte und als unbeteiligte Schaulustige dabei sein wollte, wenn sie von den Deputys hervorgezerrt wurde.

»Ich habe ein Fahrrad dabei«, sagte ich. »Alles in Ordnung, ich gehe nicht weg. Ich war früher auch mal Deputy.«

Wir wussten beide, dass auch das eine Lüge sein konnte, aber sie ließ sich nichts anmerken. »Das ist gut«, meinte sie. »Ich sage ihnen, sie sollen auf dem Parkplatz des Sea Breeze nach einer Frau mit Fahrrad Ausschau halten.«

In diesem Augenblick kam ein grün-weißer Streifenwagen auf den Parkplatz gefahren. Deputy Jesse Morgan stellte ihn ab, stieg aus und kam zu mir.

»Ms Hemingway«, sagte er. Ganz vorsichtig, als wäre ich eine Bombe, die jeden Augenblick explodieren konnte. »Sie haben noch eine Leiche gefunden.«

18

Morgan neigte den Kopf in Richtung Sea Breeze. »Liegt sie dort?«

Ich zeigte hinüber auf die andere Straßenseite. »Nein, in dem Wäldchen hinter dem Gatter da. Es ist Marilee Doerring. Die Frau, in deren Haus der Tote gelegen hat. Das Ungeziefer hat sich schon an ihr zu schaffen gemacht, aber ich habe sie trotzdem erkannt.«

Ich versuchte, genauso ruhig zu wirken wie er, aber bei diesem Satz fing meine Stimme wieder an zu zittern.

Er sagte nüchtern: »Was haben Sie in dem Wäldchen gemacht?«

Ich spürte, wie mir die Hitze in die Wangen stieg. »Als Sie weggefahren waren, habe ich an einem Limettenzweig ein paar Haare entdeckt. Die habe ich mir dann näher angesehen.«

»Mm-hmm.« Er schenkte mir wieder einmal einen seiner bedächtigen, kühlen Blicke. »Können Sie mich zu der Leiche bringen?«

»Ich kann Ihnen zeigen, wo sie liegt, aber ich gehe da nicht noch einmal rein.«

Er musterte mich mit seinem abschätzigen Blick und nickte. »Also gut«, sagte er. »Gehen wir.«

Wir überquerten die Straße und folgten dem Feldweg bis zu dem Gatter. Ich deutete auf das Haarbüschel an der Limette. »Irgendjemand muss sie um das Gatter herumgetragen haben, und dabei haben sich die Haare in den Stacheln verfangen.«

»Nicht anfassen«, sagte er. »Haben Sie sie angefasst?«

»Aber selbstverständlich nicht!« Und schon ging es mir

besser. Wenn ich wütend werde, fühle ich mich automatisch gleich stärker.

Dann sagte ich: »Sie brauchen nur über das Gatter zu klettern und geradeaus weiterzugehen. Ich warte auf Sie, aber ich muss mich auch um meine Tiere kümmern, also beeilen Sie sich.«

Er warf mir noch einen abschätzigen Blick zu und kletterte über das Tor. Die sonnengebräunten Beine, die aus seinen dunkelgrünen Shorts ragten, waren muskulös. Sein Gang war der eines Mannes, der sich in den Wäldern zu Hause fühlt, und so schob er sich ohne Zucken oder Zögerlichkeit durch die Zweige. Dann verschwand er aus meinem Blickfeld und ich wartete, stellte mir vor, wie er sich durch die nächste Blätterwand zwängte und Marilee da liegen sah, genau wie ich. Als er wieder auftauchte, war er schon dabei, die Spurensicherung zu rufen. Er beendete das Gespräch, steckte das Handy zurück in die Gürtelhalterung und sah mich durchdringend an.

»Kann ich später mal mit Ihnen reden?«

»Na klar. Ich muss bloß erst mal die Tiere versorgen, und dann würde ich gerne nach Hause gehen und eine Weile in Desinfektionsmittel baden.«

Er grinste. Es war ein hübsches Grinsen, das er ruhig hätte öfter zeigen können. »Und wo kann ich Sie finden, wenn Sie damit fertig sind?«

Ich seufzte. »Da, wo Lieutenant Guidry mich haben will.«

Dann gab ich ihm noch einmal meine Handynummer, damit ich jederzeit erreichbar war. Als ich schließlich den Schauplatz verließ, kletterte er wieder über das Gatter, um die Leiche bis zur Ankunft der Spurensicherung zu bewachen.

Den restlichen Vormittag über spukten mir abwechselnd der übel zugerichtete Phillip und Marilees verstümmelte Leiche, wie sie da auf dem Boden gelegen hatte, im Kopf herum. Immer wieder dachte ich daran, wie Rufus das Wäldchen angebellt hatte, wenn wir daran vorbeigelaufen waren. Ich hätte wissen müssen, dass er versucht hatte, mir etwas zu sagen. Hunde können Leichengeruch aus großer Entfernung wahrnehmen, selbst dann, wenn der Leichnam nicht allzu tief eingegraben wurde. Wenn ich schon beim ersten Mal genauer nachgesehen hätte, wenn ich Guidry erzählt hätte, dass Rufus gebellt hatte, wenn, wenn, wenn …

Eine Begegnung mit dem Tod zwingt uns in gewisser Weise, uns der letzten Frage zu stellen, einer Frage, die dicht unter der Oberfläche unseres Bewusstseins lauert. Dieser bedauernswerte Körper dort zwischen den Bäumen war nicht mehr länger Marilees Heimat. Er war nichts weiter als schnell verfallendes Fleisch und hatte nichts Menschlicheres als ein am Strand verfaulender Fischkadaver. Aber wo war dann Marilee? Wo war der Geist geblieben, der ihren Körper erfüllt hatte, so lange noch ihr Herz geschlagen hatte?

Nach Todds und Christys Tod hatten erstaunlich viele Menschen Bemerkungen gemacht wie zum Beispiel: »Jetzt sind sie bei Jesus.« Als würde Jesus jeden Morgen Christys Frühstück zubereiten und ihre Haare zu einem Pferdeschwanz zusammenbinden, und als würden er und Todd gemeinsam vor dem Fernseher herumhängen und sich alte Filme anschauen. Ich wollte nicht, dass sie bei Jesus waren, ich wollte, dass sie bei mir waren. Hoffentlich sagte niemand etwas Ähnliches zu Cora Mathers. Oh, Gott, wusste Cora eigentlich schon, dass Marilee tot war? Es wäre furchtbar, wenn sie das aus den Nachrichten erfahren musste, aber ich wusste ja nicht einmal, ob Guidry von Coras Existenz überhaupt wusste.

Ich rief ihn an und hinterließ ihm eine Nachricht mit Coras Adresse und Telefonnummer auf der Mailbox. Zum Sheriff's Department gehört auch eine Abteilung zur Betreuung der Opfer von Gewalttaten. Deren Mitarbeiter können einem über die ersten paar Tage hinweghelfen, in denen man immer wieder glaubt, dass das Ganze nur ein fürchterlicher Albtraum ist, aus dem man jede Minute erwachen kann, was aber niemals geschieht.

Bei dem Gedanken an Phillip konnte ich nicht anders, als Mitleid mit seinen Eltern und mit dem Schmerz zu empfinden, den sie verspüren mussten, wenn sie ihn zu Gesicht bekamen. Sie waren heuchlerische Vollidioten, aber sie liebten ihren Sohn. Vielleicht würde dieses schreckliche Ereignis ihnen die Augen darüber öffnen, wie sehr sie ihn liebten, und vielleicht würden sie, wenn sie erfuhren, wieso er so früh am Morgen noch unterwegs gewesen war, so dankbar sein dafür, dass er noch am Leben war, dass ihnen der ganze andere Mist einfach egal war.

Die große Frage freilich war, wieso Phillip überhaupt zusammengeschlagen worden war. Oh, ich weiß ganz genau, dass es begriffsstutzige junge Männer gibt, die eine grässliche Angst und Scham vor ihren eigenen homosexuellen Neigungen verspüren und nur deshalb losziehen und Schwule verprügeln, um irgendwie damit fertig zu werden. Menschen, die voller Selbsthass stecken, suchen eben nach einem anderen Hassobjekt, und da es mittlerweile gesellschaftlich nicht mehr akzeptabel ist, Schwarze an Bäumen aufzuknüpfen, werden eben Schwule zusammengeschlagen. Allerdings machte mich der Zeitpunkt der Attacke – unmittelbar nachdem Phillip mir von dieser Frau erzählt hatte, die am Freitagmorgen Marilees Haus verlassen hatte – misstrauisch. Ich wurde das Gefühl nicht los, dass dieser Angriff eher mit seinem Wissen über den Mord als mit seiner Homosexualität zusammenhing.

Um acht Uhr wählte ich noch einmal Guidrys Nummer, hatte wieder die Mailbox am Apparat und bat ihn um Rückruf. Um neun Uhr rief ich im Krankenhaus an und erkundigte mich nach Phillip. Die Telefonistin teilte mir mit, dass kein Patient mit einem solchen Namen verzeichnet sei. Entweder sollte er vor der Öffentlichkeit abgeschirmt werden, oder er war noch gar nicht erfasst. Um zehn rief ich noch einmal an und erhielt dieselbe Auskunft. Dann rief ich bei Guidry an. Er ging nicht ans Telefon, also hinterließ ich ihm noch einmal meinen Namen und meine Nummer.

Ich hatte das Gefühl, vollkommen von der Welt abgeschnitten zu sein, und radelte durch den sonntäglichen Gottesdienstverkehr nach Hause. Vor dem Summerhouse bremste ich ab, um einer Hochzeitsgesellschaft Platz zu machen. Braut und Bräutigam waren jung und lachten fröhlich, sie in kilometerlange Bahnen aus Spitzen und Tüll gehüllt, er groß gewachsen und elegant, während alle Hochzeitsgäste ihnen mit jenem strahlenden und für Hochzeitsgäste typischen Lächeln nachschauten – voller Hoffnung darauf, dass sich in dieser Verbindung der märchenhafte Hochzeitstraum erfüllte und sie fortan glücklich bis ans Ende ihrer Tage miteinander lebten, auch wenn sie genau wussten, dass eigentlich niemand ein immer glückliches Leben hat, auch nicht zwei schöne, junge Menschen, die einander von Herzen lieben.

Eine der Brautjungfern sah mich dastehen und warten und lächelte mir mit leichtem Achselzucken zu, was so viel bedeutete wie: »Tut mir leid, dass Sie warten müssen.« Ich lächelte zurück und schüttelte leicht den Kopf, um ihr zu signalisieren: »Kein Problem.«

Als der Weg wieder frei war, radelte ich weiter und grinste leise vor mich hin, weil mir klar geworden war, dass wir zweibeinigen Tiere uns auch nicht so sehr von den vierbeinigen unterschieden. Wären die Brautjungfer und ich Hunde gewesen, dann hätten wir als freundliche Geste mit den Schwänzen gewedelt und uns gegenseitig das Hinterteil beschnuppert. So wackelten wir eben mit den Köpfen und lächelten uns an.

Im Carport stand Michaels Auto mit geöffnetem Kofferraum. Darin lagen ungefähr eine Million Papiertüten aus Sam's Club. Er hatte gerade den Wocheneinkauf für uns und die Feuerwache gemacht. Michael ist genauso vernarrt in diesen Laden wie Frauen in Schuhgeschäfte, und er kauft in solchen Mengen ein, als rechnete er mit einer feindlichen Invasion, die uns von einem Tag auf den anderen von sämtlichen Nachschubquellen abschneiden könnte.

Ich nahm ein paar Tüten aus dem Kofferraum und ging damit zum Haus, da kam Michael heraus. Als er mich sah, erlosch das Grinsen auf seinem Gesicht, und er sah mich an, wie einen nur ein älterer Bruder ansehen kann, mit dem man in derselben Badewanne gebadet und dem man in den ersten Lebensjahren beim Pinkeln zugesehen hat. »Was ist los?«

Für einen kurzen Augenblick hatte ich das Gefühl, auf der Stelle in Tränen ausbrechen zu müssen. »Kannst du dich an den Klavierspieler erinnern, den wir am Freitag im Crab House gehört haben? Diesen Jungen, der neben dem Haus wohnt, wo dieser Mann umgebracht worden ist? Er ist heute Morgen ganz übel zusammengeschlagen worden.«

Michael holte noch weitere Tüten aus dem Kofferraum und klappte den Deckel zu. »Wie hast du das erfahren?«

»Ich habe ihn gefunden. Er hat im Gebüsch gelegen, da, wo dieser alte Fahrweg von der Midnight Pass Road in das Wäldchen abzweigt. Ich habe die 911 angerufen, und die haben einen Notarztwagen geschickt.«

»Der Arme. Wird er es heil überstehen?«

»Das weiß ich noch nicht. Aber das ist noch nicht alles. Als der Deputy wieder weggefahren ist, habe ich an einem Limettenbaum ein paar Haare entdeckt, und dann bin ich diesen Waldweg entlanggegangen, du weißt schon, und habe Marilee Doerrings Leiche entdeckt.«

Dann ließen sich die Tränen nicht mehr länger zurückhalten. Ich stand einfach da, eine Einkaufstüte unter jedem Arm, und heulte wie ein Baby. »Das Ungeziefer hatte sie schon angenagt, Michael.«

»Großer Gott, das ist ja schrecklich. Na, dann komm rein, ich habe einen Kaffee aufgesetzt.«

Ich tapste mitsamt den Tüten hinter ihm her, und wir packten unsere Fracht auf die Arbeitsflächen in der Küche. Das

Haus, in dem Michael und ich aufgewachsen sind, sieht eigentlich immer noch so aus wie bei unserer Geburt, mit Ausnahme der Küche. Michael und Paco haben die Wand, die die Küche ursprünglich von einem Frühstückszimmer mit Meerblick trennte, abgerissen und das Ganze in eine sehr viel geräumigere und sonnigere Wohnküche verwandelt. Außerdem haben sie einen Profiherd mit Backofen, einen Kühlschrank mit Nullgradzone und einen Gefrierschrank installiert. In der Mitte des Raumes steht eine Kochinsel mit einer Spüle auf der einen und einer kleinen Esstheke auf der anderen Seite.

Michael hievte einen spiralförmig zugeschnittenen Schinken aus einer der Tüten und legte ihn beiseite, räumte dann mit schnellen Bewegungen die anderen Sachen weg, während ich mir an der Spüle mit ein paar Wasserspritzern das Gesicht benetzte und eigentlich nur im Weg herumstand. Er schlitzte die Folie auf, in der der Schinken verschweißt war, und dirigierte mich an die Theke.

»Schenk uns doch einen Kaffee ein«, sagte er.

Ich holte zwei Becher aus dem Schrank, und er löste mit geschickten Bewegungen ein paar Scheiben Schinken heraus und warf sie auf die große Gusseisenplatte, die sich zwischen den zahlreichen Feuerstellen auf dem Herd befand. Ich brachte zwei Becher dampfenden Kaffee an die Bar, während Michael Eier aus dem Kühlschrank holte und ein paar davon mit einer Hand aufschlug und in einen Mixer schüttete. Der Schinken auf der Eisenplatte fing an zu dampfen und ein köstliches Aroma zu verbreiten.

Er sagte: »Was glaubst du, warum wurde der Junge zusammengeschlagen?«

Ich zuckte mit den Schultern. »Entweder aus dem üblichen Grund oder aber, weil er Marilee Doerrings Mörderin am Freitagmorgen aus dem Haus kommen sah.«

Er hörte auf, die Eier zu verrühren, und schaute mich durchdringend an. »Woher weißt du das?«

»Das hat er mir gestern Abend erzählt. Ich habe im Crab

House gegessen und vor seinem Auftritt noch mit ihm geredet. Er hat gesagt, dass eine Frau gegen vier Uhr aus Marilees Haus gekommen sei. Gleichzeitig sei ein schwarzer Mazda MX-5 vorgefahren, und in den sei sie eingestiegen. Er glaubt, dass sie ihn gesehen hat.«

Michael wendete die Schinkenscheiben und holte Butter und ein Stück Parmesan aus dem Kühlschrank. »Hast du das dem Detective gesagt?«

Ich sah zu, wie er mit einem Brotmesser dicke Scheiben Sauerteigbrot abschnitt. »Ich habe ihm mehrfach auf die Mailbox gesprochen, aber bis jetzt hat er sich noch nicht gemeldet.«

Er warf einen Klumpen Butter auf die Eisenplatte, verteilte sie zu einer Pfütze und legte die Brotscheiben hinein.

Ich stand auf und hielt ihm zwei Teller hin, auf die er die Schinkenscheiben hob. Dann sagte ich: »Ich wusste schon die ganze Zeit, dass Marilee ihren Föhn niemals so hätte liegen lassen.«

Michael brummte und ließ noch einen Klacks Butter auf die Platte neben das Brot fallen. Sobald er das Rührei in die Butter gekippt hatte, legte er durchsichtige Parmesanscheiben darauf und wendete das Ganze mit einem Pfannenwender. Das goldbraun geröstete Brot und der dunkelrote Schinken und das leuchtend gelbe Rührei ließen meine Speicheldrüsen auf Hochtouren arbeiten. Ich holte Gabeln und Messer und schenkte mir schnell noch einmal Kaffee nach.

Michael ließ das Rührei über die Schinkenscheiben gleiten, legte das geröstete Brot seitlich daneben und stellte die beiden Teller auf die Theke. Wir setzten uns nebeneinander und fingen an zu essen und leerten schweigend unsere Teller. Dann stand Michael auf, machte unsere Kaffeebecher wieder voll und setzte sich seufzend zurück an seinen Platz.

»Ich wünschte, du hättest mit dieser ganzen Geschichte nichts zu tun, Dixie.«

»Das wünschte ich auch, aber vielleicht soll es ja so sein. Vielleicht soll ich genau so wieder ins Leben zurückfinden.«

»Wie denn? Indem du Leichen und einen verprügelten Jugendlichen findest?«

»Guidry hat gestern etwas zu mir gesagt, und da könnte vielleicht etwas dran sein. Er hat gesagt, ich könne mich doch nicht ewig verkriechen. Und er hat recht, verstehst du? Irgendwann muss ich aus meinem Versteck kommen und wieder anfangen zu leben.«

»Ein ziemlich brutaler Neuanfang.«

»Vorhin, auf dem Weg nach Hause, bin ich einer Hochzeitsgesellschaft begegnet, die gerade aus dem Summerhouse gekommen ist. Das Hochzeitspaar war so glücklich und so jung, verstehst du? Als ich sie gesehen habe, da habe ich mir so sehr gewünscht, die Zeit zurückzudrehen und noch einmal so voller Unschuld sein zu können.«

»Eifersüchtig?«

»Ein bisschen, wahrscheinlich.«

»Worauf denn? Auf ihr Glück und ihre Jugend oder auf ihre Verliebtheit?«

»Fang doch nicht wieder damit an, Michael.«

Er hob in einer Unschuldsgeste beide Hände. »Womit denn anfangen? Ich habe dich doch bloß was gefragt.«

Ich stand auf und brachte die Teller zur Spüle und wusch sie ab und stellte sie in die Spülmaschine. Michael trat hinter mich und drückte mir die Schultern.

»Leg dich ein bisschen hin«, sagte er. »Du siehst beschissen aus.«

Ich drehte mich um und drückte ihn fest an mich, erfüllt von großer Liebe.

19

Ich legte mich in die Hängematte auf der Terrasse und schlief fast bis fünfzehn Uhr. Nach dem Aufwachen fühlte ich mich zwar völlig ausgetrocknet, aber längst nicht mehr so zerschlagen wie zuvor. Jedes Mal wieder bin ich erleichtert und dankbar, wenn es mir nach dem Aufwachen gut geht, weil das lange Zeit nämlich nicht der Fall war. Im ersten Jahr nach Todds und Christys gewaltsamem Tod war ich ein Wrack. Zu müde, um zu atmen, während der Schmerz in jeder einzelnen Zelle meines Körpers hauste. Ein ganzes Jahr lang rann mir die Nase, und ich hatte kaum die Energie, sie mir abzuwischen. Ich schlief ganze Tage lang, und wenn ich aufwachte, starrte ich auf den Fernseher, ohne einmal umzuschalten. Ich schaute mir einfach jede Sendung an, die gerade lief, weil ich sowieso nicht in der Lage war, irgendetwas davon mitzubekommen. Ich zog mich nicht an und wusch mich nicht. Ich ging nicht ans Telefon. Manchmal aß ich tagelang überhaupt nichts, dann ließ ich mir wieder eine Riesenpizza kommen und verputzte sie komplett.

Michael und Paco versuchten, mich zum Essen zu bewegen, mich aus dem Haus zu locken, mich aufzuwecken, aber ich konnte nicht. Ich konnte es einfach nicht. Dann, an einem Frühlingstag, nachdem Todd und Christy mich schon ein ganzes Jahr lang verlassen hatten, betrachtete ich mich selbst im Schlafzimmerspiegel und erschrak. Ich sah schrecklich aus. Ich sah ungesund aus. Ich sah aus wie ein Gespenst. Wenn Todd mich so gesehen hätte, er hätte gesagt: »Um Gottes willen, Dixie, was hast du denn davon?« Wenn Christy mich gesehen hätte, sie hätte Angst vor mir bekommen, so furchterregend sah ich aus.

Das war ein Wendepunkt gewesen. Ich machte mich und das Haus sauber, ging hinaus und ließ mir die Haare schneiden. Ich verkaufte das Haus, in dem ich mit Todd und Christy solch glückliche Zeiten erlebt hatte, und verkaufte sämtliche Möbel. Christys Spielsachen verschenkte ich an eine Wohltätigkeitsorganisation. Nur ihr Lieblingsspielzeug – ein lilafarbener Sesamstraßen-Elmo, der jedes Mal, wenn man ihn kitzelt, anfängt zu lachen – sitzt jetzt noch dick und dämlich auf den Kissen in meinem Bett. Jedes Mal, wenn ich mir sein komisches Gesicht anschaue, höre ich Christys glockenhelles Lachen. Mehr als ihre Fotos, ja, sogar mehr als meine Erinnerungen sorgt Elmo dafür, dass sie bei mir ist und ich wohlauf bin. Meistens.

Ich habe eine ganze Weile daran gedacht, die Insel und damit auch all die Erinnerungen, die mit ihr verbunden sind, hinter mir zu lassen, aber Michael und Paco haben mich überredet, die Wohnung über dem Carport zu nehmen, und ich bin froh darüber. Das ist der Ort, an dem meine Seele wohnt. Hier gehöre ich hin. Mittlerweile entstehen nur noch selten Risse im Stoff der Realität, und zwar immer dann, wenn ich am wenigsten damit rechne. Es kann gut sein, dass ich in aller Ruhe meinen Angelegenheiten nachgehe, meinen Pflichten nachkomme, mich wasche und kleide und esse wie ein ganz normaler Mensch, und dann sehe ich eines Tages Todd vor mir auf dem Bürgersteig entlanggehen. In solchen Fällen weiß ich immer hundertprozentig, dass er es ist, so sicher, als handelte es sich um mein eigenes Spiegelbild. Es sind seine Haare, seine Schultern, seine langen Beine. Ich erkenne seinen Gang, die Art und Weise, wie er nicht ganz im Einklang mit seinen Schritten die Arme schwingt. Dann öffne ich den Mund, um ihn zu rufen, mein Herz öffnet sich unter einem Ansturm vollkommenster Freude wie eine Blüte … und er verwandelt sich in einen anderen – einen Mann, den ich überhaupt nicht kenne, einen Mann, der Todd vollkommen unähnlich ist, während ich vor Enttäuschung und Furcht mit weichen Knien und Schwindelgefühlen dastehe.

Es ist jetzt drei Jahre her. Die Zeitspanne, die unter Experten als normale Trauerphase gilt, habe ich schon längst überschritten. Meine Trauer, so sagen sie, sei pathologischer Natur und es wäre an der Zeit, darüber hinwegzukommen. Sie erklären mir aber nicht, wie ich das machen soll. Sie schauen mich nur mit zusammengepressten Lippen und ärgerlichen Blicken an und sagen mir, dass ich muss. Ich würde ja, wenn ich könnte, das können Sie mir glauben, weil ich jedes Mal, wenn es passiert, Angst davor bekommen, dass ich beim nächsten Mal nicht merke, dass das Ganze eine Täuschung ist und dass ich tatsächlich auf einen Wildfremden zulaufe und meine Arme um ihn werfe und mich von seinen fremden Düften, seiner unbekannten Erscheinung trösten lasse. Und sollte das je geschehen, dann kann es durchaus sein, dass ich nie wieder zu mir selbst finde.

Ich trank einen großen Schluck Wasser und rief wieder einmal im Krankenhaus an. Dieses Mal verbanden sie mich mit dem Schwesternzimmer auf Phillips Station. Eine gehetzte Krankenschwester teilte mir mit, dass er »bequem im Bett liege« – was immer das zu bedeuten hatte –, und legte schon wieder auf, noch bevor ich fragen konnte, ob ich ihn besuchen dürfte. Dann rief ich noch einmal bei Guidry an und hinterließ ihm meine Handynummer, stellte mich auf die Veranda und aß ein bisschen Joghurt aus dem Kühlschrank und schaute hinaus auf die glitzernden Wellen im Golf von Mexiko. Dabei sagte ich mir, dass alles gut werden würde. Phillip würde sich von seine Verletzungen erholen, Guidry würde Marilees und Fraziers Mörder ausfindig machen, und ich würde ein schönes Zuhause für Ghost finden. Das Leben würde weitergehen, genau wie ich auch.

Nachdem ich geduscht und mir ein paar frische Shorts und ein T-Shirt sowie meine Keds angezogen hatte, setzte ich mich in mein Bürokabuff und erledigte geschäftliche Dinge, machte Akteneinträge und erwiderte ein paar Anrufe. Ein Mann hatte angefragt, ob ich mich um seine Python kümmern könnte, und ich rief ihn an und nannte ihm eine andere Tiersitterin, die weniger Skrupel hat, lebendige Mäuse an Reptilien zu verfüttern. Dann wollte noch jemand wissen, ob ich wüsste, wie man die Eier ausbrütet, die eine Taube auf den Rasen in seinem Vorgarten gelegt habe, und ich gab ihm die Nummer des Pelikanmannes. Ich dachte, dass ein Mensch, der es sich zur Aufgabe gemacht hat, verletzte Pelikane zu retten, auch wissen musste, wie man Taubeneier ausbrütet. Als ich meine Buchhaltung in Ordnung gebracht und sämtliche Rechnungen geschrieben hatte, stieg ich in den Bronco und fuhr ins Kitty Haven, um Ghost einen Besuch abzustatten.

Er war in einer von Marges Privatkabinen untergebracht, also in einer ungefähr einen Meter breiten, zwei Meter langen und zweieinhalb Meter hohen Box mit Schlafkörbchen, Kratzbaum, gepolsterten Regalbrettern auf unterschiedlichen Höhen und einem Katzenklo im hinteren Teil, das durch eine Klappe erreichbar war. In der blickdichten Tür an der Frontseite befand sich eine Luke, durch die sich Futter und Wasser austauschen ließen, ohne dass Ghost sich aus dem Staub machen konnte. Es war alles sehr raffiniert gemacht, aber es war immer noch eine Zelle, und das wusste er auch ganz genau.

Abessinier besitzen einen sehr muskulösen Körper und dazu den schlanken Kopf und die Mandelaugen, die allen aus Asien stammenden Katzen eigen sind. Abessinier sind außerordentlich intelligent, und wenn sich eine solche Katze in einen Menschen verliebt, dann gibt es auf der ganzen Welt fast kein treueres Tier als sie. Ghost war bei Marilee gewesen, seitdem er zwölf Wochen alt war, und für ihn war sie sein Ein und Alles. Ich trug ihn ins Besuchszimmer und kämmte ihn und spielte mit ihm »Jag die Pfauenfeder«, aber wir hatten beide keine große Lust dazu. Schließlich setzte ich mich im Schneidersitz auf den Boden wie ein Häufchen Elend und Ghost kletterte auf meinen Schoß und rollte sich zwischen meinen Beinen zusammen. Ohne sein mit Edelsteinen besetztes Samthalsband wirkte er noch verlorener und verwaister.

Ich strich mit den Fingerspitzen über sein gebändertes silbernes Fell und sagte: »Es sieht schlecht aus, Ghost. Sehr schlecht. Marilee kommt nicht mehr zurück, und Phillip ist zusammengeschlagen worden. Vielleicht, um ihm Angst einzujagen, damit er nicht weitererzählt, was bei euch zu Hause alles passiert ist. Du weißt, was los war, stimmt's? Du weißt, wen er an diesem Morgen gesehen hat.«

Er seufzte und klappte die Augen zu und ließ das Kinn auf mein Knie sinken, als wäre ihm dieses Wissen, das er mit niemandem teilen konnte, eine große Last. Er hatte die ganze Zeit schon gewusst, dass Marilee tot war. Als Augenzeuge zweier grausiger Morde konnte er den oder die Mörder sicherlich identifizieren. Aber nicht mit Worten.

»Keine Angst«, flüsterte ich. »Ich sorge dafür, dass du ein gutes Zuhause bekommst.«

Er schlug die Augen auf und blickte mich verletzt und anklagend an, und das konnte ich ihm nicht verdenken. Das Ganze war während meiner Zuständigkeit geschehen, und ich hatte ihn im Stich gelassen.

Zum Abschied steckte ich ihm ein paar Katzenleckereien zu und versprach, dass ich wiederkommen und ihn abholen würde, sobald Lieutenant Guidry es genehmigte. Marilee war zwar tot, aber das war kein Grund, dass er nicht so lange in seiner vertrauten Umgebung bleiben konnte, bis ich ein neues Zuhause für ihn gefunden hatte. Er blickte mich mürrisch an, bog dann den Kopf nach hinten bis an den Schwanzansatz und nagte daran herum. Ich wusste nicht genau, was das in Katzensprache zu bedeuten hatte, aber ich war mir ziemlich sicher, dass es nichts besonders Nettes war.

Als ich dann in den Bronco stieg, um meine übrigen Nachmittagspflichten zu erledigen, klingelte mein Handy – endlich reagierte Guidry auf meine Anrufe.

Ich sagte: »Phillip Winnick hat am Freitagmorgen gegen vier Uhr eine Frau aus Marilee Doerrings Haus kommen sehen. Er sagt, sie sei in einen schwarzen Mazda MX-5 gestiegen und weggefahren. Das hat er Ihnen bisher verschwiegen, weil seine Eltern nicht erfahren sollten, dass er um diese Uhrzeit noch draußen war.«

»Wann hat er Ihnen das erzählt?«

»Ich habe mich gestern Abend mit ihm im Crab House getroffen. Aber da ist noch etwas. Haben Sie schon erfahren, dass ich ihn heute Morgen gefunden habe? Irgendjemand hat ihn zusammengeschlagen.«

»Ja, ich weiß.«

Ich fragte ihn nicht, ob er auch das mit Marilee wusste. Selbstverständlich wusste er das.

»Ich glaube, dass irgendjemand verhindern wollte, dass er das, was er gesehen hat, ausplaudert.«

Guidry blieb einen Augenblick lang stumm, und ich konnte beinahe hören, wie sein Gehirn all das, was ich ihm erzählt hatte, einschließlich der daraus folgenden Konsequenzen verarbeitete.

Er sagte: »Können wir uns im Sarasota Memorial treffen? In zehn Minuten?«

Noch bevor ich eine Antwort stammeln konnte, sagte er: »Im Foyer«, und legte auf.

Ein paar Sekunden lang starrte ich mein Handy an, dann klappte ich es ein und ließ den Bronco an. Guidry schien mir immer einen Schritt voraus zu sein, und ich war mir nicht sicher, ob ich das gut oder überhaupt nicht gut finden sollte.

Am Krankenhaus angekommen, überließ ich den Bronco einem Parkwächter und eilte an einem Grüppchen von Krankenhausangestellten vorbei, das sich auf dem Bürgersteig zu einer Zigarettenpause zusammengefunden hatte. Als ich im

Bogen um sie herumging, blickten sie mich mit jenem trotzig-verdrießlichen Gesichtsausdruck an, den sich die Raucher mittlerweile angewöhnt haben. Eine breite, automatische Glastür öffnete sich vor mir, und ich betrat das Foyer auf der Suche nach einem Mann, der für einen Beamten der Mordkommission viel zu reich und zu gut gekleidet aussah. Eine Hand berührte meinen Arm und Guidry sagte: »Er liegt im fünften Stock.«

Er dirigierte mich vor eine Wand voller Fahrstuhltüren und als sich eine öffnete und eine Schar Menschen mit glasigen Blicken ausspuckte, nahmen wir ihre Plätze ein. Dann stiegen noch ein paar Leute ein, und wir standen steif und schweigend in der Kabine, während der Fahrstuhl sanft nach oben schwebte. Guidry und ich standen ganz hinten, sprachen nicht und berührten uns nicht, während auf jedem Stockwerk Leute ein- und wieder ausstiegen.

Schließlich sagte Guidry: »Hier müssen wir raus.«

Ich spürte seine Fingerspitzen im Bereich des unteren Rückens und setzte mich in Bewegung. Hinter einer Glaswand zu unserer Rechten befand sich ein riesiges Wartezimmer, in dem Menschen saßen und vor sich hin starrten, jeder gefangen in seinen eigenen endlosen Sorgen.

Ich ging hinter ihm her in Richtung Intensivstation, einer Ansammlung von Glaskabinen, die kreisförmig um eine geschäftige Pflegestation angeordnet waren. Auf einem einfachen Holzstuhl vor Phillips Kabine saß ein uniformierter Deputy. Phillips Bett stand leicht erhöht, sodass sein Gesicht gut zu sehen war. Es sah aus wie ein rohes Stück Fleisch: die Augen zugeschwollen, die Nase bandagiert und die Wangen breiter als der ganze Kopf. Ein ziehharmonikaartiger blauer Beatmungsschlauch steckte ihm im Mund, und neben dem Bett stand ein Infusionsständer. Dahinter befanden sich ein paar Geräte, die aussahen wie zimmergroße Waschmaschinen-Trockner-Kombinationen. Daraus schlängelten sich Schläuche hervor und verschwanden unter seiner Bettdecke.

Ich gab einen erstickten Laut von mir und schlug die Hand vor den Mund.

»Es sieht deutlich schlimmer aus, als es ist«, sagte Guidry. »Ein paar gebrochene Rippen und eine gebrochene Nase, aber seine Lungen sind intakt, und er hat nur eine leichte Gehirnerschütterung. Die Kopfschmerzen werden ihm noch eine Weile bleiben, aber es sind keine lebenswichtigen Organe verletzt.«

»Seine Mutter muss doch wahnsinnig werden, wenn sie ihn so sieht.«

»Um ehrlich zu sein, sie hat bisher noch nicht versucht, ihn zu sehen, und Carl Winnick ruft uns ständig an, damit wir diesen Überfall ja nicht an die Medien weitergeben. Er behauptet, es handele sich um eine liberale Verschwörung zur Förderung eines pervertierten Lebensstils, und um seinen Ruf zu ruinieren.«

Mir wurde leicht übel.

Guidry griff mir unter den Arm und sagte: »Suchen wir uns ein Plätzchen, wo wir uns unterhalten können.«

Als wir die Intensivstation hinter uns gelassen hatten und den langen Flur entlanggingen, hatte ich mich wieder im Griff. Guidry wies mit dem Kinn auf einen kleinen Wartesaal, in dem einige dick gepolsterte Stühle um einen Kaffeetisch standen. »Setzen Sie sich«, sagte er. »Ich besorge uns einen Kaffee.«

Er trat in die Glaskabine, wo sich die Kaffeekanne für Besucher befand, und ich setzte mich in den Wartesaal. Eine Minute später kam er mit zwei Styroporbechern herein, aus denen je ein Plastikspieß ragte. Er stellte sie auf den Kaffeetisch und holte eine Handvoll Zuckerpäckchen und winzige Milchpackungen aus seiner Jackentasche.

»Ich wusste nicht mehr genau, wie Sie Ihren trinken«, sagte er.

Ich schüttelte den Kopf. »Schwarz.«

Er setzte sich mir gegenüber. »Heute Morgen um kurz

nach fünf haben wir einen Anruf von einem gewissen Sam Grayson bekommen. Er hat seinen Hund Gassi geführt, und zwar in Richtung Midnight Pass Road, und hat den Hund von der Leine gelassen. Der Hund hat angefangen zu bellen und ist dann in die andere Richtung losgerannt, hinter einem Mann her, der hinter der Häuserzeile in Richtung Strand rannte. Mr Grayson hat den Hund zwar zurückgerufen, hat aber trotzdem die Notrufnummer angerufen und einen Herumtreiber gemeldet.«

»Ich kenne den Hund.«

»Das überrascht mich nicht. Ein Deputy ist dem Hinweis nachgegangen, aber der Mann war verschwunden, und es war alles ruhig. Dann kam Ihr Anruf wegen des jungen Winnick. Es ist mehr als wahrscheinlich, dass der Hund diesen Überfall mitbekommen und deshalb angefangen hat zu bellen. Könnte sein, dass er dem Jungen das Leben gerettet hat.«

»Der gute alte Rufus! Hat Sam den Mann gut erkennen können?«

»Nein. Es war dunkel, und der Kerl hat sich immer im Schatten der Bäume gehalten. Mr Grayson meint, er hätte eine Glatze gehabt, aber ich bezweifle, dass er ihn bei einer erneuten Begegnung identifizieren könnte.«

»Gestern Abend auf dem Parkplatz des Crab House wollte mich ein Mann mit Glatze überfallen. Ich habe es nur mit knapper Not bis in mein Auto geschafft.«

Guidry ließ sich gegen die Lehne sinken und schaute mich durchdringend an, abschätzend wie ein Hund, der einen unbekannten Geruch wahrnimmt. »War das vor oder nachdem der junge Winnick ihnen erzählt hat, er habe eine Frau beim Verlassen des Doerring-Anwesens beobachtet?«

»Danach. Er hat mich in der Bar angebaggert, bevor ich mit Phillip geredet habe. Hat mir einen Drink bestellt und ist anschließend sauer geworden, als ich ihn zurückgewiesen habe. Ich würde ihn bestimmt wiedererkennen.«

Dann stellte ich meinen Kaffeebecher auf den Tisch und beugte mich nach vorne. »Phillip klettert aus seinem Zimmerfenster, wenn seine Eltern schlafen, geht ins Crab House und spielt dort Klavier, bis es um ein Uhr zumacht. Wahrscheinlich geht er anschließend mit jemandem mit, aber ich weiß nicht, mit wem, und am Morgen kommt er wieder nach Hause und klettert zum Fenster rein. Ich schätze, dass er bis zu dieser Stelle an der Midnight Pass Road gefahren wird und dann am Waldrand entlang zu Fuß nach Hause geht. Wer immer ihn da überfallen hat – er muss es gewusst und ihm aufgelauert haben.«

Guidry beobachtete mich aufmerksam und setzte die verschiedenen Puzzleteile zusammen. »Wissen seine Eltern, dass er schwul ist?«

»Ich glaube nicht. Er glaubt es jedenfalls nicht, und er hat eine Heidenangst davor, dass sie dahinterkommen. Als ich ihn heute Morgen entdeckt habe, hat er noch einen Satz gesagt, bevor er ohnmächtig geworden ist: ›Bitte nicht meiner Mutter sagen.‹«

»Scheiße. Der arme Junge.«

»Ja, genau. Im August geht er auf die Juilliard School nach New York und ich nehme an, er ist jetzt, wo es nicht mehr lange dauert, bis er ein Leben ohne Versteckspiel führen kann, etwas unvorsichtiger geworden.«

»Ich lasse niemanden zu ihm, bevor ich ihn nicht selbst gesprochen habe, auch nicht seine Eltern. Ich denke, ich hätte Sie gerne dabei, wenn ich ihm ein paar Fragen zu der Frau stelle, die er gesehen hat. Am liebsten morgen früh, falls er dazu in der Lage ist.«

Ich zögerte. Was mochte wohl Guidrys wahrer Beweggrund dafür sein? Aber ich wusste, dass es Phillip beruhigen würde, wenn ich dabei war.

»Einverstanden.«

»Gibt es sonst noch etwas?«

»Was meinen Sie damit?«

»Wissen Sie vielleicht noch etwas, was Sie mir noch nicht erzählt haben?«

»Nichts, abgesehen davon, dass ich heute Morgen im Wald auch noch Marilees Leiche gefunden habe. Aber ich bin mir sicher, das wissen Sie bereits.«

Guidry Blick war ruhig und erwartungsvoll. Ich hatte schlagartig eine Eingebung, wie es sein musste, sein Kind zu sein. Er wäre einer dieser Väter, die man niemals anlügen konnte. Man würde es nicht einmal versuchen, weil man wusste, dass er einen ohnehin durchschaute.

Ich sagte: »Marilees Großmutter wohnt im Bayfront Village. Sie ist eine liebe alte Dame und es wäre gut, wenn ihr die Nachricht von Marilees Tod schonend beigebracht würde. Sie weiß, wer Frazier ist. Sie hat gesagt, er hätte Marilees Leben ruiniert, aber sie wollte mir nicht sagen, wie sie das gemeint hat.«

Behutsam stellte Guidry seinen Kaffeebecher ab. »Wann haben Sie mit der Großmutter gesprochen?«

»Gestern. Ich habe sie besucht, weil ich dachte, dass sie vielleicht weiß, wo Marilee ist. Sie hatte die Nachrichten gesehen und wusste alles über den Mord an Frazier, wollte aber nicht sagen, in welcher Beziehung er zu Marilee stand.«

»Haben Sie lange mit ihr gesprochen?«

»Ein Weilchen. Wir haben Tee getrunken und Schokoladenbrot gegessen, selbst gebacken und ganz frisch. Sie nimmt dazu eine Brotbackmaschine, die Marilee ihr vor fünfzehn Jahren geschenkt hat. Und auch die Wohnung hat sie von Marilee geschenkt bekommen, und außerdem hat sie mir erzählt, dass Marilee sie oft besuchen kommt.«

Aus irgendeinem Grund wollte ich Guidry wissen lassen, dass Marilee nicht einfach bloß ein geldgieriges Flittchen gewesen war, das man ermordet und in den Wald geworfen hatte. Sie war ebenso eine liebende Enkeltochter gewesen, die ihrer Großmutter eine Brotbackmaschine und ein hübsches Apartment gekauft hatte.

Er schaute mich mit erhobener Augenbraue an. »Sie kommen ganz schön rum, Dixie.«

Ich dachte an den Brief, den ich in einen Ordner gepackt und in meinen Schreibtisch gelegt hatte – den Brief, den Marilee an ihre Tochter geschrieben hatte. Ich dachte an die Rechnung für den Tresoreinbau. Ich machte sogar den Mund auf und wollte Guidry davon erzählen, doch dann zuckte ich bloß mit den Schultern.

»Ich kümmere mich nur um die Tiere der Leute und kriege dadurch das eine oder andere mit.«

Sein Gesichtsausdruck wandelte sich und mir war plötzlich kalt.

»Dixie, woher haben Sie gewusst, dass Marilees Leiche dort zwischen den Bäumen liegt?«

20

Mein Mund wurde trocken. Er brauchte die eigentliche Frage gar nicht mehr zu formulieren. Er wollte von mir wissen, ob ich etwas mit dem Mord an Marilee zu tun hatte.

»Ich habe ein Haarbüschel an einem Ast entdeckt und bin neugierig geworden. Schon die ganze Zeit über habe ich mich gefragt, wieso sie ihren Föhn nicht mitgenommen hat, und als ich dann dieses Haarbüschel gesehen habe, musste ich unwillkürlich an die Haare in ihrer Föhnbürste denken. Und dann hatte ich einfach das Gefühl, dass ich etwas tiefer in das Wäldchen gehen sollte.«

»Sie haben nicht etwa bereits gewusst, dass sie da liegt?«

»Natürlich nicht!«

»Aber Ihnen ist schon klar, welchen Eindruck man bekommen könnte, oder? Sie hatten den Schlüssel für das Haus, in dem vermutlich beide Morde begangen worden sind. Sie haben Harrison Fraziers Leiche entdeckt, und dann sind Sie auch noch auf die tote Marilee Doerring gestoßen, mitten im Wald, obwohl sie noch nicht einmal für vermisst erklärt worden war. Sie haben mit Phillip Winnick gesprochen und er erzählt Ihnen, dass er jeden Morgen vor dem Morgengrauen zu Fuß nach Hause kommt, und dass er in der Nacht, in der Frazier ermordet worden ist, eine Frau aus dem Haus der Doerring hat kommen sehen. Am nächsten Morgen wird er übel zugerichtet aufgefunden, womöglich mithilfe desselben stumpfen Gegenstandes, mit dem auch Harrison Frazier und Marilee Doerring ermordet worden sind.«

Ich war benommen und verwirrt, nahm aber gleichzeitig meine Umgebung in einer ungeheuren Schärfe wahr. Das Dunkelblau von Guidrys Hemd schien heller zu werden, und ich konnte den moschusartigen Duft seines Rasierwassers riechen. Auch Guidry schien bis in die Haarspitzen gespannt zu sein. Seine grauen Augen waren groß und aufmerksam, wie die einer jagenden Katze. Fehlten nur noch die nach vorne gerichteten Schnurrbarthaare und die steil aufgerichteten Ohren.

Meine Hand krallte sich so fest um den Styroporbecher, dass der Kaffee darin zitterte. Allein bei dem Gedanken, zum Kreis der Verdächtigen zu gehören, stauten sich heiße Schuldgefühle in meiner Kehle.

»Guidry, als ich Harrison Frazier gefunden habe, da habe ich ihn zum allerersten Mal überhaupt zu Gesicht bekommen.«

»Ich glaube Ihnen ja, Dixie, aber Sie müssen zugeben, dass man, wenn man mit Logik an die Sache herangeht, Sie an die erste Stelle der Liste der Verdächtigen setzen müsste.«

»Und warum glauben Sie mir?«

»Motiv, Dixie. Sie hatten die Gelegenheit, aber ich glaube kaum, dass Sie auch ein Motiv hatten, irgendjemanden umzubringen.«

Er hörte sich an wie ein Professor in einem Ausbildungsseminar für zukünftige Detectives bei der Mordkommission. Oder wie jemand, der mir einen freundlichen Hinweis für eine effektive Verteidigungsstrategie geben wollte, für den Fall, dass ich wegen Mordverdachts verhaftet werden sollte.

Ich erwiderte hölzern: »Das war ein sehr interessantes Gespräch, Lieutenant, aber jetzt muss ich zurück an meine Arbeit.«

Vor dem Fahrstuhl hatte Guidry mich eingeholt.

»Darf ich Sie um einen Gefallen bitten? Könnten Sie Cora Mathers die Nachricht von Marilee Doerrings Tod überbringen?«

Ich starrte ihn an und war drauf und dran, ihm zu sagen, dass ich Tiersitterin war und keine Mitarbeiterin des Sheriff's Department. Aber ich wusste, wieso er mit dieser Bitte gekommen war. Ich hatte bereits Kontakt zu ihr, und so würde sie mir eher noch etwas verraten, was die Ermittlungen voranbringen konnte.

»Dafür sind Sie mir was schuldig«, sagte ich.

»Nicht zu knapp. Und Sie fragen sie auch nach Fraziers Beziehung zu Marilee?«

»Na, klar, Guidry. Ich werde einer lieben alten Dame erzählen, dass man die Leiche ihrer Enkelin im Wald gefunden hat, dass das Ungeziefer sie schon angenagt hat, und hinterher stelle ich ihr einen Haufen Fragen. Sind Sie bekloppt?«

»So war das nicht gemeint, Dixie.«

Die Fahrstuhltür glitt beiseite und ich stieg ein. »Ich gehe jetzt zu Cora«, sagte ich. »Und mehr kann ich nicht versprechen.«

Er steckte die Hände in die Hosentaschen und sah mich schweigend an, bis die Fahrstuhltür sich geschlossen hatte.

Die Empfangsdame des Sarasota Bayfront Village rief Cora an und schickte mich nach oben. Im Fahrstuhl suchte ich nach den richtigen Worten für das, was ich ihr zu sagen hatte, aber für den Tod gibt es keine richtigen Worte.

Cora stand auch heute wieder vor ihrer Tür und winkte mir zu wie ein kleines Mädchen, das ganz aufgeregt ist, weil es Besuch bekommt. »Möchten Sie vielleicht noch einmal von meinem Schokoladenbrot kosten? Ich habe zwar kein frisches gebacken, aber das von gestern ist immer noch gut. Es muss gar nicht unbedingt warm sein, wissen Sie? Es schmeckt auch kalt sehr gut. Ich lege es in den Kühlschrank und dann mache ich es einfach im Toaster warm. Manchmal esse ich es auch kalt.«

»Ich muss Ihnen etwas sagen, Cora.«

»Na, dann kommen Sie mal rein. Wir trinken eine Tasse Tee zusammen, und dann erzählen Sie mir, was Sie zu sagen haben.«

Sie huschte vor mir her und redete wie ein Wasserfall. »Ich finde ja, dass es nichts gibt, was mit einer Tasse Tee nicht noch besser schmeckt, finden Sie nicht auch? Hier im Haus trinken viele diesen grünen Tee. Ich habe noch nie grünen Tee gesehen, Sie etwa? Ich trinke immer nur ganz normalen Schwarztee. Etwas Grünes würde mir, glaube ich, nicht schmecken. Das wäre ja so, als würde ich heiße Limonengötterspeise trinken. Igitt! Hier, setzen Sie sich, dann mache ich uns einen Schwarztee. Einen Topf mit heißem Wasser habe ich immer auf dem Herd stehen, müssen Sie wissen.«

Ich zwängte mich auf einen der Eiscaféstühle an ihrem runden Tisch und sah sie in die Küche tapsen. Sie schaltete eine Herdplatte unter einem dampfenden Wasserkessel ein, legte Teebeutel in eine Teekanne und holte unter lautem Geklapper Tassen und Untertassen aus dem Schrank. Dabei redete sie ununterbrochen weiter.

»Viele Leute sagen ja, sie könnten nicht mehr schlafen, wenn sie am Nachmittag noch Tee trinken, aber mir hat das noch nie etwas ausgemacht. Ich trinke den ganzen Tag lang Tee und kann immer wunderbar schlafen. Und wenn nicht, dann stehe ich auf und schalte den Fernseher ein. Da gibt es ja richtig verdorbene Sendungen, wo die Leute es treiben, sodass man ihnen direkt zuschauen kann. Wenn Sie mich fragen, es gibt ein paar Dinge, die man nicht vor den Augen anderer Leute machen sollte, und das gehört dazu. Haben Sie auch schon mal so eine verdorbene Sendung gesehen?«

Ich stand auf, um das Tablett herüberzutragen, und sagte: »Ein paar Mal, aber immer nur ein paar Minuten lang. Es macht mir nicht so besonders viel Spaß, anderen Leuten beim Sex zuzuschauen.«

»Na, genauso sehe ich das auch. Was hat man denn davon? Wenn ich es nicht selber machen kann, dann will ich doch nicht anderen dabei zuschauen. Was wollten Sie mir erzählen?«

Darauf war ich nicht vorbereitet gewesen und als ich sie anschaute, da wurde mir klar, dass sie nur aus Angst so viel geplappert hatte. Wahrscheinlich hatte ich dieselbe Miene aufgesetzt wie Sergeant Owen und Todds Lieutenant vor drei Jahren, als sie mir die Nachricht von Todd und Christy überbracht haben. Ich hatte auch ohne ein einziges Wort genau gewusst, dass mein Leben von nun an zu Ende war.

Ich sagte: »Setzen Sie sich lieber hin, Cora.«

Ich habe schon einmal gesehen, wie Windhunde direkt von der Rennbahn abgeholt wurden, um anschließend eingeschläfert zu werden. In ihren Augen hatte derselbe Ausdruck gelegen wie jetzt in Coras.

»Geht es um Marilee?«

»Ja.«

»Ist ihr etwas zugestoßen?«

»Ich fürchte, ja.«

»Sie ist tot, nicht wahr?«

»Es tut mir leid, Cora, aber so ist es.«

Ihre Miene stürzte unmerklich in sich zusammen, in ihrer dünnen Haut rissen urplötzlich unendlich viele winzige Falten auf. Doch ihre blauen Augen blieben klar und trocken und sie richtete sich in ihrem Stuhl auf.

»Wie hat er sie umgebracht?«

»Ich weiß nicht, Cora. Man hat die Leiche heute Morgen entdeckt, aber ich weiß nicht, wie sie gestorben ist. Sie hat in dem Wäldchen hinter ihrem Haus gelegen. Vermutlich ist sie ungefähr zur selben Zeit getötet worden wie Harrison Frazier.«

Sie schloss die Augen angesichts des Bildes, das ich heraufbeschworen hatte, fragte aber glücklicherweise nicht nach, wer Marilee entdeckt hatte oder in welchem Zustand ihr Körper gewesen war. Sie war eine wache alte Dame und wusste wahrscheinlich genau, was mit einer menschlichen Leiche passierte, die etliche Tage lang im Freien gelegen hatte.

»Ich habe immer gewusst, dass er für sie das Ende bedeuten würde. Ich habe es vom ersten Tag an gewusst.«

»Man weiß noch nicht, wer sie umgebracht hat, Cora.«

»Aber ich weiß es. Es war Harrison Frazier. Ich wusste, dass das passieren würde.«

»Aber Harrison Frazier wurde auch umgebracht, Cora.«

»Das weiß ich, und ich bin froh darüber. Was für ein furchtbarer Satz, nicht wahr? Froh zu sein über den Tod eines Menschen, aber genauso ist es. Wenn Sie mich fragen, dann ist eine Welt ohne ihn eine bessere Welt. Aber nicht ohne Marilee.«

Jetzt kamen die Tränen, rannen ihr über das entstellte Gesicht. Sie senkte nicht den Kopf und wischte die Tränen nicht weg. Sie weinte trotzig, als wäre es ein Akt der Anklage.

Ich nahm ihre Hände in meine. »Cora, es tut mir so leid.«

»Oh, Sie müssen nicht denken, dass ich zum ersten Mal darüber weine, was Harrison Frazier Marilee angetan hat. Es ist nicht das erste Mal, und es wird nicht das letzte Mal sein.«

»Was hat Frazier gemacht, Cora?«

»Sich feige aus dem Staub gemacht, das hat er. Seiner Familie war Marilee nicht gut genug, und er hatte nicht den Mut, sich dagegen aufzulehnen. Das hat ihr auch am meisten wehgetan. Dass er zugelassen hat, dass die sie durch den Schmutz ziehen.«

»Wann war das, Cora?«

»Marilee war fünfzehn und ich glaube, Harrison war auch erst fünfzehn. Sie waren beide, Gott weiß, nicht reif für ein gemeinsames Kind. Das mache ich Harrison auch gar nicht zum Vorwurf. Aber sein Verhalten im Anschluss an das alles, das hat Marilee tödlich verletzt.«

»Sprechen Sie von Marilees Tochter?«

Sie seufzte. »Ich soll ja eigentlich nicht darüber reden, aber jetzt spielt es wohl keine Rolle mehr. Das, was sie getan haben, war falsch. Ganz egal, wie viel Geld sie Marilee dafür gegeben haben, es war falsch.«

»Was wer getan hat?«

»Die Fraziers. Sie wollten, dass Marilee das Kind zur Adoption freigibt, und damit war ich ja vollkommen einverstanden. Ich wollte auch nicht, dass sie mit gerade mal fünfzehn Jahren schon ein Kind großziehen muss. Das Gleiche hatte ich ja schon einmal erlebt, mit ihrer Mutter. Wenn meine Tochter damals Marilee ein Paar freundlichen Menschen anvertraut hätte, dann wäre sie vielleicht besser dran gewesen. Ich habe mein Bestes gegeben, aber ich hatte alle Hände voll damit zu tun, genügend Essen auf den Tisch zu bringen. Wenn ich die Zeit zurückdrehen könnte, dann würde ich versuchen, meine Tochter zu überreden, Marilee adoptieren zu lassen. Dann hätte sie sich auch nicht erhängt, Gott sei ihrer armen Seele gnädig.«

Für einen Augenblick stockte mir das Herz. Cora Mathers hatte mehr Verluste ertragen müssen, als eine Frau ertragen konnte.

»Dann wurde Marilees Baby also adoptiert?«

»Eher gekauft. Die Fraziers hatten nämlich mit einem Mal die Idee, dass ihre Tochter das Baby bekommen sollte und Harrison hat dann Marilee dazu überredet. Seine Schwester war damals schon eine ganze Weile verheiratet und konnte einfach kein Kind bekommen. Sie wissen ja, wie das ist. Die, die unbedingt wollen, werden nie schwanger, und die anderen, die auf keinen Fall wollen, kriegen schon einen dicken Bauch, wenn ein Mann sie bloß anschaut. Harrison hat jedenfalls Marilee erzählt, dass sie, wenn sie das Baby seiner Schwester überlassen würde, immer wüssten, dass gut für sie gesorgt würde, und dass sie die Kleine nach ihrer Hochzeit wieder zu sich holen könnten.«

»Er hat gesagt, er würde sie heiraten?«

»Das hat er jedenfalls behauptet. Sie würden die Schule beenden und anschließend heiraten. Das haben ihm wahrscheinlich seine Eltern eingeflüstert, und Marilee hat ihm geglaubt. Sie war ja gerade erst fünfzehn und hat noch nicht gewusst, wie dreist Männer lügen können.«

»Sie glauben, dass er gar nicht ernsthaft vorhatte, sie zu heiraten?«

»Keine Sekunde. Sie haben Marilee einen Stapel Papiere unterschreiben lassen. Sie musste versprechen, sich von dem Baby fernzuhalten und niemals zu verraten, dass sie die Mutter war. Dafür haben sie ihr Geld gegeben. Wenn man genügend Geld hat, dann kann man praktisch alles kaufen.«

Ich schenkte ihr eine Tasse Tee ein und wartete ab, während sie mit zitternden Händen einen Schluck nahm. Ich sagte: »Das Foto an Ihrem Kühlschrank ...«

»Das ist Lily. So haben sie sie genannt. Sie ist jetzt neunzehn und hat sich an so eine Organisation gewandt, die die leiblichen Eltern ausfindig macht. Ich weiß nicht ganz genau, wie das geht, aber sie haben Marilee angerufen, und dann hat sie mit Lily telefoniert. Marilee dachte, dass sie dadurch ihr Versprechen gegenüber den Fraziers nicht bricht, denn immerhin hatte ja Lily nach ihr gesucht. Sie haben einander geschrieben, und Lily hat ihr dieses Foto geschickt. Sie sieht genauso aus wie Marilee. Sie wollten sich demnächst zum ersten Mal treffen, und Marilee war schrecklich aufgeregt deswegen. Jetzt wird sie sie niemals kennenlernen.«

»Wie alt war Lily, als sie zu Harrisons Schwester gekommen ist?«

»Oh, nur wenige Stunden alt. Die Fraziers sind bei der Geburt aufgetaucht, zusammen mit einem Rechtsanwalt, Marilee hat die Papiere unterzeichnet, und sie haben die Kleine mitgenommen.«

»Und Marilee dachte, sie bekommt sie eines Tages zurück?«

»Das hat Harrison zu ihr gesagt. Er hat auch gesagt, dass die Meinung seiner Eltern ihm völlig gleichgültig sei und dass er Marilee niemals gehen lassen würde.«

»Was er aber doch getan hat.«

»Tja, einerseits ja und andererseits nein. Er hat sie nicht geheiratet, falls Sie das meinen, aber er hat sie auch nie völlig verlassen. Er war ihr verfallen, ja genau, das war er. Ist wahnsinnig eifersüchtig geworden, wenn sie sich mit einem anderen Mann eingelassen hat. Einmal hat er zu ihr gesagt, er würde sie umbringen, wenn er sie je mit einem anderen Mann erwischt. Und genau das hat er auch getan. Sie umgebracht.«

»War er nicht verheiratet?«

»Verheiratet und Familienvater. Marilee war nur seine Nebenfrau. Er hat gedacht, es reicht, dass er sie bezahlt. Was meinen Sie wohl, wie sie sich dabei gefühlt hat? Selbst alles Geld der Welt ist keine ausreichende Entschädigung dafür, von einem Mann wie eine Hure behandelt zu werden, das kann ich Ihnen sagen. Erst hat er ihr Leben ruiniert, und dann hat er sie umgebracht.«

»Hat Harrison Frazier gewusst, dass Marilee und Lily einander gefunden haben?«

»Oh, jemine, nein. Sie hatte es doch versprochen, und sie haben ihr das ganze Geld gegeben. Nein, das durfte sie Harrison auf keinen Fall verraten.«

Cora hob den Blick und sah mich mit einem bitteren Lächeln an. »Wenn ich einfach immer weiterrede, dann ist das alles nicht wahr, stimmt's? Dann wird sich alles als böser Traum erweisen.«

»Ich weiß. Reden sorgt dafür, dass die schlechte Nachricht langsam einsickert und nicht wie eine Bombe einschlägt.«

»Also, ich kann nur Folgendes sagen, und das können Sie an jeden weitergeben, der diese Vorfälle untersucht: Harrison Frazier ist der Mörder von Marilee. Und jetzt, glaube ich, müssen Sie mich alleine lassen.«

Ich verstand. Mir war es genauso gegangen. Auch ich hatte mich in ein Loch verkriechen und alleine leiden wollen. Ich überlegte kurz, ob ich jemand anders herbeirufen sollte, doch dann beschloss ich, Coras Wunsch nach Alleinsein zu respektieren.

»Würde es Ihnen etwas ausmachen, wenn ich morgen wiederkomme?«

»Das wäre sehr nett, Dixie. Ich würde mich freuen, wenn Sie vorbeikommen – falls es nicht zu viel Mühe macht.«

»Da fällt mir noch etwas ein, Cora. Wenn die kriminaltechnischen Untersuchungen in Marilees Haus abgeschlossen sind, muss es sauber gemacht werden. Ich benötige Ihre Erlaubnis, damit ich eine Spezialreinigung beauftragen kann.« Eine andere Umschreibung für die Leute, die ein mit Blut und anderen Körperflüssigkeiten verunreinigtes Haus desinfizieren und säubern, fiel mir nicht ein.

Sie zuckte leicht zusammen, fing sich aber schnell wieder. »Tun Sie alles, was getan werden muss, Schätzchen.«

Ich bereitete ihr noch einen frischen Tee zu und ließ sie dann an ihrem Tisch zurück, wo sie sich die Hände an einer dampfenden Tasse wärmte.

Noch bevor ich losfuhr, rief ich Guidry an. Er meldete sich beim zweiten Klingeln mit einem kurzen »Hier Guidry.«

»Marilee hat mit fünfzehn ein Kind bekommen. Harrison Frazier war der Vater. Seine ältere Schwester hat das Baby adoptiert, und seine Familie gab Marilee Geld, damit sie sich von dem Kind fernhält und das Geheimnis für sich behält. Aber Frazier hat sich die ganze Zeit über heimlich mit ihr getroffen und hat gedroht, sie umzubringen, falls sie sich einen anderen Mann nehmen sollte. Ihre Großmutter glaubt, dass er sie ermordet hat.«

Einen kurzen Augenblick lang herrschte Schweigen am anderen Ende der Leitung, dann holte er tief Luft. »Hat die Großmutter auch eine Vermutung, wer Frazier umgebracht haben könnte?«

»Nein, aber ich habe noch etwas. Die Tochter ist jetzt neunzehn. Sie hat sich auf die Suche nach ihrer leiblichen Mutter gemacht und Marilee ausfindig gemacht. Sie haben einander Briefe geschrieben und wollten sich treffen.«

Okay, jetzt hatte ich ihm alles gesagt, was ich wusste. Na ja, fast alles.

21

Ich fuhr fort: »Wenn Frazier tatsächlich so wahnsinnig eifersüchtig war, wie Cora behauptet, vielleicht hat er ja Marilee mit einem anderen Mann erwischt und sie dann umgebracht?«

»Und was hat dieser andere Mann gemacht, während Frazier Marilee umgebracht hat? Zugeschaut?«

»Frazier könnte ihn vorher bewusstlos geschlagen haben.«

»Und wer hat Marilees Leiche in den Wald geschleppt? Frazier vielleicht, solange der andere Mann noch bewusstlos war, nur um dann zurückzukommen und sich selbst umbringen zu lassen? Das wäre wirklich verdammt kooperativ gewesen.«

»Na ja, das weiß ich auch nicht, Guidry. Ich gebe ja nur weiter, was Cora mir erzählt hat, also spielen Sie jetzt nicht den Überheblichen.«

»Ich weiß diese Information zu schätzen, Dixie. Wie gesagt, Sie kommen ganz schön rum.«

»Ja, ja. Also, wann kann ich die Tatortreinigung bestellen, damit Ghost endlich wieder nach Hause kommen kann?«

»Wer?«

»Marilee Doerrings Kater. Wir haben bereits über ihn gesprochen, wissen Sie noch?«

»Dixie, diese Doerring ist tot. Sie können doch keine Katze in ihr Haus zurückbringen.«

»Was ist der Unterschied zwischen einer geschäftlich oder aber durch den Tod bedingten Abwesenheit?«

»Zunächst einmal ein Pulsschlag.«

»Nein, ich meine, was ist der Unterschied aus Sicht der

Katze? Ich habe mit Marilee Doerring einen Vertrag geschlossen, der mir das zeitlich begrenzte Sorgerecht für ihre Katze überträgt. Dazu gehört auch die Verpflichtung, im Notfall alles für ihr Wohlergehen Notwendige zu unternehmen. Das hier ist ein Notfall. Es gibt keinen Grund, wieso Ghost nicht zumindest so lange in seiner vertrauen Umgebung bleiben kann, bis ich ein neues Zuhause für ihn gefunden habe. Er würde sich dort sehr viel wohler fühlen als anderswo.«

»Genau das ist mein Lebensziel: einen Kater glücklich zu machen.«

Ich fegte ein herumschwebendes Katzenhaar beiseite und sagte: »Hören Sie, das war eine ziemlich herabwürdigende Bemerkung. Für mich ist es nämlich tatsächlich so.«

»Das Absperrband müsste morgen im Lauf des Tages abgenommen werden. Danach können Sie dort machen, was Sie wollen.«

»Nur so lange, bis ich ein neues Zuhause für Ghost gefunden habe. Wollen Sie und Ihre Frau nicht vielleicht einen netten Kater haben? Abessinier sind normalerweise auch sehr kinderlieb. Nur, falls Sie welche haben, natürlich.«

Es entstand eine neue Pause, und mein Gesicht fing an zu glühen. Nicht zu glauben, dass ich das gerade eben gesagt hatte. Er würde denken, dass ich rauskriegen wollte, ob er Single war, und das war absolut lächerlich. Bei seiner Antwort konnte ich das Grinsen in seiner Stimme hören. »Ich habe aber keine Kinder, Dixie, hab' nie welche gehabt. Eine Frau habe ich auch nicht. Das war allerdings nicht immer so.«

Meine Lippen fingen an zu brennen wie nach einer Überdosis Niacin. Ich war wirklich selten dämlich. Es war mir doch total egal, ob er verheiratet war oder nicht. Ich sagte: »Eine Katze kann eine angenehme Gesellschaft sein, Guidry. Man muss Katzen nicht ausführen, und sie bellen nicht und stören dadurch auch keine Nachbarn. Sie sind wirklich die idealen Haustiere. Etliche Untersuchungen belegen, dass

Menschen, die ein Haustier halten, gesünder sind als Leute ohne. Haben Sie das gewusst?«

Jetzt platzte er vor Lachen laut heraus. »Ich werde es mir überlegen, Dixie, aber machen Sie sich keine allzu großen Hoffnungen.«

Dann legte er auf und ließ mich mit einem sinnlos gewordenen Handy in der Hand sitzen.

Ich nuschelte »Verbindlichen Dank auch, du Arschloch« vor mich hin und ließ den Motor des Bronco an.

Dass wir über Ghost gesprochen hatten, hatte mir klargemacht, wo meine Prioritäten lagen. Ich musste ein neues Zuhause für ihn finden, und zwar schnell. Nicht nur, weil er bei Marge in einen Privatkäfig eingesperrt war, sondern auch, weil mich seine Unterbringung vierzig Dollar pro Tag kostete.

Aber ich wollte ihn auch nicht einfach an irgendjemanden abgeben. Haustiere sind so etwas wie ein Kindersatz. Jetzt, wo ich wusste, wie es Marilee mit ihrer leiblichen Tochter ergangen war, konnte ich ein wenig besser verstehen, weshalb sie Ghost mit so viel Liebe und Aufmerksamkeit überschüttet hatte. Da sie kein Kind hatte, auf dessen Ernährung sie achten konnte, achtete sie eben auf die Ernährung ihrer Katze. Da sie keine hübschen Kleider und Spielzeug und Krimskrams für ihre Tochter kaufen durfte, kaufte sie sie eben für ihre Katze. Sogar Ghosts Halsband mit den silbernen Herzen und Schlüsseln war so eine Art Talismanarmband, wie sie es womöglich ihrer Tochter geschenkt hätte. Ich spürte eine neue Nähe zu Marilee, eine Art Solidarität von Mutter zu Mutter. Marilee hatte mir ihr Ersatzkind anvertraut, und ich wollte ihr Vertrauen nicht enttäuschen.

Zwar war ich schon jetzt im Grunde genommen zu spät für meine Nachmittagsrunde, lenkte den Bronco aber dennoch in die Roberts Point Road vor Shuga Reasnors Haus. Vor ihrer gläsernen Haustür hielt ich an und stieg aus dem Wagen in die für Siesta Key so typische drückende Nachmittagshitze.

Shuga war zu Hause, das konnte ich durch die Tür hindurch erkennen. Sie saß auf einem ihrer rosenverzierten Leinensofas, das Telefon ans Ohr gepresst, und ließ eines ihrer bronzefarbenen Beine hin und her schwingen wie ein nervöses Pendel. Als ich die oberste Treppenstufe erreicht hatte, sah sie mich, und selbst auf diese Entfernung erkannte ich, wie ihre Augen sich weiteten. Sie stand auf und kam zur Tür, ohne das Telefonat zu unterbrechen. Ich stand mit auf die Hüften gestützten Händen vor der Tür, ohne zu klingeln, während sie ihr Gespräch beendete und das Telefon einklappte.

Sie machte mir die Tür auf und schaute mich fragend an. Zuerst dachte ich, sie hätte zwei blaue Augen, aber dann sah ich, dass es sich um verschmierten Mascara handelte. Sie sagte: »Ich weiß, dass sie tot ist. Der Detective hat mich angerufen.«

»Darf ich reinkommen?«

»Was wollen Sie?«

»Nach Marilees Wunsch sind Sie diejenige, die entscheiden soll, was mit dem Kater zu geschehen hat.«

»Ach, du meine Güte!«

Mit verdrehten Augen machte Shuga Platz und ließ die Tür hinter mir ins Schloss fallen. Schweigend gingen wir ins Wohnzimmer und setzten uns einander gegenüber.

»Ich habe nur fünf Minuten Zeit«, sagte sie. »Ich habe sehr viel Wichtigeres zu tun, als mich um so eine verdammte Katze zu kümmern.«

»Wie zum Beispiel Marilees Tochter anzurufen und ihr zu sagen, dass ihre Mutter tot ist?«

Ihr Fuß hörte auf hin und her zu schwingen, und sie warf mir einen durchdringenden Blick zu.

»Ja, genau, zum Beispiel.«

»Dort haben Sie angerufen, stimmt's? Sie haben vermutet, dass Marilee zu ihr gegangen sein könnte.«

»Na gut. Ist das ein Verbrechen?«

»Warum haben Sie Lieutenant Guidry verschwiegen, dass Sie mit Marilees Tochter gesprochen haben? Warum haben Sie ihm verschwiegen, dass Sie Harrison Frazier kennen?«

Sie hob ruckartig den Kopf und sprang dann auf. »Verschwinden Sie sofort aus meinem Haus. Meine beste Freundin ist gerade gestorben, und ich habe keine Zeit für so eine Scheiße.«

»Ihre beste Freundin ist nicht gestorben, sie wurde ermordet. Haben Sie Marilee umgebracht, Shuga? Hatten Sie ein Verhältnis mit Frazier und waren eifersüchtig, weil er auf Marilee scharf war?«

Sie stieß ein lautes, bellendes Lachen aus, setzte sich hin und zog eine Zigarette aus einer Kristallschale auf dem Kaffeetisch, steckte sie in den Mund und zündete sie mit einem silbernen Feuerzeug an. Gleichzeitig sagte sie: »Das ist doch lächerlich. Ich ein Verhältnis mit Harrison Frazier? Wohl kaum.«

Sie saugte den Rauch tief in die Lunge und ließ sich in die Sofakissen sinken. Dabei betrachtete sie mich mit genau dem Blick, mit dem eine Kobra den Mann mit der Flöte beobachtet – unschlüssig, ob sie freundlich zu mir sein oder mir an die Kehle gehen sollte.

Ich sagte: »Gestatten Sie, dass ich Ihnen die ganze Sache ein wenig erleichtere. Ich weiß, dass Harrison Frazier der Vater von Marilees Tochter war, und ich weiß, dass er sich seit Jahren heimlich mit ihr getroffen hat. Hat er sie öfter hier auf Siesta Key besucht?«

Durch einen Schleier aus Rauch hindurch sagte sie: »Oh, Gott, nein. Viel zu dicht bei Orlando. Nein, sie haben sich immer woanders getroffen. Einmal im Monat oder so ist sie irgendwohin geflogen und hat ein paar Tage mit ihm verbracht, in irgendeiner abgelegenen Gegend, wo man sie nicht kannte. Harrison hat dann eine Hütte in einem gottverlassenen Kaff in Louisiana gemietet oder ein Hotelzimmer in irgendeiner Familienpension hinter dem Mond in Nebraska.

Er hätte ihr auch die schickste Penthousesuite in den besten Hotels der Welt bieten können, aber er hat sich immer für solche Absteigen entschieden. Und sie war so verrückt nach ihm, dass sie geglaubt hat, sie würde jede Minute davon genießen. Ich glaube, sie haben sowieso nichts anderes gemacht als gevögelt, also stimmt es vielleicht sogar.«

»Wenn die beiden sich immer woanders getroffen haben, wieso war er dann hier?«

»Das weiß ich nicht. Deshalb habe ich ja solche Angst bekommen, dass Marilee etwas zugestoßen sein könnte, nachdem Sie ihn bei ihr entdeckt haben.«

»Marilees Großmutter glaubt, dass Harrison Marilees Mörder ist. Sie sagt, er sei verrückt vor Eifersucht gewesen und habe gedroht, sie umzubringen, falls sie sich mit einem anderen Mann einlässt.«

»Er war wirklich eifersüchtig. Marilee hat immer gedacht, das bedeutet, dass er sie liebt, die dumme Pute. Aber er kann sie ja nicht ermordet haben, er war doch selbst schon tot. Irgendjemand hat sie alle beide umgebracht.«

»Kürzlich haben Sie gesagt, dass Sie Dr. Coffey zwar nicht zutrauen würden, sie eigenhändig umzubringen, dass er jemanden mit dem Mord beauftragt, aber durchaus. Wer hätte sonst noch einen Grund gehabt, Marilee zu töten?«

»Da fällt mir absolut niemand ein. Und das ist die Wahrheit.«

Ich war mir nicht sicher, ob ich ihr glauben sollte, aber ich bohrte nicht weiter nach. »Wie ist Marilee überhaupt mit einem Mann wie Harrison Frazier in Kontakt gekommen?«

»Cora hat als Köchin in der Kantine der Grundschule in Orlando gearbeitet. Ihr Verdienst reichte aber nur für das Allernötigste, und deshalb hatte sie immer auch noch irgendwelche Nebenjobs. Als Marilee und ich vierzehn waren, da hat sie eine Stelle als Köchin in so einem noblen Sommerzeltlager für reiche Baptistenfamilien außerhalb von Orlando bekommen. Es war eigentlich mehr Klubanlage als Zeltlager, wo diese Familien unter sich bleiben und einen gepflegten, naturnahen Urlaub verbringen, und wo die Kinder eben auch schwimmen und klettern und zusammen sein konnten wie ganz normale andere Kinder auch. Cora durfte Marilee und mich mitbringen, und wir haben an den Tischen im Speisesaal bedient. Ansonsten durften wir uns frei bewegen. Und wenn wir drunten am See gesessen haben und einer dieser reichen Jungen sich dazusetzen wollte, dann konnten wir nichts dagegen machen.«

»Und einer dieser Jungen war Harrison?«

»Für Marilee war er der Einzige. Sie war vollkommen verrückt nach ihm. Hätte er sie gebeten, sich im See zu ersäufen, sie wäre ohne zu zögern ins Wasser gesprungen. Sie hat gedacht, er wäre in sie verliebt, die dumme Kuh, aber ich glaube, seine Begeisterung war eher von der Aussicht auf schnellen Sex motiviert. Er war gerade erst fünfzehn Jahre alt, und sie war wahrscheinlich sein erstes Mal. Im Lager war ständig so viel los, dass er sich immer wieder ohne Probleme wegschleichen und mit ihr treffen konnte, und weder sie noch er hatten einen Schimmer, was Kondome sind, oder hätten sich irgendwo welche besorgen können. Als das Sommerlager dann zu Ende ging, war Marilee schwanger.«

Kopfschüttelnd, von der Erinnerung überwältigt, starrte sie einen Augenblick lang zu Boden. »Harrison hat ihr nicht einmal seine Adresse gegeben, aber Cora hat seine Familie ausfindig gemacht und Kontakt aufgenommen. Sie war schlau genug, darauf zu spekulieren, dass die Fraziers die Kosten für Marilee und das Baby übernehmen würden, aber ich glaube kaum, dass sie gedacht hätte, dass sie die Kleine für sich haben wollen. Und die arme, doofe Marilee hat gedacht, Harrison würde sie heiraten.« Sie wischte sich die plötzlich feucht gewordenen Wangen. »So was Dämliches!«

»Hat Harrison über ihre Gefühle Bescheid gewusst?«

»Oh, aber klar. Marilee konnte ihre Gefühle noch nie besonders gut verbergen, zumindest nicht, wenn es um Harrison ging. Sie hat immer daran geglaubt, dass er eines Tages seine Frau verlassen und sie heiraten würde. Dann kam der achtzehnte Geburtstag ihrer Tochter, und Marilee bekam einen Brief von Harrisons Anwalt. Darin stand, dass sie kein Geld mehr bekommen würde. Das war wie eine Bombe.«

»Wie viel haben sie ihr bezahlt?«

Sie blickte mich mit schmalem Lächeln an, stieß eine Rauchwolke aus und legte die Zungenspitze im Bogen an die Oberlippe. So sah sie aus wie ein verschmitzt grinsender Drache. »Eine Viertelmillion im Jahr.«

»Hui.«

»Ja, hui ist das richtige Wort. Erst haben sie dafür gesorgt, dass sie sich an diesen Lebensstil gewöhnt, und dann erwarten sie, dass sie wieder in eine Wohnwagensiedlung zieht?«

Ich musste zugeben, dass auch meine Fantasie nicht ausreichte, mir Marilee Doerring in einem Haus auf Rädern vorzustellen.

»Nachdem sie diesen Brief bekommen hatte, hat sie Harrison angerufen. Er hat gesagt, sie sei jetzt achtzehn Jahre lang auf Freifahrschein gereist, aber nun sei es an der Zeit, erwachsen zu werden.«

Ich konnte mir die bittere Stimme, mit der Harrison Frazier diese Worte ausgesprochen hatte, gut vorstellen, die Stimme eines reichen Mannes, der als Fünfzehnjähriger erwischt worden war, wie er sich mit »irgendeiner Sozialhilfeschlampe« eingelassen und seither den Preis dafür bezahlt hatte – sowohl im konkreten wie auch im übertragenen Sinn.

»Ich habe gehört, dass sie auch von Dr. Coffey Geld bekommen hat.«

»Ja, schon, aber davon ist jeder Cent in Coras Wohnung und in eine Versicherung geflossen, die alle eventuell anfallenden Pflegekosten für Cora abdeckt. Cora hat sich krumm und buckelig geschuftet, um Marilee großzuziehen, und das hat Marilee ihr niemals vergessen.«

»Als Frazier ihr also den Geldhahn zugedreht hat …«

»Da ist sie total ausgeflippt.« – »Hat sie deshalb auch mit ihrer Tochter Verbindung aufgenommen?«

Shuga beugte sich nach vorne und drückte ihre Zigarette im Aschenbecher aus.

»Sie wollte ihr Vertrauen gewinnen und die Fraziers unter Druck setzen. Harrison hat noch andere Kinder, und er hätte sicher nicht gewollt, dass sie erfahren, wie er Marilee, als sie fünfzehn war, vergewaltigt und geschwängert hatte.«

So viel zu der Geschichte, die Marilee Cora erzählt hatte – dass ihre Tochter sie über eine Agentur ausfindig gemacht habe.

»Sie wollte behaupten, dass er sie vergewaltigt hatte?«

Shuga nickte. In ihrem Blick lag eine verbissene Verschlagenheit.

Sie war nicht von Marilee enttäuscht, so wie ich. Sie verstand, wie Marilee dachte. Sie hatte sich aus derselben Umgebung befreit, hatte dieselben Lügen erzählt, dieselben Trugbilder errichtet, hatte sich selbst den gleichen Platz in der Welt des Geldes und der Besitztümer geschaffen wie sie. Sie und Marilee hatten beide die Trümpfe ausgespielt, die die Natur ihnen in die Hand gegeben hatte, genau wie ich und jeder andere Mensch auch.

Ich stand auf.

»Ich muss ein neues Zuhause für Marilees Kater finden, und dazu benötige ich Ihr Einverständnis.«

»Teufel noch mal, es ist mir schnuppe, was Sie machen. Aber falls Sie glauben, Sie können ihn mir aufs Auge drücken ... vergessen Sie's.«

Shuga stand nicht auf, und ich sagte nicht Auf Wiedersehen.

Ihre Blicke bohrten sich in meinen Rücken, während ich zur Glastür hinausging und in den Bronco stieg.

Ich fuhr die Roberts Point Road entlang, stellte mich in eine Einfahrt und rief wieder einmal Guidry an.

Als er sich erneut mit einem gebellten »Guidry« meldete,

antwortete ich mit einem genauso knackigen »Dixie Hemingway«.

»Was gibt's, Dixie?«

»Shuga Reasnor sagt, Marilee und Harrison Frazier seien achtzehn Jahre lang fast jeden Monat für ein paar Tage zusammen weggefahren. Marilee hat ihn geliebt und dachte, dass auch er sie liebt. Dann hat sie einen Brief von seinem Rechtsanwalt bekommen, in dem stand, dass die Viertelmillion Dollar, die sie bis dahin jedes Jahr bekommen hatte, ab sofort gestrichen sei. Da war die Dame mächtig sauer. Sie hat sich mit ihrer Tochter Lily in Verbindung gesetzt. Sie wollte Frazier erpressen, damit er weiterzahlt, und zwar indem sie behauptet, er habe sie als Fünfzehnjährige vergewaltigt.«

»Interessant. Stehen die Reporter schon bei Ihnen auf der Matte?«

»Reporter?«

»Sie wissen doch, diese Leute, die einem ein Mikrofon vor die Nase halten und einem irgendwelche Fragen zubrüllen.«

»Sie glauben, dass es so weit kommen wird?«

»Überlegen Sie doch mal. Mittlerweile haben sie schon rausgekriegt, dass zwischen Marilee und Frazier irgendwas gelaufen ist, und nichts verkauft sich besser als Sex. Und jetzt, wo Marilee tot ist, geht das Ganze erst richtig los. Sie wiederum haben die beiden Leichen entdeckt und versorgen ihre Katze. Verdammt noch mal, Sie kommen wahrscheinlich landesweit ins Frühstücksfernsehen.«

Mir blieb jedes Wort im Hals stecken, und ich bekam keine Luft mehr.

»Dixie?«

Ohne mich zu verabschieden, legte ich auf.

Mir war klar, dass Guidry recht hatte. Allein die Tatsache, dass ich als Tiersitterin die Leiche eines Angehörigen einer der bedeutendsten Familien in ganz Florida entdeckt hatte, hätte schon ausgereicht, um mich zu einem gefundenen Fressen für die Journalistenmeute zu machen.

Irgendjemand kam bestimmt auf die Idee, eine Geschichte über Marilee und ihre verwaiste Katze zu stricken.

Und bei der Arbeit daran würde er dann auf die drei Jahre alten Aufnahmen stoßen, die zeigten, wie ich vor laufenden Kameras vollkommen ausgerastet war.

Das Schlimmste jedoch war, dass ich nicht ausschließen konnte, dass mir das noch einmal passierte. Wenn ich genügend unter Druck gesetzt werde, dann kann es passieren, dass ich explodiere wie der Vesuv.

22

Verdrossen ordnete ich mich in den fließenden Verkehr ein. Ich musste weitermachen. Nicht nur mit meinen nachmittäglichen Haustierbesuchen, sondern auch mit meinem Leben. Ich durfte nicht zulassen, dass die Angst mich regierte, auch nicht die Angst vor mir selbst.

Im Mund hatte ich einen bitteren Geschmack und musste unwillkürlich an die Kokosnusscremetörtchen denken, die Tanisha im Village Diner zubereitet. Ich war spät dran, und erst jetzt wurde mir klar, dass ich, abgesehen von einem winzig kleinen Becher Joghurt, seit dem Frühstück nichts mehr gegessen hatte. Ein Törtchen und eine Tasse guten Kaffees würden nur ein paar Minuten in Anspruch nehmen, aber danach würde ich mich stärker und mutiger fühlen.

Als ich eintrat, stand Judy gerade an einem Tisch in der Nähe der Tür und schenkte einem Gast Kaffee nach. Sie blickte mich verwundert an. Ich winkte ihr zu, schnappte mir eine Sonntagsausgabe der Herald Tribune aus dem dünnen Stapel neben der Kasse und schob mich auf eine Sitzbank. Judy ging nach hinten, um mir einen Kaffeebecher und ein Gedeck zu besorgen, während ich die Zeitung vor mir ausbreitete und die Schlagzeilen überflog. Der Präsident bestritt irgendeine Behauptung seiner politischen Gegner, der Vorstandsvorsitzende eines Großunternehmens wurde angeklagt, Tausende Investoren betrogen zu haben, ein paar Wissenschaftler hatten wieder einmal eine Pflanzenart so manipuliert, dass sie unfruchtbar geworden war, und in Sarasota hatte jemand die Ermittlungsarbeit des Sheriff's Department im Fall der Morde an Harrison Frazier und Marilee Doerring kritisiert.

Judy stellte mit dumpfem Knall einen Becher auf meinen Tisch und schenkte mir einen Kaffee ein, aber ich konnte die Augen nicht von dem Artikel nehmen. Anscheinend hatte der beliebte Radiopsychologe Dr. Win dem Sheriff's Department unangemessene Voreingenommenheit unterstellt, weil es sich nicht dazu durchringen konnte, einen ehemaligen weiblichen Deputy zu verhaften. Damit war ich gemeint. In dem Artikel hieß es weiter, dass ich bekanntlich aufgrund meiner emotionalen Instabilität infolge des tragischen Todes meines Mannes und meines Kindes vom Dienst suspendiert worden sei und dass ich, da ich für eine Tätigkeit bei den Strafverfolgungsbehörden nicht mehr infrage käme, angefangen hätte, mich um Haustiere zu kümmern. Der Autor des Artikels stellte dann noch fest, dass er zwar ein Interview mit Dr. Win geführt habe, dass es ihm aber nicht gelungen sei, mich ausfindig zu machen. Das sollte, ohne es direkt zu formulieren, nichts anderes heißen, als dass ich mich versteckte.

Das Herz schlug mir bis zum Hals. In einem zweiten Artikel waren andere Leute nach ihrer Meinung über mich befragt worden. Marilees Exverlobter Dr. Gerald Coffey sagte, ich hätte ihn am Morgen nach dem Mord während seines Frühstücks angesprochen und hätte dabei ein irrationales und verstörendes Benehmen an den Tag gelegt. Sogar ein paar meiner Klienten wurden zitiert. Sie sagten, sie würden mich wahrscheinlich nicht noch einmal nehmen, weil es doch ziemlich unheimlich sei, dass ich zwei Leichen gefunden hatte, und wie konnten sie sicher sein, dass ich mit deren Tod auch wirklich nichts zu tun hatte. Es wurden auch andere Aussagen abgedruckt von Klienten, die sagten, dass diese Vorstellung vollkommen lächerlich sei und dass ich eine hervorragende Tiersitterin sei. Aber selbst in ihren Worten konnte man zwischen den Zeilen die Andeutung eines Zweifels herauslesen.

Judy sagte: »Kanntest du das noch gar nicht?«

Ich nickte. Vor Angst und Beklemmung brachte ich kein Wort heraus.

»Lass dich bloß nicht beeindrucken davon. Dieser dämliche Schmierfink hat wahrscheinlich nicht gewusst, was er sich sonst aus den Fingern saugen soll, also hat er sich diese Scheiße hier ausgedacht. Das nimmt doch niemand ernst.«

»Oh, doch. Wer will seinen Hausschlüssel schon einer Frau anvertrauen, die unter Mordverdacht steht?«

»Du müsstest den Schweinepriester eigentlich verklagen«, fuhr sie fort. »Wegen Beleidigung und Verleumdung und übler Nachrede, und du solltest Schadenersatz für deine Einkommensverluste und die Rufschädigung verlangen.«

»Vielleicht kann ich ihn auch gleich noch wegen meiner Fältchen verklagen, wenn ich schon mal dabei bin.«

»Ich meine es ernst«, erwiderte sie. »Du musst dich unbedingt dagegen wehren, Dixie. Hier geht es immerhin um deinen guten Ruf.«

Ich schluckte trocken. »Aber dadurch würden die Leute nicht aufhören, über mich zu reden.«

»Alle, die dich kennen, werden diese Geschichte sowieso nicht glauben, und das ist das Einzige, was zählt. Was möchtest du denn essen?«

»Ich kann jetzt nichts essen.«

»Doch, das kannst du, Dixie! Jetzt hör mir mal gut zu. Wenn du dich von diesem Schleimscheißer zurück in deine Höhle jagen lässt, dann ist das dein Tod. Willst du zulassen, dass er dich umbringt?«

»Nein.«

»Also, dann nimmst du jetzt den Kopf hoch und machst deine Arbeit. Dieser Bulle wird schon rauskriegen, wer diese Morde begangen hat, und alle Welt wird erfahren, dass du nicht das Geringste damit zu tun gehabt hast. Und ich bring dir jetzt ein paar Eier mit Schinken und dann isst du das Ganze schön brav auf, und zwar mit großem Appetit.«

Ich schaute in ihr gerötetes Gesicht und musste lachen.

»Ich will jetzt gar kein Frühstück, ich will eines von Tanishas Kokosnusstörtchen.«

»Na also, geht doch. Wenn wir uns von Drecksäcken wie dem da unser Leben wegnehmen lassen, dann können wir uns auch gleich in irgendein Loch verkriechen und uns aufhängen.«

Sie rauschte davon, um mir mein Törtchen zu besorgen, und ich faltete die Zeitung zusammen und legte sie neben mich auf die Bank. Meine Hände zitterten so sehr, dass ich es kaum schaffte. Eine Sache ging mir einfach nicht aus dem Kopf. Ich hatte den allergrößten Respekt vor den Mitarbeitern des Sarasota Sheriff's Department, aber ich war nicht naiv. Natürlich standen sie unter dem Druck, einen Verdächtigen präsentieren zu müssen. Und wenn sie sich nach der Faktenlage richteten, dann war ich die Erste auf der Liste. Ich hatte Fraziers Leiche entdeckt, ich hatte sie zu Marilees Leiche geführt, ich besaß einen Schlüssel für Marilees Haus, und ich war bekanntermaßen eine Verrückte, der man das Deputyabzeichen abgenommen hatte. Hätte ich selbst die Ermittlungen geführt, ich hätte mich schon längst als Hauptverdächtige eingesperrt, und jetzt hatte Dr. Win im Radio eben dies gefordert. Sollte ich festgenommen werden, ich hätte nicht den Hauch eines Alibis zu bieten. Rufus wäre mein einziger Zeuge, und Geschworene schenken den Aussagen von Hunden für gewöhnlich nicht viel Beachtung.

Für viele Menschen war Carl Winnick ein Mann, der übers Wasser gehen konnte. Er war eine Stütze der Gesellschaft, reich, gebildet und mit zahlreichen Verbindungen zu wichtigen Leuten. Ich war eine Tiersitterin mit einer zweijährigen Ausbildung an einem staatlichen College, sowie einer dubiosen Entlassung aus medizinischen Gründen durch das Sheriff's Department. Eine emotional unzuverlässige Frau, der man weder eine Waffe noch die öffentliche Sicherheit anvertrauen konnte. Wem würden die Leute mehr Glauben schenken, mir oder Winnick?

Für einen kurzen Augenblick hatte ich das Bedürfnis, nach Hause zu gehen und ins Bett zu kriechen und mir die Decke über den Kopf zu ziehen und darauf zu hoffen, dass alles von selbst wieder ins Lot kam. Aber Judy hatte recht. Dazu hatte ich schon zu viel erlebt. Ich hatte schon Dinge erlebt, die sehr viel schlimmer waren, als von Carl Winnick zur Mörderin abgestempelt zu werden.

Vielleicht nicht viele solcher Dinge, aber ein paar schon.

Ein oder zwei.

Also gut, eines. Menschen zu verlieren, die man liebt, ist härter als alles andere.

Als Judy meinen Kuchen auf den Tisch stellte, tauchte Tanishas breites Lächeln in der quadratischen Durchreiche zwischen Speiseraum und Küche auf. Sie winkte mir mit wippenden Hängebacken zu, und ihre schwarzen Augen verschwanden fast vollständig hinter ihren runden Wangen.

Judy sagte: »Tanisha meint, du sollst dem Reporter sagen, er kann dich mal an deinem fetten weißen Arsch lecken.«

Das kam so überraschend, dass ich lachen musste, von innen heraus, laut und herzlich. Tanisha zwinkerte mir zu und zog den Kopf zurück.

Judy sagte: »Seit wann hast du einen fetten Arsch?«

»Das ist ein Insiderwitz«, entgegnete ich. »Wir sind uns mal auf der Toilette begegnet und da war von dicken, fetten Ärschen die Rede.«

»Mm-hmm. Also, ihrer ist jedenfalls ganz schön riesig, so viel steht fest. Weißt du was, sie kocht ab und zu für jemanden ganz in der Nähe von Marilee Doerring. Ich habe kürzlich mitbekommen, wie sie erzählt hat, dass sie direkt neben der Stelle gestanden hat, wo man diese tote Frau gefunden hat.«

»Die Leute können sich glücklich schätzen. Sie ist eine gute Köchin.«

Judy goss meine Kaffeetasse voll und ließ mich beim Liebesspiel mit meinem Tortenstück allein. Die Kruste war knackig und flockig, die Füllung aromatisch und weich, die Meringue hatte genau die richtige Konsistenz, nicht zu sahnig oder zu trocken oder zu zuckerig, und die frischen Kokosnusssplitter vollführten lauter süße kleine Explosionen in meinem Mund. Fast eine ganze Minute lang aß ich, ohne auch nur einmal an den Zeitungsartikel zu denken. Stattdessen überlegte ich, dass eine gute Köchin wie Tanisha eine Menge Geld als Partyköchin oder als Gelegenheitsköchin bei größeren Familien verdienen könnte. Im Geiste ging ich die Häuser in Marilees Nähe durch und überlegte, wen Tanisha wohl bekochen mochte. Ich hatte sie noch nie dort in der Nähe gesehen, aber höchstwahrscheinlich waren wir auch immer zu sehr unterschiedlichen Zeiten dort.

Gerade als ich den letzten Kuchenkrümel verdrückt hatte, piepste mein Handy. Auf dem Display erschien Michaels Nummer, und ich nahm den Anruf an.

Er sagte: »Hast du heute schon in die Zeitung geschaut?«

»Hab ich.«

»Geht es dir gut?«

»Ja. Ich habe gerade ein Kokosnusstörtchen gegessen. Ich bin im Diner.«

»Dieses Arschloch von der Zeitung hat mich angerufen. Er ist auf der Suche nach dir.«

»Das tut mir leid, Michael.«

»Du kannst ja nichts dafür. Was sagt dein Detective zu dem Ganzen?«

»Er ist nicht mein Detective, und ich habe noch nicht mit ihm gesprochen.«

»Das solltest du vielleicht mal machen. Du kannst ihm ausrichten, dass ich diesem Reporter den Fuß bis zum Anschlag in den Hintern rammen werde, falls er noch mehr solchen Scheißdreck über dich verzapft.«

»Das legt sich auch wieder, Michael. Jede Reaktion liefert denen doch bloß einen Anlass für den nächsten Artikel.«

»Du hörst dich ja ziemlich cool an.«

In seiner Stimme schwang eine Spur Bewunderung mit. Ich holte tief Luft und stellte fest, dass ich tatsächlich ziemlich cool war. Kein heftiges Herzklopfen mehr. Keine schnellen, oberflächlichen Atemzüge. Kein leichtes Zittern der Hände.

Ich lachte unsicher und sagte: »Das bin ich wohl auch. Wer hätte das gedacht?«

»Und? Wann kommst du nach Hause?«

»Erst spät. Ich habe noch nicht einmal angefangen mit meiner Runde, weil ich zuerst noch mit ein paar Leuten sprechen musste.«

»Tja, pass auf dich auf.«

»Ja, ich hab dich lieb.«

Nach diesem Gespräch ging es mir besser. Ich hatte einen großen Bruder, dem ich viel bedeutete, und ich hatte an einem einzigen Tag eine ganze Menge Stress ertragen und nur ein paar wenige, kleinere Ausraster gehabt. Ich machte eindeutig Fortschritte.

Als ich gerade das Diner verlassen wollte, sah ich, dass Tanisha sich auf den Weg in Richtung Toilette machte, und ging ihr nach. Als ich dort ankam, saß sie bereits in einer Kabine. Ich wusch mir die Hände und trocknete sie ab und wartete. Als sie aus der Kabine trat, lächelte sie mich schüchtern an. Ich sah ihr freundlich zu, wie sie sich die Hände wusch, und als sie fertig war, reichte ich ihr ein paar Papierhandtücher.

»Judy hat mir erzählt, dass Sie gelegentlich in Marilee Doerrings Nachbarschaft kochen – dort, wo dieser Mann neulich ermordet wurde.«

»Mach ich aber nich mehr, jetzt nich mehr.«

»Oh.«

»Hmm-mmh, ich setz nie wieder 'n Fuß in diese Straße, niemals, hmm-mmh. Da wohnen paar echt beknackte Leute, un' der eine Typ, das is der Beknackteste von all'n.«

»Welcher Typ?«

»Na, der, zu dem ich gesagt hab, er kann mich mal am Arsch lecken, genau der.«

»Ich habe kürzlich seinen Namen gar nicht gehört.« – »Schätze mal, ich hab ihn gar nich gesagt. Wenn ich jetzt so drüber nachdenk ... ich glaub, ich hab ihn nich gesagt.«

»Tanisha, könnten Sie mir jetzt sagen, wie er heißt?«

Sie lachte, schaute mich aber argwöhnisch an. »Wieso woll'n Sie das wissen?«

Ich war verwirrt. Ich wusste selbst nicht, wieso ich diesen Namen erfahren wollte, es war eben einfach so. »Wahrscheinlich bin ich bloß neugierig. Ich arbeite auch dort in der Gegend, und irgendwie würde ich ganz gerne wissen, wen ich im Auge behalten muss. Ich weiß ja nicht, wie der Kerl Sie so auf die Palme gebracht hat, aber eigentlich machen Sie doch einen ziemlich umgänglichen Eindruck. Also, egal, was es war, es würde mir wahrscheinlich auch nicht gefallen.«

Sie schürzte die Lippen und zog die Augenbrauen zusammen, während sie über meine Begründung nachdachte. Dann nickte sie. »Ich schätze, wenn Sie da arbeiten, dann haben Sie auch ein Recht, es zu erfahren. Er hat behauptet, ich hätte was gestohlen, als würde mich das Ding einen feuchten Scheißdreck interessieren. Und dabei war es noch nich mal seins.«

»Warum hat er das gemacht?«

»Er hat geseh'n, wie ich auf dem Weg zur Bushaltestelle so ein kurzes Stück Rohr aus'm Müll geholt hab. Irgendjemand hat es an den Straßenrand gelegt und ich hab's geseh'n. Es liegt am Straßenrand, also ist es Müll, und man kann's mitnehmen. Das is kein Diebstahl, oder? Irgendjemand hat's weggeschmissen und jeder, der's haben will, kann's mitnehmen. So'n kurzes Messingrohr, bisschen länger als'n halber Meter vielleicht.«

»Das muss bei den Graysons gewesen sein. Die haben ein Karussellpferd an ein Messingrohr montiert.«

»Mm-hmm. Ich weiß nicht, vor welchem Haus das war. Jedenfalls gegenüber von dem Wäldchen, wo diese Frau umgebracht worden ist. Die haben das Rohr rausgelegt und ich hab's geseh'n und mitgenommen. Ich hab gedacht, vielleicht kann ich daraus einen Handtuchhalter oder so was in der Art machen.«

»Und dann hat jemand behauptet, Sie hätten es gestohlen?«

»Ja, genau, da kam so'n Zwerg angefahren und hat mich angebrüllt, als hätte ich das schlimmste Verbrechen begangen. Er hat gesagt: ›Was willst du denn damit, Mädchen?‹ Dieser Idiot hat mich Mädchen genannt. Da hab ich gesagt, dass ich überhaupt nichts damit will, und da ist er zu mir gekommen und hat's mir aus der Hand gerissen. Hat es mir einfach weggenommen! Und dann hat er gesagt: ›Jetzt kannst du nach Hause geh'n, Mädchen. Du hast hier nichts zu suchen.‹«

Tanishas Augen sprühten von Erniedrigung und Wut. »Wahrscheinlich glaubt er, er sei hier auf so 'ner Plantage, und ich wär eine seiner Sklavinnen. Aber die Zeiten sind vorbei, Schätzchen! Niemand redet so mit mir! Und dann hab' ich ihm gesagt, er kann mich mal an meinem dicken, fetten Arsch lecken, und hab ihm damit vor der Nase rumgewackelt. Dann bin ich weggegangen, und ich geh nie wieder hin in diese Straße.«

Sie warf das durchnässte Papierhandtuch in den Abfallbehälter und ging zur Tür. »Ich muss zurück in die Küche, sonst schicken sie noch einen Suchtrupp los.«

»Wer war der Mann?«

Sie hatte die Tür schon aufgemacht und blieb stehen. »Ich weiß nich. Hab ihn noch nie vorher geseh'n und hoffe auch, dass ich ihn nie wieder seh.«

»Hatte er eine Glatze?«

»Eine Glatze? Ich glaub nich. Is mir jedenfalls nich aufgefallen.«

»Und das Auto? War das ein schwarzer Mazda MX-5?«

Sie zuckte mit den Schultern. »Mit Autos kenn ich mich nich aus. Es war jedenfalls schwarz, so ein kleines, flaches.«

»Wann war das, Tanisha?« Sie runzelte die Stirn. »Donnerstagabend. Wieso sind Sie denn so aufgeregt?«

»Weil derjenige, der den Mann in Marilee Doerrings Haus umgebracht hat, ihm mit einem stumpfen Gegenstand den Schädel zerschmettert hat. Zum Beispiel mit einem Messingrohr. Irgendjemand hat in dieser Nacht einen schwarzen Mazda MX-5 in der Gegend gesehen, und später dann hat sich ein glatzköpfiger Mann verdächtig benommen.«

Ihre Augen weiteten sich. »Sie glauben, dieses kleine Schwein, das mich so angemacht hat, das war der Mörder?«

»Ich weiß nicht. Kann sein. Würden Sie ihn wiedererkennen, wenn Sie ihn sehen würden?«

»Oh, aber ja. Den vergesse ich nie wieder.«

Wir blickten einander feierlich in die Augen und dachten daran, was das alles bedeuten konnte, dann setzte sie sich wieder in Bewegung und ließ die Tür hinter ihrem ausladenden Hinterteil zufallen. Ich ließ das Ganze noch ein wenig sacken und ging ihr wenige Augenblicke später nach. Verdammt noch mal, vielleicht hatten Tanisha und ich gerade eben diese beiden Morde aufgeklärt.

23

Als ich das hintere Ende der Theke im Diner umrundete, fiel mein Blick auf den Barhocker, auf dem ich Dr. Coffey vorgestern angesprochen hatte. Plötzlich hatte ich einen bestimmten Satz aus unserem Gespräch wieder im Ohr, fast so, als hätte er die ganze Zeit über meinem Kopf geschwebt und nur darauf gewartet, dass ich wieder an den dazugehörigen Ort zurückkehre. Ich hatte gesagt: »Eine meiner Klientinnen ist verreist, ohne eine Telefonnummer zu hinterlassen, unter der ich sie erreichen kann.« Ich hatte gesagt: »Ich dachte, dass Sie vielleicht zumindest eine Ahnung haben, wohin sie gefahren sein könnte. Wo sie geschäftlich zu tun hat oder wo ihre Angehörigen wohnen.«

Danach war er aufgesprungen und hatte gedroht, mich verhaften zu lassen, und ich war davon ausgegangen, dass seine heftige Reaktion darauf zurückzuführen war, dass er nicht in eine Morduntersuchung hineingezogen werden wollte. Aber ich hatte weder von einem Mord gesprochen, noch hatte ich Marilee überhaupt namentlich erwähnt. Ich hatte lediglich gesagt, ich sei Tiersitterin. Und Marilee Doerring war ja bestimmt nicht die einzige Frau aus seinem Bekanntenkreis, die ein Haustier hatte. Ich war mir nicht einmal sicher, ob der Mord damals überhaupt schon in den Nachrichten gewesen war, und selbst wenn: Woher sollte er gewusst haben, dass ich ihn genau darauf ansprechen wollte?

Ich suchte bereits nach meinem Handy, um Guidry an meinen überragenden Schlussfolgerungen teilhaben zu lassen, da fiel mein Blick auf die Wanduhr hinter dem Tresen, und ich ließ es sein. Ich hatte schon über eine Stunde Verspätung, und wenn ich mich nicht langsam wieder meiner Arbeit widmete, dann hatte ich vielleicht bald gar keine mehr.

Wie ein batteriebetriebener Spielzeugroboter stieg ich in den Bronco und begann meine Nachmittagsrunde, entschuldigte mich bei jeder einzelnen Katze für die Verspätung und versprach, es später wiedergutzumachen. Den Sprint mit Billy Elliot bewahrte ich mir für den Schluss auf. Ich klopfte an Toms Tür, damit er wusste, dass ich da war, und schloss auf. In dem Augenblick, als ich die Wohnung betrat, sagte eine Lautsprecherstimme meinen Namen. Tom und Billy Elliot lagen vor dem Fernseher und Carl Winnicks wütendes Gesicht füllte den Schirm.

»Diese Frau hat einen Schlüssel für das Haus, in dem mindestens einer dieser Morde stattgefunden hat – möglicherweise auch beide. Sie ist schon früher durch emotionale Unberechenbarkeit aufgefallen, sodass das Sheriff's Department sie aus dem Dienst entlassen hat, und sie ist eindeutig die Hauptverdächtige. Trotzdem ist sie bis jetzt immer noch auf freiem Fuß, und ich möchte wissen, wieso!«

Tom und Billy Elliot spürten beide gleichzeitig meine Anwesenheit und wandten die Köpfe. Tom griff nach der Fernbedienung und schaltete den Fernseher aus.

»Mist, Dixie, ich wusste nicht, dass du da bist. Tut mir leid, dass du dir das mit anhören musstest.«

Ich war mir nicht sicher, ob meine Stimme funktionieren würde, aber ich brachte tatsächlich eine Antwort hervor, auch wenn es eher wie ein rostiges Krächzen klang. »Tom, glaubst du das auch?«

»Großer Gott, Dixie, natürlich nicht. Carl Winnick ist ein aufdringlicher, selbstgerechter Vollidiot.«

»Und warum schaust du dir dann seine Sendung an?«

»Das war nicht seine Sendung. Das waren die Abendnachrichten, und dort haben sie einen Ausschnitt aus seiner Sendung gezeigt.«

Meine Knie wurden weich wie Gummi. Ich sank auf einen

Stuhl und starrte Tom an. »Dann haben das also nicht bloß seine üblichen Fans zu sehen bekommen?«

»Mach dir nichts draus, Dixie.«

Ich hielt den Blick auf ihn gerichtet. Wieso bekam ich von allen Seiten den Rat, mir nichts daraus zu machen? Wie sollte das gehen, wenn ein bekannter Talkshowmoderator mich während seiner Sendung des Mordes beschuldigen konnte?

Er sagte: »Haben die Journalisten dich schon aufgestöbert?«

»Noch nicht.«

»Möchtest du dich vielleicht hier verstecken, bis sich die Aufregung wieder gelegt hat? Billy Elliot und ich wären stolz darauf, dich als unseren Gast begrüßen zu dürfen.«

Unsicher holte ich Luft und stand auf. »Danke Tom. Ich weiß dein Angebot und dein Vertrauen zu schätzen, aber ich habe nicht vor, mich zu verstecken.«

»Na ja, aber falls du mal für eine Weile deine Ruhe haben willst ...«

»Okay.«

Ich griff nach Billy Elliots Leine, und wir gingen die Treppe hinunter und rannten los, als wäre es ein ganz normaler Tag. Keiner, der uns vorbeilaufen sah, hätte ahnen können, dass sich eine höllische Wut in mir zusammenbraute. Wäre ich jetzt Dr. Win begegnet, ich hätte ihm gesagt, er soll mich an meinem fetten weißen Arsch lecken.

Um kurz nach halb neun war ich zu Hause. Die Sonne war gerade untergegangen, war mit einem Ruck hinter der Meeresoberfläche verschwunden, als hätte sie lange versucht, sich über Wasser zu halten, nur um in letzter Minute doch noch darin zu versinken. Der Himmel war übersät mit geschwungenen Bändern in Kirschrot und Türkis und Lavendel, und sogar ein paar tapfere Sterne wagten sich hervor. Die Wellen zeichneten ein filigranes Muster in den Sand, wie eine einsame Flamencotänzerin.

Michael stand auf der Zypressenholzveranda vor dem geöffneten Grill und würzte die Seeluft mit dem Duft nach frischem Fleisch. Er winkte mir mit einer langen Gabel zu und rief: »Du kommst genau richtig. Willst du was essen?«

»Machst du Witze? Ich sterbe fast vor Hunger.«

Vorsichtig hob er ein Bruststück vom Grill auf einen großen Teller und machte den Deckel des Grills zu. »In der Küche stehen noch Kartoffelsalat und Bohnen«, sagte er.

Glücklich und zufrieden trottete ich vor ihm her, hielt ihm die Küchentür auf und holte zwei Teller aus dem Schrank, während er das heiße Bruststück auf das Schneidebrett der Kücheninsel gleiten ließ. Dann hob ich den Deckel eines der Töpfe, die auf dem Herd vor sich hin köchelten, und stöhnte auf. Michaels Wachtelbohnen mit Peperoni, Knoblauch und Tomaten sind so köstlich, dass sich bei ihrem Anblick auch gestandene Männer ihrer Freudentränen nicht zu schämen brauchen. Ich schöpfte ein paar Bohnen auf unsere Teller und dazu noch etwas Kartoffelsalat aus einer großen Schüssel auf der Theke. Michael schnitt die zarte Kalbsbrust in dünne Scheiben und legte die Stücke auf unsere Teller, wo sie ihren Saft ausschwitzten.

Ich stellte die Teller an ihren Platz auf der Theke und holte Besteck und Servietten hervor, während Michael uns zwei Bier aufmachte. Und dann aßen wir, und für eine ganze Weile war nichts weiter zu hören als mein leises, zufriedenes Seufzen.

Als wir fertig gegessen und die Reste weggepackt hatten, nahmen wir unseren Kaffee mit hinaus auf die Terrasse und setzten uns auf die Stühle aus Redwood, die unser Großvater mit eigenen Händen gebaut hatte – Stühle, die so stabil sind, dass sie mich und Michael um viele Jahre überleben werden. Wir warteten ein Weilchen, ließen die Meeresbrise unsere erhitzten Gesichter abkühlen, und dann fingen wir an zu reden.

»Dixie, ich muss dir etwas sagen.«

»Was denn?«

»Während ich weg war, war irgendjemand im Haus. In der Einfahrt waren Reifenspuren zu sehen, und außerdem habe ich Fußspuren entdeckt. Das ist jemand durch den Sand bis zu deiner Wohnung und von dort zu unserer Hintertür gegangen. Dann hat er das Schloss aufgebrochen und ist reingegangen. Er hat überall Fußspuren hinterlassen. Soweit ich sehen konnte, wurde nichts gestohlen, aber vielleicht habe ich einfach nicht an der richtigen Stelle nachgesehen, und es fehlt doch etwas. Ich war auch schon bei dir, und da ist es das Gleiche. Kein Durcheinander, aber sandige Fußabdrücke auf dem Boden.«

Ich saß stocksteif da, und mein Nacken juckte. Michaels Haus war alt, und die Hintertür schloss nicht mehr richtig. Und meine Terrassentür war für jeden Eindringling ein Kinderspiel.

»Hast du die Polizei gerufen?«

Ein Moskito surrte um Michaels Kopf und, wie alle Bewohner Floridas in solch einem Fall, machte er eine automatische Handbewegung, die den Störenfried zwar aller Wahrscheinlichkeit nach nicht verscheuchen würde, die aber zumindest ein wenig Widerstandsgeist signalisierte, damit die Stechmücke nicht dachte, sie hätte die alleinigen Schürfrechte an einer bestimmten Hautparzelle.

»Ja, schon. Es waren auch schon ein paar Polizisten da und haben nach Fingerabdrücken gesucht, aber ich glaube, sie haben nur ihre Routine abgespult, damit ich zufrieden war.«

»Meinst du, das könnte so ein Journalist gewesen sein?«

»Ein Journalist würde sich doch niemals zu so was hinreißen lassen. Na ja, vielleicht doch, aber ich glaube es trotzdem nicht.«

Ein paar Minuten lang saßen wir schweigend da. Ich sah, wie Michaels Kiefermuskulatur zuckte, und wusste, dass er sich um meinetwillen zwang, ruhig zu bleiben.

Dann sagte er: »Wenigstens hat der Drecksack sich nicht

an der Kalbsbrust vergriffen. Die hatte ich nämlich zum Garen schon auf dem Grill liegen.«

Sein etwas gezwungener Scherz entlockte mir ein Grinsen. »Wie kommst du darauf, dass es ein Mann war? Es könnte doch auch eine Frau gewesen sein.«

»Dixie, ich möchte, dass du ab sofort die Fensterläden zumachst, wenn du alleine zu Hause bist, so lange, bis sie den Mörder oder die Mörderin gefasst haben. Hier laufen einfach zu viele Verrückte herum und jetzt, wo diese Ratte, dieser Win, deinen Namen in jeder Nachrichtensendung ausposaunt hat, kommt womöglich einer auf die Idee, einfach so mal hier vorbeizuschauen.«

Ich sagte: »Winnick hat noch nicht einmal versucht, Phillip zu besuchen, genauso wenig wie seine Frau. Er hat Angst, dass die Medien dahinterkommen und dass das seinem Image schadet. Sein eigener Sohn! Ist das zu glauben?«

»Mittlerweile glaube ich fast alles, Dixie. Aber am meisten Gedanken mache ich mir um dich. Ich will, dass du dich da komplett raushältst. Sprich mit niemandem darüber. Hör dir nicht das Gejammer der anderen an. Überlass die Arbeit der Polizei.«

»Ich habe mit niemandem darüber gesprochen. Kaum. Na ja, nur ein bisschen.«

»Versprich mir nur, dass du dich in Zukunft raushältst, okay?«

»Okay. Kommst du mit nach oben, während ich mich umschaue?«

Er stand auf und reichte mir die Hand, zog mich hoch, legte mir den Arm um die Schulter und drückte mich fest an sich. »Alles wird gut, Dixie! Du musst bloß vorsichtig sein.«

Gemeinsam stiegen wir die Treppe zu meiner Wohnung hinauf, aber Michael hatte die Sandspuren schon weggefegt, und es sah so aus, als wäre alles in bester Ordnung. Ich stellte mich auf Zehenspitzen und gab ihm einen Kuss auf die Wange, bedankte mich für das Abendessen und versprach ihm noch einmal, dass ich mich aus den Ermittlungen heraushalten würde.

Nachdem er weg war, machte ich die Fensterläden zu und hastete an den Schreibtisch in meinem Bürokabuff. Ich wollte nachsehen, ob die Briefe, die ich bei Marilee mitgenommen hatte, immer noch in der obersten Schublade lagen. Der Aktenordner war an Ort und Stelle, und ich schämte mich ein bisschen, weil ich gedacht hatte, jemand hätte danach gesucht. Anders ausgedrückt: Ich hatte ein schlechtes Gewissen. Es war nicht schlecht genug, um irgendjemandem von den Briefen zu erzählen, aber doch so schlecht, dass die Tatsache, dass sie in meiner Schreibtischschublade lagen, mich nervös werden ließ.

Ich legte den Ordner zurück in die Schublade, ging in mein Schlafzimmer und schob das Bett von der Wand weg. Mein Bett besteht aus einem Holzrahmen und zwei Schubladen für Bettwäsche. Sie befinden sich auf der vorderen, dem Raum zugewandten Seite. Doch auf der Wandseite des Bettes gibt es noch eine Schublade, von der allerdings kein Mensch etwas weiß. Ich würde sie nicht gerade als Geheimversteck bezeichnen, aber es hat mich noch nie jemand danach gefragt und ich habe sie noch nie gegenüber jemandem erwähnt. Ich zog die Schublade auf und alles lag noch genauso da wie vor drei Jahren, als ich die Sachen hineingelegt habe.

Ein Deputy, der aus dem Sheriff's Department verabschiedet wird oder in den Ruhestand geht, kann seine Dienstwaffe kaufen oder an die Behörde zurückgeben. Todds SIG Sauer Neun-Millimeter war nach seinem Tod zurück an das Sheriff's Department gegangen und meine war bei meiner Suspendierung auf unbestimmte Zeit einbehalten worden. Allerdings hat praktisch jeder Deputy ein Anrecht auf zwei oder drei private Waffen sowie eine Ersatzdienstwaffe. Todds erste Privatwaffe war eine Smith & Wesson, Kaliber .40 gewesen, ich selbst hatte eine Achtunddreißiger. Beide

Pistolen lagen in einer speziellen Schachtel in der Schublade auf der dunklen Seite meines Bettes.

Im Verlauf meiner sechsmonatigen Polizeiausbildung wurde genau Buch geführt, wer die meisten Treffer im Schädel beziehungsweise in der Herzregion der Pappkameraden, die uns als Zielscheiben dienten, landen konnte. Von achtundvierzig Schüssen mussten mindestens achtunddreißig tödlich sein. Wer die meisten Treffer gelandet hatte, bekam am Ende der sechs Monate eine Plakette überreicht. Nicht wenige waren überrascht, als sich herausstellte, dass ich das war. Ich bewahre sie immer noch auf. Sie wurde mir als »Auszeichnung für besondere Treffsicherheit« überreicht, aber ich habe niemals vergessen, dass das nur eine verharmlosende Bezeichnung für »zuverlässige Todesschützin« war. Die meisten Leute wissen das gar nicht, aber den Angehörigen der Strafverfolgungsbehörden ist es ausdrücklich untersagt, einen Flüchtigen lediglich verletzen oder bewegungsunfähig machen zu wollen. Man ist vielmehr – so steht es im Gesetz – dazu verpflichtet, mithilfe der Schusswaffe »die Bedrohung zu beseitigen« – was nichts anderes bedeutet, als jemanden zu töten. Wer das nicht akzeptieren kann, sollte sich gar nicht erst für einen solchen Beruf entscheiden.

Es war drei Jahre her, dass ich meine Achtunddreißiger zum letzten Mal angefasst hatte, aber sie fühlte sich vertraut an und lag gut in der Hand. Ich saß an meiner Küchentheke, nahm meine Waffe auseinander, reinigte und ölte sie. Als ich fertig war, steckte ich ein Magazin in den Griff und packte zwei Ersatzmagazine in die Tasche meiner Cargoshorts, die ich morgen anziehen wollte. Während ich mich duschte und mir die Zähne putzte, legte ich die Pistole auf die Ablage im Badezimmer. Und als ich ins Bett ging, lag sie auf dem Nachttischchen, wo ich sofort danach greifen konnte.

Es gab hier jemanden, der bereits zwei Menschen umgebracht und es bei einem dritten versucht hatte. Ich hatte nicht vor, das nächste Opfer zu werden.

Langsam sank ich in den Schlaf und träumte, dass Marilee eine Katze an ihren üppigen Busen drückte, die genauso aussah wie Ghost, nur dass sie Phillip hieß. Sie flehte mich an, ihn zu retten. »Sie haben den Schlüssel, Dixie. Sie müssen ihn nur benutzen.«

Als der Wecker klingelte, brauchte ich ein paar Sekunden, bis ich wieder wusste, wo ich war. Ich ging ins Badezimmer und starrte mein Spiegelbild an. War es denkbar, dass dieser Traum eine Art Botschaft gewesen war? Vielleicht nicht von Marilees Geist, aber aus meinem eigenen Unterbewusstsein? Ein verrückter Gedanke, aber ich war davon überzeugt. Irgendwie hatte ich den Schlüssel zur Aufklärung dieser Morde und zur Identifizierung desjenigen, der Phillip angegriffen hatte, in der Hand. Ich wusste nur nicht, wie er aussah.

Also putze ich mir die Zähne, spritzte mir Wasser ins Gesicht und band meine Haare zu einem Pferdeschwanz zusammen. Ich schlüpfte in ein Strickoberteil und die Cargoshorts, die ich gestern Abend bereitgelegt hatte, und stieg in meine Keds. Mit der Achtunddreißiger im Anschlag zog ich die Jalousien auf. Die Terrasse lag verlassen da, und ich ließ die Pistole in meine rechte Hosentasche gleiten, wo sie sich beruhigend an meinen Oberschenkel schmiegte. Ich hatte keine Ahnung, was mir begegnen würde oder ob ich überhaupt eine Waffe brauchen würde, aber ich wollte keinerlei Risiko eingehen.

Um 4.15 Uhr hatte ich schon die Hälfte des Weges bis zu meiner ersten Station zurückgelegt, und alles lief bestens. Ich fand keine einzige Leiche, niemand wurde zusammengeschlagen, kein Reporter sprach mich an, und keine meiner Katzen hatte irgendetwas angestellt, was ich sauber machen musste.

Während ich also Katzen fütterte und Katzen bürstete und Katzenklos leerte, beschäftigte ich mich in Gedanken mit der seltsamen Botschaft aus meinem Traum. Ich nehme Träume sehr ernst, weil sie die einzige Möglichkeit für unser Unterbewusstsein sind, um mit uns in Kontakt zu treten. Wieder und wieder spielte ich durch, was ich geträumt hatte – Marilee, wie sie Ghost im Arm hielt, nur dass es nicht Ghost war, sondern eine Katze namens Phillip. Lag das daran, dass ich Phillip als eine Art Haustier betrachtete? Nein, so war es nicht. Lag es vielleicht daran, dass Phillip Ghost in gewisser Weise ähnlich war? Schon möglich, aber in welcher Weise? Ghost kannte den Mörder, denn er war ja im Haus gewesen, als die Morde begangen wurden. Kannte Phillip ihn vielleicht auch? Hatte er die Frau an jenem Morgen erkannt und wollte es nicht sagen? Wie sah der Schlüssel aus, den ich angeblich besaß? Ein Schlüssel ist nichts anderes als ein Codeknacker, ein Instrument, um Geheimnisse ans Licht zu bringen, aber sollte ich tatsächlich im Besitz eines solchen Schlüssels sein, dann hatte ich keine Ahnung, was es war.

Als ich bei Kristin Lord klingelte, begrüßte sie mich kühl und ließ mich alleine, während ich mich um Fred kümmerte. Sie erwähnte Dr. Wins Anschuldigungen mit keinem Wort, aber ich stellte mir unwillkürlich die Frage, ob sie sich schon nach einer anderen Katzenpflegerin umgesehen hatte.

Kurz nach neun, als ich mich gerade von Kristin Lord verabschiedet hatte, rief Guidry an. »Können Sie in fünfzehn Minuten beim Krankenhaus sein? Ich würde mich gerne jetzt gleich mit Phillip Winnick unterhalten.«

Ich dachte an das Versprechen, das ich Michael gegeben hatte, mich ab sofort aus diesem Fall herauszuhalten. Ich dachte an die beiden Katzen, die ich noch zu versorgen hatte. Ich dachte an Guidry, der offensichtlich zu glauben schien, dass ich nichts Besseres zu tun hatte, als bei einem Anruf von ihm alles andere stehen und liegen zu lassen. Allesamt gute Gründe, Nein zu sagen.

Ich sagte: »Okay.«

24

Beim Krankenhaus angekommen, stellte ich den Wagen ab und deponierte die Pistole einschließlich der Reservemagazine im Handschuhfach. Nach einer Stippvisite im Kiosk, wo ich ein wenig Lesestoff für Phillip besorgte, fuhr ich mit dem Fahrstuhl hinauf auf die Intensivstation. Dort stand Guidry bereits vor Phillips Glaskabine und unterhielt sich mit einem Krankenpfleger. Hinter ihm konnte ich Phillip erkennen. Den Beatmungsschlauch hatten sie ihm mittlerweile abgenommen, aber sein geschwollenes Gesicht war eine einzige Masse aus violetten Blutergüssen.

Ohne ein Wort zu sagen, streckte Guidry mir die Hand entgegen und nahm mich am Arm, während er sein Gespräch mit dem Pfleger zu Ende führte.

»Geben Sie ihm denn irgendwelche Medikamente?«

Der Krankenpfleger hob die Augenbrauen und bedachte Guidry mit einem schmalen Lächeln, etwa so, wie man den Dorfdeppen anlächelt. »Selbstverständlich geben wir ihm Medikamente. Er kann zwar sprechen, aber er hat Schmerzen. Versuchen Sie, es so kurz wie möglich zu halten.«

Der Pfleger folgte meinem Blick in Richtung Phillip und schüttelte den Kopf. »Schwer zu begreifen, nicht wahr? Man kann sich einfach nicht vorstellen, dass es Leute gibt, die so einen Jungen dermaßen zurichten.«

Guidry sagte: »Kommen Sie mit«, und zog an meinem Arm.

Phillip hatte die Augen geschlossen, aber als er uns eintreten hörte, schlug er sie auf. Der hoffnungsvolle Schimmer darin verwandelte sich jedoch schnell in höfliche Enttäuschung. Ich hätte mich am liebsten bei ihm dafür entschuldigt, dass ich nicht diejenige war, auf die er gehofft hatte.

Ich sagte: »Hallo, Phil, schön, dass du die Augen aufmachen kannst. Du siehst furchtbar aus. Wenn du dich auch so fühlst, dann blinzele zweimal.«

Er brachte ein schwaches Lächeln zustande, verzog angesichts der dadurch entstehenden Schmerzen das Gesicht und blinzelte langsam zwei Mal.

»Ich habe dir was zu lesen mitgebracht«, fuhr ich fort. »Aber viel Auswahl hatten sie nicht. Ich kann dir ein Reader's Digest, eine Ausgabe von House & Garden oder eine Sarasota Today anbieten. Und wenn dir das alles irgendwann zum Hals heraushängt, dann hätte ich hier auch noch einen Krimi von Carl Hiaasen.«

Mein Geplapper diente nur dazu, meine Erschütterung über seinen Anblick zu verbergen. Auch ohne Beatmungsschlauch in der Kehle machte er einen fürchterlich verwundbaren und verunstalteten Eindruck. Er schloss die Augen, entweder vor Erschöpfung oder aufgrund der Medikamentenwirkung, und ich hielt den Mund. Mir war klar, dass seine Verletzungen verheilen würden, aber als ich sein liebenswertes Gesicht so mit Schwellungen und Prellungen übersät vor mir sah, verspürte ich den dringenden Wunsch, denjenigen, der das getan hatte, ausfindig zu machen und ihm sehr, sehr große Schmerzen zuzufügen.

Ich nahm eine seiner großen Hände und streichelte sie und wünschte mir, ich könnte nur dadurch all seine Schmerzen wegstreicheln. Ein Mensch, der Schläge auf den Kopf und die Schultern bekommt, hebt normalerweise die Hände zum Schutz. Doch plötzlich wurde mir klar, dass Phillip während des Überfalls seine Hände unter die Achseln geschoben haben musste. Ich war voller Bewunderung und unfähig, mir vorzustellen, welche Willenskraft er hatte aufbringen müssen, um seine Hände zu schützen und dafür seinen Kopf den Schlägen preiszugeben.

Ich sagte: »Phillip, ich weiß, dass du deinen Angreifer nicht gesehen hast, aber vielleicht ist dir ja irgendetwas an ihm bekannt vorgekommen? Seine Schritte, ein bestimmter Geruch, der Klang seines Atems, irgendetwas?«

Er schlug die Augen auf, und für einen kurzen Moment wirkte sein Blick extrem feindselig, vergleichbar einem ertrinkenden Tier, das seine Retter anschaut. Langsam wälzte er in stummer Verneinung den Kopf von einer Seite auf die andere, dann klappte er die Augen wieder zu.

Guidry stand auf der anderen Seite des Bettes. Jetzt räusperte er sich bedeutungsvoll, und ich verstand. »Phillip, Lieutenant Guidry möchte etwas über die Frau erfahren, die du aus Marilee Doerrings Haus hast kommen sehen. Kannst du ihm kurz davon erzählen?«

Er schlug die Augen auf und schenkte Guidry einen düsteren Blick. Mit heiserer Flüsterstimme, gelegentlich unterbrochen von hastigem Schlucken, sagte er: »Schwarzer Mazda MX-5 ... Frau ist eingestiegen ... weggefahren. Verdeck war zu ... konnte Fahrer ... nicht sehen.«

»Hat sie vielleicht irgendwelches Gepäck dabeigehabt?«

Phillips Augen wurden größer. »Nein.«

»Weißt du noch, was sie angehabt hat?«

Die Augen fest auf Guidry gerichtet sagte Phillip: »Hose ... helle Farbe.«

»Hohe Absätze? Flache?«

»Hohe ... sie haben ... geklackt.«

»Und die Haare? Hochgesteckt oder nicht?«

»Nicht hochgesteckt, glaube ich.«

»Schwarze Haare?«

»Dunkle.«

»Bist du sicher, dass es ein MX-5 war? Könnte es nicht auch ein MG-B gewesen sein, ein Mercedes oder ein Toyota?«

»Ich bin mir sicher.«

»Hat sich die Innenraumbeleuchtung eingeschaltet, als die Beifahrertür aufgegangen ist?«

Phillips Augen weiteten sich schon wieder, und ich hatte das Gefühl, als läge ein Funke Angst darin. »Könnte sein.«

»Aber den Fahrer hast du nicht gesehen?«

»Nein.«

»Meinst du, du könntest die Frau identifizieren? Würdest du sie wiedererkennen, wenn du sie noch einmal sehen würdest?«

»Hab sie nicht … so gut … gesehen.«

»Von welcher Stelle aus hast du sie gesehen?«

»Mein Fenster.«

»Am Haus, direkt vor deinem Fenster?«

»Ja.«

»Hat die Frau dich auch gesehen?«

»Ich glaube schon … sie hat … über die Schulter geschaut … ist zusammengezuckt … als wäre sie … überrascht.«

Guidrys hatte seine Fragen im Schnellfeuerstakkato abgefeuert. Jetzt trat er einen Schritt zurück.

»Okay, Phillip, danke. Du warst mir eine große Hilfe und ich werde dich nicht weiter belästigen, zumindest nicht heute.«

Dieses Mal war ich mir ganz sicher, dass Angst in Phillips Blick lag.

Ich drückte ihm die Hand. »Jetzt konzentrier dich mal nur aufs Gesundwerden. Bis du an die Juilliard gehst, bist du wieder ganz gesund.«

Er schenkte mir den winzigen Hauch eines Lächelns, aber in seinen Augen lag immer noch Furcht.

Während wir den Flur entlang zum Fahrstuhl gingen, blieb Guidry stumm. Ich sagte auch nichts. Irgendetwas an Phillips Bericht über das, was er an jenem Morgen gesehen hatte, störte mich. Augenzeugen sind sich normalerweise in vielen Einzelheiten unsicher. Mal fügen sie etwas hinzu, mal lassen sie etwas weg, aber Phillips Bericht war unverändert geblieben. Er hatte sogar fast dieselben Worte benutzt wie beim ersten Mal. Entweder besaß er eine außergewöhnlich lebhafte Erinnerung oder aber er gab eine auswendig gelernte Geschichte zum Besten.

Ich sagte: »Wahrscheinlich ist das ja so ein Männerding, aber könnten Sie im Dunkeln einen Mazda MX-5 von einem anderen Sportwagen unterscheiden?«

»Na klar. Wieso? Glauben Sie, dass der Junge lügt?«

»Ich habe mich bloß gewundert.«

Er gab keine Antwort und wir stiegen in einen Fahrstuhl voller Menschen und sprachen auf der Fahrt nach unten kein Wort mehr. Im Foyer angekommen sagte er: »Danke, Dixie. Dass Sie dabei waren, hat es ihm auf jeden Fall leichter gemacht.«

Ich hob die Hand zum Abschied und ging hinaus auf den Parkplatz – halb erleichtert und halb verärgert darüber, dass er Carl Winnicks Anschuldigen mit keinem Wort erwähnt hatte. Das bedeutete wahrscheinlich, dass er sich davon nicht hatte beeinflussen lassen, und das war ein gutes Zeichen. Aber ein aufmunterndes Wort hätte er mir ruhig mitgeben können.

Verdammt, jetzt wollte ich mein Ego schon von Guidry aufpäppeln lassen.

Ich riss den Bronco auf, ließ mich auf den Sitz fallen, umfasste mit beiden Händen das Lenkrad und hielt mir einen Vortrag, der sich gewaschen hatte. Er bestand im Wesentlichen darin, dass ich gefälligst nicht anfangen sollte, mir Gedanken darüber zu machen, was irgendein Mann von mir denken könnte, weil das ungefähr das Letzte war, was ich jetzt gebrauchen konnte, sondern dass ich endlich den Kopf aus dem Sand nehmen und mich um die Katzen in meinem Dienstplan kümmern sollte.

Um 11.15 Uhr kämmte ich die letzte Katze und hatte immer noch nicht bei Cora vorbeigeschaut. Ich hatte zwar furchtbaren Hunger, aber gleichzeitig war mit auch klar, dass ich sowieso nichts hinunterbringen konnte, bevor ich mich nicht versichert hatte, dass es ihr gut ging. Dieses Mal erkannte mich die Empfangsdame im Bayfront Village schon von Weitem und rief Cora an, noch bevor ich bei ihr am Tresen stand. Wir warteten, während das Telefon klingelte. Die Empfangsdame begleitete jedes Klingeln mit einem leichten Kopfnicken, lächelte mich dabei an und verdrehte in amüsiert gespielter Ungeduld die Augen. Als Cora sich meldete, sagte die Empfangsdame: »Sie haben Besuch. Soll ich sie nach oben schicken?«

Dann legte sie auf und sagte zu mir: »Sie erwartet Sie.«

Ihrer beiläufigen Art entnahm ich, dass die Journalisten, die über den Mord an Marilee berichteten, noch nicht herausgefunden hatten, dass Cora ihre Großmutter war. Ich nahm den Fahrstuhl und stand vor Coras spaltbreit geöffneter Tür.

Gleichzeitig klopfte ich an und drückte die Tür auf. »Cora?«

»Ich bin hier drin«, rief sie.

Ich ging dem Klang ihrer Stimme nach und wandte mich nach rechts, wo ein kurzer Flur in ein großes, sonniges Schlafzimmer führte. Cora saß aufrecht in einem Bett, das so groß war wie ein Hockeyfeld. Sie trug ein zerknittertes weißes Nachthemd mit hohem Kragen und langen Ärmeln, und die strähnigen weißen Haare standen ihr in alle Richtungen vom Schädel ab, sodass sie aussah wie ein frisch geschlüpftes Küken.

»Tut mir leid, Dixie, aber mir ist heute einfach nicht nach Aufstehen zumute.«

»Dafür brauchen Sie sich wirklich nicht zu entschuldigen, Cora. Haben Sie denn schon was gegessen?«

»Ich habe keinen Hunger, meine Liebe.«

»Ich weiß, aber Sie sollten trotzdem etwas essen. Ich mache Ihnen einen Tee.«

Ich ließ sie gar nicht erst zu Wort kommen, auch wenn ich genau wusste, wie sie sich fühlte – die Kehle geschwollen vor Trauer, der Magen aufgewühlt vom wütenden Würgen, die Lippen fest aufeinandergepresst, um nicht loszubrüllen wie ein Tier. Ich machte den Wasserkessel voll, und während das Wasser heiß wurde, entdeckte ich im Kühlschrank Brot und Eier. Ich bereitete einen Buttertoast und ein weich gekochtes Ei vor, schenkte ein kleines Glas mit Orangensaft ein und stellte das Ganze auf ein Tablett, das ich ihr ans Bett brachte.

»Oh, Dixie, Schätzchen, das wäre doch nicht nötig gewesen. Und dabei will ich doch sowieso nichts essen.«

Ich schenkte ihr eine Tasse Tee ein und gab die Worte, die Judy zu mir gesagt hatte, in leicht veränderter Form an sie weiter: »Cora, wenn Sie zulassen, dass dieser Drecksack, der Marilee ermordet hat, Sie vom Überleben abhält, dann hat er es geschafft, Sie auch noch umzubringen. Sie müssen jetzt all ihre Kraft zusammennehmen und dazu beitragen, dass er hinter Gitter gesteckt werden kann. Also essen Sie jetzt ihr verdammtes Frühstück auf.«

Sie riss den Kopf nach oben und schaute mich mit blitzenden Augen an, dann brach sie unvermittelt in Lachen aus. »Wissen Sie was, Sie haben viel Ähnlichkeit mit Marilee. Sie ist auch immer so gebieterisch. War gebieterisch.«

An dem Ei pickte sie nur herum, aber sie aß die ganze Toastscheibe und trank ihren Saft. Als sie fertig war, ließ ich die Teeutensilien auf dem Tablett stehen und ging in die Küche, um den Teller und das Glas abzuwaschen.

Bei meiner Rückkehr ins Schlafzimmer war Cora aufgestanden, und ihre nackten Zehen guckten unter dem Nachthemd hervor.

»Hier«, sagte sie. »Die können Sie haben. Ich wollte sie eigentlich an Marilee vererben, aber jetzt, wo sie nicht mehr ist …«

Sie hielt mir ein paar rote Glasohrringe entgegen, wie man sie auf jedem Flohmarkt in einem Haufen Schund entdecken kann. Ich nahm sie, und meine Augen wurden feucht. Zwar hätte ich die Dinger niemals tragen wollen, aber mir war klar, dass mit ihnen Erinnerungen verbunden waren, die sie in Coras Augen zu einer Kostbarkeit machten.

»Vielen Dank, Cora. Kann ich vielleicht sonst noch etwas für Sie tun, bevor ich wieder gehe?«

»Nein, meine Liebe, alles in Ordnung. Ich ruhe mich noch ein paar Tage lang aus, und dann nehme ich das, was kommt, in Angriff.«

»Ich schaue morgen wieder vorbei, wenn es Ihnen recht ist.«

»Das wäre schön, Dixie. Sie sind ein gutes Mädchen.«

So besonders gut fühlte ich mich aber nicht beim Wegfahren. Eigentlich fühlte ich mich sogar ziemlich mies. Phillip und Cora, zwei Menschen, die mir ans Herz gewachsen waren, würden in den kommenden Tagen und Wochen mit der harten Realität konfrontiert werden, und das war einfach nicht fair.

Mittlerweile war es Mittagszeit, und ich war am Verhungern. Eigentlich brauche ich vor zehn Uhr etwas zu essen, am besten zusammen mit einer Menge schwarzen Kaffees, sonst komme ich nicht richtig in Schwung. Ich fuhr den Tamiami Trail entlang, an den schaukelnden Booten in der Marina vorbei und weiter, dem Verlauf der Bucht folgend, an der sich große Skulpturen wie unverhofft auftauchende Riesenpenisse aneinanderreihten. Ich wandte mich nach rechts auf die Osprey Avenue und steuerte auf direktem Weg Annas Deli im Ocean Drive an, wo es die besten Sandwiches der Welt gibt.

Auf halben Weg zur Theke erkannte ich, wer da vor mir in der Schlange stand: Dr. Coffey und eine junge Frau mit gekräuselten blonden Haaren, die ihr halb bis auf den Po hinunterreichten. Sie spielte mit einer Haarsträhne an ihrem Hinterkopf und brachte so einen Diamanten von der Größe eines Hundesnacks zum Vorschein – um uns anderen ins Gedächtnis zu rufen, dass man als Betthäschen eines reichen Mannes vielleicht nicht allzu viel Respekt bekam, dass es sich aber trotzdem auszahlen konnte. Ich wandte mich ab und tat so, als studierte ich mit großem Interesse die Speisekarte an der Seitenwand, während Coffey ihre Sandwiches bezahlte.

Als sie zur Tür hinausgingen, warf ich der Frau über die Schulter hinweg noch einen Blick zu. Sie erwiderte ihn und mir war klar, wieso Judy gesagt hatte, dass sie vermutlich Drogen nahm. Glasige Augen und Pupillen so groß wie schwarze Löcher, in die man ohne Weiteres hineingezogen werden konnte, dazu die unter der Sonnenbankbräune blassgelbliche Haut und ganz allgemein der Eindruck, dass sie irgendwo in ihrer eigenen Welt umherirrte. Coffey sah mich nicht, legte ihr eine besitzergreifende Hand auf den unteren Rücken und schob sie vorwärts.

Ich trat an den Tresen und bestellte gekochten Putenschinken mit Estragonmayonnaise auf Pumpernickelbrötchen. »Und dazu eine dicke Dillgurke und zwei Portionen Pommes frites«, fügte ich hinzu.

Die Frau hinter dem Tresen lachte und entblößte dabei zwei strahlend weiße Zahnreihen, die sehr gut zu ihrer hellbraunen Haut und den dunkelbraunen Augen passten. »Das hört sich ganz so an, als hätten Sie mächtigen Hunger.«

»Das wäre meilenweit untertrieben. Einen Brownie hätte ich auch noch gerne. Einen großen.«

»Kaffee oder Tee?«

»Kaffee. Einen dreifachen, schwarz.«

Sie trat an eine Arbeitsplatte weiter hinten und gab die Bestellung an einen Menschen undefinierbaren Geschlechts mit Rastalocken und einem viel zu großen weißen Hemd weiter. Dann kam sie wieder und stellte die Rechnung zusammen, während ich dem Sandwichmenschen dabei zusah, wie er oder sie Estragonmayonnaise auf zwei dicke Pumpernickelbrötchenhälften schmierte.

Ich achtete sorgfältig darauf, nicht jetzt schon zu sabbern, reichte ein paar Scheine über die Theke und sagte: »Kennen Sie die zwei, die gerade eben rausgegangen sind?«

»Dr. Coffey? Ja, er ist jede Woche an seinem freien Tag hier. Bestellt sich immer genau das Gleiche, Schinken und Emmentaler auf Roggenbrötchen. Wie kann ein Mensch bloß jedes Mal das Gleiche essen, das verstehe ich nicht. Ich habe gern ein bisschen Abwechslung im Leben.«

»Und seine Begleitung, kennen Sie die auch?«

Sie verzog das Gesicht und zählte mein Wechselgeld auf die Theke. »Eigentlich nicht. Will ich auch gar nicht. Ehrlich gesagt, ich habe keine Ahnung, was er an ihr findet.«

Sie beugte sich mit aufgestützten Ellbogen über den Tresen. Jetzt war Klatsch und Tratsch angesagt. »Wenn Sie mich fragen, dann ist sie nicht gut für ihn. Er scheint ja ein ganz netter Typ zu sein, aber wer will sich schon von einem Kerl den Brustkorb aufschneiden und am Herzen herumfummeln lassen, der so dämlich ist, sich mit so einer Süchtigen einzulassen?«

Ich persönlich wollte mir eigentlich von niemandem den Brustkorb aufschneiden und am Herzen herumfummeln lassen, egal, mit wem sich derjenige eingelassen hatte, aber mir war klar, was sie damit sagen wollte.

Ich entgegnete: »Es ist schon eigenartig. Das ist erst das zweite Mal, das ich jemanden über sie sprechen höre, und beide Male hieß es, sie sei drogensüchtig.«

»Na ja, das sieht man ihr doch an. Man braucht sie ja bloß anzuschauen, oder etwa nicht?«

»Aber Sie glauben nicht, dass er auch Drogen nimmt?«

»Er ist irgendwie nicht der Typ, verstehen Sie? Deshalb ist es ja auch so seltsam, dass er mit ihr zusammen ist. Man würde ihm eigentlich einen besseren Geschmack zutrauen. Ich meine, diese Frau, das ist doch der reinste Abschaum.«

Der Mensch, der das Essen zubereitete, war mit meinem Sandwich fertig und schnitt es soeben in zwei Hälften. Dann wickelte er oder sie es in dieses graue Wachspapier, das es ausschließlich in Deli-Läden zu geben scheint, und faltete es fein säuberlich so zusammen, dass all die Leckereien im Inneren der Verpackung blieben. Das Sandwich wanderte in eine Papiertüte und darauf kam eine ebenfalls eingewickelt Dillgurke, groß wie ein Männerschwanz. Den Abschluss bildeten dann die beiden Pommesportionen. Ich wollte gerade mit einem Satz über den Tresen springen und mir die Tüte schnappen, doch die Kassiererin musste Augen am Hinterkopf haben, denn jetzt warf sie noch ein paar Servietten hinein und, nachdem sie die Tüte fein säuberlich noch einmal zusammengefaltet hatte, überreichte sie mir.

»Guten Appetit«, sagte sie.

Ich griff nach dem Riesenbecher Kaffee auf dem Tresen und steuerte die Tür an. »Vielen Dank«, sagte ich. »Und bis bald.«

Das ist das Schöne an einem Leben auf Siesta Key. Die Insel ist so klein, dass wir »bis bald« sagen können und es sogar ernst meinen.

25

Ich fuhr einen halben Häuserblock weit bis zum Parkplatz am Crescent Beach, parkte unter ein paar Eichen und lief die Treppenstufen zum Hauptpavillon hinunter. Sie können jeden Einwohner von Siesta Key fragen, und er wird Ihnen voller Stolz erklären können, dass der Sandstrand von Crescent Beach aus der World Sand Challenge 1987 als feinster und weißester Sand der ganzen Welt hervorgegangen ist. Und auch wenn Sie nicht fragen, erzählen wir es Ihnen. Wir erzählen Ihnen außerdem, dass der Sand von Crescent Beach aus uralten Quarzkristallen besteht und sich auch dann noch kühl anfühlt, wenn die Sonne bereits Ihr Gehirn zum Schmelzen gebracht hat. Manche Leute behaupten sogar, der Strand habe heilende Wirkung und Siesta Key sei eines der Energiezentren des gesamten Planeten. Ich weiß nicht, ob das stimmt, aber selbst diejenigen, die auf der Insel leben und das Meer direkt vor der Haustür haben, so wie ich, verspüren ab und zu den inneren Drang, zum Crescent Beach zu gehen und dort die nackten Füße in den Sand zu stecken.

Ich stieg also mit meiner kostbaren Deli-Tüte in der einen und meinem Kaffee in der anderen Hand die Stufen hinauf, ging an den Getränkeautomaten und der Snackbar vorbei bis zu einem Picknicktisch im Schatten eines Dachvorsprungs. Ich stellte den Kaffee und die Tüte auf den Tisch, schwang die Beine über die Sitzbank und setzte mich hin, das Gesicht dem Meer zugewandt. Drunten auf dem weißen Sand lagen die Touristen in der Sonne bratend nebeneinander wie Fleischstücke auf dem Grill. Ein paar Kinder hüpften in den Wellen umher, während ihre Eltern unter Sonnenschirmen saßen und ihnen dabei zusahen.

Abgesehen von einem jungen Mann an einem gut drei Meter weit entfernten Tisch hatte ich den ganzen Bereich für mich. Er war dunkelhäutig und trug einen Vollbart, eine schmutzige Weste und ein schlotteriges Hemd, dessen lange Ärmel verdächtigerweise zugeknöpft waren. Mit dem verblichenen Tuch über dem schwarzen Lockenschopf und den hinter einer verspiegelten Sonnenbrille versteckten Augen hätte er einem Fahndungsplakat mit nahöstlichen Terroristen entsprungen sein können. Er starrte aufs Wasser hinaus und murmelte etwas vor sich hin, so wie diese Leute, die ihre Psychopharmaka abgesetzt haben, aber es war kein Englisch, und ich wusste nicht, ob dieses Kauderwelsch eine tatsächlich existierende Sprache war oder ob er sie einfach für seine eigene Welt erfunden hatte. Auf dem Bürgersteig zu seinen Füßen stand eine Leinentasche, in der sich höchstwahrscheinlich Bücher oder etwas zu essen oder sein gesamter weltlicher Besitz befanden. Oder eine Bombe.

Ich bereitete mein Essen vor mir mit größter Sorgfalt vor. Ich wickelte das Sandwich und die Gurke aus und klappte die Schachtel mit den Pommes frites auf und stellte alles genau an die richtige Stelle. Die richtige Anordnung der Mahlzeit ist von entscheidender Bedeutung. Die wichtigen Dinge sollen ja nicht am Rand stehen, sondern in der oberen Mitte, und die Beilagen daneben oder etwas darunter. Ich habe die Speisen auf meinem Teller schon gelegentlich etliche Male hin und her geschoben, bis die Anordnung genau gestimmt hat. Aber auch die richtige Reihenfolge ist wichtig. Zuerst ein Bissen vom Hauptgericht, dann einer von jeder Beilage. Zwei Bissen hintereinander von der gleichen Sache bringen den ganzen Rhythmus durcheinander. Nicht, dass ich irgendwie zwanghaft wäre oder so etwas.

Ich nahm einen Bissen von meinem Sandwich, schloss die Augen und gab ein genüssliches Stöhnen von mir, wie ein Baby an der Brust der Mutter. Es gibt nichts auf der ganzen Welt, was ähnlich gut schmeckt wie eines von Annas Puten-

Pumpernickel-Sandwiches mit Estragonmayonnaise. Wenn es eine Ruhmeshalle für Sandwiches gäbe, es hätte darin seinen festen Platz.

Eine leichte Brise fuhr durch die schattige Luft, ein paar schwarze Möwen glitten herbei und landeten nur wenige Meter von mir entfernt. Sie warfen mir hoffnungsvolle Blicke zu. Um nicht egoistisch zu wirken, überließ ich ihnen zwei Stücke Brot, die ich so weit wie möglich wegwarf, damit sie mich in Ruhe ließen. Mit lautem Flügelschlagen jagten sie dem Brot hinterher, und so merkten sie nicht einmal, dass ich auch einen Brownie dabeihatte. Der junge Mann schenkte weder mir noch den Möwen Beachtung, sondern blickte weiterhin starr auf das Meer hinaus. Ich war froh, dass er mich nicht beachtete. Ich werde einfach sehr viel lieber ignoriert als beachtet.

Als ich mir das letzte Stück des Brownies in den Mund steckte und den letzten Schluck Kaffee trinken wollte – so etwas plane ich genau voraus, damit es am Schluss auch wirklich hinhaut –, entstand drüben bei der Snackbar eine gewisse Unruhe. Ein Wachmann schlurfte an meinem Tisch vorbei um nachzusehen, was dort los war, und der junge Mann vom Nebentisch stand auf, machte ein paar Schritte und starrte ebenfalls in die Richtung. Ich blieb zwar sitzen, drehte mich aber halb um und begegnete dem Blick des Glatzkopfes, der mich auf dem Parkplatz des Crab House angegriffen hatte. Obwohl sich eine ansehnliche Menschenmenge zwischen uns befand, war ich mir sicher, dass das der Mann gewesen war.

Da löste sich eine Frau aus einer Gruppe vorbeikommender Touristen und ging mit entschlossenen Schritten auf den Tisch des jungen Mannes zu. Dort angelangt, bückte sie sich, schnappte sich die Leinentasche und ging damit weg. Der junge Mann starrte unverwandt weiter auf den Aufruhr bei der Snackbar.

Ich sprang auf und schrie: »Hey!«

Die Frau rannte sofort los und verschwand auf den Stufen, die zum Parkplatz hinunterführten. Der Wachmann war von der Menge in der Snackbar verschluckt worden und so stieg ich über die Sitzbank hinweg und wollte mich an die Verfolgung der Frau machen.

Ohne mich anzuschauen, streckte der junge Mann seinen Arm auf Schulterhöhe aus. Aus der zur Faust geballten Hand ragten Zeige- und Mittelfinger hervor und bildeten ein deutlich sichtbares V. Dann drehte er sich um und ging mit schnellen Schritten in Richtung Strand davon.

Ich blieb stehen und wandte den Blick wieder meinem eigenen Tisch zu, versuchte so zu tun, als wäre gar nichts passiert, sammelte die Überreste meines Mittagessens ein und entsorgte sie in einem Mülleimer. Der junge Mann, der so fernab jeder Realität gewirkt hatte, war Paco und er hatte mir gerade signalisiert, dass ich mich gefälligst sofort verziehen sollte. Er war gerade mitten in irgendeiner verdeckten Ermittlungsaktion, die ich eben um ein Haar ruiniert hätte.

Was immer da vorne in der Snackbar los gewesen war, es hatte sich offensichtlich aufgeklärt, und die Menschenmenge löste sich langsam auf. Der Glatzkopf war verschwunden. Hatte ich mir seine Anwesenheit vielleicht nur eingebildet? Vielleicht sah ich durch den ganzen Stress der letzten Tage langsam Gefahren, wo überhaupt keine waren. Paco ging am Strand entlang. Wahrscheinlich hatte er irgendwo in einer der Stichstraßen, die zum Strand führten, seine Harley abgestellt.

Ich stieg die Treppe zum Parkplatz hinunter. In meinem Kopf tauchten ständig wechselnde Bilder von Phillips zerschlagenem Gesicht, dem glatzköpfigen Schläger und dem verdeckten Polizeieinsatz, den ich soeben beobachtet hatte, auf. Ich war müde. Ich wollte nach Hause und mich unter die Dusche stellen und ins Bett kriechen und dieses Überangebot an Realität wieder ein klein wenig in den Hintergrund drängen.

Auf dem Nachhauseweg fuhr ich bei Marilee vorbei. Jake Anderson, der Tatortreiniger, den ich telefonisch verständigt hatte, stand neben seinem großen weißen Lieferwagen mit dem Gefahrenzeichen für »Biogefährdung« auf der Seitenwand in der Einfahrt. Zusammen mit etlichen anderen Männern in blauen Schutzanzügen war er gerade dabei, die Ausrüstung in den Lieferwagen zu laden. Den Kopfschutz hatten sie bereits abgenommen, aber die Hände steckten immer noch in langen, bis zu den Ellbogen reichenden Vinylhandschuhen.

Ich stellte den Bronco direkt dahinter ab und streckte den Kopf zum Fenster hinaus. Jake grinste, zog die Handschuhe aus und warf sie in den hinteren Teil des Lieferwagens.

»Wir sind so weit, Dixie. Es wird noch eine Weile nach Kirschsirup riechen, aber du kannst jetzt wieder rein.«

»Die Katze auch?«

»Na klar.«

»Danke, Jake.«

Ich fuhr rückwärts hinaus in der Gewissheit, dass das Haus genauso sorgfältig sauber gemacht und desinfiziert worden war wie ein Operationssaal. Gut möglich, dass Ghost den Ozongeruch oder den Duft des Raumsprays nicht besonders mochte, aber die biologischen Pathogene, die zu den natürlichen Folgeerscheinungen eines Mordes gehören, waren jetzt unschädlich gemacht. Ich fuhr auf die Midnight Pass Road und kam bei den Graysons vorbei. Sam und Rufus standen gerade am Briefkasten. Ich wendete, hielt neben ihnen am Bordstein und stellte den Motor ab. Sam hielt einen Stapel Post in der Hand, hob mit fragendem Blick den Kopf und fing an zu lächeln.

Ich stieg aus, ging neben Rufus in die Knie und tauschte eine feuchte Begrüßung mit ihm aus, während Sam uns wie ein wohlwollend gütiger Vater dabei zuschaute.

Nachdem ich mich wieder aufgerichtet hatte, sagte ich zu Sam: »Ich hoffe, dass Carl Winnicks Äußerungen das Vertrauen, das Sie und Libby mir entgegenbringen, nicht erschüttert haben.«

»Ach, du meine Güte, Dixie, natürlich nicht! Gerade heute Morgen habe ich mit Libby darüber gesprochen, und wir sind beide der Meinung, dass er eine Schraube locker hat. Seine Frau trinkt, müssen Sie wissen. Sie und Libby sind im gleichen Buchclub, wo sie sich immer über Virginia Woolf oder so unterhalten, und sie sagt, dass Olga Winnick sich vor jedem Treffen ein, zwei Schluck hinter die Binde kippt. Ihr Mann lässt sich im Radio immer darüber aus, wie gesundheitsbewusst und hochanständig er ist, und dabei säuft seine Frau.«

»Sie haben wahrscheinlich mitbekommen, dass der Sohn der Winnicks überfallen worden ist.«

Sam schüttelte den Kopf. »Mir wird richtig schlecht bei dem Gedanken, dass der Junge da im Wald gelegen hat, als dieser Kerl an mir vorbeigerannt ist, und dass ich nichts davon geahnt habe. Ich hätte nie gedacht, dass er gerade jemanden überfallen hat.«

»Der Detective hat gesagt, dass Rufus womöglich Phillip das Leben gerettet hat.«

Sam beugte sich nach vorne und kraulte Rufus hinter den Ohren. »Hast du gehört, mein Junge? Du bist ein Held.«

Rufus wackelte mit dem Schwanz und grinste bescheiden und aalte sich im Glanz des Stolzes, mit dem Sam und ich ihn überschütteten.

»Sam, vor Ihrer Abfahrt letzte Woche, haben Sie da ein Stück Messingrohr für die Müllabfuhr an den Straßenrand gelegt?«

»Ja, genau, so ein Rohrstück, das nach der Montage des Karussellpferdes übrig war. Wieso?«

»Die Köchin aus dem Village Diner kocht gelegentlich für jemanden hier in der Straße, zumindest hat sie das bis letzte Woche noch getan. Sie hat gesagt, sie hätte am letzten Donnerstagabend bei irgendjemandem im Müll ein Messingrohr gefunden.«

»Ein Stück von dem galvanisierten Stahlrohr, mit dem die Handwerker das Messingrohr verstärkten, habe ich auch noch dazugelegt.«

»Davon hat sie nichts erwähnt, aber sie hat gesagt, dass ein Mann in die Einfahrt gefahren kam und ihr das Rohr einfach weggenommen hat. Er hat sich ihr gegenüber ziemlich unausstehlich verhalten, und sie ist immer noch gekränkt und wütend darüber. Haben Sie vielleicht ein Ahnung, wer das gewesen sein könnte?«

»Er ist in diese Einfahrt hier gefahren?«

»Das hat sie zumindest gesagt. Er hat wohl einen schwarzen Sportwagen gefahren, aber sie kannte ihn nicht.«

»Ich wüsste beim besten Willen nicht, wer so etwas tun sollte, Dixie.«

»Kennen Sie jemanden, der einen schwarzen Mazda MX-5 fährt?«

»Ich glaube nicht. Da fällt mir niemand ein.« Sam hatte sich wie ein Soldat in Habachtstellung aufgebaut. »Hat das denn irgendetwas mit diesem Mord zu tun? Glauben Sie, der Täter hat mein Messingrohr dazu genommen?«

»Ich weiß nicht, Sam. Es kommt mir nur komisch vor, dass jemand wegen eines Rohrstücks am Straßenrand so einen Aufstand macht, und am nächsten Morgen wird im Nachbarhaus ein Toter mit eingeschlagenem Schädel gefunden.«

Sam machte ein schmerzverzerrtes Gesicht. »Mein Gott, Dixie, es muss ja wirklich grässlich gewesen sein, als Sie diese Leiche entdeckt haben.«

Anscheinend hatte er noch nicht gehört, dass ich auch Marilee entdeckt hatte.

Ich sagte: »Das war gar nicht das Schlimmste. Das Schlimmste war, den zusammengeschlagenen Phillip zu finden.«

Ich umarmte Rufus noch einmal und stieg wieder in den Bronco. »Bis bald, Sam.«

Er und Rufus blickten mir mit traurigem Gesichtsausdruck hinterher.

Vor der Einfahrt, die sich bis zu meinem Haus schlängelte, wollte ich gerade das Lenkrad einschlagen, doch dann entschloss ich mich weiterzufahren. Eines musste ich noch erledigen, bevor ich nach Hause gehen konnte.

Das Crab House öffnet erst um siebzehn Uhr, sodass der Parkplatz bis auf ein paar Fahrzeuge am hinteren Ende leer war. Sie gehörten wahrscheinlich dem Koch und anderen Angestellten. Ich parkte direkt vor dem Haupteingang und ging knirschend über lose Muschelschalen. Die Tür war abgeschlossen, aber als ich anklopfte, ging sie einen Spaltbreit auf und ein junger Latino mit glänzenden schwarzen Augen und einem zotteligen Ziegenbärtchen linste mich an.

»Wir haben noch nicht geöffnet«, sagte er.

»Ich weiß. Ich möchte gerne den Geschäftsführer sprechen. Einer Ihrer Mitarbeiter ist schwer verletzt worden.«

Seine Augen weiteten sich, und er blickte sich unsicher über die Schulter um.

»Ich weiß nicht«, sagte er. Ich war mir nicht sicher, ob er nicht wusste, was er mit mir anfangen sollte, oder ob er damit gemeint hatte, dass er meine Worte nicht verstanden hatte.

»Ich müsste dazu reinkommen«, sagte ich.

Achselzuckend machte er die Tür noch ein Stück weiter auf. Als ich an ihm vorbeiging, schenkte er mir ein scheues Lächeln. Ein zarter blonder Mann in Kellneruniform – schwarze Hose, weißes Hemd – war gerade dabei, kleine Blumenvasen auf die Tische zu stellen. Als er mich bemerkt hatte, unterbrach er seine Arbeit und schaute mich mit fragender Miene an.

»Kann ich Ihnen helfen?«

»Sind Sie der Geschäftsführer?«

»Er ist im Augenblick nicht da. Wollen Sie sich bewerben?«

»Nein. Ich wollte ihm – Ihnen – etwas sagen.« Ich trat auf ihn zu und erkannte sein Namensschild mit der Aufschrift RAY. Ich sagte: »Ray, Phillip Winnick ist am Sonntagmorgen auf dem Nachhauseweg überfallen und zusammengeschlagen worden.«

»Wer?«

»Phillip, der junge Klavierspieler.«

»Oh, mein Gott! Phil?«

»Ich habe ihn ganz in der Nähe seines Hauses gefunden, gestern früh. Er hat ziemlich übel ausgesehen. Jetzt liegt er im Krankenhaus.«

Er setzte sich an einen Tisch und starrte mich an. Die verschiedenen Bedeutungen dessen, was ich ihm soeben gesagt hatte, spiegelten sich auf seinem Gesicht wider.

Ich setzte mich auf einen Stuhl ihm gegenüber und sagte: »Wissen Sie, mit wem Phil aus dem Crab House weggeht, wenn es zumacht?«

Seine Züge wurden härter, und er schüttelte den Kopf. »Niemand von hier hätte so etwas gemacht. Niemand, der Phil kennt, würde so etwas tun. Alle, die ihn kennen, haben ihn gern.«

»Ich behaupte ja gar nicht, dass derjenige, mit dem er hier weggeht, ihn auch zusammengeschlagen hat. Ich würde mich nur gerne mit ihm unterhalten und vielleicht erfahren, ob er irgendjemand gesehen hat, als er Phil nach Hause gebracht hat.«

Die Tür ging auf, und der Barkeeper vom Samstagabend kam herein, ging ohne Umwege hinter die Bar und fing an, Flaschen und Gläser bereitzustellen. Er war groß, und mit seiner randlosen, runden Brille und den kurzen Barthaaren auf Wangen und Kinn wirkte er ein bisschen weltfremd. Abgesehen von den Hemdärmeln, unter denen sich Muskelberge türmten, erinnerte er mich an einen ehemaligen Chemielehrer, der auf ähnliche Weise Bunsenbrenner und Reagenzgläser mit stinkenden Chemikalien vor sich aufgebaut hatte.

Ray stand auf, ging hinüber an die Bar und unterhielt sich leise mit ihm. Der Barkeeper wandte sich um, blickte stirnrunzelnd zu mir herüber, dann erkannte er mich. Er legte das Handtuch, mit dem er gerade ein Weinglas polierte, beiseite und kam herüber, um mir die Hand zu schütteln.

»Ich weiß, wer Sie sind«, sagte er. »Sie sind Phils Bekannte. Ich heiße Dennis.«

»Dixie Hemingway, Dennis. Ich bin hier, weil Phil krankenhausreif geschlagen worden ist. Ich möchte herausfinden, wer das getan hat.«

26

Ray sagte: »Ich habe ihr gerade gesagt, dass es hier niemanden gibt, der Phil so etwas antun würde.«

Ich erwiderte: »Ich nehme an, dass Phil regelmäßig mit irgendjemandem von hier weggeht, von dem er dann nach Hause gebracht wird. Ich würde sehr gerne mit demjenigen reden. Vielleicht ist ihm ja gestern früh etwas aufgefallen.«

Dennis setzte die unbeteiligte Miene eines Menschen auf, der über Informationen verfügt, die er nicht preisgeben will.

»Hören Sie«, fuhr ich fort. »Ich bin nicht bei der Polizei. Ich bin nicht in irgendeiner offiziellen Funktion hierhergekommen. Ich bin einfach Phils Freundin und niemand sonst würde erfahren, was diese Person mir erzählen würde.«

Dennis und der Kellner wechselten einen unsicheren Blick. Ich konnte ihr Zögern absolut nachvollziehen. Phillip und sein unbekannter Freund waren schwul. Phillip hatte sich noch nicht öffentlich dazu bekannt, und der andere vielleicht auch nicht. Wenn sie mir seinen Namen verrieten, dann zogen sie ihn nicht nur in ein Verbrechen mit hinein, sondern outeten ihn auch noch. Angesichts der hysterischen Homophobie und des verklemmten »Nicht fragen, nichts sagen«, die in diesem Land noch immer herrschen, würde kein Mensch, der auch nur ein bisschen Moral oder Verantwortungsbewusstsein besitzt, so etwas tun.

Dennis meinte: »Ich sag Ihnen was. Falls ich jemanden sehen sollte, der Phil unter Umständen mitgenommen haben könnte, dann richte ich demjenigen aus, dass Sie auf der Suche nach ihm sind. Falls er etwas weiß, dann kann er Sie ja anrufen. Was sagen Sie dazu?«

Seine Stimme klang geschmeidig und freundlich, aber ich wusste, dass er sich wie eine Auster verschließen würde, wenn ich jetzt weiterbohrte. Mehr würde ich nicht aus ihm herausbekommen.

Ich stand auf und legte ihm die Hand auf den Arm. »Danke. Ich weiß, dass Phil ein guter Junge ist, und das Ganze hat mich wirklich sehr aufgewühlt.«

Ray zog einen Bestellblock hervor und notierte meinen Namen und meine Geschäftsnummer.

Ich nickte ihnen zum Abschied zu und ging in Richtung Tür. Da rief Dennis mir hinterher: »Ach, übrigens, gerade ist mir noch was eingefallen. Wissen Sie noch, dieser Glatzkopf, der Sie kürzlich angebaggert hat? Er war gestern Abend wieder hier und hat sich nach Ihnen erkundigt.«

Ich drehte mich um und starrte ihn an. »Nach mir?«

»Ja, genau. Er wollte wissen, ob Sie öfter hier sind. Ich habe gesagt, dass ich Sie noch nie vorher gesehen habe.«

»Hat er meinen Namen genannt?«

Dennis grinste: »Er hat nur von der blonden Schlampe geredet.«

»Der Kerl verheißt nichts Gutes. An dem Abend kürzlich hat er mir auf dem Parkplatz aufgelauert. Ich habe es gerade noch rechtzeitig bis zu meinem Auto geschafft.«

»Haben Sie die Polizei angerufen?«

»Nein. Ich bin direkt nach Hause gefahren. Ich hätte wohl lieber anrufen sollen.«

»Da haben Sie recht. Ich gebe jedenfalls eine Warnung an alle weiter.«

Erneut wollte ich in Richtung Tür gehen, doch dann drehte ich mich noch einmal um. »Ist er öfter hier?«

»Ich habe ihn an dem Abend, als Sie auch hier waren, zum ersten Mal gesehen.«

»Als er wiedergekommen ist, hat er da versucht, eine andere Frau anzubaggern?«

»Nicht dass ich wüsste. Er hat die ganze Zeit über alleine

an der Bar gestanden, und als wir zugemacht haben, ist er gegangen.«

»Okay. Ich dachte nur.«

Dann ging ich nach draußen, stieg in den Bronco und grübelte über die Frage nach, warum der Kerl ausgerechnet mich hatte ansprechen wollen. Oder mich verfolgte.

Schließlich scherte ich endgültig aus dem gleichmäßig dahinrauschenden Verkehr aus und fuhr unter dem wunderbar stillen Blätterdach grüner Eichenzweige bis zu meiner Wohnung. Als ich um die letzte Biegung kam, sah ich Paco vor dem Carport stehen. Er trug immer noch seine Verkleidung und drückte mit einer Hand einen Mann zu Boden, während er mit der anderen ein Handy ans Ohr hielt.

Ich fuhr bis in den Carport und stieg aus.

Paco klappte sein Telefon zu und zeigte mir ein strahlend weißes Lächeln. »Hier hab ich einen Freund von dir geschnappt, Dixie.«

Der Mann lag mit dem Gesicht nach unten auf dem Boden, die Hände mit Handschellen auf den Rücken gefesselt. Sein Schädel war glatt und leuchtete wie der eines Delfins, und seine schwarzen Schweinsäuglein versprühten Gift und Galle.

Ich sagte: »Der Kerl verfolgt mich. Vor ein paar Tagen wollte er mich beim Crab House überfallen und heute Morgen war er am Strand.«

Paco packte den Mann an einem Ohr und drehte daran. »Wieso verfolgst du diese Lady, Pendejo?«

»Leck mich, Arschloch!«

»Das solltest du dir vielleicht lieber noch mal überlegen.«

Paco stand auf und stellte dem Mann einen Fuß auf den Hintern, um ihn am Boden zu halten. »Ich verrate dir mal ein kleines Geheimnis, Amigo. Diese Lady hier war früher mal Deputy und hat immer noch einen Haufen Freunde im Sheriff's Department. Die werden allesamt ziemlich wütend werden, wenn sie erfahren, dass du ihr aufgelauert hast.

Könnte sein, dass sie dich einfach in die Brandung schmeißen und die Sandkrabben in deine Augen kriechen lassen.«

Zu jedem anderen Zeitpunkt hätte ich Pacos Darbietung eines heruntergekommenen Penners ohne jede Verbindung zur Polizei genossen, aber ich hatte heute noch nicht geduscht und wusste, dass ich demnächst Gesellschaft bekommen würde.

Also sagte ich: »Entschuldigt mich, ich bin gleich wieder da.«

Ich rannte nach oben und stellte mich zwei Minuten lang unter die Dusche. Als ich gerade in eine Unterhose stieg, hörte ich Reifen auf der Muscheleinfahrt knirschen. Ich schlüpfte in einen kurzen Rock und ein T-Shirt, zog Sandalen an, malte mir die Lippen nach und rannte zur Verandatür hinaus.

Auf der einen Seite des am Boden liegenden Mannes stand Paco und auf der anderen Lieutenant Guidry. Als ich unten angekommen war, meinte Guidry: »Dixie, darf ich Sie mit Bull Banks bekannt machen, freiberuflicher Ganove. Für Geld macht er praktisch alles. Erst kürzlich haben wir ihn aus einer unserer Strafpensionen entlassen, wo er zu Besuch war, weil er ein älteres Ehepaar zusammengeschlagen hat.«

Paco sagte: »Ich habe mich gerade ganz höflich bei ihm erkundigt, wer ihn angeheuert hat, um diesen Jungen zu verprügeln.«

Da meldete sich Bull zu Wort. »Ich habe keine Ahnung, wovon ihr da redet. Welcher Junge?«

Guidry erwiderte: »Bull, die Zeiten haben sich seit dem Beginn deiner Karriere geändert. Heutzutage haben wir alle möglichen technischen Hilfsmittel zur Verfügung. Wenn wir die Ergebnisse der DNA-Proben bekommen, die wir bei Phillip Winnick genommen haben, dann werden wir aller Wahrscheinlichkeit nach wissen, dass du unser Mann bist.«

»Ach, verarschen kann ich mich alleine. Ihr braucht doch Haare oder irgend so was für einen DNA-Test.«

»Oh, wir können alle möglichen Sachen verwenden. Winzige Hautzellen von deinen Fäusten zum Beispiel.«

»Fäuste! Ha, der war gut!«

»Oh, ja, wir haben sehr schöne Hautzellen von deinen Knöcheln gefunden, Bull. Kleine Knöchelzellen, überall auf seinem Gesicht verteilt.«

»Ich hab die Fäuste ja gar nicht genommen.«

Guidry und Paco schauten einander an und grinsten. In dem Augenblick, in dem mir klar wurde, dass die beiden sich kannten, wurde Bull Banks klar, dass er soeben einen taktischen Fehler begangen hatte.

»Ihr könnt mir überhaupt nichts beweisen! Und außerdem – das Bürschchen ist doch bloß so ein gottverdammter Arschficker!«

In meinem Kopf explodierte etwas, und das Nächste, woran ich mich erinnern konnte, war, dass ich wie ein Rodeo-Cowgirl auf Bull Banks saß, ihn an den Ohren gepackt hielt und seinen Kopf immer und immer wieder auf den Sand rammte und ihn dabei mit Wörtern überschüttete, die für meine Großmutter Anlass genug gewesen wären, mir ein ganzes Jahr lang Stubenarrest zu verpassen. Ich weiß nicht mehr, wie lange ich das gemacht habe, aber der Sand in Bulls Mund und Nase und Augen brachte ihn zum Heulen und Schnauben und Röcheln. Nach seinem Gesichtsausdruck zu urteilen hatte ich ihn lange genug bearbeitet, um ihm wirklich ernsthaftes Unwohlsein zu verursachen.

Paco löste meine Hände von Bulls Ohren, und Guidry legte mir den Arm um die Hüfte und stellte mich auf die Beine. Dabei grinste er über das ganze Gesicht und löste seinen Griff auch dann nicht, als ich wieder gerade stand, damit ich mich nicht erneut auf Bull stürzte. Ich trat Bull in die Rippen und kreischte: »Wer hat dich dafür bezahlt, dass du ihn so zurichtest? Du sagst mir auf der Stelle, wer das war, sonst trete ich dir sämtliche Zähne ein, ich schwöre bei Gott!«

Ihn zu treten fühlte sich so gut an, dass ich einfach weitermachte.

Bull brüllte: »Hör auf damit, du Schlampe!«

Guidry sagte: »Aber, Bull, das ist wirklich nicht gerade der Ton, den du einer Dame gegenüber anschlagen solltest, vor allem nicht, wenn sie drauf und dran ist, dich wegen Belästigung anzuzeigen. Das bringt dir, zusammen mit dem Überfall auf den kleinen Winnick, die dritte Verurteilung und damit lebenslänglich. Wenn du nett bist zu Ms Hemingway, dann lässt sie sich vielleicht dazu überreden, diese Belästigungsgeschichte zu vergessen.«

Paco meinte: »So wie du dich anstellst, muss der, der dich angeheuert hat, ja ein wirklich guter Freund von dir sein.«

Als ich den Streifenwagen in unserer Muscheleinfahrt hörte, drehte ich mich um. Ein uniformierter Deputy stieg aus und betrachtete die ganze Szenerie. Als ich meinen Kopf wieder in die andere Richtung drehte, war Paco verschwunden.

Guidry wandte sich an den Deputy. »Das hier ist Mr Bull Banks. Klären Sie ihn über seine Rechte auf, und nehmen Sie ihn anschließend wegen des Überfalls auf Phillip Winnick fest.«

Der Deputy nickte und holte Bull unsanft auf die Beine. Guidry legte mir die Fingerspitzen auf den Rücken und sagte: »Gehen wir nach oben und unterhalten uns ein bisschen.«

Mit jedem Augenblick verstärkte sich das seltsame Gefühl in meiner Magengegend, und ich ging vor Guidry die Treppe hinauf. Auf der Veranda angekommen, drehte er den Sonnenschirm in der Mitte des Tisches so, dass er uns gegen die hochstehende Mittagssonne schützte. »Setzen Sie sich. Ich besorge uns etwas zu trinken.«

Ich setzte mich, als wäre ich der Gast und er der Bewohner meiner Wohnung. Er ging hinein, als gehöre ihm das alles, und kam eine Minute später mit zwei Wasserflaschen aus meinem Kühlschrank wieder. Er setzte sich mir gegenüber, schraubte seine Flasche auf und trank einen tiefen Schluck. Dann stellte er die Flasche wieder auf den Tisch. Sein Blick war ruhig und voller Erwartung.

»Glauben Sie, dass Bull der Mörder von Frazier und Marilee ist?«, wollte ich wissen.

»Wir werden uns mit der Frage beschäftigen, wo Bill in der Nacht von Donnerstag auf Freitag war, aber ich bezweifle, dass er unser Mann ist. Nicht dass ich es ihm bei einer entsprechenden Bezahlung nicht zutrauen würde, aber ich glaube einfach nicht, dass er es war.«

»Er war jedenfalls am Samstagabend vor meinem Gespräch mit Phillip im Crab House, und er war es auch, der mir auf dem Parkplatz aufgelauert hat. Heute Nachmittag hat er mich im Pavillon am Crescent Beach beobachtet. Er muss ungefähr zur gleichen Zeit wie ich dort losgefahren sein, aber ich war noch bei Marilee und bei den Graysons, bevor ich nach Hause gekommen bin. Deshalb war er vor mir hier. Ich glaube außerdem, dass er gestern schon einmal hier war. Es ist jemand ins Haus meines Bruders und in meine Wohnung eingebrochen. Der Einbrecher hat Sandspuren hinterlassen und ist mit einem Auto vorgefahren.«

»Haben Sie eine Ahnung, wieso er Sie verfolgt?«

»Vielleicht hat er ja beobachtet, dass ich mit Phillip gesprochen habe. Ich hatte angenommen, er sei gegangen, aber er könnte noch einmal zurückgekommen sein, ohne dass ich ihn gesehen habe. Wenn diese Frau, die Phillip beobachtet hat, gemerkt hat, dass er sie sah, und wenn Bull etwas mit den Morden an Frazier und Marilee zu tun hat, dann ist es durchaus denkbar, dass er Phillip ins Crab House gefolgt ist und dass er vorhatte, ihn umzubringen. Dann hat er gesehen, wie Phillip sich mit mir unterhielt, hat vermutet, dass er mir diese Geschichte mit der Frau vor Marilees Haus erzählt, und hat beschlossen, auch mich noch umzubringen.«

»Aber wenn er Sie umbringen wollte, wieso dann nicht Phillip?«

»Weil Rufus gespürt hat, was los ist, und anfing zu bellen. Das hat ihn in die Flucht geschlagen. Wissen Sie, was er für ein Auto fährt? Vielleicht einen schwarzen Mazda MX-5?«

»Denkbar, dass Bull einen gestohlenen MX-5 gefahren hat, aber ein eigenes Auto besitzt er nicht.«

»An dem Abend muss er aber ein Auto gehabt haben. Vermutlich hat er sich auf den Parkplatz des Crab House gestellt und ist Phillip gefolgt, als der weggefahren ist. Dann hat er abgewartet und ist ihm erneut gefolgt, als sein Freund ihn bei dieser Stelle am Waldrand abgesetzt hat.«

Guidry ließ die Wasserflasche auf dem Tisch kreisen. »Und genau da bricht Ihre Theorie in sich zusammen, Dixie. Bull ist genau der Typ, der so einen Jungen einfach nur deshalb zusammenschlagen würde, weil er schwul ist. Es kann also durchaus sein, dass das nicht das Geringste mit den beiden Morden zu tun hat.«

»Und warum war er dann hinter mir her?«

»Sie haben ihm in der Bar einen Korb gegeben, und sie haben sich mit einem Schwulen unterhalten. Aus Bulls Sicht sind das mehr als genug Gründe, um Ihnen eine Abreibung zu verpassen.«

»Guidry, sagt Ihnen der Name Sam Grayson etwas? Das ist der Mann, dessen Hund gebellt und dadurch Bull in die Flucht geschlagen hat, als dieser gerade dabei war, Phillip zu vermöbeln. Sein Hund heißt Rufus. Also, am vergangenen Donnerstag, kurz vor dem Aufbruch zu einer kleinen Reise, hat Sam ein Messingrohr an den Straßenrand gelegt, damit es die Müllabfuhr am Freitagmorgen mitnehmen kann. Es war relativ kurz, vielleicht einen guten halben Meter lang. Und dann hat Tanisha es auf dem Weg zur Bushaltestelle gesehen und mitgenommen.«

»Tanisha?«

»Die Köchin aus dem Village Diner. Sie hat für irgendjemand in der gleichen Straße gekocht, hat das Rohr gesehen und es aufgehoben. Sie sagt, dass daraufhin ein Mann in die

Einfahrt der Graysons gefahren sei und ihr das Rohr weggenommen habe. Dabei hat er indirekt behauptet, sie hätte es gestohlen. Und der saß in einem schwarzen Auto, das der Beschreibung nach durchaus ein MX-5 hätte sein können.«

Einen kurzen Augenblick lang sah Guidry so aus, als müsste er den Kopf zwischen die Knie nehmen und tief durchatmen.

»Und Sie glauben ...«

»Dass das vielleicht Bull war. Vielleicht hat er ja Frazier und Marilee mit diesem Rohrstück erschlagen.«

»Er hat sich beim Anblick dieses Rohrstücks spontan entschlossen, jemanden damit umzubringen?«

»Aber Sie müssen doch zugeben, dass das ein seltsamer Zufall ist.«

»Es muss jemanden geben, der einen verdammt guten Grund gehabt hat, Harrison Frazier und Marilee Doerring zu töten. Und solange wir keine eindeutigen Beweise finden, glaube ich kaum, dass Bull Banks von ihrem Tod irgendwelche Vorteile gehabt hat.«

»Vielleicht wurde er dafür bezahlt?«

»Ja, schon, aber von wem?«

»Shuga Reasnor hat gesagt, dass sie Gerald Coffey zwar nicht zutrauen würde, selbst einen Mord zu begehen, aber sehr wohl, dass er jemanden dafür engagiert.«

»Das ist doch alles nur Gerede, Dixie.«

»Guidry, das war heute nicht das erste Mal, dass Sie Paco begegnet sind, stimmt's?«

»Wem?«

»Paco, dem Kerl da unten im Hof, der Sie auf Ihrem privaten Handy angerufen hat, nachdem er Bull Banks geschnappt hatte.«

»So heißt er? Uns hat niemand miteinander bekannt gemacht.«

Von dem sich anschließenden treuherzigen Blick hätte sich auch der größte Skeptiker täuschen lassen, aber ich nicht.

»Dixie, wo waren Sie, bevor Sie zu Marilee Doerring gegangen sind und Harrison Frazier gefunden haben?«

Mein Herz schlug sofort viel schneller. »Warum wollen Sie das wissen? Glauben Sie etwa den Mist, den Winnick von sich gibt?«

»Das spielt doch gar keine Rolle, Dixie. Wo waren Sie?«

»Das habe ich Ihnen doch schon gesagt: So gegen halb fünf habe ich den Hund der Graysons Gassi geführt und anschließend Billy Elliot, den Windhund aus dem Sea Breeze. Danach habe ich eine Katze versorgt, und anschließend bin ich zu Marilee gegangen. Ihre Katze war die zweite auf meiner Liste.«

Meine Stimme klang angespannt und barsch. Ich konnte einfach nicht glauben, dass Guidry mich nach meinem Alibi fragte.

Er fuhr fort: »Sind Sie dabei auch irgendwelchen Menschen begegnet? Jemandem, der Ihre Angaben bestätigen kann?«

Ich spürte, wie sich meine Kiefermuskeln verspannten und meine Hände sich zu Fäusten ballten. Wenn es etwas gibt, auf das ich wirklich stolz bin, dann ist es meine Ehrlichkeit. Und wenn meine Ehrlichkeit infrage gestellt wird, dann fühlt sich das an, als würde ich mit einem spitzen Stock gepiesackt, nur um zu sehen, wie viel Schmerz ich ertragen kann.

»Aber das ist ja gerade der Sinn meiner Arbeit, Lieutenant. Wenn die Leute zu Hause wären, dann bräuchte ich ja gar nicht zu ihnen zu kommen. Tom Hale war zwar zu Hause, war aber noch im Bett.«

»Wo wohnt er?«

»Im Sea Breeze, zusammen mit Billy Elliot.«

»Dem Windhund.

»Ja, genau.«

»Und außer Tom Hale hat Sie an dem fraglichen Morgen kein Mensch gesehen?«

»Das weiß ich nicht, Guidry. Es könnte schon sein, dass mich jemand gesehen hat, aber ich wüsste nicht, wer.«

»Okay.«

Ich starrte ihn einen Augenblick lang an, einerseits verärgert darüber, dass er mich nach meinem Alibi gefragt hatte, was ich auf der rationalen Ebene jedoch vollkommen verstehen konnte. Er machte schließlich auch nur seine Arbeit.

Ich sagte: »Es war wirklich sehr schön mit Ihnen, Lieutenant, aber jetzt muss ich ein Nickerchen machen, damit ich bei meiner Nachmittagsrunde nicht einschlafe.«

Er stand auf und reichte mir seine leere Wasserflasche. »Danke für die Erfrischung.«

Ich sah ihm nach, wie er die Treppe hinunterstieg, und ging dann nach drinnen, um zum Schutz vor der brennenden Westsonne die Jalousien herunterzulassen. Erstaunlicherweise war ich relativ ruhig. Hätte ich vor einem Jahr innerhalb von sechsundneunzig Stunden das alles erlebt – die Entdeckung zweier Leichen, den Überfall durch einen Psychopathen auf einem Parkplatz, die Verleumdungen eines Hasspredigers im Radio, die Entdeckung eines Jugendlichen, den ich sehr gerne mochte und der übel zusammengeschlagen worden war, und die misstrauischen Fragen eines Detectives der Mordkommission – ich hätte mich wahrscheinlich daumenlutschend in einer Ecke zusammengerollt. Heute aber war ich einfach nur stinksauer. Ein bisschen nervös auch, das stimmt, aber hauptsächlich sauer.

Auch wenn ich wirklich dringend ein bisschen schlafen musste, ging ich zuerst in mein Bürokabuff und hörte den Anrufbeantworter ab. Ein Anruf stammte von einem gewissen Ethan Crane, der behauptete, Marilees Rechtsanwalt zu sein. Wahrscheinlich bloß ein Journalist, der mich austricksen wollte.

»Ich muss mit Ihnen über Ms Doerrings Testament sprechen«, sagte er. »Bitte rufen Sie mich schnellstmöglich zurück.«

»Ja, na klar«, knurrte ich. Es gab nicht den geringsten Grund, wieso ein Rechtsanwalt mit mir über Marilee Doerrings Testament sprechen sollte. Diesen Journalisten ist einfach keine Lüge zu dreist, um an ein Interview zu kommen.

Ich betrat das Badezimmer, streifte mir die Keds von den Füßen und ließ mich aufs Bett fallen. Dort lag ich dann, die Zehen senkrecht nach oben gerichtet, wie eine Leiche in Totenstarre. Viel lieber hätte ich mich in die Hängematte auf der Veranda gelegt, aber dort draußen fühlte ich mich nicht mehr sicher. Miese Typen wie Bull Banks könnten jederzeit die Treppe hochsteigen und mich anstarren, wie ich mit offenem Mund dalag und mir der Sabber übers Kinn lief. Ein Journalist könnte sich auf Zehenspitzen anschleichen, mich fotografieren und das Bild dann mit der Unterschrift »Ist das eine vom Sheriff's Department verhätschelte Mörderin?« veröffentlichen.

Ich stand auf und sah nach, ob Ethan Crane im Telefonbuch stand. Es gab tatsächlich einen Rechtsanwalt, der so hieß. Auch die Telefonnummern stimmten überein, aber das musste noch lange nicht heißen, dass der Anruf nicht doch eine Falle sein konnte.

Ich tapste barfuß zur Verandatür und schaute durch die quadratischen Fensterscheiben hinaus. Der Himmel war von einem klaren und unschuldigen Blau. Ein junger Silberreiher stand auf einem Bein auf der Verandabrüstung, den gelben Schnabel nach oben gerichtet und das andere Bein unter dem Federkleid versteckt. Eine leichte Brise zerzauste ihm sanft die weichen Federn, und er schien zu lächeln. Warum nicht? Er musste sich auch keine Sorgen um Journalisten oder die öffentliche Meinung oder mordlüsterne Ganoven machen.

Ich ging zurück in mein Bürokabuff und wählte Ethan Cranes Nummer. Eine Frau mit nasaler Stimme meldete sich: »Kanzlei Ethan Crane.«

Ich nannte ihr meinen Namen und sagte: »Mr Crane hat mich um Rückruf gebeten.«

Sie stellte mich ohne Umschweife durch, was mir zweierlei sagte: Sie hatte auf meinen Anruf gewartet, und Ethan Crane war nicht überlastet.

Seine Stimme klang wie ein geschmeidiges Schnurren. »Ms Hemingway, danke, dass Sie zurückrufen. Ich gehe davon aus, dass Sie von Marilee Doerrings Tod erfahren haben. Wir müssen uns einmal persönlich zusammensetzen und über ihr Testament sprechen.«

»Wieso?«

»Genau darüber müssen wir sprechen. Ich möchte am Telefon eigentlich nicht mehr sagen, aber Sie sind eine der Personen, die im Testament namentlich erwähnt werden.«

Ich schüttelte den Kopf wie ein Boxer, der einen Schlag zu viel abbekommen hat. »Mr Crane, ich habe Marilee Doerring kaum gekannt. Ich versorge ihre Katze, wenn sie verreist ist, aber abgesehen davon hatten wir nichts miteinander zu tun.«

»Können Sie zu mir ins Büro kommen?«

Immer noch benommen fragte ich: »Wann?«

»Wie wäre es denn jetzt sofort?«

Ich hatte zwar immer noch das Gefühl, dass da irgendetwas nicht mit rechten Dingen zuging, aber ich sagte, ich sei in einer Viertelstunde bei ihm. Dann, um mich ein bisschen erwachsener zu fühlen, schlüpfte ich in einen weißen Leinenrock und ein toastfarbenes, kurzes Top. Und in ein Paar hochhackige Sandalen. Wer es mit einem Rechtsanwalt aufnehmen will, muss den Rücken strecken und die Titten recken.

27

Ethan Cranes Kanzlei befand sich in einem schmalen Gebäude in einer Seitenstraße des bunt zusammengewürfelten Geschäftsviertels der Insel. Das Haus war alt und verfallen und stand direkt am Bürgersteig, sodass die Außenwand mit dunklen Fingerabdrücken und Schmierspuren durch Hände und Schultern übersät war. Auf dem Boden lagen Gipsstücke, die sich wie Schorf von einer alten Wunde von der Hauswand gelöst hatten. Der Eingang lag etwas zurückgesetzt in einem Alkoven, in dem ein paar Holzbänke standen, aufgereiht wie Kirchenbänke. Darauf saßen ein Obdachloser und ein Touristenpärchen, die zu erschöpft waren, um weiterzugehen, und starrten einander wortlos an.

Die Glastür war früher einmal mit goldfarbenen Buchstaben beschriftet gewesen, doch sie waren bereits so ausgebleicht, dass die Worte ETHAN CRANE ESQ., RECHTSANWALT kaum noch erkennbar waren. Ich fühlte mich wie eine Figur in einem Gruselroman, stieß die Tür auf und stieg die ausgetretene Holztreppe hinauf, die sich aus dem mit Linoleum ausgelegten Vestibül nach oben schwang. Warum, um alles in der großen, weiten Welt, sollte sich eine Frau wie Marilee Doerring einen Rechtsanwalt nehmen, der in einer solchen Rumpelbude residierte?

Am oberen Ende der Treppe angelangt, entdeckte ich am anderen Ende des breiten Treppenabsatzes aus Eichenholz eine offen stehende Tür, die links und rechts von je einer geschlossenen gesäumt war.

An einem Schreibtisch saß ein Mann, der meine Ankunft beobachtete. Er trug ein weißes Hemd mit aufgekrempelten Ärmeln sowie eine dunkle Krawatte, deren Knoten er gelockert und die er sich über die Schulter geworfen hatte. Er erhob sich und brachte dabei verblüffend schnell und charmant seine Garderobe in Ordnung, sodass, sobald er sich zu voller Größe aufgerichtet hatte, die Krawatte sauber gebunden vor der Brust hing und die Hemdärmel zugeknöpft waren. Er war um die vierzig Jahre alt, besaß leicht gerötete Haut und sah außerordentlich gut aus. Mir wurde klar, dass Marilees Wahl vielleicht doch nicht ganz so unverständlich gewesen war.

Er sagte: »Ms Hemingway?«

Ich nickte, und wir gaben uns die Hand. Er besaß einen angenehmen Händedruck, alles andere als das schleimige Grapschen, das ich von jemandem mit einem solch heruntergekommenen Büro eigentlich erwartet hätte. Außerdem war er erheblich jünger, als ich angesichts der betagten Aufschrift an der Tür vermutet hätte. Er deutete auf einen Ledersessel, der durch Jahrzehnte voller Hinterteile eingesunken und dunkel geworden war. Ich setzte mich, schlug die Beine übereinander und warf einen schnellen Blick auf die tristen Wände und die verstaubten Bücherregale im Zimmer. Ich hatte bis jetzt noch kein Wort gesagt, was ihn offensichtlich zu amüsieren schien.

Bevor er sich wieder setzte, reichte er mir eine braune Ledermappe, und ich erhaschte einen Hauch Limone und Moschus und süßen Zigarrentabak.

»Ich glaube, das hier wird einige Ihrer Fragen beantworten«, sagte er.

Dann lehnte er sich in seinem Schreibtischstuhl zurück, verschränkte die Hände hinter dem Kopf und beobachtete mich. Wie eine Blinde in Erwartung eines Textes in Brailleschrift ließ ich die Finger über die Lederoberfläche gleiten. Sie fühlte sich rau und körnig an, wie übermalter Streusand. Dann schlug ich die Mappe langsam auf und las die Überschrift auf der ersten Seite: »Treuhandfonds Marilee Doerring«.

Die ersten paar Seiten bestanden aus den üblichen Vorbemerkungen und Erläuterungen für einen Treuhandfonds, und ich blätterte schnell weiter. Die Erbschaftsgesetze in Florida sind so kompliziert und die Erbschaftssteuer so immens hoch, dass die meisten Menschen kein Testament mehr hinterlassen, sondern einen Treuhandfonds. In einen solchen sogenannten widerruflichen Treuhandfonds kann der Gründer sämtliche Vermögenswerte einbringen, die er möchte. Er kann bis zu seinem Tod auch jederzeit einzelne Teile oder das gesamte Vermögen wieder zurückziehen – also »widerrufen«. Alles aber, was sich bei seinem Tod noch darin befindet, gelangt in die Obhut eines vorher bestellten Vermögensverwalters, der dann sämtliche Wünsche des Fondsgründers ausführt, ohne dass dafür Erbschaftssteuern oder ein gerichtlicher Beschluss notwendig werden.

Nach den Erläuterungen kam eine Verzichtserklärung für Marilees Haus und weitere vier Seiten mit juristischen Erklärungen. Auf Seite fünf, in einem Absatz mit der Überschrift »Fondsgewinne und Kapitalverteilung«, waren Anweisungen an den Treuhänder für den Fall von Marilees Tod aufgelistet. Im Großen und Ganzen besagten sie, dass sämtliche unten aufgeführten Vermögenswerte in die Obhut des Treuhänders übergehen sollten und dass dieser damit anstellen sollte, was er für richtig hielt, immer zum Wohle des Begünstigten. Die Vermögenswerte waren Marilees Haus, ihr Auto sowie sämtliche persönlichen Besitztümer im Haus.

Ich wurde zur Treuhänderin ernannt.

Der Begünstigte war Ghost.

Nach Ghosts Tod sollte das sämtliche verbliebene Vermögen auf mich übergehen.

Ich hob den Blick und fing einen belustigten Blick des Rechtsanwaltes auf.

»Da kann etwas nicht stimmen«, sagte ich. »Was ist mit Marilees Großmutter?«

»Ms Doerring hat auch für ihre Großmutter einen Treuhandfonds gegründet, einen unwiderruflichen«, erwiderte er. »Umfassend ausgestattet, sodass sie auf jeden Fall ausgesorgt hat. Der widerrufliche Treuhandfonds für die Katze ist davon nicht betroffen, keine Angst.«

»Davor habe ich keine Angst! Ich will das nicht. Ich will nicht die Verantwortung für Ghost, und ich will nicht die Verantwortung für all das ganze Geld übernehmen.«

Er zuckte mit den Schultern. »Tut mir leid. Aber die haben Sie jetzt so oder so. Die Katze und das Geld.«

»Kann sie das denn einfach so machen? Ohne mich zu fragen?«

»Kann sie und hat sie«, erwiderte er.

»Kann ich das ablehnen?«

»Ja. Wenn sie das tun, dann geht alles, was sich in dem Fonds befindet, an den Staat.«

»Auch die Katze?«

»Auch die Katze.«

Ich schauderte. Das bedeutete so gut wie sicher, dass Ghost eingeschläfert werden würde.

»Wann haben Sie dieses Dokument aufgesetzt?«

Er deutete auf die Mappe. »Es ist datiert. Das war gar nicht ich, sondern mein Großvater. Er ist vor einigen Monaten verstorben, und ich habe seine Kanzlei übernommen. Ms Doerring habe ich nie persönlich kennengelernt.«

Ich blätterte ein paar Seiten um und suchte das Datum der Gründung des Treuhandfonds. Sie war ein gutes Jahr her, kurz nachdem ich angefangen hatte, mich während Marilees Reisen um Ghost zu kümmern. Damals war er noch ein Katzenbaby gewesen.

»Dann sind Sie gar nicht Ethan Crane?«

»Doch, schon, aber nicht der Ethan Crane, der dieses Dokument aufgesetzt hat.«

Er war wirklich ein attraktiver Mann, und es ärgerte mich, dass mir diese Tatsache so deutlich bewusst war, besonders jetzt, wo mein Leben an mir vorüberzog wie an jemandem, der zum dritten und garantiert letzten Mal ins Gefängnis muss.

Er beugte sich mit aufgestützten Ellbogen über den Tisch und legte die Handflächen zusammen. »Hören Sie zu, es ist gar nicht so schlimm, wie es sich anhört. Das Vermögen enthält keine Bankkonten, keine Aktien oder andere Wertpapiere und kein Bargeld, abgesehen von dem, was sich im Haus befindet. Sie haben die alleinige Verfügungsgewalt, das heißt, Sie können mit dem Haus, dem Auto, dem Schmuck, mit allen anderen persönlichen Besitztümern tun und lassen, was Sie wollen. Sie können dort einziehen, das Haus gemeinsam mit der Katze bewohnen, Sie können das Auto und auch alles andere benutzen wie ihr persönliches Eigentum. Falls Sie das aber nicht wollen, dann schreiben Sie das Haus zum Verkauf aus und lassen die Inneneinrichtung von einem Makler verkaufen. Solange Sie dafür sorgen, dass die Katze bis zu ihrem natürlichen Tod gut versorgt wird, können Sie mit sämtlichen Vermögenswerten des Treuhandfonds anfangen, was Ihnen beliebt. Ist doch eigentlich ein ziemlich gutes Geschäft.«

Ich konnte spüren, wie meine Unterlippe sich nach vorne schob wie bei einer schmollenden Vierjährigen, und hätte mich am liebsten schreiend und um mich schlagend auf den Fußboden geworfen. Eine gesunde, zufriedene und aktive Katze kann zwanzig Jahre oder älter werden, und Ghost war noch nicht einmal zwei Jahre alt. Mich für die nächsten zwanzig Jahre mit einem abhängigen Lebewesen zu belasten, war das Letzte, was ich jetzt wollte. Ich wollte nicht, dass Ghost meine Katze wurde. In unserer Kindheit hatten Michael und ich immer Haustiere gehabt, aber jetzt wollte ich keines mehr. Ein Haustier bedeutet Verpflichtung. Es zwingt einen, eine enge Beziehung zu einem anderen Lebewesen mit eigenen Bedürfnissen und Gefühlen einzugehen. Ich wollte so eine Verpflichtung nicht eingehen. Ich wollte keine enge Beziehung haben, zu niemand, völlig egal, wie viele Beine er hatte.

Ich stand auf. »Was soll ich denn jetzt machen?« Er erhob sich ebenfalls und streckte mir die Hand entgegen. »Was immer Sie wollen. Das ist ja das Schöne an so einem Treuhandfonds. Sie sind die Treuhänderin, und das war's. Besorgen Sie sich beim Sheriff's Department eine Sterbeurkunde, und dann brauchen Sie nur noch die in dieser Mappe enthaltene Handlungsvollmacht.«

Seine Hand fühlte sich so warm an, dass mir klar wurde, wie eiskalt meine eigene sein musste. Ich klemmte mir die Mappe unter den Arm und verließ sein Büro wie eine zum Tode Verurteilte auf dem Weg zur Hinrichtung. Dabei konnte ich seine Blicke in meinem Rücken spüren und hegte einen erniedrigenden Augenblick lang die Hoffnung, dass mein Hintern gut aussah.

Seltsam benommen fuhr ich nach Hause. Michaels Auto war immer noch nicht da, aber im Carport stand Pacos Harley. Aller Wahrscheinlichkeit nach lag er gerade im Bett und holte den Schlaf nach, den er durch seinen letzten Einsatz verpasst hatte – einen Einsatz, bei dem er unter anderem als verdeckter Ermittler im Drogenmilieu am Crescent Beach in Aktion getreten war. Vielleicht würde ich nie erfahren, was sich in der Leinentasche befunden hatte, die diese Frau mitgenommen hatte, und zwar deshalb, weil Pacos Leben davon abhängen konnte, dass ich nichts darüber wusste. Ich akzeptierte das, genauso wie ich akzeptiert hatte, dass Todd mir bestimmte Dinge von seiner Arbeit nicht erzählt hatte. Das bringt die familiäre Beziehung mit Kriminalbeamten und verdeckten Ermittlern eben so mit sich.

Was ich nicht akzeptieren konnte, war das, was ich soeben von Ethan Crane erfahren hatte.

Ich schleuderte mir die hochhackigen Sandalen von den Füßen, sodass sie in hohem Bogen in die Ecke flogen, und wechselte schon wieder die Kleidung, um in eine saubere Shorts und ein T-Shirt zu schlüpfen. Mein Gehirn schrie nach Schlaf, aber ich war viel zu aufgewühlt, um mich hinzulegen und die Augen zuzumachen. Also zog ich das Bett ab und stopfte die Bezüge zusammen mit ein paar Handtüchern und ein paar schmutzigen Klamotten in die Waschmaschine. Während sie mit rhythmischem tschuk, tschuk meine Körperzellen und -düfte ausschwemmte, nahm ich wie ein Racheengel das Badezimmer in Angriff und ruhte nicht eher, bis jeder einzelne Quadratzentimeter blitzte und blinkte und nach Reinigungsmittel roch. Ich liebe den Duft von Chlorreiniger. Wenn ich ihn in der Nase spüre, habe ich jedes Mal das Gefühl, als würden alles Überflüssige und aller Müll aus meinem Gehirn vertrieben, während ich gleichzeitig den Bakterien und dem Schmutz den Kampf ansage. Als ich dem Wasserhahn der Badewanne den letzten Strich mit dem Poliertuch verpasste, fühlte ich mich auch innerlich gereinigt, als hätte ich dabei auch all die gewalttätigen und hässlichen Bilder der letzten Tage einfach weggewischt.

Barfuß tapste ich in das Bürokabuff und las mir die Unterlagen über den Treuhandfonds noch einmal durch. Der Text hatte sich nicht verändert. Ich besaß jetzt vor dem Gesetz die Handlungsvollmacht für Ghost und außerdem die vollständige Kontrolle über Marilees Haus, ihr Auto sowie alles, was sich in ihrem Haus befand.

Mannomann!

Jabba dabba duh!

Ach du Scheiße!

Mein Bürotelefon klingelte, und erstarrt wartete ich darauf, dass der Anrufbeantworter ansprang. Es war ein Mann, dessen Stimme ich nicht erkannte. Das musste eindeutig ein Journalist sein. Er sagte: »Ich habe schon einmal angerufen. Ich würde gerne mit Ihnen reden, Ms Hemingway.«

Ich zog eine Grimasse und sagte: »Das wette ich, dass du das gerne möchtest.«

Dann fügte er hinzu: »Ich habe Ihre Nummer von Ray aus dem Crab House bekommen«, und bevor er auflegen konnte, hatte ich mir den Telefonhörer geschnappt.

»Hallo, hier spricht Dixie.« – »Ich rufe wegen Phil an. Wissen Sie vielleicht, wie es ihm geht?«

»Ich glaube, dass er wieder ganz gesund wird. Er hat ein paar gebrochene Rippen und eine gebrochene Nase, aber ansonsten keine weiteren Verletzungen.«

»Seine Hände?«

»Seine Hände sind unversehrt. Ich vermute, dass er sie während der Überfalls zum Schutz unter die Achselhöhlen gesteckt hat.«

»Oh, Gott.«

»Ja, genau. Sein Kopf war dadurch völlig ungeschützt. Aber es könnte noch viel schlimmer sein. Der Angreifer ist weggerannt, als ein Hund angefangen hat zu bellen.«

»Ich habe schon ein paar Mal im Krankenhaus angerufen, aber die wollen mir keine Auskunft geben.«

»Haben Sie Phil gestern früh nach Hause gebracht?«, wollte ich wissen.

Ich konnte hören, wie er kurz nach Luft schnappte, und befürchtete schon, er würde mir jetzt keine Antwort mehr geben.

Dann sagte er: »Phil hat mir von Ihnen erzählt. Er mag Sie. Und er hat gesagt, Sie würden seinen Eltern nichts verraten.«

»Das hätte ich sowieso nicht gemacht.«

»Wissen sie schon Bescheid?«

»Ich habe wirklich keine Ahnung, was sie wissen und was nicht. Hören Sie, können wir uns nicht vielleicht irgendwo treffen und miteinander reden?«

Es entstand eine weitere lange Pause, dann seufzte er: »Glauben Sie, das würde Phil helfen?«

»Ich weiß nicht. Schon möglich, aber andererseits kann es ihm auf keinen Fall schaden.«

»Wo wollen wir uns treffen?«

»Wie wär's im Bayfront Park, in zwanzig Minuten?«

»Wie soll ich Sie erkennen?«

»Ich bin die Blondine, die auf einer Bank sitzt und aufs

Wasser hinausschaut. Sie können mich gar nicht verfehlen.«

»Okay.«

Fast auf die Sekunde genau zwanzig Minuten später fuhr ich unter dem Eingangstorbogen des Bayfront Park hindurch, einer kleinen Landzunge, die in die Sarasota Bay hinausragt. Ich stellte mein Auto auf einem Parkplatz mit Blick auf die Bucht ab und ging den Fußweg entlang, der sich durch den Park schlängelt. Der Bayfront Park war Christys absoluter Lieblingsplatz gewesen. Ich habe sehr viel Zeit mit ihr in dem riesigen Planschbecken der Steigerwaldt-Jockey Children's Fountain verbracht, und beide waren wir total vernarrt in die fliegenden Delfine der Dolphin Fountain.

Der Fußweg ist von Bänken gesäumt, auf denen tagtäglich Menschen sitzen und wie hypnotisiert den Anblick der Sarasota Bay genießen. Ich entdeckte eine leere Bank, ließ mich daraufplumpsen und wartete ab. Ein hagerer junger Mann in Baumwollhose und einem weißen Strickhemd, der gerade eben noch auf die im Wasser festgemachten Booten gestarrt hatte, wandte sich mir zu und sah sich um, um festzustellen, ob ich noch jemanden mitgebracht hatte. Nach ein, zwei Minuten kam er auf mich zu. Er war jünger, als ich gedacht hatte, zweiundzwanzig vielleicht, und seine blasse Haut hatte noch nicht viel Sonne gesehen. Unter den sandbraunen Haaren trug er eine dunkle Sonnenbrille, die ihn meiner Vermutung nach eher vor meinen Blicken als vor der Sonne schützen sollte.

Er blieb vor mir stehen und sagte: »Ms Hemingway?«

»Dixie«, erwiderte ich und streckte ihm die Hand entgegen.

Er besaß einen angenehmen Händedruck, fest und trocken. Dann setzte er sich neben mich und sagte: »Ich heiße Greg.«

Ich nickte. Ob das wohl sein echter Name war?

»Greg, vielen Dank, dass Sie zu diesem Treffen bereit waren. Ich möchte einfach nur helfen herauszufinden, wer Phil überfallen hat.«

Er holte tief Luft, wie jemand, der sehr lange die Luft angehalten hat, und ließ ein unsicheres Lachen hören. »Ich weiß gar nicht, wieso ich so nervös bin.«

»Sie kennen mich ja gar nicht«, erwiderte ich. »Selbstverständlich sind Sie nervös.«

Er nickte grinsend. »Sie wollen wahrscheinlich wissen, woher ich Phil kenne.«

»Wenn es Ihnen nichts ausmacht.«

»Wir haben uns vor ein paar Jahren auf einer Musikfreizeit kennengelernt. Ich war Betreuer, und Phil und ich haben uns auf Anhieb sehr gut verstanden. Nach meinem Abschluss an der Juilliard School habe ich einen Job beim Sarasota Symphony Orchestra bekommen und Phil ausfindig gemacht. Ich bin Geiger.«

»Gehen eigentlich alle Musiker an die Juilliard?«

Er lächelte. »Nein, bloß ein paar von uns.«

»Für Phils Mutter ist die Juilliard sehr wichtig.«

»Ich weiß. Ich glaube auch, das ist der Hauptgrund, wieso er überhaupt hingeht. Er sagt, dass sie sich das in den Kopf gesetzt hat, seitdem er angefangen hat, Klavier zu spielen.«

»Sie glauben, er macht das nur, um seiner Mutter einen Gefallen zu tun?«

»Nicht nur. Aber er möchte etwas machen, das ihr hilft. Er hat das Gefühl, für sie verantwortlich zu sein. Nach allem, was er erzählt, ist sie ziemlich depressiv. Phil ist der einzige Sinn in ihrem Leben.«

»Ich hatte gedacht, Sie hätten sich vielleicht im Crab House kennengelernt.«

Er lachte. »Nein. Dort ist es mir zu laut.«

»Aber Sie holen Phillip dort ab, wenn er fertig ist, oder?«

Er wurde rot. »Wir essen noch eine Kleinigkeit und sind für eine Weile zusammen, und dann bringe ich ihn nach Hause. Na ja, nicht direkt nach Hause. Ich bringe ihn bis zu dieser Stelle an der Midnight Pass Road, wo Sie ihn entdeckt haben. Von dort geht er dann immer zu Fuß.«

»Haben Sie dort jemals irgendjemanden gesehen? Einen Jogger vielleicht oder jemanden, der seinen Hund ausführt?«

»Noch nie. Um diese Uhrzeit war noch nie jemand draußen.«

»Aber gestern war da jemand. Haben Sie irgendjemanden gesehen?«

Er schüttelte den Kopf. »Der muss sich hinter den Bäumen versteckt und erst dann auf Phil gestürzt haben, als ich schon weg war.«

»Ist Ihnen vielleicht ein parkendes Auto am Straßenrand aufgefallen? Oder sonst irgendetwas?«

»Nichts. Absolut nichts.«

»Greg, kennen Sie jemanden, der einen schwarzen Mazda MX-5 fährt?«

»Ich glaube nicht.«

»Wenn Sie Phil im Crab House abgeholt haben, haben Sie da vielleicht einmal einen glatzköpfigen Mann auf dem Parkplatz herumlungern sehen?«

Stirnrunzelnd nahm er die Brille ab. Er besaß intelligente grüne Augen, und ohne die Brille sah er nicht älter aus als Phillip. »Wissen Sie was? So jemanden habe ich tatsächlich gesehen. Das erste Mal ist er mir aufgefallen, weil er neben einem Auto gestanden und hineingeschaut hat, als würde er sich gerade überlegen, es aufzubrechen. Als ich auf den Parkplatz gefahren bin, ist er um die Hausecke verschwunden. Dann habe ich ihn ein paar Abende später wieder gesehen. Da hat er neben dem Eingang an der Hauswand gelehnt, als würde er auf irgendetwas warten. Nicht auf irgendjemanden, sondern auf irgendetwas. Irgendein Ereignis. Wieso? War das der, der Phil zusammengeschlagen hat?«

»Das könnte sein. Jemand aus der Nachbarschaft hat einen Mann mit Glatze zwischen den Bäumen davonlaufen sehen, unmittelbar nach dem Überfall auf Phillip.«

»Meinen Sie, er hat sich in der Nähe des Crab House herumgetrieben, weil er Phil abpassen wollte?«

»Das könnte schon sein, ja.«

»Aber wieso?«

»Greg, hat Phillip mit Ihnen über den Mord gesprochen, der sich im Haus nebenan ereignet hat?«

»Ein bisschen.«

»Am Morgen des Mordes hat er eine Frau aus dem Haus kommen sehen. Ich glaube, dass irgendjemand unbedingt verhindern möchte, dass er diese Frau identifiziert. Haben Sie vielleicht eine Ahnung, wer dieser Jemand sein könnte?«

Er machte einen schockierten Eindruck. »Davon hat er kein Wort gesagt.«

Seine Überraschung schien echt zu sein, genau wie meine. Ich hatte eigentlich erwartet, dass Phillip Greg in dieses Geheimnis eingeweiht hatte.

Greg sagte: »Also, wissen Sie, er war unheimlich schweigsam seither. Vielleicht liegt es daran.«

»Schweigsam?«

»Zurückgezogen. Nicht er selbst. Ich hatte schon Angst, es hätte was mit uns zu tun, aber vielleicht war das bloß wegen dieses Mordes.«

»Hat er einen schwarzen Mazda MX-5 erwähnt?«

Er schüttelte den Kopf. »Ich kann mich nicht erinnern, dass er je von einem MX-5 gesprochen hat. Und über den Mord hat er bloß gesagt, dass Sie im Haus nebenan eine Leiche gefunden haben und die Katze dieser Frau für eine Weile bei ihm zu Hause untergebracht hätten. Er hat gesagt, seine Mutter sei ziemlich sauer gewesen, weil sie nicht bloß einen Hass auf die Nachbarin hat, sondern auch auf Katzen. In dem Moment war mir klar, was für ein kalter Mensch seine Mutter sein muss. Ich weiß ja, dass es Leute gibt, die Hunde lieber mögen als Katzen. Aber Katzen zu hassen ...?«

Ich betrachtete ihn eine Minute lang aufmerksam. Sein liebevolles, intelligentes Gesicht gefiel mir. »Haben Sie eine Katze?«

»Nicht mehr. Ich habe sie bei meiner Mutter gelassen, als ich aufs College ging, und jetzt sind die beiden sehr eng miteinander, und meine Mutter will nicht, dass ich sie zu mir hole. Als wir sie bekommen haben, da sollte sie eigentlich so eine Art Familienkatze werden, aber irgendwie hat sie mich adoptiert, und nach einer Weile hat die ganze Familie sie als meine Katze betrachtet. Sie war sehr traurig, als ich wegging, aber meine Muter hat sich ausgiebig um sie gekümmert, und so hat sie es schließlich überwunden. Mittlerweile ist sie ziemlich alt – ich war acht, als wir sie bekommen haben.«

»Vielleicht ist es an der Zeit, dass Sie sich eine eigene Katze anschaffen, eine, die ganz allein Ihnen gehört.«

»Ich habe schon daran gedacht, aber es dauert noch eine Weile, bis ich mir das leisten kann. Sie wissen schon, Tierarztrechnungen, Futter und so weiter. Ich bin immer noch dabei, die Studiengebühren abzustottern. Es wird also wohl noch ein paar Jahre dauern, bis ich mir so eine große Verantwortung zumuten kann.«

Je mehr ich von diesem jungen Mann erfuhr, desto sympathischer wurde er mir.

»Greg, wenn Phillip den Mörder oder die Mörderin tatsächlich kennt, dann schwebt er in Lebensgefahr. Ich will Sie nicht unnötig beunruhigen, aber wenn diese Person Sie und Phillip zusammen gesehen hat, dann denkt sie vielleicht, dass Phillip Ihnen erzählt hat, was er weiß. Meiden Sie irgendwelche einsamen Orte, bis diese Sache hier vorbei ist.«

Er starrte mich mit weit aufgerissenen Augen an. »Ich kann das alles einfach nicht fassen.«

»Es kann nicht mehr lange dauern. Seien Sie einfach vorsichtig.«

28

Greg und ich versprachen, miteinander in Kontakt zu bleiben, und ich ließ ihn auf die Sarasota Bay hinaus starrend zurück. Während der folgenden Stunden hatte ich viel zu viel mit meinen nachmittäglichen Haustierbesuchen zu tun, als dass ich mir über all das Geschehene hätte Gedanken machen können. Um ehrlich zu sein, meine Sensoren waren vollkommen überlastet. Viel mehr würde ich nicht verkraften. Es war schon ein Wunder, dass ich bereits so lange standgehalten hatte. Ich wertete das als gutes Zeichen. Anscheinend hatte ich Kräfte gesammelt, ohne es selbst mitzubekommen.

Als ich bei Tom Hale ankam und mit Billy Elliot losrannte, ging die Sonne schon beinahe wieder unter. Anschließend brachte ich ihn zurück nach oben, nahm ihm die Leine ab und setzte mich an den Küchentisch, wo Tom gerade vor einem Taschenrechner saß und irgendwelche Zahlen auf irgendein Formular übertrug. Er schaute mich über den Brillenrand hinweg verwundert an und legte seinen Stift beiseite.

»Was ist denn los, Dixie?«

»Tom, hast du gewusst, dass Marilee Doerring einen Treuhandfonds eingerichtet und das Haus an ihren Kater vererbt hat?«

Er blinzelte und zuckte zugleich mit dem Kopf, wie jemand, der gerade etwas Erschreckendes erfahren hat. Dann lachte er.

»Das habe ich nicht gewusst, aber es überrascht mich auch nicht besonders. Sie hatte ein großes Herz.«

»Du warst ihr Steuerberater. Wieso weißt du so etwas nicht?«

»Weil das nichts mit ihren Steuern zu tun hat.«

Ich nahm einen Bleistift vom Tisch und betrachtete ihn eingehend. Saubere Spitze. Keine Bissspuren.

Dann sagte ich: »Sie hat mich als Treuhänderin eingesetzt.«

»Und warum habe ich das Gefühl, als wärst du nicht glücklich damit?«

»Weil es mich ankotzt, darum. Ich will diese Verantwortung nicht haben, Tom. Ich will das Haus nicht, ich will das Auto nicht, ich will den Kater nicht. Ich finde es ungerecht, dass sie mir das ohne meine Zustimmung einfach so aufhalsen kann.«

Ich hörte mich ganz ähnlich an wie Shuga Reasnor, aber so fühlte ich mich eben.

»Als Treuhänderin musst du dich ja nicht persönlich um die Katze kümmern. Du kannst auch jemand anders damit beauftragen. Allein hier in Sarasota gibt es bestimmt ungefähr tausend Leute, die sofort bereit wären, in deinem Auftrag in dieses Haus zu ziehen und sich um den Kater zu kümmern. Verdammt noch mal, wenn ich nicht wüsste, dass Billy Elliot dann eifersüchtig werden würde, dann wäre ich auch dabei.«

Diese Worte entfachten in meinem Gehirn dieselbe Wirkung wie ein Schluck Kaffee mit doppeltem Koffeingehalt.

»Bist du dir sicher?«

»Absolut. Du bist lediglich dafür verantwortlich, dass ihre Wünsche erfüllt werden, aber du musst nicht jede Verantwortung persönlich übernehmen.«

»Würdest du dich für mich um die ganzen finanziellen Geschichten kümmern?«

»Na, klar. Du entscheidest, was und wie es geschehen soll, und ich kümmere mich darum. Mein Honorar bezahle ich aus dem Vermögen. Ich würde vorschlagen, du verkaufst als Erstes den Ferrari. Ich kann das für dich in die Wege leiten.«

Mit jeder Minute ging es mir besser. Vielleicht hatte Marilee mich ja doch nicht hereingelegt. Abgesehen davon, dass eine Menge Leute denken würden, dass dieser Treuhandfonds für mich die reinste Goldgrube war. Vielleicht dachten auch eine Menge Leute, dass ich von Anfang an Bescheid gewusst hatte. Und für eine Menge Leute war das vielleicht auch ein ausreichendes Mordmotiv.

Von Tom aus fuhr ich ins Bayfront Village. Die Empfangsdame sah mich zur Tür hereinkommen und griff unverzüglich zum Telefon, um Cora Bescheid zu sagen. Cora musste beim ersten Klingeln abgenommen haben, denn die Frau winkte mich weiter, noch bevor ich bei ihr am Tresen stand.

»Sie erwartet Sie«, zirpte sie, als wäre mein Besuch eine kostbare Gabe. In einem Altersheim ist wohl jeder Besuch eine kostbare Gabe.

Cora hatte die Tür auch dieses Mal einen Spaltweit geöffnet, und ich klopfte an, während ich eintrat. Es brannte kein Licht und das Apartment bot einen trübseligen Anblick, als sei mit dem Sonnenlicht gleichzeitig auch die Wärme aus ihm geschwunden. Cora saß in einem Ohrensessel neben der Glastür, die auf die Sonnenterrasse führte. Sie trug immer noch das Nachthemd, und ihre zerzausten weißen Haare standen in dem düsteren Licht ab wie geisterhafte Fäden. Ich knipste eine Lampe an und setzte mich seitlich von ihr auf einen Stuhl. Während der folgenden Minuten sprach niemand ein Wort. Wir saßen beide nur in dem halbdunklen Zimmer und atmeten.

Nach einer Weile seufzte Cora. »Es heißt ja, dass Gott uns nicht mehr zu tragen gibt, als wir verkraften können, aber manchmal denke ich, Gott hat meine Kräfte überschätzt.«

Ich erwiderte: »Haben Sie seit heute Morgen schon etwas gegessen?«

Sie machte einen verdutzten Eindruck, als wäre ihr allein die Vorstellung völlig fremd. »Tja, Schätzchen, ich weiß es nicht mehr.«

Also stand ich auf, ging in die kleine Küche und schaltete das Neonlicht ein, das scharfe Schatten auf die weißen Küchenflächen warf. Ich entdeckte eine Dose mit Gemüsesuppe und kochte, während ich den Inhalt erhitzte, eine Kanne Tee. Dann holte ich zwei Tassen und Suppenschalen aus dem Schrank. Ich goss die Suppe in eine hübsche blaue Suppenschüssel, legte Cracker und Butter daneben und brachte das Tablett ins Wohnzimmer.

Cora beäugte es mit einem winzigen Anflug von Interesse. »Hinter dem Sofa da steht ein aufklappbarer Servierwagen«, sagte sie. Ich stellte das Tablett auf einem Beistelltischchen ab und warf einen Blick hinter das Sofa, holte den Servierwagen hervor, klappte ihn vor Coras Sessel auf, legte ihr eine Serviette auf den Schoß und setzte ihr das kärgliche Mahl vor.

»Als Kellnerin würden Sie sich auch gut machen«, sagte sie.

Ich schenkte mir eine Tasse Tee ein und setzte mich, während ich ihr bei ihren ersten, zögerlichen Löffeln zusah.

»Das ist gut«, sagte sie. »Ich hätte nicht gedacht, dass ich Hunger habe, aber es sieht ganz danach aus.«

Ein paar Minuten lang war nichts weiter zu hören als das Klicken des Löffels in der Suppenschale und Coras kaum hörbares Schlürfen. Sie aß die ganze Schale leer und dazu noch etliche Buttercracker, dann meldete sie, sie sei satt.

Ich räumte den Servierwagen beiseite und schenkte uns noch eine Tasse Tee ein. Sie hatte jetzt ein wenig mehr Farbe im Gesicht, und ihre Augen hatten ein kleines bisschen von ihrer schockierten Stumpfheit verloren.

Ich sagte: »Cora, kennen Sie den Rechtsanwalt Ethan Crane?«

»Tja, den kannte ich mal, Dixie, aber er ist schon eine ganze Weile von uns gegangen, vielleicht vor ungefähr einem Jahr. Kennen Sie ihn etwa auch?«

»Nein, aber ich habe heute einen Anruf von seinem Enkel bekommen, der mich gebeten hat, zu ihm in die Kanzlei zu kommen, die er anscheinend von Mr Crane übernommen hat. Er heißt genau wie sein Großvater. Kennen Sie ihn vielleicht?«

»Nein, das kann ich nicht sagen. Er hat Ethans Kanzlei übernommen?«

»Das hat er wenigstens gesagt. Er hat mir einen widerruflichen Treuhandfonds übergeben, den sein Großvater für Marilee eingerichtet hat. Wissen Sie etwas darüber?«

Sie runzelte die Stirn. »Einen widerruflichen ... was?«

»Einen Treuhandfonds. Das ist so eine Art Letzter Wille. Nach Angaben des jungen Mr Crane hat Marilee zwei Fonds eingerichtet, einen für Sie und über den anderen wollte er mit mir sprechen. Wissen Sie, dass Marilee einen Treuhandfonds für Sie eingerichtet hat?«

»Oh, aber ja, meine Liebe. Das weiß ich alles. Ich habe die Abschrift der Urkunde hier bei mir. Ich werde Ihnen nicht verraten, was drinsteht, weil das meine Privatsache ist, aber ich muss mir bestimmt nie wieder Gedanken um das Geld machen.«

Dann brach ihre tapfer aufrechterhaltene Fassade zusammen, und sie schlug schluchzend die Hände vors Gesicht. Ich wartete ab und wusste, dass die Tränen sie immer wieder so übermannen würden, immer dann, wenn sie am wenigsten damit rechnete, als kämen sie aus einer Art Quelle in ihrem Inneren, die die Tränen nach ihrem ganz eigenen Rhythmus freigab. Als sie sich ausgeweint hatte, stand ich auf, holte ihr im Badezimmer ein paar Papiertücher und setzte mich wieder zu ihr.

»Cora, der Treuhandfonds, über den Mr Crane mit mir gesprochen hat, ist etwas anderes als der, den Marilee Ihnen geschenkt hat. Er ist auf ihren Kater ausgestellt.«

Cora starrte mich mit weit aufgerissenen Augen an. »Ihren Kater?«

»Den Kater, den ich versorge, wenn Marilee nicht in der Stadt ist. Sie hat diesen Fonds vor über einem Jahr eingerichtet, kurz nachdem sie meine Klientin geworden ist. Ich hatte keine Ahnung davon, bis Mr Crane es mir erzählt hat, aber sie hat ihr Haus und ihr Auto und alles, was sich in ihrem Haus befindet, in diesen Fonds eingebracht.«

Cora schien beinahe zu lächeln. »Auf ihren Kater?«

Ich nickte. »Auf ihren Kater. Und mich hat sie zur Treuhänderin ernannt.«

Cora ließ den Kopf an die Lehne sinken und fing an zu lachen. Dann schaute sie mich an »Ist das wahr? Marilee hat ihr Haus und ihr Auto dem Kater hinterlassen?«

»Das ist die Wahrheit.«

Sie lachte schon wieder, ein mädchenhaftes Lachen, voll reinsten Entzückens. »Das ist typisch Marilee«, sagte sie. »Mein Gott, das Mädchen hat jede streunende Katze, die ihr über den Weg gelaufen ist, mit nach Hause gebracht. Sie hätte am liebsten alle bei sich aufgenommen, auch wenn manche überhaupt nicht aufgenommen werden, sondern viel lieber durch die Gassen streunen wollten. Aber nein, das konnte sie nicht ertragen, und deshalb hat sie sich einfach um alle gekümmert.«

»Es ist wirklich unheimlich viel Geld, Cora.«

»Tja, ich würde sagen, lassen Sie sich deshalb keine grauen Haare wachsen. Marilee muss volles Vertrauen zu Ihnen gehabt haben, sonst hätte sie Sie garantiert nicht zu diesem Treuedingsbums ernannt.«

»Der Treuhandfonds besagt, dass alles Geld, das beim Tod des Katers noch übrig ist, an mich fallen soll.«

»Und das ist auch richtig so! Katzen haben ein langes Leben. Sie sollen für diese Zeit doch anständig entschädigt werden.«

»Aber ich will Ghost gar nicht haben. Ich sehe mich für ihn nach jemand anderem um.«

»Wenn es so weit ist, haben Sie mehr als genügend Zeit, um sich genau zu überlegen, was Sie mit ihm anstellen wollen. Und wer weiß, vielleicht wollen Sie ihn bis dahin ja sogar behalten?« – »Es macht Ihnen also nichts aus?«

»Aber woher, das macht mir nicht das Geringste aus. Ich finde es witzig, nichts weiter. Wissen Sie, Marilee war ein gutes Mädchen. Es gibt bestimmt viele Leute, die sie irgendwie schief anschauen, weil sie so viel Geld verdient hat, und die glauben, dass sie was ganz anderes war, aber sie war ein gutes Mädchen. Und dass sie ihrer Katze das ganze Vermögen hinterlassen hat, das ist noch einmal ein Beweis dafür. Wenn ich von nun an an mein kleines Baby denke, dann denke ich nicht an ihre letzten Minuten hier auf Erden, sondern daran, dass sie bis zum Schluss ein kleines Mädchen war, das am liebsten alle Katzen der Welt bei sich aufgenommen hätte. Ein großzügiges, liebevolles, kleines Mädchen. Das war meine Marilee.«

Ich beugte mich nach vorne und tätschelte ihr die mit Adern überzogene Hand. »Der Apfel fällt nicht weit vom Stamm, Cora.«

»Ich schätze, das stimmt. Wir hatten niemals besonders viel, aber ich habe immer gerne gegeben.«

Vorsichtig sagte ich: »Für ihr Alter hatte Marilee aber eine ganze Menge zusammengespart.«

Sie nickte stolz. »Das stimmt. Marilee hatte immer schon ein Händchen für Zahlen. Als sie das erste Geld von den Fraziers bekommen hat, da war sie noch nicht einmal alt genug, um es selbst zu verwalten, und ich hatte weiß Gott keine Ahnung, was ich mit so viel Geld anstellen sollte. Wir wollten auf Abstand zu den Fraziers gehen und sind hierher gezogen, und dann ist sie ganz selbstständig zu Ethan Crane gegangen und hat durchgesetzt, dass sie für volljährig erklärt wurde. Ich weiß nicht mehr, wie das hieß, aber ich habe irgendetwas unterschrieben, und er hat vom Gericht irgendetwas ausstellen lassen.«

»Die Mündigkeitsbescheinigung.«

»Gut möglich. Danach konnte sie jedenfalls ihr Geld ganz alleine verwalten, und das hat sie recht gut gemacht. Zuerst hat sie uns ein Haus gekauft, ein hübsches, kleines Holzhäuschen in Bradenton, und dann sind wir losgezogen und haben uns alles neu gekauft. Einen neuen Kühlschrank und einen neuen Herd und neue Betten und Matratzen. Ach, du meine Güte, war das eine Zeit. Das war ja das erste Mal, dass wir ein ganzes Haus voller neuer Sachen hatten. Über die Hälfte der ersten Zahlung hat sie für das Haus und die Möbel und ein neues Auto für sich und eines für mich ausgegeben. Aber das Geld ist ja immer weiter gekommen, jedes Jahr, verstehen Sie, also hat Marilee sich jeden Abend hingesetzt und überlegt, wie sie es am besten investieren könnte.«

Ich machte einen kurzen Überschlag, was eine vor zwanzig Jahren angelegte Viertelmillion Dollar bei zehn Prozent Zinsen heute wert sein konnte, und mir wurde ein bisschen schwindelig. Wenn man zwanzig Jahre lang jedes Jahr die gleiche Summe investierte, dann überstieg die Gesamtsumme mittlerweile mein Vorstellungsvermögen. Marilee war trotz ihres aufwendigen Lebensstils eine extrem reiche Frau geworden.

Cora beobachtete mich, während ich all dies allmählich erfasste.

»Nach meinem Tod«, sagte sie, »geht alles Geld, das sie verdient hat, an andere bedürftige Mädchen, damit sie eine Ausbildung beginnen oder sich wirtschaftlich selbstständig machen können. Das hat Ethan Crane in ihrem Auftrag so geregelt.«

»Das wusste ich nicht«, erwiderte ich.

»Na ja, woher auch? Marilee hat nie vergessen, woher sie gekommen ist oder wie schwer unser Leben ohne dieses Geld war. Ich habe dann noch ein paar Jahre lang gearbeitet, aber sie wollte das nicht mehr, und so habe ich schließlich aufgehört. Es wurde auch Zeit – meine Fußgelenke haben mir große Probleme bereitet. Ich habe seither keinen Strich mehr gearbeitet, und Marilee hat sich immer rührend um mich gekümmert. Sie war ein gutes Mädchen.«

Voll neuer Erkenntnisse und mit einem Anflug von schlechtem Gewissen stand ich auf und wusch das Geschirr ab. Ich fragte mich, ob ich auch nur halb so verantwortungsbewusst wie Marilee gehandelt hätte, wenn ich als Sechzehnjährige jedes Jahr eine Viertelmillion Dollar zur Verfügung gehabt hätte. Marilee hörte nicht auf, mich zu verblüffen.

Auf dem Weg nach Hause machte ich, einem spontanen Impuls folgend, einen kurzen Abstecher zu Marilees Haus. Ein weißer Jaguar stand in der Einfahrt, und ich hielt direkt dahinter an. Als ich die Garagenecke umrundet hatte, entdeckte ich Shuga Reasnor, die vergeblich versuchte, die Haustür aufzuschließen. Sie drehte sich zu mir um, und in ihren düsteren Blicken spiegelten sich Frustration und Widerwille.

»Haben Sie das verdammte Schloss austauschen lassen?«

Ich schüttelte, ganz Unschuld, den Kopf. »Passt Ihr Schlüssel denn nicht?«

»Ich weiß auch nicht, was damit los ist! Sie haben doch garantiert einen Schlüssel, lassen Sie mich rein. Ich muss ein paar von meinen Sachen abholen.«

»Ich bin nicht befugt, jemanden ins Haus zu lassen, Ms Reasnor.«

»Ach, Blödsinn! Wer soll Sie denn dazu befugen? Cora? Die Polizei? Es ist mein gutes Recht, da reinzugehen und meine persönlichen Sachen rauszuholen, bevor irgend so ein Insolvenzverwalter hergeht und jedes einzelne Stück davon verscherbelt.«

»Ich müsste dann aber eine Liste mit all den Dingen anlegen, die Sie mitgenommen haben, und Sie müssten eine Erklärung unterschreiben, dass meine Liste richtig ist. Sonst kann ich Sie nicht reinlassen.«

»Ach, um Gottes willen! Was geht das Sie überhaupt an? Es ist doch nicht Ihr Haus!«

Es schien mir nicht der richtige Zeitpunkt zu sein, um ihr mitzuteilen, dass das Haus jetzt einer Katze gehörte.

Also erwiderte ich: »Aber ich trage dafür die Verantwortung, zumindest so lange, bis eine andere Regelung getroffen wird.«

Sie verzerrte die Lippen zu etwas, was einem Lächeln ähnlich sah. »Hören Sie, ich würde es mir auch ein paar Hundert Dollar kosten lassen, wenn ich meine Sachen jetzt holen könnte. Was würden Sie dazu sagen?«

»Ich würde sagen, Sie sollten jetzt lieber gehen.«

»Wo liegt denn das Problem? Sie haben doch selbst gesagt, dass Marilee mich als Ansprechpartnerin für den Notfall angegeben hat.«

»Für einen Notfall in Bezug auf die Katze, nicht in Bezug auf etwas, was Sie bei ihr haben liegen lassen.«

»Ich rufe Cora an. Sie wird mich reinlassen.«

»Wenn Cora mir die Erlaubnis erteilt, Sie reinzulassen, dann ist alles in Ordnung. Aber ich selbst bin dazu nicht befugt.«

Sie wandte der Haustür den Rücken zu und stapfte auf ihren hochhackigen Schuhen an mir vorbei. »Ausgerechnet ich muss es mit der dämlichsten, idiotischsten, ignorantesten ...«

Ich wartete ab, bis sie in ihrem Jaguar saß. Dann schlenderte ich gemächlich zu meinem Bronco und setzte ein Stück zurück, sodass sie auf die Straße fahren konnte, nicht ohne mir noch einen Unheil verheißenden Blick zuzuwerfen. Uns war beiden klar, dass sie wiederkommen würde, aber nur sie wusste, warum.

Ich wartete ab, bis sie auf der Midnight Pass Road war, dann ließ ich den Bronco wieder in die Einfahrt rollen. Die Rasenkanten waren frisch geschnitten und die Zufahrt mit dem Laubgebläse gesäubert worden. Auf Siesta Key werden auch nach dem Tod noch Gärten gepflegt und Swimmingpools gereinigt. Das Haus der Winnicks lag still und ruhig da. Ich stellte mir vor, wie Olga Winnick im Inneren den Verlust der Unschuld beweinte – der ihres Sohnes oder ihrer eigenen.

Shuga hatte allem Anschein nach nicht gewusst, dass Marilees Schloss ausgetauscht worden war, und das war verwunderlich. Wenn sie schon immer einen Schlüssel für Marilees Haus hatte, warum hatte Marilee ihr dann keinen neuen gegeben? Und warum hatte sie nicht Bescheid gewusst? Normalerweise erzählen Frauen ihren Freundinnen so etwas, aber Marilee hatte es Shuga verschwiegen. Vielleicht war Shuga ja der Anlass für den Austausch gewesen? Vielleicht hatte sie nicht gewollt, dass Shuga in ihrer Abwesenheit bei ihr herumschnüffelte. Aber warum? Und warum jetzt, nachdem sie schon so lange befreundet waren?

Was immer Shuga hier zu finden gehofft hatte, es bedeutete ihr sehr viel, und es kam mir seltsam vor, dass sie gar nicht gesagt hatte, was es war, wie es unter Frauen eigentlich üblich ist: »Ich habe ihr meine beste Bluse geliehen und möchte sie gerne zurückhaben.« Oder: »Als ich das letzte Mal hier war, habe ich meine Halskette abgenommen und aus Versehen liegen lassen.« Stattdessen hatte sie mich, nachdem ich ihr eröffnet hatte, sie müsse alles, was sie mitnahm, in eine Liste eintragen und das Ganze quittieren, gequält und übellaunig angeschaut. Shuga wollte nicht, dass jemand erfuhr, was sie aus Marilees Haus mitnahm. Ich fragte mich, ob dies ihr erster Versuch gewesen war oder ob sie vielleicht Marilees Schlafzimmer und Kleiderschrank durchwühlt hatte.

Phillip hatte gesagt, dass er eine dunkelhaarige Frau gesehen hatte, aber es konnte durchaus sein, dass Shugas Haare in der Dunkelheit dunkel wirkten. Vielleicht war sie durch den Lanai ins Haus eingedrungen, hatte Frazier und Marilee getötet, anschließend nach was immer es sein mochte gesucht und war schließlich in einem schwarzen Mazda MX-5 mit einem Komplizen am Steuer davongebraust. Aber wer war der Komplize? Und wer hatte Marilees Leiche in das Wäldchen geschleppt? Marilee war leicht gewesen, aber Shuga schien eigentlich nicht die Statur zu haben, um die Leiche derart weit tragen zu können.

Schließlich stieg ich aus und schloss mithilfe meines Schlüssels die Haustür auf. Ich drückte einen Schalter und tauchte damit das Foyer in gedämpftes Licht. Schnüffelnd stellte ich fest, dass es nach Kirschen roch. Nach einem Rundgang durch das Haus landete ich in der Küche und hielt mich in respektvoller Entfernung zu der Stelle, an der Fraziers Leiche gelegen hatte. Es war das erste Mal, dass ich ein Haus nach der Tatortreinigung als Erste betrat, und diese Erfahrung war noch verstörender als das Auffinden der Leiche. Bei einer Tatortreinigung werden nicht nur Blutflecken und andere Körperflüssigkeiten beseitigt, sondern auch jede einzelne mikroskopisch kleine Lebensform, sodass das Haus auf seltsame Weise vollkommen unbelebt wirkte. Vorher war mir nie bewusst geworden, dass unzählige unsichtbare Wesen in unseren Häusern und Wohnungen permanent unterschwellige Düfte und Energien abgeben, die der ganzen Einrichtung erst ihren Geist einhauchen. Ohne sie ist ein Haus so unpersönlich wie ein Tablett mit Operationsinstrumenten.

Ich ging hinüber in die Garage, die zur Hälfte von dem Ferrari in Anspruch genommen wurde. In der anderen Hälfte standen ein Mülleimer aus Kunststoff, je ein roter und ein blauer Recyclingbehälter, beide leer, eine Trittleiter, ein paar übereinandergestapelte Farbdosen sowie ein paar an der Wand lehnende Klappstühle. Ich wusste, dass die Spurensicherung den Ferrari gründlich unter die Lupe genommen hatte, und machte trotzdem die Beifahrertür auf. Die cremefarbenen Ledersitze waren so weich, dass man sie auch zu Unterwäsche hätte verarbeiten können. Ich steckte die Hand in die Seitentasche und unter den Sitz. Ich klappte das Handschuhfach auf und holte seinen gesamten Inhalt hervor: eine dünne Ledermappe mit den Zulassungs- und Versicherungsunterlagen. Davon abgesehen gab es hier gar nichts. Keine Straßenkarte, keine Sonnenbrille, keine Kleenexschachtel oder Pfefferminzbonbons oder übrig gebliebene Servietten vom letzten Besuch in einem Drive-in-Restaurant. Nicht einmal eine CD im CD-Halter.

Ich ließ den Kofferraum aufschnappen und leuchtete mit meiner Taschenlampe hinein. Soweit ich es beurteilen konnte, war nicht einmal ein Staubkorn zu sehen. Ich hatte absolut nichts Neues erfahren, bis auf die Tatsache, dass Marilee eine extrem reinliche Frau gewesen war, deren Auto genauso porentief rein und blitzblank und aufgeräumt war wie ihr Haus und sie selbst. Die Fernbedienung für das Garagentor klemmte unter der Sonnenblende, und ich steckte sie in meine Tasche. Bevor ich ins Haus zurückging, rückte ich die Recyclingbehälter und den Mülleimer an die Wand neben die Klappstühle und die Trittleiter.

29

Bei meiner Ankunft zu Hause konnte ich zwar Michaels Auto entdecken, aber weder er noch Paco waren draußen, und im Inneren des Hauses war es auch dunkel. Es war kurz vor neun Uhr, und ich war seit mittlerweile siebzehn Stunden auf den Beinen. Es kam mir vor, als sei es eine Woche her, dass ich am Strand gewesen und dieses Putensandwich gegessen hatte.

Niedergeschlagen ging ich nach oben und machte ein bisschen sauber, dann machte ich mich wieder auf den Weg nach unten, um irgendwo eine Kleinigkeit zu essen. Da hörte ich, wie Paco von der Zypressenveranda her meinen Namen rief, und ich ging zu ihm.

Er saß im fahlen Licht und hatte ein Bier vor sich stehen. Den Rauschebart und die widerspenstige Mähne hatte er abgelegt, und nur eine Rötung entlang des Kieferknochens deutete noch darauf hin, dass hier ein falscher Bart geklebt hatte.

Niemand wäre auf die Idee gekommen, dass dieser glatt rasierte Kerl mit den kurz geschorenen Haaren und der John-Lennon-Brille und jener schmuddelige Strandpenner vom Nachmittag ein und dieselbe Person waren.

Ich ging nach drinnen, holte mir ein Bier, ein bisschen Käse und ein paar Cracker und setzte mich zu ihm. Gemeinsam sahen wir die letzten Spuren des Tageslichts hinter dem Horizont verschwinden, während winzig kleine Wellen ans Ufer schmatzten.

Paco unterbrach die Stille. »Ist alles in Ordnung?«

Ich biss ein Stück Käse ab und kaute missmutig darauf herum. Mein Hunger war deutlich größer als der Käse.

»Ich denke schon. Ich habe nichts allzu Haarsträubendes angestellt, also ist wohl alles in Butter.«

»Willst du darüber reden?«

»Worüber denn? Das vom Strand oder das hier?«

»Das vom Strand ist überhaupt nicht passiert. Das hier schon.«

»Wie hast du ihn erwischt? Hast du gewusst, dass er hierherkommen würde?«

»Am Strand ist mir aufgefallen, dass er dich beobachtet hat, und ich hatte das Gefühl, als würde ich ihn kennen. Als das, was überhaupt nicht passiert ist, vorbei war, bin ich auf die Harley gestiegen und losgefahren. Später dann, auf dem Nachhauseweg, kam er zufällig direkt vor mir aus einem Parkplatz. Ich bin ihm gefolgt und als er unsere Einfahrt genommen hat, bin ich weitergefahren, habe einen Bogen geschlagen und bin zu Fuß zurückgekommen. Er hatte das Auto zwar hinter den Bäumen abgestellt, aber es war trotzdem keine Herausforderung. Er ist bestimmt nicht der Hellste, das kannst du mir glauben. Er hat sich umgeschaut und überlegt, wo er sich am besten verstecken könnte, und dabei habe ich ihn überrascht.«

»Wenn du nicht ausgerechnet dann nach Hause gekommen wärst …«

»Dummenglück.«

»Das glaube ich nicht. Ich glaube, da wacht jemand über mich.«

Er schaute mich prüfend an und wusste, dass ich Todd gemeint hatte. »Okay.«

»Was geschieht jetzt mit Bull Banks?«

»Falls nicht mehr gegen ihn vorliegt, als dass er einen schwulen Jungen zusammengeschlagen hat, dann ist er in null Komma nichts gegen Kaution wieder auf freiem Fuß. Mit ein bisschen Glück wird er lebenslänglich verknackt, weil es seine dritte Verurteilung wegen des gleichen Vergehens ist, aber in der Zwischenzeit bleibt er auf freiem Fuß.

Und er hat nicht viel zu verlieren. Deshalb möchte ich, dass du besonders vorsichtig bist, Dixie. Bull Banks steigt dir nicht bloß deshalb hinterher, weil du eine scharfe Braut bist – er wird von irgendjemandem dafür bezahlt.«

»Du findest, ich bin eine scharfe Braut?«

Er warf mir einen übertrieben lüsternen Blick zu. »Schätzchen, wenn ich hetero wäre, ich würde dich auf der Stelle flachlegen.«

»Was meinst du, sollte ich jetzt Angst haben?«

»Weil ich vielleicht hetero werden könnte?«

»Nein, vor Bull Banks, meine ich.«

»Aber auf jeden Fall! Dixie, kannst du vielleicht für eine Weile irgendwo anders unterschlüpfen? Bis sich diese ganze Geschichte aufgeklärt hat?«

Jetzt wollte ich ihm von Marilees Treuhandfonds erzählen, beschloss aber doch, lieber abzuwarten, bis auch Michael mit von der Partie sein konnte.

»Paco, wo ist Michael?«

»Im Bett, mit Kopfschmerzen. Hat zu viel Sonne abgekriegt und sieht jetzt aus wie ein Hummer.«

»Tom Hale hat mich eingeladen. Ich könnte für eine Weile bei ihm bleiben.«

»Das ist der Kerl aus dem Sea Breeze, stimmt's? Dort ist es halbwegs sicher. Mach das. Ich muss bald wieder los, und ich will nicht, dass du alleine hier bist. Schon gar nicht, solange Michael außer Gefecht gesetzt ist.«

Ich stand auf und griff nach den leeren Flaschen. »Ich packe schnell meine Sachen zusammen.«

»Dixie? Bloß für ein paar Tage.«

Ich hörte die Besorgnis in seiner Stimme und lächelte ihn ebenfalls an.

»Ich weiß. Alles in Ordnung.«

Ich brauchte keine Viertelstunde, um ein paar Kleidungsstücke in einen Seesack zu stopfen und Marilees Sozialversicherungsnummer und ihr Geburtsdatum von ihrer Steuererklärung abzuschreiben. Dann fuhr ich direkt zu ihrem Haus. Mithilfe der Fernbedienung ließ ich das Garagentor aufschwingen und stellte den Bronco hinein. Manchmal ist es schon seltsam, wie sich all die Dinge, die man sich vorher zurechtgelegt hat, zusammenfügen.

Mein Herz wummerte mit aller Macht gegen meine Rippen. Wenn Guidry wüsste, was ich da tat, dann würde er mir den Kopf abreißen. Wenn Michael und Paco wüssten, was ich da tat, dann würden sie mir auch alle anderen Körperteile abreißen. Ich hatte vor, Marilees neuen Wandsafe aufzuspüren und ihn zu öffnen. Ob es nun eine Eingebung, eine Ahnung oder eine qualifizierte Vermutung war, sei dahingestellt, ich war jedenfalls davon überzeugt, dass ich in diesem Safe den Grund für die Ermordung von Harrison Frazier und Marilee entdecken würde.

Ein kleines Männchen saß auf meiner Schulter und brüllte mir ins Ohr, dass der Mörder auf der Suche nach dem Inhalt des Tresors Marilees Schlafzimmer verwüstet hatte und dass er jederzeit wiederkommen konnte. Vor meinem geistigen Auge tauchten schon die Schlagzeilen auf: »Neugier war der Tod der Katzensitterin!« Aber ich hatte mich schon viel zu lange vor der Gefahr verkrochen, hatte mich vor der Fratze der Realität verschlossen wie eine empfindliche Blume, die beim kleinsten heißen Lufthauch eingehen konnte. Wenn ich so weitermachte, dann würde ich meinen Mut oder meine Fähigkeit, in dieser Welt zu bestehen, vielleicht nie wieder erlangen. Außerdem hatte ich immer wieder die Worte vor Augen, die Marilee an ihre Tochter geschrieben hatte, und stellte mir vor, wie schrecklich es für sie gewesen sein musste, dass sie ihr eigenes Kind nicht hatte groß werden sehen. Das verband uns miteinander, mich und Marilee – Mütter, die sich gegen alles stellen, was uns unsere Kinder wegnehmen will.

Ich hätte gewettet, dass der Code zum Öffnen des Safes aus einer der Zahlenreihen bestand, die ich mir abgeschrieben hatte, und dass der Tresor irgendwo in Marilees Schrank versteckt war. Frauen bewahren ihre Wertsachen immer an Orten auf, die ihnen ein Gefühl der Intimität und Unverletzlichkeit vermitteln, zum Beispiel in der Unterwäscheschublade oder unter der Matratze. Der Mörder – oder die Mörderin – hatte überall dort nachgesehen, ohne jedoch von diesem Safe zu wissen. Ich hingegen wusste nicht nur über den Safe Bescheid, sondern war außerdem noch Profi. Wenn da irgendwo hinter einer Fußleiste oder im Fußboden oder in der Wand ein Geldschrank versteckt war, dann würde ich ihn auch finden.

Zwei Stunden später, nachdem ich kreuz und quer durch Marilees Schrank gekrochen war, gab ich erhitzt und verschwitzt auf. Ich hatte nicht das Geringste entdeckt. So viel zum Thema Profi.

Also stellte ich mich in Marilees Gästebad unter die Dusche und kroch anschließend in ihrem Gästezimmer ins Bett, nachdem ich meine Achtunddreißiger unter das Kopfkissen geschoben hatte. Meine Magenwände knurrten sich gegenseitig an, meine Knie brannten von der ewigen Herumrutscherei auf den mexikanischen Fliesen, und vor lauter Hunger und Aufregung dröhnte mir der Schädel. Nach Mitternacht fiel ich endlich in einen erschöpften Schlaf. Nachdem ich – so kam es mir zumindest vor – nicht einmal fünf Minuten geschlafen hatte, hörte ich einen Schrei in der Dunkelheit. Es dauerte eine ganze Minute, bis mir klar wurde, dass ich diejenige gewesen war, die ihn ausgestoßen hatte. Mit klopfendem Herzen lag ich da und versuchte, mich zu orientieren.

Also gut, ich befand mich in Marilees Haus, in Marilees Bett und irgendetwas – das Geräusch eines Einbrechers oder ein Albtraum, an den ich mich nicht mehr erinnern konnte – hatte den Schrei ausgelöst. Die roten Ziffern des Weckers neben dem Bett zeigten 3:34. Ich griff nach der Pistole unter meinem Kissen und ließ mich aus dem Bett gleiten. Die Waffe mit beiden Händen in den ausgestreckten Armen und so dicht wie möglich an der Wand, so schob ich mich auf die offen stehende Zimmertür zu. Falls tatsächlich ein Einbrecher im Haus war, dann hatte mein Schrei ihm bereits mitgeteilt, dass ich wach war. Und darüber hinaus wusste er genau, wo ich mich befand. Die Arme kerzengerade ausgestreckt, presste ich mich neben der Tür an die Wand, bereit, jeden Eindringling zu überwältigen.

Eine grässliche Sekunde lang schoss mir eine Übung auf der Polizeiakademie durch den Kopf, bei der – ganz abgesehen von unseren Würgereizen – unsere physischen und psychischen Reflexe überprüft wurden. Dabei wurden wir mit dem Schauplatz eines gestellten Terrorangriffs konfrontiert. Wir mussten einzelne Körperteile aufheben und hysterische Überlebende von den abgetrennten Köpfen ihrer Liebsten wegführen. Obwohl wir alle wussten, dass die Körperteile aus Plastik und in Kunstblut getränkt waren, wirkten sie so echt, dass wir zu Tode erschreckt Mitleid mit den Schauspielern empfanden, die ihre Rolle so überzeugend spielten. Noch Monate nach dieser Übung hatte ich unter Albträumen gelitten, und genau das war der Sinn gewesen. Das Leben ist ein kostbares Gut, und die Obszönität absichtlich zerstörter menschlicher Körper ist ein Schock für die Seele. Das sollten wir niemals vergessen, egal, wer wir sind. All denjenigen, die in der Strafverfolgung arbeiten und die vom Gesetz her dazu verpflichtet sind, anderen das Lebenslicht auszulöschen, falls sie eine Bedrohung darstellen, muss diese Erkenntnis unauslöschlich ins Gedächtnis eingebrannt werden.

Ich war kein Deputy mehr, also gab es auch keinen Eid mehr, der mich dazu verpflichtete, eine Person, die mich bedrohte, zu töten. Ich durfte sie auch in den Arm oder das Bein schießen, ohne mit dem Gesetz in Konflikt zu kommen. Doch meine polizeitaktische Ausbildung sagte mir, dass das mit an Sicherheit grenzender Wahrscheinlichkeit mein eigenes Todesurteil wäre. Kriminelle schießen in der Regel zurück, selbst dann, wenn sie verwundet sind. Sie stellen sich tot und richten ihre Waffe auf dich, sobald deine Wachsamkeit nachlässt. Würde ich also einen tödlichen Schuss abgeben oder doch nur versuchen, den Eindringling zu verletzen?

Ich wusste es nicht.

Die Minuten vergingen, ohne dass das geringste Geräusch zu vernehmen war, und dann fing der Wecker an zu läuten, und ich sprang vor Schreck in die Luft. Ich schaltete das Licht ein und tapste den Flur entlang, die Waffe im Anschlag. Dabei war ich mir schmerzhaft bewusst, dass ich bis auf die Unterhose völlig nackt war. Ich schaltete ein Licht nach dem anderen ein und untersuchte das gesamte Haus. Mit jeder Schranktür, die ich aufmachte, kam ich mir noch ein bisschen dämlicher vor. Sämtliche Türen und Fenster waren fest verschlossen, und ich konnte keinerlei Hinweis auf einen Einbruch entdecken. Vermutlich hatte ich mir mit einem bösen Traum selbst Angst eingejagt.

Schließlich ging ich ins Badezimmer und machte mich fertig. Jetzt hatte ich schon am frühen Morgen Verspätung, nur weil ich zugelassen hatte, dass meine Angst mich aufhielt. Ich fuhr das kurze Stück über die Midnight Pass Road bis zu Tom Hale, wo Billy Elliot schon ungeduldig wartend hinter der Tür auf und ab ging. Wir rannten ungefähr fünfzehn Minuten lang miteinander, dann brachte ich ihn wieder nach oben. Er wollte noch mehr, aber meine Kraft war erschöpft. Auch die Katzen auf meinem Dienstplan wurden mit dem Nötigsten abgespeist. Ich war viel zu kaputt, um ihnen das zu geben, was sei eigentlich verdient hatten. Also versprach ich, es am Nachmittag wiedergutzumachen, und sauste, kaum, dass es geöffnet hatte, zum Village Diner wie ein Wintervogel zum Futterhäuschen.

Die Luft im Inneren war feucht vor Kuchenhitze und Kaffeedampf. Ich winkte Tanisha zu, die hinter der Glasscheibe in der Küche stand, und nahm mir einen Barhocker an der Theke. Judy blickte mich vom anderen Ende des Raumes mit hochgezogenen Augenbrauen an, und ich nickte. Sie blieb kurz vor dem Küchenfenster stehen und gab meine Bestellung weiter, dann stellte sie sich mit Kaffeebecher und der Kanne neben mich.

»Alles in Ordnung?«, sagte sie.

Ich sagte »Ja«, weil das hier weder der Ort noch die Zeit war, um ihr alles das zu erzählen, was sich seit unserem letzten Gespräch ereignet hatte. Außerdem ... wenn ich ihr das mit Phillip erzählte, würde ich wahrscheinlich heulend auf der Theke zusammenbrechen.

»Das Übliche?«

»Mit zwei Brötchen. Und Schinken.«

Sie rief »Schiiin-keeeen«, als wäre mir soeben eine göttliche Erleuchtung zuteilgeworden, und ging davon, um in der Küche Bescheid zu sagen.

Ich holte mein Handy aus dem Rucksack und starrte es nachdenklich an. Eigentlich war mir vollkommen klar, dass ich Guidry anrufen und ihm beichten müsste, wo ich Quartier bezogen hatte und warum. Ich wusste genau, dass ich ihm eigentlich von dem Wandsafe und von dem Treuhandfonds erzählen musste. Doch ich steckte das Handy zurück in den Rucksack und trank noch ein bisschen Kaffee. Bevor ich mit Guidry reden konnte, musste ich erst einmal etwas essen.

Nachdem mir Judy mein Frühstück vorgesetzt hatte, machte ich mich ernsthaft und effektiv an den Verzehr. Tanishas Brötchen sind wie ihre Pastetenkrusten – flockig leicht und überaus köstlich. Das eine aß ich zusammen mit den Eiern und dem Schinken, das andere bewahrte ich mir für die Marmelade auf, als eine Art Nachtisch. Als ich gerade mit dem Marmeladenbrötchen anfangen wollte, glitt ein Mann auf den Hocker neben mir und breitete vor sich auf der Theke die Herald Tribune aus. Seine Hände waren blass und blutleer, und zwischen den Knöcheln wuchsen dicke schwarze Härchen. Ich sah, wie Judy erstarrte, und wandte den Kopf. Dr.

Gerald Coffey war so sehr mit seinem Zeitungsartikel beschäftigt, dass er nicht einmal merkte, wer da neben ihm saß.

Nachdem Judy auch mit ihm ihr routinemäßiges, stummes Frage-Antwort-Spiel gespielt hatte, brachte sie ihm einen Kaffee und schenkte mir nach. Dabei blickte sie mir tief und durchdringend in die Augen. Sie brauchte sich keine Sorgen zu machen. Ich war nicht scharf auf eine weitere Konfrontation. Ich wollte nichts weiter als mein Brötchen aufessen und meine dritte Tasse Kaffee trinken und dann wieder zurück zu Marilee gehen.

Gerade, als ich mir die letzten Krümel in den Mund steckte, brachte Judy ihm sein gerührtes Eiweiß und den Roggentoast. Sorgfältig hielt ich währenddessen den Blick geradeaus gerichtet und schüttelte auf ihre Frage, ob ich noch etwas wollte, stumm den Kopf.

Ein, zwei Minuten lang widmete sich Coffey stumm seinem Frühstück. Dann räusperte er sich. »Ms Hemingway, ich glaube, ich muss mich bei Ihnen entschuldigen.«

Ich schaute ihn noch immer nicht an, und einen kurzen Augenblick lang wusste ich nicht, was ich sagen sollte.

Er fuhr fort: »Ich kann gut verstehen, dass Sie wütend auf mich sind. Als Sie mich das letzte Mal angesprochen haben, da habe ich mich sehr unvernünftig verhalten.«

Dann wandte ich mich ihm zu. »Marilee ist tot, das wissen Sie.«

Er wurde rot, und für einen kurzen Moment glitzerten Tränen in seinen Augen. »Hören Sie, könnten wir uns vielleicht irgendwo anders unterhalten, wo wir ungestört sind?«

Ich nickte und ließ mich vom Hocker gleiten. Er kam mir nach, wir bezahlten an der Kasse und gingen nach draußen. Dort deutete ich auf den Bronco: »In meinem Auto können wir reden.«

Ich schloss den Wagen mit der Fernbedienung auf und setzte mich auf den Fahrersitz. Nach einem winzigen Augenblick des Zögerns machte er die Beifahrertür auf und stieg ein. Schweigend saßen wir da und starrten vor uns hin, während vor uns Leute das Diner betraten und andere ihn verließen. Ich war viel zu kaputt, um irgendetwas anderes tun zu können, als abzuwarten, was er mir zu sagen hatte.

»Ich habe Marilee geliebt«, sagte er mit sanfter Stimme. »Das glauben Sie mir wahrscheinlich nicht, aber es ist wirklich so.«

»Warum sollte ich das nicht glauben?«

»Sie haben doch mit Shuga Reasnor gesprochen, oder nicht? Sie hat Ihnen doch bestimmt erzählt, dass ich Marilee gehasst habe. Das hat sie jedem erzählt, aber es ist nicht wahr.«

»Dr. Coffey, es ist mir wirklich zutiefst gleichgültig, ob Sie Marilee geliebt haben oder nicht. Was mich interessiert, ist, woher Sie gewusst haben, dass ich von Marilee spreche, nachdem ich Ihnen erzählt habe, dass ich Tiersitterin bin. Ich habe Marilee mit keinem Wort erwähnt, und in den Medien war noch nichts von diesen Morden zu hören gewesen. Weder von dem an ihr noch von dem an Frazier. Also woher haben Sie gewusst, dass ich von Marilees Katze spreche?«

»Sie glauben, dass ich sie umgebracht habe, nicht wahr?«

»Ich betrachte es definitiv als Möglichkeit.«

Das Lachen, das er von sich gab, klang eher nach Schluchzen, und er schlug sich mehrmals mit der geballten Faust auf das Khakiknie, bis er sich wieder unter Kontrolle hatte.

»Ich glaube, es war ihre Haut, die ich am meisten geliebt habe«, sagte er dann. »Ihre Haut war so wunderbar, so unfassbar weich, dass man am liebsten …«

Er brach ab und wurde rot, in flagranti beim Gedanken daran ertappt, wie sich Marilees Haut unter seinen Händen anfühlte. »Ich komme Ihnen bestimmt ziemlich jämmerlich vor«, sagte er dann. »Verdammt noch mal, ich komme ja sogar mir selbst jämmerlich vor. Sie war für mich wie eine ansteckende Krankheit, verstehen Sie? Ich wollte eigentlich gar nichts mit ihr anfangen, es ist einfach passiert.«

»Ich will keineswegs darüber urteilen«, sagte ich.

»Oh, aber natürlich wollen Sie das. Und ich kann es Ihnen nicht verübeln. Ich verrate Ihnen etwas, was ich bisher noch niemandem verraten habe: Ich habe sogar gelegentlich nachts vor ihrem Fenster gestanden, um nachzusehen, ob sie mit irgendjemand anders zusammen ist. Ich habe mich tatsächlich im Gebüsch verkrochen und ihr nachspioniert.« Traurig schüttelte er den Kopf, als sähe er sich mit eigenen Augen bei dieser beschämenden Tat und könnte einfach nicht begreifen, wie dämlich er sich da angestellt hatte.

»Die Liebe lässt die Leute die idiotischsten Dinge machen«, meinte ich.

»Das Idiotischste war, dass ich, obwohl ich gesehen habe, dass sie von anderen Männern Besuch bekommen hat, ihr immer wieder geglaubt habe, dass die anderen ihr nichts bedeuteten. Dass ich für sie der Einzige war.«

»Haben Sie Harrison Frazier zu ihr gehen sehen? Sind Sie ihm nachgegangen und haben die beiden erschlagen?«

Er hob die zitternden Hände vors Gesicht und betrachtete sie. »Ich fange schon an zu zittern, wenn ich nur darüber rede. Aber das alles ist zwei Jahre her. Wenn ich sie wirklich hätte umbringen wollen, dann hätte ich es damals gemacht.«

»Vielleicht haben Sie abgewartet, damit der Verdacht nicht auf Sie fällt, und dann jemanden damit beauftragt.«

»Nein.«

»Sie haben mir immer noch nicht erklärt, woher Sie gewusst haben, dass ich für Marilee arbeite.«

»Ich habe das Katzenhalsband an ihrem Handgelenk erkannt. Ich war dabei, als Marilee es gekauft hat. Das war bei einem Silberschmied in New Orleans. Es ist ein Unikat, das ich jederzeit und überall wiedererkennen würde.«

»Und warum sind Sie so heftig ausgerastet, nur weil Sie wussten, dass ich nach Marilees Katze sehe? Sie haben gesagt: ›Ich weiß gar nichts darüber!‹ Was haben Sie denn damit gemeint?«

Sein Adamsapfel hüpfte nervös auf und ab, und ich nahm seinen sauren Atem wahr. »Marilee und Shuga haben sich manchmal an irgendwelchen Finanzgeschäften beteiligt, die sich hinterher als großer Schwindel entpuppten. Wahrscheinlich habe ich gedacht, dass sie wieder mal am Rand der Legalität entlangstreifen und dass Sie denken, dass ich auch darin verwickelt bin. Weil ich früher mal mit Marilee zusammen gewesen bin.«

Ich ließ den Bronco an. »Dr. Coffey, das ist so ungefähr das Unglaubwürdigste, was ich in meinem ganzen Leben gehört habe. Wenn Sie mich jetzt entschuldigen, ich habe zu arbeiten.«

Er schaute mich lange und durchdringend an, dann machte er die Tür auf. »Ich habe sie nicht umgebracht«, sagte er. »Ich habe sie wirklich geliebt.«

Ich gab keine Antwort, und er schloss vorsichtig die Beifahrertür und ging über den Parkplatz davon. Ich sah ihm hinterher, aber sein Auto war nicht schwarz. Es war ein roter Porsche, der laut zu brüllen schien: Hier kommt ein Mann mit kleinem Schwanz. Gut möglich, dass Dr. Coffey tatsächlich dabei gewesen war, als Marilee Ghosts Halsband gekauft hatte. Gut möglich sogar, dass er es tatsächlich an meinem Handgelenk wiedererkannt hatte. Aber auf gar keinen Fall hatte er mir den wahren Grund dafür genannt, dass er aufgesprungen war und gedroht hatte, die Polizei zu holen, nachdem ich ihn angesprochen hatte. Da musste ihn eine völlig andere Furcht geritten haben.

30

Ich hatte immer noch zwei Katzen auf der Liste, und anschießend fuhr ich ins Krankenhaus, um Phillip zu besuchen. Der Fahrstuhl brachte mich hinauf in sein Stockwerk, dann folgte ich den Pfeilen in Richtung Intensivstation. Noch bevor ich dort war, konnte ich das Piepsen der Herzüberwachungen sowie einen gelegentlichen Summton hören, der anzeigte, dass ein Infusions- oder ein Blutbeutel leer war. Ärzte machten ihre Runde, und der Stationspfleger eilte von Kabine zu Kabine, während die Assistenzschwestern wie Ministranten neben den sich über ihre Patienten beugenden Ärzten strammstanden. Die Neonröhren der Deckenbeleuchtung verliehen allen Anwesenden ein erschöpftes Aussehen. Ich trat auf Phillips Kabine zu und hoffte, dass er heute schon besser aussah als bei meinem letzten Besuch.

Er war nicht da. Die gesamte Kabine war leer, nicht einmal der Schrank mit dem Verbandsmaterial und den anderen medizinisch notwendigen Dingen war noch zu sehen.

Ich muss ziemlich erschüttert ausgesehen haben, denn der Stationspfleger kam zu mir herübergelaufen und legte mir die Hand auf die Schulter.

»Alles in Ordnung«, sagte er. »Er ist nach Hause gegangen.«

»Ich hatte schon befürchtet, er wäre …«

»Ich weiß. Auf der Intensivstation rechnet man immer gleich mit dem Schlimmsten. Um ehrlich zu sein, ich weiß gar nicht, wieso sie ihn überhaupt zu uns gebracht haben. So schwer waren seine Verletzungen ja gar nicht.«

»Um ihn so gut wie möglich schützen zu können. Dass die

Ärztin ihn so früh schon entlassen hat, wundert mich allerdings.«

Er schien sich nicht so recht wohl in seiner Haut zu fühlen. »Na ja, das hat sie eigentlich gar nicht. Sein Vater war da und hat ihn gegen den ärztlichen Rat abgeholt. Hat gesagt, zu Hause könne er sich genauso gut erholen wie hier, und hat ihn mitgenommen. In so einem Fall haben wir kein Recht, den Patienten hierzubehalten.«

Ich konnte spüren, wie mir das Blut aus dem Gesicht wich. Mir war, als hätte ich soeben erfahren, dass Phillip auf dem direkten Weg in die Hölle war.

Der Pfleger sah mir an, was ich dachte, und meinte achselzuckend: »Wir haben alles versucht, um ihn zu überreden, den Jungen hierzulassen, aber nachdem das Sheriff's Department die Bewachung abgeblasen hat, hatten wir nichts mehr in der Hand.«

»Ist Lieutenant Guidry schon verständigt worden?«

In einer der Patientenkabinen ertönte ein Alarmsignal und er machte mit einem entschuldigenden Lächeln auf den Lippen ein paar Rückwärtsschritte. »Das weiß ich nicht. Wir haben hier so viel zu tun.«

Dann eilte er jemandem zu Hilfe, dessen Zustand tatsächlich kritisch war, und ich ging wieder zurück auf den Flur. Dabei wählte ich Guidrys Nummer. Er war nicht da, also richtete ich seiner Mailbox aus, dass Phillip sich nicht mehr länger in der sicheren Obhut des Krankenhauses befand, sondern bei seinen Eltern war.

Griesgrämig fuhr ich ins Bayfront Village und stellte fest, dass Cora aufgestanden war und sich angezogen hatte. Sie wirkte niedergeschlagen, aber sehr viel stärker als gestern.

»Ich habe beschlossen, nach unten zu gehen und im Speisesaal eine Kleinigkeit zu essen«, sagte sie. »Ich finde, ich habe jetzt lange genug alleine hier oben gehockt.«

»Das ist gut, Cora. Kann ich denn irgendetwas für Sie tun?«

»Nein, Liebes, im Augenblick habe ich alles. Es ist sehr lieb von Ihnen, dass Sie sich so um mich kümmern, Dixie. Sie sind ein gutes Mädchen.«

Wir traten hinaus auf den Flur und ich half ihr, die Tür abzuschließen. Dabei sagte ich: »Cora, was wissen Sie über Dr. Coffey?«

Sie lächelte: »Oh, das ist ein seltsamer Mensch, Liebes. Ich war nicht mehr bei ihm, seitdem er und Marilee sich getrennt haben. Die beiden waren verlobt, wissen Sie?«

Wir gingen zu den Fahrstühlen, Cora mit winzigen Trippelschritten und ich so langsam, dass ich aufpassen musste, nicht das Gleichgewicht zu verlieren.

Ich sagte: »Ich habe heute Morgen mit ihm geredet und er hat mir erzählt, dass er so eifersüchtig auf Marilee war, dass er sich manchmal vor ihrem Haus im Gebüsch versteckt und sie beobachtet hat. Ob er das auch nach der Auflösung der Verlobung noch gemacht hat?«

»Sie fragen sich, ob er Harrison und Marilee umgebracht hat?«

»Daran habe ich schon gedacht, ja.«

»Dixie, ich habe es Ihnen schon einmal gesagt: Harrison Frazier hat Marilee umgebracht. Ich weiß zwar nicht, wer Harrison umgebracht hat, aber das interessiert mich auch nicht besonders. Das klingt schrecklich, ich weiß, aber genauso ist es.«

»Waren Sie schon immer Patientin von Dr. Coffey?«

»Er ist nicht mein Hausarzt. Ich glaube, er macht nur Herzsachen. Nein, ich hatte Schmerzen in der Brust und Marilee hat nicht lockergelassen, bis ich zu einem Spezialisten gegangen bin. Sie hat mich zu ihm begleitet, und er machte ein paar Untersuchungen. Zuerst meinte er, ich bräuchte so eine Operation, wo sie eine Umleitung um das Herz legen. Ich weiß nicht genau, wie das gehen soll, aber mittlerweile wird das ständig gemacht. Doch dann hat er seine Meinung geändert, und ich bin nur noch ein paar Mal in seiner Praxis gewesen. Er und Marilee haben dann eine ganze Weile ziemlich verrückt getan, aber dann ist sie wegen irgendetwas wütend auf ihn geworden. Ich habe nie erfahren, was es war, und dann die Beziehung abgebrochen.«

Ein Stück vor uns glitten die Fahrstuhltüren auf, und zwei ältere Damen stiegen aus. Sie blickten sich um wie Wandergänse nach der Landung. Eine sagte: »Oh, das ist die falsche Etage«, und sie kicherten los wie zwei kleine Mädchen, stellten sich wieder vor den Fahrstuhl und drückten auf die Ruftaste.

Cora und ich setzten unsere schleichende Annäherung an die beiden fort, und ich sagte: »Ich habe gehört, dass Marilee und Dr. Coffey schon vor dem Traualtar standen, als sie Schluss gemacht hat.«

Cora lachte. »So schlimm war es nicht, aber fast. Sie hat sie es ihm kurz vor einer Stellprobe für die Hochzeit gesagt, aber nicht in der Kirche, sondern zu Hause. Zuerst habe ich gedacht, dass sie kurz vor dem großen Ereignis einfach nur kalte Füße bekommen hat, wie so viele, und dass es wieder vorbeigehen würde, aber so war es nicht.«

Die Fahrstuhltüren öffneten sich erneut und die beiden Damen traten hinein. Sie fragten nicht einmal, ob sie auf uns warten sollten. Wir waren so langsam, dass die Zeit noch für mehr als eine Fahrt gereicht hätte.

»Außerdem habe ich gehört, dass Dr. Coffey Marilee eine Million Dollar geschenkt hat, und zwar unmittelbar, bevor sie die Hochzeit absagte. War das vielleicht auch übertrieben?«

»Tja, dazu kann ich eigentlich nichts sagen. Es könnte schon sein, aber ich weiß es nicht. Er ist ziemlich reich, müssen Sie wissen, und ich schätze, er hätte ihr auch noch mehr schenken können, ohne dass ihm etwas gefehlt hätte.«

Ihre Stimme hatte einen harten Klang bekommen und ich musste daran denken, wie Shuga mir erzählt hatte, dass es Cora gewesen sei, die von den Fraziers Geld verlangt hatte, nachdem Marilee schwanger geworden war. Sie fand die Vorstellung, dass Dr. Coffey Marilee eine Million Dollar geschenkt haben könnte, nur weil er es verschmerzen konnte, allem Anschein nach absolut angemessen. Ich stellte keine weiteren Fragen, und so erreichten wir schließlich den Fahrstuhl und fuhren nach unten. Ich schlug ihre Einladung zu einem gemeinsamen zweiten Frühstück aus und verabschiedete mich mit einer Umarmung vor dem Speisesaal von ihr.

Der Türsteher hatte meinen Bronco nahe des Haupteingangs abgestellt und die Schlüssel stecken lassen, sodass ich nicht erst warten musste, bis er den Wagen geholt hatte. Ich winkte ihm zu, damit er wusste, dass ich es war, und machte mich dann auf den Weg in Marge Prestons Kitty Haven. Nun endlich war der Zeitpunkt gekommen, wo ich Ghost nach Hause bringen konnte, mit dem Unterschied, dass sein Zuhause jetzt tatsächlich seines war und nicht nur das Haus, das er mit der Besitzerin zusammen bewohnte.

Ich bezahlte Marges Rechnung und steckte Ghost in eine meiner Pappkisten. Durch die Luftlöcher hindurch konnte ich sehen, dass er sich wie ein deprimierter Hase zusammengekauert hatte. Wir gaben alle beide keine besonders gute Figur ab.

Vor Marilees Haus lungerten keine Journalisten im Gebüsch, und auch Bull Banks' hässliche Fratze war nirgendwo zu entdecken, aber als ich Carl Winnicks schwarzen Mercedes in der Nachbareinfahrt stehen sah, verlangsamte ich meine Fahrt. Ich konnte mir gut vorstellen, was dort im Haus gerade geredet wurde, und allein die Vorstellung machte mich krank. Carl Winnick würde seine verworrenen Hasstiraden auf Homosexuelle von sich geben und Olga Phillips Musikerkarriere bejammern.

Ich hätte Guidry am liebsten angerufen und ihn angebrüllt, weil er Phillips Entlassung aus dem Krankenhaus abgesegnet hatte, aber gleichzeitig war mir auch klar, dass es keinen offiziellen Grund gegeben hatte, ihn länger dort festzuhalten. Wenn ich ihm gesagt hätte, dass es besser wäre, wenn Phillip nicht zu seinen grässlichen Eltern zurückkehren würde, dann hätte er geantwortet, dass sie voll und ganz im Recht waren. Ich sagte mir, dass Phillips Eltern ihn liebten. Ich sagte mir, dass sie ihm nicht noch mehr Verletzungen zumuten würden. Aber ich glaubte mir nicht eine Sekunde.

Ich machte das Garagentor auf und glitt hinein. Als das Tor krachend hinter mir ins Schloss fiel, atmete ich tief durch – ob vor Erleichterung oder vor Sorge, konnte ich nicht sagen. Ich holte die Achtunddreißiger aus dem Handschuhfach und steckte sie in meine Hosentasche, dann trug ich Ghost durch die Küchentür ins Haus. Als ich den Karton aufklappte, sprang er heraus wie eine verrückte Gazelle und drehte ein paar wahnsinnige Runden durch das ganze Haus.

Dann hatte er sich müde gelaufen und fing an, auf aggressive Art und Weise die Wände zu beschnüffeln. Dabei verzog er das Gesicht zu jener für Katzen typischen Grimasse, wenn sie bestimmte Chemikalien riechen, dem Flehmen. Dabei wird das Maul zu einem schmalen Lächeln in die Breite gezogen und die Zunge herausgestreckt, wodurch beim Einatmen bestimmte Geruchsstoffe am Gaumen entlanggeleitet werden, dort, wo das Jacobson-Organ sitzt. Damit können Katzen sowohl riechen als auch schmecken, und sie verfügen dadurch über einen sechsten Sinn. Alle Katzen besitzen dieses Organ, die Löwen und Tiger in der Wildnis genauso wie die zahmste Hauskatze. Je abscheulicher sie einen Geruch finden, desto deutlicher fällt das Flehmen aus. Manchmal ist das die einzige Warnung vor einem Angriff auf einen Menschen oder ein anderes Tier. So fallen Tiger beispielsweise jeden an, dessen Atem nach Alkohol riecht, und reißen ihn in Stücke.

Ich trage sowieso niemals Parfüm, wenn ich mit Tieren arbeite, aber als ich Ghosts Reaktion auf die Chemikalienspuren an der Wand sah, nahm ich mir vor, eine Zeit lang besonders vorsichtig mit Düften umzugehen. Bis Ghost sich an all die Veränderungen in seinem Leben gewöhnt hatte, würde er ganz besonders sensibel reagieren. Damit waren wir schon zwei.

Ich holte eine einfache Keramikschale aus dem Schrank – Ghosts Silberschale war nicht nur vom Sheriff's Department beschlagnahmt worden, sondern auch für alle Zeiten mit solch gruseligen Erinnerungen belastet, dass daraus nicht mehr getrunken werden konnte – und stellte ihm frisches Wasser hin. Er putzte sich die Bäckchen und rieb seinen Hintern an sämtlichen Schranktüren, um sie mit seinem eigenen Duft zu markieren und das Territorium, das die Reinigungsfirma ihm streitig gemacht hatte, wieder zurückzuerobern.

Ich wusste, dass er im Kitty Haven nicht besonders viel gegessen hatte, und deshalb holte ich, obwohl er bereits gefrühstückt hatte, seine Futterschüssel hervor. Für gewöhnlich befürworte ich biologisch angebautes Trockenfutter, weil darin sämtliche Nährstoffe enthalten sind, die eine Katze schlank und gesund halten. Aber auch für Katzen gilt, dass immer nur gesundes Essen auf Dauer langweilig wird, weshalb man zu besonderen Anlässen durchaus gelegentlich eine Dose Katzenfutter aufmachen kann. Das, was für mich gebratener Schinken war, das waren für Ghost Rindfleischscheiben in Bratensaft, und nach allem, was er durchgemacht hatte, dachte ich, er könnte ein paar davon vertragen. Ich selbst hätte auch nichts dagegen einzuwenden gehabt.

In Marilees Vorratskammer standen ein Fünfkilosack mit Trockenfutter sowie jede Menge Dosenfutter. Als ich die Tür aufmachte, blieb ich wie angewurzelt stehen.

»Huch«, sagte ich. Wenn man mit einer Katze allein ist, kann man sich solche intelligenten Kommentare leisten, ohne gleich eine Erklärung abgeben zu müssen.

Die Vorratskammer war L-förmig geschnitten, das kurze Ende befand sich links von der Tür. Bisher hatte der Sack mit dem Trockenfutter immer auf dem Boden unterhalb des langen Regalbretts gegenüber der Tür gestanden, das mit Bergen von Dosenfutter, ein paar Gläsern Katzenminze, Schachteln mit besonderen Leckereien sowie ein paar Katzenspielzeugen vollgestopft gewesen war. Jetzt lagen diese Sachen auf zwei Regalbrettern am kurzen Ende verteilt. Marilee musste ihre Vorratskammer umgeräumt haben.

Als ich auf der Suche nach geschnittenem Rind die Dosen mit Kalb, Lamm und Hühnchen auf den kurzen Brettern hin und her schob, wurde mir plötzlich klar, dass das Regal nur noch halb so tief war wie früher. Marilee hatte also nicht nur umgeräumt, sie hatte auch umgebaut.

»Huch«, sagte ich noch einmal. Mittlerweile war mein Repertoire an intelligenten Kommentaren ziemlich begrenzt.

Ich holte eine Dose Rindfleisch hervor und machte sie auf. Noch bevor ich die Schale mit dem Futter auf den Boden gestellt hatte, war Ghost völlig aus dem Häuschen vor Freude. Dann ging ich zurück in die Vorratskammer und nahm sämtliche Sachen aus den frisch gekürzten Regalen, um die Rückwand besser begutachten zu können.

Sie sah genauso aus wie die anderen Gipskartonwände auch, aber wenn man etwas genauer hinschaute, war zu erkennen, dass es sich um eine frisch gestrichene Holzplatte handelte. Ich holte mir ein Messer und steckte es in die Ritze an der linken Seite der Platte. Ich ließ das Messer auf und ab gleiten, ohne den geringsten Widerstand zu spüren. Danach wiederholte ich das Ganze auf der rechten Seite und stieß oben, in der Mitte und unten auf Widerstand.

»Volltreffer«, flüsterte ich. Die Regalrückwand war eine Klapptür.

Eigentlich hätte ich jetzt auf der Stelle zum Telefon greifen und Guidry anrufen müssen. Ich hätte ihm gestehen müssen, dass in meinem Schreibtisch eine Mappe lag und darin eine Rechnung über die Installation eines Wandsafes. Ich hätte ihm gestehen müssen, dass ich Marilees Post geöffnet und diese Rechnung gefunden hatte. Ich hätte ihm auch sagen müssen, dass ich ihm diese Information bisher vorenthalten hatte und dass es dafür keinerlei vernünftigen Grund gab, abgesehen von der Tatsache, dass Marilee genau wie ich ihre Tochter verloren hatte. Sogar mir war klar, dass das ein sehr irrationaler Grund für die Unterschlagung von Beweismitteln war, aber damals war es mir absolut logisch erschienen: Wenn es mir gelang, ihre Geheimnisse zu bewahren, dann würden wir beide dadurch weniger verwundbar werden.

Ich versuchte, die Tür mir dem Messer aufzustemmen, aber sie gab keinen Millimeter nach. Vermutlich besaß sie einen Druckmechanismus. Ich ließ die Finger am oberen Rand der Tür entlanggleiten. Als ich auf der linken Seite angelangt war, hörte ich ein Klicken und die Tür schwang auf.

»Oh, Gott«, flüsterte ich, weil in die Wand ein cremefarbener Safe eingelassen war.

»Oh, verdammt«, murmelte ich, weil der Safe zwei Schlösser besaß.

Um den Schweinehund aufzubekommen, musste man nicht nur in Marilees Gehirn kriechen und ihm den Code entlocken, man brauchte dazu auch noch einen Schlüssel.

Mein Handy klingelte, und ich erstarrte. Es gab nur zwei, drei Menschen auf der Welt, die meine Handynummer kannten, und mit keinem von ihnen wollte ich jetzt sprechen. Das war Michael aus der Feuerwache.

Er sagte: »Ist alles in Ordnung?«

»Ja, klar, alles in Ordnung.«

»Du bist bei Tom Hale, stimmt's?«

Ich drückte den großen Zeh eines meiner Keds in den Fußboden, genauso wie damals, als wir noch Kinder waren und Michael mich nach irgendetwas ausgequetscht hat, von dem wir beide wussten, dass ich es angestellt hatte und was ich dennoch abstritt. Ich holte tief Luft und drückte den Rücken durch. Ich war zweiunddreißig Jahre alt und konnte machen, was ich wollte.

»Also, eigentlich bin ich bei Marilee. Ich werde ein paar Tage hierbleiben. Ich erklär es dir später. Es ist eine lange Geschichte.«

»Bist du wahnsinnig geworden?«

»Das muss sich wohl erst noch zeigen.«

»Ach du Scheiße, Dixie, das gefällt mir überhaupt nicht. Dieser Dr. Win, dieses Arschloch, wohnt doch direkt nebenan. Der hetzt dir garantiert jeden Journalisten der Stadt auf den Hals.

»Das glaube ich nicht. Ganz im Gegenteil: Bestimmt kann sich kein Mensch vorstellen, dass ich ausgerechnet hier bin. In ein, zwei Tagen komme ich wieder nach Hause. Wenn das Ganze vorbei ist.«

Er ermahnte mich ungefähr hundert Mal, sofort anzurufen, wenn ich Hilfe brauchte, und ich versprach es ihm.

Dann sagte er: »Es passt mir zwar überhaupt nicht, aber ich schätze, es ist schon in Ordnung so.«

»Ich hab dich lieb.«

»Ich dich auch, Dix.«

So ist er eben, mein großer Bruder. Der sanfte Riese.

Ghost kauerte immer noch über seinen Rindfleischscheiben und kaute selig und mit halb geschlossenen Augen. Ich ging zurück in die Vorratskammer und betastete das Schlüsselloch des Tresors. Damit hatte ich nicht gerechnet. Normalerweise nehmen die Leute ein Geburtsdatum oder ihre Sozialversicherungsnummer als Zahlencode, und daher war ich davon ausgegangen, dass ich alles hatte, was ich brauchte, um den Safe zu öffnen. Aber das mit dem Schlüssel war ein schwerwiegendes Problem.

Ich schaute mich in der Küche um. Wenn Marilee den Tresor in der Vorratskammer versteckt hatte, vielleicht war dann auch der Schlüssel irgendwo in der Küche. Aber bevor ich anfing, danach zu suchen, musste ich mich um meine eigentliche Arbeit kümmern – die Betreuung von Tieren. Ich setzte mich an die Küchentheke und hörte über das Handy die Nachrichten auf meinem Anrufbeantworter ab. Ein paar Journalisten hatten angerufen, und eine Klientin hatte sich aus North Carolina gemeldet, um mir mitzuteilen, dass sie in den Nachrichten von mir gehört hätte und dass sie nicht wollte, dass ich ihr Haus noch einmal betrete. Sie hätte bereits einen anderen Tiersitter engagiert und würde mich nie wieder beschäftigen.

Das tat mir wirklich weh. Ich kam mir vor wie ein kleines Mädchen, das gerade von seiner besten Freundin verstoßen worden ist.

Der letzte Anruf stammte von Phillip Winnick. Seine Worte waren zwar nur undeutlich zu hören, aber besser verständlich als gestern noch. Doch es war nicht der Klang seiner Worte, der mich aufschreckte, sondern ihr Inhalt.

»Ähm, Ms Hemingway ... ich meine, Dixie ... hier spricht Phillip ... Falls ich Sie nicht wiedersehe ... ich wollte nur sagen ... danke ... Das war's schon. Ach, und ... tut mir leid, dass ich Sie angelogen habe.«

Ich hörte die Nachricht etliche Male ab, und er hörte sich jedes Mal zu Tode erschreckt und verzweifelt an. Irgendetwas war da los, und was es auch sein mochte – Phillip hielt es offenbar für möglich, dass er mich nie wiedersah. Ich legte das Handy weg, und ein eiskalter Schauer lief mir den Rücken hinunter.

31

Bleiern und benommen stellte ich mich unter die Dusche und zog mir dann frische Kleider an. Egal, wie sehr ich versuchte, mich davon zu überzeugen, dass die Winnicks ihren Sohn liebten, ich wurde einfach das Gefühl nicht los, dass großes Unheil bevorstand. Verängstigter und mutloser als Phillip konnte man kaum noch sein, und ich hatte den Eindruck, als fühlte er sich schuldig, weil er nicht ehrlich zugegeben hatte, dass er schwul war. Ich wusste, dass er von seinen Eltern bestimmt nicht die Liebe und die Unterstützung bekommen würde, die er eigentlich brauchte. Wenn überhaupt, dann würden sie seine Niedergeschlagenheit nur noch verstärken. Phillip brauchte einen echten Beistand, und im Augenblick war ich vielleicht die Einzige, die ihm das sein konnte.

Schließlich hielt ich es nicht länger aus, marschierte zur Haustür hinaus und ging das kurze Stück zu den Winnicks hinüber.

Ich stand noch nicht einmal vor der Haustür, da hörte ich laute Stimmen. Olga Winnick schrill und flehend. Carl Winnick scharf und drohend. Und, überdeckt von ihren Tiraden, Philipps leise, gequälte Stimme. Genauso, wie ich es mir in meinen schlimmsten Fantasien ausgemalt hatte und vielleicht sogar noch schlimmer. Es war mir vollkommen egal, ob Phillip ihr Sohn war, ich würde ihn auf jeden Fall dort herausholen. Er war über achtzehn, und sie konnten ihn nicht gegen seinen Willen bei sich festhalten.

Ich klingelte Sturm und schlug zur Sicherheit gleichzeitig mit der Faust gegen die Tür. Früher hätte ich dabei noch »Aufmachen, Sheriff's Department!« brüllen können, aber diese

Zeiten waren vorbei. Aber ich war sowieso nicht in einer offiziellen Funktion hier, sondern als Freundin, und einen besseren Grund gibt es gar nicht.

Die Tür blieb zu, und das Geschrei ging weiter. Ich klingelte noch einmal und hieb noch fester gegen die Tür. Olga stieß ein lang gedehntes Heulen aus, das mir eine Gänsehaut verursachte. Carl Winnick brüllte etwas wie: »Was, zum Teufel, machst du da?«

Aus weiter Ferne hörte ich Phillip antworten, aber ich konnte nicht verstehen, was er sagte.

Irgendetwas war völlig aus dem Ruder gelaufen. Ich legte die Hand an den Türgriff und drückte. Die Tür gab nach. Ich klopfte noch einmal an und stieß sie ganz auf. Dabei rief ich laut: »Hallo? Phillip?«

Olga und Carl Winnick standen im Wohnzimmer. Sie hatten mir den Rücken zugewandt und ihre Haltung war angespannt und steif und wütend. Hinter ihnen, direkt vor den zugezogenen Vorhängen, stand Phillip. Es war ziemlich düster, daher konnte ich ihn nicht besonders gut erkennen, aber er schien einen dunklen Schlafanzug zu tragen, der fast dieselbe Farbe hatte wie die Blutergüsse in seinem Gesicht.

Olga wirbelte herum und kreischte: »Verlassen Sie sofort mein Haus!«

Ich machte nicht einmal den Versuch, sie mit einem Vorwand abzulenken. »Ich möchte Phillip abholen!«

Wie ein Racheengel stürzte Olga auf mich zu, mit ausgestrecktem Arm, die Faust wie einen Rammbock geballt. Die Frau war verrückt, wenn sie glaubte, sie könnte mir mit dieser Faust Angst einjagen.

Ich griff nach ihrem Handgelenk und drehte es um, dann schnappte ich mir das andere Handgelenk und drehte ihr den Arm auf den Rücken. Sie war drahtig und kräftiger, als ich gedacht hatte, aber ich wusste, dass ich sie blitzschnell zu Boden werfen konnte. Sie schien das ebenfalls zu wissen, denn sie trat nicht nach mir, sondern drehte lediglich ihren steifen

Hals und keuchte wie ein angeleinter Drache und blies mir dabei heiße Luft und Schnapsgeruch ins Gesicht.

Carl Winnick rannte an uns vorbei in die Küche. Ohne sein schickes Jackett wirkte er mit der breiten Brust und den kurzen Beinen fast schon mitleiderregend unförmig.

Olga sagte: »Das ist alles Ihre Schuld! Sie und Ihresgleichen, Sie haben ihm lauter verdorbene Gedanken ins Hirn gepflanzt!«

Über ihren Kopf hinweg rief ich Phillip zu: »Phillip, du bist ein netter, freundlicher, talentierter junger Mann und du musst nicht hierbleiben. Komm mit mir.«

Er schüttelte den Kopf. »Das ändert ... auch nichts mehr.«

»Aber natürlich! Natürlich ändert das was! Im Augenblick hast du vielleicht noch alle möglichen Verletzungen, aber du wirst wieder gesund und alles wird gut. Du musst nicht mehr länger mit einer Lüge leben.«

»Nur damit ... dass meine Eltern mich hassen.«

»Sie hassen dich doch in Wirklichkeit gar nicht. Sie kennen dich bloß nicht. Sie werden sich ändern, du wirst sehen.«

Carl kam aus der Küche herbei gerannt und baute sich mit hochrotem Kopf direkt vor mir auf. »So, Mädchen, ich habe die Polizei gerufen, also haust du am besten ab, bevor sie dich mitnehmen und einbuchten.«

Ich starrte ihn an, und in meinem Gehirn machte es klick.

Phillip trat ein paar Schritte vor und sagte: »Lass sie in Ruhe, Dad.«

In diesem Augenblick erst sah ich die Pistole. Der Lauf war dunkel, so wie sein Schlafanzug, und er hielt sie mit der Mündung nach unten auf Höhe seines Oberschenkels. Der Griff verschwand fast vollständig in seiner großen Hand, aber ich erkannte das verräterische rote Pünktchen, das erkennen ließ, dass die Waffe entsichert war. Ich hätte es wissen müssen. Carl Winnick hatte seinem Sohn nicht nur beigebracht, dass man einer Dame die Tür aufhielt, sondern auch, wie man eine Automatik bediente.

»Phillip, was hast du mit der Pistole vor?«, fragte ich. Seine Antwort war viel zu gefasst: »Ich werde mich damit umbringen.«

Meist klingt in der Stimme eines Menschen, der mit Selbstmord droht, ein stummes Flehen mit, das deutlich macht, dass er von seinem Vorhaben abgebracht werden möchte. Dass er verhandeln möchte. Dass er hören möchte, dass sich alles ändern wird, dass das Leben einfacher wird, dass irgendeine Ungerechtigkeit, die ihm widerfahren ist, beseitigt wird, dass ihm endlich jemand zuhören und auch wirklich hören will, was er zu sagen hat. Bei Phillip war jedoch nichts dergleichen zu erkennen. Er tat sachlich eine Absicht kund, die er schon längst beschlossen hatte und zu der er keine Alternative sah.

Carl sagte: »Hast du denn gar nichts daraus gelernt, dass du überfallen und zusammengeschlagen worden bist?«

»Ich habe gelernt, wie sehr ihr euch für mich schämt. Ich habe gelernt, dass ich niemals der Sohn sein werde, den ihr euch wünscht.«

Langsam hob Phillip den Arm, so lange, bis der Lauf direkt an seiner Schläfe lag. Ich hörte ein stummes Wimmern im Inneren meines Kopfes, während sich ein Übelkeit erregender, metallischer Geschmack in meinem Mund ausbreitete. Ich musste ihn irgendwie aufhalten, aber egal, welche Möglichkeit ich ins Auge fasste, es bestand immer auch die Gefahr, dass er den Abzug drückte.

Sogar Carl schien begriffen zu haben, dass jetzt etwas gesagt werden musste, was Phillip dazu bewegen konnte, sein Vorhaben aufzugeben.

»Ich bin kein Mann, der nicht verzeihen kann, mein Sohn, das weißt du. Du kannst selbst dafür sorgen, dass ich wieder stolz auf dich bin!«

Die Ironie in Phillips Stimme war neu. »Na klar, und ich muss dazu nichts weiter tun, als mich selbst zu töten.«

»Hast du eigentlich eine Vorstellung davon, was du mir

und deiner Mutter damit antun würdest? Willst du uns denn noch mehr beschämen?«

Bei diesen Worten verlor ich all meine Hoffnung. Verlor den letzten dürren Strohhalm, an den ich mich noch geklammert hatte.

Genau wie Phillip. Mit erschöpfter Stimme sagte er: »Ich kann mich auf unterschiedliche Weise umbringen. Mit einer Kugel, oder indem ich so lebe, wie ihr es wollt. Aber tot wäre ich so oder so.«

Ich hatte den Griff um Olgas Handgelenk gelockert, und sie riss sich urplötzlich los.

»Phillip, wir schicken dich in ein Sanatorium! Dort wirst du geheilt! Und wenn du wieder ganz du selbst bist, kannst du immer noch an die Juilliard gehen!«

Phillip stieß ein lautes, bellendes Lachen aus, das ihm den Kopf in den Nacken riss, und es ertönte ein brüllender Schuss. Er sackte zu Boden. Rings um seinen Kopf bildete sich eine leuchtend rote Blutlache. Olga schrie auf und schlug die Hände vors Gesicht. Carl hielt sich am Türrahmen fest und starrte wie versteinert und mit hervorquellenden Augen vor sich hin. Ich hatte das Handy schon in der Hand und wählte die 911, während ich versuchte, mich an ihnen vorbeizuschieben.

Erst, als Deputy Jesse Morgan mich sanft beiseiteschob, merkte ich, dass ich weinte.

»Es hat schon jemand angerufen«, sagte er.

Er hatte auch ein Telefon in der Hand und rief einen Notarztwagen, dann eilte er zu Phillip und verstellte mir den Blick.

Das dünne Heulen der Sirene des Notarztwagens durchschnitt bereits die morgendliche Hitze, und ich wusste, dass bald schon etliche andere Wagen des Sheriff's Department hier auftauchen würden. Ich ging zurück zu Marilees Haus und schloss die Tür hinter mir.

Ich wollte nicht mit ansehen müssen, wie sie Phillip in

einen Leichensack steckten und abtransportierten. Womöglich hätte ich Carl Winnick sonst eigenhändig umgebracht.

Zurück in Marilees Gästezimmer verkroch ich mich im Bett. Die geschlossenen hölzernen Fensterläden machten das Zimmer dunkel wie eine Höhle, und die stuckverzierten Wände waren so dick, dass sie jedes Geräusch von draußen dämpften. Wenn ich mir ein Kissen über den Kopf zog, dann brauchte ich nichts mehr von den Winnicks hören.

Ich wusste genau, was ich zu tun hatte. Ich wusste, wie ich mich von tödlichem Schrecken abschotten konnte. Ich wusste, wie ich mich in mich selbst zurückziehen konnte, damit die scharfen Krallen der Realität mich nicht kratzen und beißen und schneiden konnten. Ich hatte gedacht, ich könnte das Leben ertragen, aber ich konnte es nicht. Ich wollte es nicht einmal.

Ghost kam zu mir unter die Decke gekrochen und kuschelte sich in meine Magengrube. Seine Körperwärme durchdrang mich. Instinktiv legte ich die Hände um seinen Körper und spürte sein Herz schlagen. Seine raue Zunge leckte über mein Handgelenk, und er fing an zu schnurren. Stummes Tier an stummem Tier, so schickte er mir seine Liebe, auf die einzige Weise, die er kannte, und langsam kroch sie durch meine kalten Adern bis hinauf in mein verängstigtes Herz.

Schließlich musste ich mir eingestehen, dass es gar nicht die Welt da draußen war, vor der ich mich versteckte, sondern meine eigene Wut. Ich hätte wirklich und wahrhaftig meine Achtunddreißiger in die Hand nehmen und da hinübergehen und Carl Winnick mit Kugeln vollpumpen können. Ich hätte wirklich und wahrhaftig da hinübergehen und Olga Winnick mit der Pistole totschlagen können. Ich war zu so etwas fähig, und das wusste ich und war zutiefst erschrocken darüber. Außerdem wusste ich, dass es nichts Lähmenderes gibt als unterdrückte Wut.

Das Handy in meiner Hosentasche fing an zu piepsen, und

Ghost krabbelte erschreckt aus dem Bett. Ich schaute auf das Display und stöhnte. Das war Guidry.

Ohne jede Einleitung sagte er: »Dixie, der junge Winnick lebt. Er ist auf dem Weg in die Unfallklinik in St. Pete. Ich weiß nicht, wie schwer er verletzt ist, aber jedenfalls ist er am Leben.«

Ich setzte mich auf und wischte mir mit dem Bettlaken die Tränen vom Gesicht. »Der Mann, der Tanisha dieses Messingrohr weggenommen hat, das war Carl Winnick. Entweder hat er Phillip selbst damit eins über den Schädel gezogen, oder er hat Bull Banks dafür angeheuert.«

»Woher wissen Sie das?«

»Ich weiß es eben. Er hat mich mit genau denselben Worten angesprochen wie Tanisha, hat uns ›Mädchen‹ genannt. Ich weiß, dass er es war.«

»Deputy Morgan sagt, Sie hätten in der Tür gestanden, als Phillip den Schuss abgegeben hat. Die Winnicks behaupten, sie wüssten nicht, warum er das getan hat. Wissen Sie's?«

»Natürlich. Er hat es ihnen doch gesagt. Sie wollten nicht den Sohn, den sie haben, und er konnte nicht damit leben. Und die Reaktion seiner Mutter bestand darin, dass sie ihn in ein Sanatorium schicken wollte, damit er ›geheilt‹ wird.«

»Mein Gott. Der arme Junge.«

»Sie nehmen sich Carl Winnick vor, ja? Sonst mache ich das.«

»Sie machen gar nichts.«

Die Leitung wurde unterbrochen, und ich schleuderte das Handy auf die Bettdecke.

»Du Hurensohn! Egoistischer Drecksack! Scheißkerl!«

Schreien ist immer gut, wenn man sich vollkommen hilflos fühlt.

Aber Phillip war nicht tot. Vielleicht geschah ja ein Wunder, und er wurde wieder ganz gesund.

Ich stieg aus dem Bett.

Wieder klingelte das Handy, und dieses Mal meldete sich

Michael aus der Feuerwache. »Dixie, gerade habe ich das mit dem jungen Winnick erfahren.«

Ich brach auf der Stelle zusammen, sackte zu Boden und schluchzte ins Telefon. »Oh, Michael, so ein niedlicher, freundlicher Junge! So ein hübsches Gesicht!«

»Ich weiß, Dixie. Ich weiß.«

»Das ist einfach nicht gerecht.«

»Nein, das ist es nicht.«

Zu einem Knäuel zusammengekauert auf dem Boden liegend, den Telefonhörer an die Brust gepresst, weinte ich so sehr, dass ich dachte, es würde mir die Kehle zerreißen. Ich beweinte all das Schreckliche, das Phillip widerfahren war, das Todd und Christy widerfahren war, und all die anderen sinnlosen Tragödien, denen ein junges, strahlendes Leben zum Opfer gefallen war. Ich weiß nicht, wie lange ich weinte, aber als ich wieder in der Lage war zu hören, legte ich das Telefon ans Ohr, und Michael war immer noch dran, hielt mich vom anderen Ende der Leitung her immer noch fest.

Ich sagte: »Alles in Ordnung.«

»Wenn du mich brauchst, dann nehme ich mir einen Tag frei und komme zu dir.«

»Nein, ich komme schon klar, ehrlich.«

»Ruf mich in ein paar Stunden wieder an, okay?«

Ich wischte mir über das nasse Gesicht und nickte ins Telefon. »Versprochen, aber mach dir keine Sorgen. Es geht mir wirklich gut. Zumindest so gut, wie es eben gehen kann, wenn man mit eigenen Augen gesehen hat … du weißt schon.«

»Ja. Ich mache mir keine Sorgen, aber ruf mich trotzdem an.«

Ich stand auf und wusch mir das Gesicht. Ich hatte Michael die Wahrheit gesagt. Jeder Mensch, der mit eigenen Augen gesehen hat, wie ein junger Mann sich in den Kopf schießt, wäre erschüttert, und die Tatsache, dass mich dieses

Erlebnis nicht mehr verstört hatte als jeden anderen durchschnittlichen Neurotiker, war durchaus ermutigend.

Ghost kam mir hinterhergeschlichen und strich mir um die Füße. Ich beugte mich zu ihm hinunter, um ihm das silberne Fell zu streicheln, und er drückte den Kopf in meine Handfläche und machte einen Buckel, beharrlich wie ein kleines Baby. Also ging ich zum Bronco, kramte mein Pflegeset hervor und nahm Ghost mit auf den Lanai. Ich kämmte ihm mit der Zupfbürste das Fell, bis es glatt und glänzend war, und dabei wurden wir beide wieder ruhiger.

Während ich ihn kämmte, wanderte mein Blick hinüber zum Haus der Winnicks. Ich entdeckte ein Fenster an der Rückseite, das vermutlich zu Phillips Zimmer gehörte. Vor diesem Fenster hatte er gestanden und beobachtet, wie in Marilees Einfahrt eine Frau in ein Auto gestiegen war. Ich war mir sicher gewesen, dass das der Grund für den Überfall sei, aber ich hatte mich getäuscht. Phillip war einem Kerl zum Opfer gefallen, den Carl Winnick extra für diesen brutalen Überfall angeheuert hatte – damit er vor lauter Angst zum Hetero wurde, um ihn für seine Homosexualität zu bestrafen, um seine gerade erwachende Selbstachtung zu zerstören … wer konnte schon sagen, welch kranke Absicht Winnick damit verfolgt hatte?

Ich nehme das Wort »böse« nicht oft in den Mund. Es riecht mir zu sehr nach fanatischen Wahnsinnigen, die mit ihren verdrehten Vorstellungen von Gut und Böse die Welt beherrschen wollen. Aber als ich mir überlegte, wie man einen Menschen bezeichnen sollte, der einen Ganoven damit beauftragte, seinen einzigen Sohn zu verprügeln, weil dieser Sohn schwul war, da fiel mir kein anderes Wort als böse ein. Carl Winnick war ein wahrhaft böser Mensch, und die Tatsache, dass er in der Öffentlichkeit als Moralapostel auftrat, machte alles nur noch schlimmer.

Als Ghost gebürstet war und sich wieder glatt anfühlte, ließ ich mein Pflegeset auf dem Tisch im Lanai liegen und trug Ghost ins Haus, bevor ich die Schiebetür zumachte. Ich habe gelernt, gar nicht erst zu versuchen, Katzen durch eine offene Tür zu locken, weil sie jedes Mal nur bis zur Hälfte hindurchgehen und dann stehen bleiben und anfangen, über das Geheimnis des Lebens nachzugrübeln, während man selbst wie ein Idiot danebensteht und sie freundlich bittet, sie mögen doch weitergehen. Stattdessen trage ich sie immer wie eine Braut über die Schwelle.

Um die Schiebetür ordentlich zu verriegeln, brauchte man beide Hände, also setzte ich Ghost vorher auf den Boden. Dann ging ich, begleitet von dem Kater, in die Küche zurück und machte mir einen Tee, den ich an der kleinen Esstheke zu mir nahm. Dabei stellte ich mir vor, was sie in der Unfallklinik wohl gerade mit Phillip anstellen mochten. Die Ärzte würden um sein Leben kämpfen. Womöglich mit Operationen, Bluttransfusionen, Beatmungsgeräten und all den anderen technischen Möglichkeiten unserer Zeit, die dem Erhalt des Lebens dienen. Aber egal, wie viele hilfreiche Apparate ich mir auch vorstellen mochte, ich konnte die Augen nicht vor der Realität einer Pistolenkugel und dem, was sie im Inneren eines Schädels anrichtete, verschließen.

Ich wusch Ghosts Futterschale und meine Teetasse ab, während Ghost unentwegt um meine Füße strich, einen Buckel machte und sich mit hocherhobenem Schwanz an mir rieb. Ich war gerührt. Katzen besitzen winzige Duftdrüsen im Gesicht und am Schwanzansatz, Wenn sie sich an jemand reiben, dann vermischen sie dadurch ihren eigenen mit dem Geruch des anderen. Und eine größere Nähe zwischen zwei Lebewesen als der gemeinsame Geruch ist nicht möglich. Ghost wollte damit ausdrücken, dass er und ich jetzt untrennbar miteinander verbunden waren. Er hatte die Stelle als mein bester Freund, mein Vertrauter und mein Beschützer eingenommen.

Auch Hauskatzen können grausam sein, und Ghost wollte mir darüber hinaus auch sagen, dass er, falls wir beide einmal gemeinsam in der Wildnis jagen gingen, das nächstbeste Nagetier anspringen, es mit seinen dolchartigen Eckzähnen durchbohren und ihm für mich die Wirbelsäule in Stücke reißen würde. Er würde das Fleisch in mundgroße Stücke zerteilen und es mit mir gemeinsam verzehren. Da wir jedoch nicht in der Wildnis waren, würde er sich damit begnügen müssen, mir gelegentlich eine unglückliche Eidechse zu fangen, die sich auf den Lanai verirrt hatte. Dieses ganze Verhalten machte es nur umso wichtiger, dass ich einen neuen Besitzer für ihn ausfindig machte, bevor er sich zu stark an mich binden konnte. Er hatte schon einmal einen geliebten Menschen verloren. Ich wollte nicht, dass ihm das noch einmal passierte.

Ich ließ unser Geschirr zum Trocknen auf der Theke stehen und ging zurück in die Vorratskammer, wo ich den Tresor noch einmal in Augenschein nahm. Es erschien mir jetzt alles nicht mehr ganz so wichtig, aber ich musste mich irgendwie von den Gedanken an Phillips Schicksal ablenken. Erneut betastete ich das Schlüsselloch. Es war klein, also musste auch der Schlüssel ziemlich klein und daher leicht zu verstecken sein. Allein der Gedanke daran, an wie vielen Stellen Marilee ihn womöglich versteckt haben könnte, ließ mich ganz wirr im Kopf werden. Da war der Code wohl deutlich einfacher zu finden.

Ich holte mir die Zahlenreihen, die ich von Marilees ruinierter Steuererklärung abgeschrieben hatte, und ging zurück zum Safe, um zu demonstrieren, wie gut ich über andere Menschen Bescheid wusste, die ihre Geburtsdaten oder Sozialversicherungsnummern oder Hausnummern als Code wählten. Leicht zu merken, aber eben auch für Einbrecher leicht herauszufinden. Nicht, dass ich eine Einbrecherin gewesen wäre. Eher so eine Art Beschützerin.

Ghost sah mir aufmerksam zu, während ich die ersten sechs Ziffern von Marilees Sozialversicherungsnummer eingab. Dann die letzten sechs Ziffern. Dann erst die eine, dann die andere rückwärts. Ich versuchte es mit ihrer Adresse, ihrer Postleitzahl und diversen Abschnitten ihrer Telefonnummer. Nichts funktionierte.

Ich klappte die Holztür zu und ließ den Safe dahinter verschwinden, stellte das Katzenfutter zurück ins Regal und kroch wieder ins Bett zurück. Ghost kam mir nach, blieb aber höflich bei meinen Füßen liegen, jedoch immer noch dicht genug, um mich zu wärmen. Sofort tauchten Bilder von Phillip und wie er auf sich selbst geschossen hatte vor meinem inneren Auge auf. Deputy Morgan hatte mich von der Szene weggezogen, noch bevor ich sah, wo ihn die Kugel getroffen hatte, aber ich hatte die Waffe gesehen und wusste, was eine Pistolenkugel anrichten konnte.

In der Unfallklinik von St. Pete rangen die Ärzte um Phillips Leben. Aber falls sie Erfolg hatten – würde er noch Phillip sein oder nur eine bedauernswerte Hülle ohne Geist? Ohne Bewusstsein für seine Umgebung, ohne die Fähigkeit, zu denken oder kreativ zu sein, ohne die Fähigkeit, wenigstens einen Hauch Lebensfreude zu empfinden? Für mich war solch ein Leben kein Leben, sondern nur ein atmender Tod.

Seit Todd und Christy ums Leben gekommen waren, hatte ich kein Wort mehr mit Gott gewechselt, aber jetzt unterhielt ich mich ein wenig mit ihm. Oder ihr, je nachdem. Ich sagte: Ich bin immer noch sauer auf dich, weil du mir Todd und Christy weggenommen hast, aber vielleicht hast du das ja nur getan, weil sie so schlimm verletzt waren, dass sie gar nicht mehr sie selbst gewesen wären, wenn sie weitergelebt hätten. Für sie wäre das schrecklich gewesen, also hast du wahrscheinlich alles richtig gemacht. Jetzt ist auch Phillip verletzt worden, und auch für ihn wäre es schrecklich, wenn er nicht als er selbst weiterleben könnte. Es wäre schrecklich wenn er nicht mehr Klavier spielen, keine Freude mehr empfinden, keine Liebe geben oder empfangen könnte. Deshalb sollst du wissen, dass ich es verstehen kann, wenn du Phillip zu dir holst. Es würde mir nicht gefallen, aber ich würde es verstehen. Nicht, dass du meine Zustimmung dazu bräuchtest. Falls er aber trotz allem, was passiert ist, immer noch ein gutes Leben führen kann, dann bitte ich dich, den Ärzten bei seiner Rettung zu helfen. Das war's. Amen.

Vermutlich hatten die meisten Menschen eine andere Vorstellung davon, wie ein Gebet auszusehen hatte, aber besser bekam ich es einfach nicht hin, und jetzt ging es mir besser.

Ich schlief eine Weile, und als ich wieder aufwachte, fühlte ich mich stark genug, mich um die Hunde und Katzen in meinem Dienstplan zu kümmern. Als ich wegging, lag Ghost auf einem Fensterbrett und sonnte sich, und als ich mich von ihm verabschiedete, blinzelte er mir ein paar Liebesgrüße zu. Wir machten Fortschritte.

32

Tom Hale wartete schon an der Tür auf mich. Er hatte in den Nachrichten von Phillips Selbstmordversuch gehört und wollte unbedingt alles erfahren, was ich wusste. Ich erzählte ihm die Kurzfassung, die trotzdem immer noch sehr lang war. Als ich meinen Verdacht gegen Carl Winnick erwähnte, schüttelte er angewidert den Kopf.

»So ist es jedes Mal«, sagte er. »Diese Oberheiligen, die ständig von Sitte und Anstand schwafeln und so tun, als hätten sie die reinste Weste von allen, haben immer etwas besonders Widerliches zu verbergen. Ich hoffe, sie rösten ihm die Eier über einer schönen heißen Glut.«

»Zuerst müssen sie ihm mal beweisen, dass er es getan hat.«

»Und der Junge, wie geht es ihm?«

»Es war der Kopf, Tom.«

Tom blickte auf seine gelähmten Beine hinab. »Es wäre besser für ihn, wenn er es nicht überleben würde. Bei einem Kopfschuss auf jeden Fall.«

Ich spürte, wie mir die Tränen kamen, stand auf und legte Billy Elliot die Leine an. Tom kam auf mich zugerollt und blickte mich durchdringend an.

»Dixie, du solltest dich nicht zu sehr darauf fixieren, in dem Ganzen einen Sinn zu suchen. Das Leben ergibt keinen Sinn. ›Die besten Menschen erleiden die schlimmsten Dinge‹ heißt es doch. Genau wie bei der Chaostheorie. Kannst du damit was anfangen?«

Ich überlegte. Wenn ich ehrlich war und zugab, dass ich keinen Schimmer von Chaostheorie hatte, dann würde Tom mir alles darüber erzählen, und zwar zwei Mal, und ich würde auf ewig hier hängen bleiben. Wenn ich ihn anlog und so tat, als wären die Chaostheorie und ich alte Bekannte, würde er mich sofort durchschauen und ich musste mir trotzdem alles anhören.

Ich seufzte. »Tom, ich muss jetzt wirklich los. Bei mir passieren zurzeit eine Million Dinge gleichzeitig und kein einziges ergibt irgendeinen Sinn, und soweit ich es im Augenblick beurteilen kann, sind sie allesamt unmöglich.«

Er lächelte und streckte mir die gereckten Daumen entgegen. »Du hast es kapiert, Dixie! Das ist die Chaostheorie.«

Als ich vor Marilees Haus ankam, stand in der Einfahrt der Winnicks ein grün-weißer Streifenwagen der Bezirkspolizei – entweder wollten die Beamten noch weitere Informationen einholen oder sie waren gekommen, um den Opfern beizustehen.

Ich legte meine Achtunddreißiger auf die Küchentheke, kletterte auf einen Barhocker und rief von Marilees Telefon aus die Unfallklinik in St. Pete an. Eine Frau teilte mir mit, dass sie über keinen Patienten irgendwelche Auskünfte geben könne. Punkt.

»Aber ich wollte doch nur wissen, ob er noch am Leben ist.«

»Tut mir leid. Ich kann Ihnen keinerlei Auskunft geben.«

Ich hatte schon vorher gewusst, dass ich nichts erreichen würde. Für die Frau am Telefon konnte ich ja auch eine Journalistin auf der Jagd nach einer Schauergeschichte über einen jugendlichen Selbstmörder sein oder diejenige, die auf ihn geschossen hatte und wissen wollte, ob ihr Attentat Erfolg gehabt hatte.

Ich rief Guidry an. Vielleicht wusste er ja etwas Neues, aber er ging nicht ans Handy. Ich hinterließ ihm eine Nachricht.

Dann gab ich Ghost etwas zu fressen, duschte, wechselte die Kleidung und ging hinaus auf den Lanai, um die restlichen Pflegeutensilien zu holen, die ich nach dem Kämmen draußen liegen gelassen hatte. Phillips Fenster war dunkel. Ich trat an die Seitentür des Lanai und betrachtete das Fenster, als wäre dahinter ein Geheimnis verborgen, das Phillip am Leben erhalten konnte. Jetzt ergab die Nachricht, die Phillip auf meinem Anrufbeantworter hinterlassen hatte, erst richtig Sinn. Zum Zeitpunkt seines Anrufs war er bereits entschlossen, sich umzubringen. Und vor seinem Tod war es ihm ein Bedürfnis gewesen, sich bei mir zu bedanken und sich für seine Lüge zu entschuldigen. Er hätte eigentlich wissen müssen, dass er sich nicht zu entschuldigen brauchte, schon gar nicht für sein Schwulsein.

Da regte sich Verwunderung in den tieferen Schichten meines Bewusstseins, und ich blickte noch einmal zu Phillips Fenster hinüber. Auf der Fläche zwischen Marilees Lanai und dem Holzzaun, der das Grundstück von dem kleinen Wäldchen trennte, wucherte Bahia-Gras, das auch längere Dürreperioden unbeschadet überstehen kann, während die Grenze zwischen ihrem und dem Garten der Winnicks durch ein Beet mit niedrigen Wacholderbüschen markiert wurde. Ich machte die Fliegengittertür an der Seite des Lanai auf, trat hinaus auf das Gras und ging hinüber zu Phillips Fenster. Dann schaute ich in die Richtung, in der Marilees Hofeinfahrt lag. Sie wurde vollständig von der Hausecke verdeckt. Nicht einmal die Straße vor Marilees Haus war zu sehen. Ich ging am Haus der Winnicks entlang bis zu einer Stelle, von wo ich Marilees Einfahrt und den Gartenweg zu ihrer Haustür sehen konnte. Diese Stelle befand sich an der Vorderseite von Phillips Haus, direkt neben der Garage. Wenn er also tatsächlich einen Mazda MX-5 in Marilees Einfahrt gesehen hatte, dann ganz bestimmt nicht von seinem Fenster aus.

Tausend Gedanken schossen mir durch den Kopf, während ich auf Marilees Lanai zurückkehrte und meine Pflegeutensilien zusammensammelte. Als ich durch die Glastür ins Haus zurückging, klingelte mein Handy auf der Küchentheke. Hastig zog ich die Schiebetür zu und rannte los. Es war Michael, und seine Stimme klang aufgeregt, weil ich nicht sofort ans Telefon gegangen war. Ich sagte ihm, ich sei absolut quietschvergnügt, und er brauche sich überhaupt keine Sorgen zu machen. Von dem Tresor hatte ich ihm immer noch nichts erzählt, und auch jetzt schien mir nicht der richtige Zeitpunkt zu sein. Sogar meine aktuelle Entdeckung, dass Phillip mich angelogen hatte, verschwieg ich ihm.

Nachdem ich das Pflegeset im Bronco verstaut hatte, kehrte ich in die Küche zurück. Ich hatte Hunger, aber es bestand nach wie vor die Gefahr, dass ich einem Reporter oder dem auf Kaution freigelassenen Bull Banks in die Arme lief. Also machte ich mir auf dem Toaster ein paar Waffeln aus Marilees Kühlschrank warm und aß sie trocken. Dabei dachte ich über Phillips Lüge nach. Entweder hatte er gelogen, was seinen Standort betraf, von dem er eine Frau aus Marilees Tür hatte kommen sehen, oder er hatte in Bezug auf das, was er gesehen hatte, gelogen. Ich versuchte, mich in die Lage eines Achtzehnjährigen zu versetzen, der etwas gesehen hatte, was im Zusammenhang mit einem Mord stand. War es denkbar, dass er die Schritte einer Frau und Motorengeräusche gehört und sich in seiner Fantasie zusammengereimt hatte, dass er eine Frau und einen schwarzen MX-5 gesehen hatte? Vielleicht. Vielleicht hatte er den MX-5 ja auch beim Wegfahren auf der Straße gesehen. Doch dann musste ich daran denken, dass Phillip womöglich nie mehr in der Lage sein würde, zu berichten, worin seine Lüge bestanden hatte, und so riss ich mich von dem Gedanken daran los und konzentrierte mich auf die Kombination für Marilees Safe.

Ich hatte zwar die Hoffnung nicht aufgegeben, dass sie aus irgendwelchen Zahlen bestand, die für Marilee von großer Bedeutung waren, aber sämtliche naheliegenden Möglichkeiten hatte ich bereits ausprobiert. Also holte ich mir eine

Flasche Mineralwasser aus dem Kühlschrank und lehnte mich nachdenklich an die Theke, trank und starrte das Telefon dort an, ohne es wirklich wahrzunehmen. Ghost kam zu mir und strich geschmeidig um meine Beine, rieb sein seidiges Fell an meiner bloßen Haut. Wahrscheinlich hatte Marilee eine Million Mal an eben dieser Stelle gestanden und telefoniert, während er sich an ihre Knöchel schmiegte.

Marilee hatte Ghost geliebt. Sie hatte ihm einen merkwürdigen Namen gegeben, aber ich nahm an, dass er für sie eine bestimmte Bedeutung hatte. Bei diesem Gedanken stellten sich urplötzlich meine Nackenhaare auf. Was, wenn Marilee für die Kombination an ihrem Safe gar keine Zahl genommen hatte? Sondern ein Wort? Ich schnappte mir einen Stift und schrieb das Wort GHOST auf einen Zettel. Dann schaute ich auf die Telefontastatur und schrieb die entsprechenden Ziffern unter die Buchstaben.

Dann stellte ich mich vor den Safe und gab die Ziffernfolge 4 4 6 7 8 ein. Ein zufriedenstellendes Klick zeigte mir, dass ich recht gehabt hatte. Die Zahlenkombination bestand aus dem Wort Ghost. Jetzt, wo ich dahintergekommen war, erschien es mir vollkommen naheliegend. Nun musste ich nur noch den Schlüssel finden.

Ich toastete mir noch ein paar Waffeln und überlegte, wo ich an Marilees Stelle einen Schlüssel versteckt hätte. Der Mörder hatte ihren Schrank und die Schubladen im Schlaf- und im Badezimmer durchwühlt. Bisher war ich davon ausgegangen, dass er nach dem Tresor gesucht hatte, aber vielleicht hatte er dessen Standort gekannt und war auf der Suche nach dem Schlüssel gewesen. Wenn das der Fall war, dann hatte es vielleicht gute Gründe gegeben, dort zu suchen, wo er gesucht hatte.

Ich holte mir einen Müllsack und ging in Marilees Schlafzimmer. Ghost saß auf der Arbeitsplatte und sah zu, wie ich Fläschchen mit Waschlotion und Puderdöschen leerte und das Leergut in den Müll warf. In jeder Flasche und in jedem

Töpfchen des Arzneischrankes suchte ich nach einem Schlüssel und warf sie danach ebenfalls weg. Abgesehen von ein paar Aspirin und ein paar Fläschchen mit Vaginalgel, das sich »garantiert« wie natürliches Sekret anfühlte, war Marilees Schrank so unschuldig wie der einer Zwölfjährigen. Keine verschreibungspflichtigen Schmerzmittel, keine Beruhigungsmittel oder Antidepressiva, keine Stimulanzien oder Hormonpräparate. Bis auf gelegentliche Kopfschmerzen oder eine trockene Vagina hatte sich Marilee offensichtlich bester Gesundheit erfreut.

Ich suchte mir ein paar ungeöffnete Parfümflaschen heraus, die ich zusammen mit einem Bund noch unbenutzter Duftkerzen zu Cora mitnehmen wollte. Der Rest, unter anderem ein halbes Dutzend Augenbrauenstifte und so viele Lippenstifte, dass jede Frau in ganz Sarasota einen davon hätte bekommen können und auch für die Nachbarbezirke noch etwas übrig geblieben wäre, wanderte in den Müllsack. Ghost begleitete mich, als ich den Sack in die Garage schleppte und in den Mülleimer steckte. Ich nahm mir vor, den Eimer am Donnerstagabend an die Straße zu stellen, und ging zurück in die Küche.

Durch das Aufräumen des Badezimmers fühlte ich mich wieder ein bisschen geordneter. Ich hatte zwar den Schlüssel nicht gefunden, aber wenigstens etwas Konstruktives erledigt.

Jetzt stand ich inmitten der Küche und blickte mich um. Konzentrier dich, sagte ich mir. Denk nach.

Ich legte ein Sieb in die Spüle. Dann ging ich alle Schränke durch und holte sämtliche Mehl-, Zucker- und Maismehltüten hervor, jede Schachtel Cornflakes, jedes Gewürzgläschen, jede offene Packung, egal, was darin war. Ghost saß auf der Theke und beobachtete jede meiner Bewegungen. Wie bei einem Tennismatch wanderte sein Kopf hin und her, während ich alles, was ich finden konnte, durch das Sieb schüttete. Schließlich lag das ganze Spülbecken voll mit trockenem Zeug, das vermutlich den Abfluss verstopfen würde.

Ich schaute zu Ghost hinüber. »Das hätte ich wohl besser über dem Mülleimer gemacht, was?«

Er erwiderte meinen Blick und öffnete seine senkrecht stehenden Pupillen ein wenig, aber nicht missbilligend.

Ich schaufelte das ganze Durcheinander in eine große Schüssel und schüttete es in den Mülleimer unter der Spüle, gab aber noch nicht auf. Ich holte sämtliche Gläser aus dem Kühlschrank und stellte sie in einer Reihe neben der Spüle auf. Dann steckte ich die Hand in Gelee und Marmelade und Würzsoßen und Mayonnaise und Senf. Doch alles, was ich damit erreichte, waren eklig klebrige Finger und verwüstete Würzmittel, die ich allesamt in den Müll warf. Ghosts Schnurrbarthaare zitterten, und er zog sich fluchtartig und mit angewidert verzerrtem Gesicht von der Spüle zurück.

Sehr betont stellte er sich auf die Füße, machte einen Buckel und gähnte. Ich wusste, was er mir damit sagen wollte: Es war Zeit fürs Bett, und ich verschwendete nur meine Zeit. Aber ich konnte noch nicht aufhören. Ich durchsuchte die Fächer des Kühlschranks. Ich holte jede einzelne geöffnete Tüte mit Gefriergemüse hervor, schüttete den Inhalt in das Sieb und ließ heißes Wasser darüberlaufen, nur für den Fall, dass der Schlüssel in einer Masse aus Erbsen oder Karotten festgefroren war. Zumindest konnte ich das ruinierte Gemüse in den Müllschlucker stopfen.

Als ich den Müllschlucker einschaltete, zog Ghost sich zurück. Bis jetzt hatte er sich loyal verhalten, aber auch die Loyalität eines Abessinierkaters hat ihre Grenzen.

Niedergeschlagen setzte ich mich an die Theke und überlegte, was ich noch unternehmen konnte. Wenn ich Guidry von dem Tresor erzählte, konnte er ihn aufbrechen lassen. Aber das würde bedeuten, dass ich ihm von der Rechnung erzählen musste, die ich in Marilees Post gefunden hatte. Und dann musste ich mir eine wirklich gute Ausrede ausdenken, wieso ich ihm nicht schon früher davon erzählt hatte. Und wenn in dem Safe nun ein Bündel Geldscheine oder wertvoller Schmuck lagen? Der gesunde Menschenverstand sagte mir, dass ich immer noch zum Kreis der Verdächtigen gehörte. Derselbe gesunde Menschenverstand sagte mir auch, dass ich nur deshalb nicht unter starkem Tatverdacht stand, weil die Morde keinen Vorteil für mich bedeuteten. Aber falls in diesem Tresor ein Batzen Geld lag, dann könnte Guidry möglicherweise denken, dass ich schon die ganze Zeit über Bescheid gewusst hatte.

Merken Sie, wie das Gehirn funktioniert, wenn man ein überaktives schlechtes Gewissen hat? Von einem dunklen Geheimnis ganz zu schweigen.

In meinem Traum hatte Marilee gesagt: »Sie haben den Schlüssel.« Ich hatte gedacht, sie hätte das im übertragenen Sinn gemeint, aber vielleicht war es ja wörtlich gemeint gewesen, und ich versuchte nur krampfhaft, eine übertragene Bedeutung hineinzulesen. Wie Freud schon sagte: Manchmal ist ein Zigarre einfach nur eine Zigarre. Vielleicht hatte sie ja von dem echten Schlüssel gesprochen. Vielleicht befand sich der Tresorschlüssel in meinem Besitz, und mein Unterbewusstsein wollte mich genau daran erinnern.

Beim Gedanken an den Traum kam mir ein Bild in den Sinn, wie Marilee Ghost auf dem Arm gehalten hatte. Vielleicht war das ja die Traumbotschaft – dass der Schlüssel etwas mit Ghost zu tun hatte. Marilee hatte Ghosts Namen als Zahlencode verwendet, also war auch der Schlüssel vielleicht irgendwo in Ghosts Sachen versteckt. Einer plötzlichen Eingebung folgend raste ich in die Vorratskammer, schnappte mir den Sack mit dem Trockenfutter und kippte ihn in die Spüle. Ich durchwühlte das Futter, rührte darin herum und wendete es mit beiden Armen hin und her, aber einen Schlüssel konnte ich nicht finden. Schuldbewusst schaufelte ich es Hand für Hand wieder zurück in den Sack. Währenddessen kam Ghost in die Küche zurück und sprang auf die Arbeitsfläche. Der Blick, den er mir dabei zuwarf, sollte wohl bedeuten, dass er nicht im Traum daran dachte, Futter zu essen, das in der Spüle herumgerührt worden war.

Ich stellte mich wieder an die Theke und trank noch ein bisschen Wasser. Ghost hüpfte auf den Boden und miaute mich an. Das helle Licht der Küchenbeleuchtung verlieh seinem Fell einen silbrigen Glanz. Ich kniete mich neben ihn und streichelte ihm über Kopf und Schultern.

»Ich wünschte, du könntest reden. Du weißt wahrscheinlich ganz genau, wo der Schlüssel ist.«

Er blinzelte mir ein paar Liebesgrüße zu, und im nächsten Augenblick jagte ich mit gewaltigen Sätzen zu meinem Rucksack. Ich durchwühlte ihn und holte Ghosts Seidenhalsband mit den kleinen Silberherzen und -schlüsseln hervor. Für eine Katze ein unerhört gewagtes Stück, ein Unikat, angefertigt von einem Silberschmied in New Orleans und erstanden während einer Reise, die Marilee zusammen mit Dr. Coffey unternommen hatte. Ich betrachtete es von allen Seiten, nahm jeden der kleinen Silberschlüssel genau unter die Lupe und entdeckte dann den einen, der schwerer und dicker war als alle anderen.

»Heiliger Strohsack«, flüsterte ich.

Es war ein echter Schlüssel, nicht bloß ein Schmuckstück, und ich hatte ihn schon während der ganzen Woche in meinem Rucksack spazieren getragen. Ich schnitt ihn mit Marilees Küchenschere los und ging zurück zum Safe. Wie ein heißes Messer durch Butter glitt der Schlüssel in das Schlüsselloch. Ich wischte mir die Hände an meinen Shorts ab und zog die Tür auf. Im Tresor lag ein Stapel großer brauner Briefumschläge.

Ich trug ihn mit beiden Händen zur Theke und legte ihn behutsam wie eine tickende Bombe ab. Der Stapel kippte um, und die Umschläge breiteten sich bis zu meiner Pistole und meinem Handy aus. Ich holte tief Luft und schob die

Pistole und das Handy ein bisschen weiter weg. Ich hatte das Gefühl, als würde ein dünner Faden über meine Hirnhaut streichen, wie ein Eiskunstläufer, der eine vorsichtige Acht hineinritzte, doch ich ignorierte die Warnung. Wenn die Umschläge irgendwelches Material enthielten, das für die Morduntersuchung von Bedeutung war, dann würde ich mit Sicherheit Guidry anrufen und sie ihm aushändigen. Aber wenn es sich um Aufzeichnungen handelte, die mit Marilees Tochter und ihrer Beziehung zu Harrison Frazier zusammenhingen, dann würde ich sie geheim halten. Um Marilees willen. Um Lilys willen. Um Coras willen. Vielleicht auch um meinetwillen.

Die Umschläge waren mit Metallklammern verschlossen, und meine Finger zitterten ein wenig, als ich die erste Klammer aufmachte und die Umschlagklappe öffnete. Ich stellte den Umschlag auf den Kopf und ließ den Inhalt auf die Theke gleiten. Es waren Fotos, allesamt mit der Rückseite nach oben. In Erwartung einer Aufnahme von Lily aus ihren prägenden Jahren drehte ich das erste Foto um. Das war nicht Lily. Das war mit Sicherheit nicht Lily.

Es zeigte einen groß gewachsenen, nackten Mann, ausgestreckt auf einem zerwühlten Bett. Seine Arme lagen weit ausgebreitet auf dem zerknüllten Laken, und seine behaarten Beine waren weit geöffnet. Unpassenderweise trug er schwarze Socken. Zwischen seinen Beinen befand sich eine schwarzhaarige Frau in Bauchlage, das Gesicht in seinen Schoß versenkt. Über ihm kniete eine blonde Frau und ließ ihre Brüste über seinem Gesicht baumeln. Seine Lippen hatten sich fest um eine ihrer Brustwarzen geschlossen. Die Gesichter der beiden Frauen wurden durch die langen Haare verdeckt, aber der Mann war eindeutig zu erkennen. Sein Gesichtsausdruck hätte kaum dämlicher sein können.

Alle anderen Fotos zeigten denselben Mann, zum Teil in Posen, die jene auf dem ersten Bild noch als unschuldig erscheinen ließen. Der Mann war mit zwei Nutten in jeder erdenklichen obszönen Stellung fotografiert worden. Er hatte sich damit nicht nur vollkommen und unwiderruflich lächerlich gemacht, er war damit auch jeder nur denkbaren Erpressung sowie der Gefahr ausgesetzt, jeglichen Respekt einzubüßen und vielleicht seine nächsten Angehörigen für immer zu verlieren. Auf jedem Foto waren das genaue Datum und die Uhrzeit abgedruckt, als wollte der Fotograf auf jede erdenkliche Weise die Echtheit des Fotos dokumentieren. Beigelegt war ein zusammengelegtes, liniertes Blatt Papier. Darauf hatte Marilee in ihrer rundlichen Handschrift eine Spalte mit Daten und neben jedem Datum eine Zahl notiert. Die Daten reichten fünf Jahre zurück, ganz regelmäßig ein Eintrag pro Monat. Und auch die Summe war regelmäßig die gleiche. Fünftausend, fünftausend, fünftausend. Es standen keine Dollarzeichen dahinter, aber ich ging davon aus, dass sich die Zahlen auf das erhaltene Geld bezogen.

Ich steckte die Fotos in den Umschlag zurück und wusch meine Hände in der Spüle. Bevor ich mich den anderen Umschlägen zuwandte, trank ich ein Glas Wasser. Brechreiz trocknet die Kehle aus. Im nächsten Umschlag steckten sehr ähnliche Fotos, nur der Mann war ein anderer. Dieser hier war ein gedrungener, rundlicher Kerl mit zurückgehendem Haaransatz. Er kam mir irgendwie bekannt vor, aber ich wusste nicht genau, wo ich ihn schon einmal gesehen hatte. Die beiden Frauen waren die gleichen, genau wie der selig entrückte Gesichtsausdruck des Mannes. Auch hier ein liniertes Blatt Papier mit Daten und Zahlen, nur dass dieses erst vor zwei Jahren angelegt worden war. Dafür waren die Zahlen größer. Achttausend im Monat. Neben die Daten und Summen hatte Marilee notiert, wohin das Geld gegangen war: Sie hatte es, gesplittet in Beträge von ein- oder zweitausend Dollar, in verschiedene Investmentfonds eingezahlt. Marilee war offensichtlich eine Anhängerin der breiten Streuung. Cora hatte recht – Marilee hatte tatsächlich einen Riecher für Zahlen besessen. Große Zahlen. Und außerdem hatte sie ein ausgeprägtes Gespür dafür, kleinere Summen Bargeld so zu investieren, dass keine unnötige Aufmerksamkeit erregt wurde.

Bevor ich die anderen Umschläge öffnete, musste ich mir schon wieder die Hände waschen. Nicht, dass ich die eindeutigen sexuellen Posen schockierend gefunden hätte. Es war eher der Anlass für diese Fotos, der mir das Gefühl vermittelte, in ein Fass mit geronnenem Hühnerfett getaucht worden zu sein. Denn der Anlass war eindeutig Erpressung. Die beiden Frauen achteten zwar immer sorgfältig darauf, dass ihre Gesichter auf den Fotos nicht zu erkennen waren, aber ich war mir fast hundertprozentig sicher, dass es sich um Marilee und Shuga handelte. Zumindest ein Geheimnis war damit gelüftet. Jetzt wusste ich, wie zwei Frauen ohne besondere Fähigkeiten es schaffen konnten, geradezu obszöne Geldsummen anzuhäufen. Wortwörtlich.

Mit stetig zunehmendem Schrecken, Widerwillen und zögerlicher Bewunderung ging ich die übrigen Umschläge durch.

Die Aufnahmen von Dr. Gerald Coffey befanden sich im vierten Umschlag, und sie bestätigten das Bild eines behaarten Rückens, das ich mir bei unserer ersten Begegnung gemacht hatte. Es war eine spezielle Stellung, die seinen Rücken zur Geltung brachte, und sie schloss die Einführung eines langen Dildos in sein ähnlich behaartes Hinterteil ein, während er auf allen vieren kniete und allem Anschein nach dabei heulte wie ein Wolf. Es war nicht gerade ein Bild, das geeignet war, das Vertrauen potenzieller Herzpatienten zu gewinnen. Was zweifellos auch der Grund dafür war, dass die Spalte mit seinen Zahlungen eine Eins vermerkte, gefolgt von sechs Nullen. Die Million, die er Marilee überwiesen hatte, bevor sie ihn vor dem Altar hatte stehen lassen, war Schweigegeld und nicht etwa Liebesgeld, wie er behauptet hatte. Für einen kurzen Augenblick überlegte ich, wieso sie überhaupt daran gedacht hatte, ihn zu heiraten, dann nahm ich mir die übrigen Umschläge vor.

33

Ich hatte mich mittlerweile an die Fotos gewöhnt, die allesamt nackte, vor Gier und Dummheit hoffnungslos verwundbar gewordene Männer zeigten. Ein paar Gesichter kamen mir irgendwie bekannt vor, und ich nahm an, dass sie alle auf die eine oder andere Weise in der Öffentlichkeit standen. Jeder hatte Marilee über Jahre hinweg zwischen fünf- und zehntausend Dollar monatlich bezahlt. Selbst wenn sie die Einnahmen mit Shuga geteilt hatte, war sie noch im Geld geschwommen. Und mit der Viertelmillion, die alljährlich von Harrison Fraziers Familie kam, hatte sie sich bestimmt nie Gedanken darüber machen müssen, wovon sie die nächste Miete bezahlen sollte.

Das verletzliche fünfzehnjährige Mädchen, dem man ihr Baby abgeschwatzt hatte, um es in die Obhut von Harrison Fraziers Schwester zu geben, war zu einer Frau herangewachsen, die mit größtem Vergnügen einen ganzen Haufen Männer um einen Batzen Geld erleichterte. Dabei wäre eigentlich allein das Geld der Fraziers bei Weitem genug gewesen, damit sie und Cora ein schönes Leben führen konnten. Es hätte für die Gegenwart und für eine sorgenfreie Zukunft bequem ausgereicht. Aber es hatte nicht gereicht, um ein Bedürfnis zu stillen, das in Marilee herangewachsen war: das Bedürfnis, Macht über Männer zu haben und sie so unter Druck zu setzen, dass sie keine Wahl hatten, als zu bezahlen. Und dabei hatte ihre Freundin Shuga ihr geholfen, jenes arme Mädchen, das nicht einmal genügend zu essen bekommen hätte, wäre Marilees Großmutter nicht gewesen. Ob das viele Geld die beiden wohl für all das entschädigt hatte, von dem sie glaubten, zu kurz gekommen zu sein?

Jetzt wusste ich, was Shuga hier gesucht und warum sie solche Angst gehabt hatte. Wenn das die einzigen Fotos waren, dann hatten sich Shugas Erpressungseinkünfte soeben in Nichts aufgelöst. Nach allem, was Cora gesagt hatte, war Marilee immer die Klügere von beiden gewesen, diejenige, die den Takt angab. Von daher war es naheliegend, dass sie nicht nur das Geld, sondern auch die Fotos in Händen hielt. Vielleicht hatten sich Marilee und Shuga ja gestritten, und Marilee fasste daraufhin den Entschluss, die Türschlösser auszutauschen, damit Shuga nicht mehr in ihr Haus kommen konnte. Wenn Marilee Shuga ihren Anteil an den Erpressungsgeldern hatte streitig machen wollen, dann war Shuga vielleicht hierhergekommen und hatte eine Auseinandersetzung mit Marilee begonnen und sie in deren Verlauf dann umgebracht. Aber wie passte Harrison Frazier in dieses Bild? War er nur zufällig hereingestolpert und hatte sterben müssen, weil er Marilees Mörderin kannte?

Ich kippte den nächsten Umschlag aus, und mein Herz fing wie verrückt an zu hämmern. Ich hätte es wissen müssen und war dennoch geschockt. Das hier war Carl Winnick, und das Foto war so neu, dass auf dem beigelegten Zettel noch keine einzige Zahlung vermerkt war.

Die Umschläge waren noch längst nicht alle geöffnet, aber jetzt gab es eine Frage, die mich weit mehr interessierte als die restlichen Bilder. Wer hatte die Aufnahmen gemacht? Wer war die dritte Person, die an dieser Erpressung beteiligt war? Ich ging eine andere Fotosammlung durch und suchte nach Hinweisen, wo sie aufgenommen worden sein könnten. Auf keinem Foto war etwas anderes zu sehen als das Bettlaken, die beiden Frauen und das Opfer. Diese Beständigkeit deutete auf ein Stativ hin, aber mit Sicherheit hätte sich keiner dieser reichen Männer zu Sexspielen vor einer sichtbar aufgebauten Kamera hinreißen lassen.

Ich ließ die Fotos auf der Theke zurück und ging durch den Flur in Marilees Schlafzimmer. Unterwegs knipste ich alle Lichter an. Es war bereits nach Mitternacht, und ich hätte eigentlich seit zwei Stunden im Bett sein müssen, aber ich war hellwach und neugierig. Als ich das Licht in Marilees Schlafzimmer einschaltete, leuchtete die Stehlampe auf der gegenüberliegenden Seite des Bettes auf, und Ghost, der auf seinem Platz in der Mitte des Bettes lag, hob schlaftrunken den Kopf und schaute mich verärgert an.

Vor dem Fußende des Bettes stand der Kleiderschrank. Es war denkbar, dass sie die Türen aufgemacht und eine Kamera auf einem der Regale positioniert hatten. Also öffnete ich die Schranktüren und suchte nach einem dafür geeigneten Platz, aber die Regalfächer waren dicht gefüllt: ein Großbildfernseher, ein Videorecorder, ein DVD-Spieler, ein CD-Spieler, dazu Lautsprecherboxen, Videos und CDs, fein säuberlich sortiert nach Musikkategorien und Interpreten. Die Vorstellung, dass Marilee die sorgfältige Ordnung ihres Unterhaltungselektronikzentrums zugunsten einer Videokamera für schweinische Aufnahmen gestört hatte, kam mir irgendwie unpassend vor. Und selbst wenn sie bereit war, ihre eigentlich hohen Ordnungsansprüche dem Niveau ihrer moralischen Standards anzupassen ... es wäre zu riskant gewesen. Auch wenn das Gehirn dieser Männer von Sex betäubt war, hätten sie die offene Schranktür bemerken müssen und wären misstrauisch geworden.

Ich ließ den Blick hinauf zum Oberteil des Schranks gleiten. Dort oben ließ sich wunderbar eine versteckte Kamera anbringen und mit einer der Fernbedienungen in Marilees Nachttischchen ein- und ausschalten. Ich holte mir aus einer Zimmerecke einen Stuhl – spanischer Kolonialstil mit hoher Lehne –, schob ihn vor den Schrank und kletterte hinauf. Jetzt konnte ich sehen, dass hinter einem runden, objektivgroßen Loch in der handgeschnitzten Kopfleiste eine Kamera montiert war. Unwillkürlich durchzuckte mich ein Gefühl distanzierter Hochachtung für die Art und Weise, wie Marilee ihr Erpressungsgeschäft geführt hatte – einfallsreich, effektiv und gut organisiert, allesamt Kennzeichen echter Professionalität.

Plötzlich setzte Ghost sich auf, Ohren und Schnurrbarthaare auf die Tür gerichtet. Im selben Augenblick roch auch ich den Alkohol hinter mir. Ich wirbelte herum und sah Olga Winnick in der Tür stehen, die Augen blutunterlaufen vor unsagbarer Wut und Verzweiflung, den Mund zu einem Rechteck aufgerissen, voller Bösartigkeit und Wut. In der hocherhobenen Hand hielt sie ein Schlachtermesser, eindeutig in der Absicht, mich damit umzubringen.

Mit einem Mal erschien es mir vollkommen logisch, dass sie die Täterin war. Ich sagte: »Ich hätte wissen müssen, dass Sie es sind.«

Sie schluckte und dabei zuckte ihre Kehle, sodass ich unwillkürlich an eine Python denken musste, die eine Maus verschluckt. »Ich tue alles, um meine Familie zu schützen! Alles!«

»Lassen Sie mich raten. Sie haben gedacht, dass Marilee Doerring hinter Ihrem Mann her ist, und deshalb haben Sie sie umgebracht.«

»Machen Sie sich doch nicht lächerlich. Niemals hätte ich mir die Hände an dieser Frau schmutzig gemacht.«

Dafür, dass sie eine ganze Menge Alkohol getrunken haben musste, bevor sie hierhergekommen war, klang ihre Stimme erstaunlich kontrolliert und klar. Nur die roten Augen und die sie umgebende Duftwolke verrieten, wie viel sie getrunken hatte.

Sie trat einen Schritt näher, und Ghost segelte über meinen Kopf hinweg auf den Kleiderschrank. Sie zuckte kurz zusammen, warf ihm einen schnellen Blick zu und war für einen kurzen Augenblick abgelenkt. Ghost lauerte zusammengekauert am Rand des Schranks und beäugte sie von oben, den Mund wieder zu jenem eigentümlichen Lächeln verzogen, das Katzen machen, wenn sie etwas außergewöhnlich Abstoßendes riechen. Jeder Muskel seines Körpers war gespannt, die

Schnurrbarthaare waren nach vorne gerichtet und die Ohren gespitzt. Hier im Haus herrschten noch so viele chemische Gerüche, dass der Alkohol, den sie ausdünstete, einfach zu viel für ihn war.

Mein Gehirn arbeitete auf Hochtouren, brüllte meinen Körper an, irgendetwas zu tun, aber ich war wie gelähmt. Die Pistole und das Handy lagen bei den Fotos auf der Küchentheke, und sie hatte mich in die Ecke getrieben. Auf der linken Seite war mir der Ausweg durch Marilees großes Bett versperrt, auf der rechten Seite durch die Schlafzimmerwand. Die einzige potenzielle Waffe war eine der Stehlampen. Sie waren hoch und schienen aus schwerem Gusseisen gefertigt. Wenn ich die mir am nächsten stehende in die Finger bekommen und den Stecker ziehen konnte, bevor Olga Winnick mich erstach, dann konnte ich sie damit vielleicht bewusstlos schlagen und flüchten.

Als ich den ersten kleinen Schritt in Richtung Tisch machte, wandte sie mir den Blick wieder zu.

In diesem winzigen Bruchteil einer Sekunde erkannte ich, warum sie hier war. Ich sagte: »Sie sind auch jetzt gerade dabei, Ihre Familie zu schützen, nicht wahr? Sie sind hier, um zu verhindern, dass ich die Wahrheit über den Mörder von Marilee Doerring und Harrison Frazier ans Licht bringe. Es waren gar nicht Sie, es war Ihr Mann.«

Tränen sammelten sich in ihren Augen und liefen ihr über die Wangen, ohne dass sie ihnen Beachtung schenkte. »Sie hat ihn zu ihren Perversionen verführt! Sie war eine böse, böse Frau!«

Ich dachte an die Fotos auf der Küchentheke. »Sie hat ihn angelockt und ihn hereingelegt und ihn benutzt. Wie sind Sie dahintergekommen?«

Sie wischte sich mit der freien Hand über die Augen. »Als Ehefrau spürt man so etwas. Er hat unser Bett verlassen und ist hierhergekommen, er war besessen von ihr. Nacht für Nacht habe ich beobachtet, wie er durch ihren Lanai zu ihr gegangen ist. Und sie hat auf ihn gewartet, hier, mit all diesen widerlichen Dingen.«

Die Stimme versagte ihr, und sie machte für eine Sekunde die Augen zu, um sich zu sammeln. Ich nutzte die Gelegenheit, um ein paar Schritte näher zu der Lampe zu kommen. Wenn ich sie einfach weiterreden ließ, hatte ich vielleicht eine Chance.

Sie schlug die Augen auf und blickte mich mit neu gewonnener Entschlossenheit an.

Ich sagte: »In der Nacht von Donnerstag auf Freitag war er auch hier, nicht wahr? Und hat Harrison Frazier bei Marilee entdeckt. Das muss ein Schock für ihn gewesen sein.«

Sie schüttelte den Kopf. Ihr Mann sollte nicht wie ein Dummkopf dastehen. »Er wusste es schon. Er hat gesehen, wie er angekommen ist. Dann hat er die ganze Zeit das Haus beobachtet, ist immer hin und her gelaufen, hat so getan, als wäre ich gar nicht da, hat nichts gesehen, nichts verstanden. Männer können so blind sein, wenn es um Raubtiere in Frauengestalt geht.«

Ich nickte mitfühlend und überlegte, ob ich sie mit einem »Das ist wohl wahr« bestätigen sollte, ließ es dann aber sein. Stattdessen sagte ich: »Haben Sie mitbekommen, wie er am Donnerstagabend hierher gegangen ist?«

»Oh ja, das habe ich. Carl hat zwar gedacht, ich schlafe, aber ich habe mitbekommen, wie er das Bett und das Haus verließ. Ich stand an meinem Küchenfenster und sah ihm nach, als er wie jedes Mal in ihren Lanai gegangen ist. Er hatte eine Waffe bei sich, ein kurzes Rohr, das er irgendwo in der Garage gehabt haben muss. Es brach mir das Herz, aber ich konnte ihn nicht daran hindern, verstehen Sie, sonst hätte es vielleicht eine Szene gegeben und dann wäre Phillip womöglich aufgewacht. Ich wollte nicht, dass er erfährt, was sein Vater tut. Ein Junge sollte zu seinem Vater aufschauen, ihn als Vorbild haben können.«

»Sie haben also am Fenster gestanden und gewartet.«

Ihr zitternder Atem blies mir weitere durchdringende Alkoholwolken entgegen. »Ja.«

»Und was haben Sie gesehen, Mrs Winnick?«

»Ich habe meinen Mann aus diesem Haus kommen sehen. Er hatte etwas im Arm. Er ist damit durch den Garten und am Zaun am hinteren Ende des Grundstücks entlanggegangen, und dann habe ich ihn aus dem Blick verloren. Ich wusste nicht, was er da getragen hat. Dann ist er wieder hierher zurückgekommen. Eine kleine Weile später habe ich ihn in der Einfahrt gesehen. Er ist in das Auto dieses Mannes eingestiegen und damit weggefahren.«

Ich schob meinen Fuß noch ein paar Zentimeter weiter nach links und versuchte, es so aussehen zu lassen, als wollte ich nur mein Gewicht ein wenig verlagern. »Sie müssen sich doch schreckliche Sorgen gemacht haben. Ich meine, es hat nicht gut für Ihre Familie ausgesehen, nicht wahr?«

»Ich musste etwas unternehmen. Eine Frau wie Sie kann nicht verstehen, was es bedeutet, eine gute Ehefrau und Mutter zu sein. Sie können nicht wissen, dass eine richtige Frau alles tun würde, um ihre Familie vor dem Untergang zu retten.«

Für eine Minute oder so hatte ich tatsächlich Mitleid mit ihr empfunden, aber diese Sätze versetzten mich wieder zurück in die Realität. »Was haben Sie getan, Mrs Winnick? Wie haben Sie ihre Familie gerettet?«

»Ich bin hierhergekommen und habe gesehen, was geschehen war. Habe das ganze Durcheinander gesehen. Die Dusche, die immer noch an war, diesen nackten Mann, halb in und halb außerhalb der Wanne, das Blut auf dem Boden. Dieses Metallrohr neben ihm. Es war grässlich. Ich habe die Dusche abgestellt und den Mann auf den Boden gelegt und alles sauber gemacht. Ich bin zur Seitentür hinausgegangen und habe das Rohr in den Mülleimer an der Straße geworfen. Dann bin ich nach Hause gegangen.«

Oberhalb ihres Kopfes hatte sich Ghost auf dem Schrank

zusammengekauert. Sein lang gestreckter Hals schwebte dicht über dem Schrankdeckel, die zitternden Beine waren angewinkelt, und sein Schwanz pendelte abwechselnd von einer Seite zur anderen. Das hatte ich schon gelegentlich einmal beobachtet. So sehen Katzen aus, kurz bevor sie ihre Fänge in eine Schlange schlagen und sie so lange hin und her schütteln, bis sie tot ist. Olga Winnick und ihre Alkoholausdünstungen waren für ihn zum Feind geworden, zur Beute, die angefallen und erlegt werden musste.

In der Küche ertönte das schrille Piepsen meines Handys, und wir erstarrten alle drei. Ghost war irritiert und lauschte nervös auf das Geräusch.

Ich sagte: »Es wäre wirklich besser, wenn ich ranginge.«

Sie verzog das Gesicht. »Sie unterschätzen meine Intelligenz, Ms Hemingway.«

»Keineswegs, Mrs Winnick. Ich glaube sogar, dass Sie brillant vorgegangen sind. Ich bin wirklich tief beeindruckt. Aber Sie haben mir noch nicht erzählt, warum Sie den Mann dann angezogen und seinen Kopf in der Wasserschüssel festgeklebt haben.«

Sie seufzte noch einmal und starrte mich verärgert an. »Das war ja auch erst später. Als ich nach Hause kam, war Carl schon da. Er hatte den Wagen dieses Mannes zum Anleger gefahren und ihn dort abgestellt. Dann ist er mit dem Taxi bis zum Sea Breeze gefahren und zu Fuß nach Hause gekommen. Er war erschüttert und demütig. Wir haben lange miteinander gesprochen. Er hat mich um Verzeihung angefleht, und ich habe ihm seine Taten verziehen. Das war eines der besten Gespräche, die wir je hatten.«

»Wie schön für Sie.«

»Ja. Dann hat er mir erzählt, dass es unter Umständen Fotos gibt, die der Polizei in die Hände fallen könnten, und ich bin zurückgekommen, um danach zu suchen. Dabei hörte ich, wie der Mann ein Geräusch von sich gab. Er war gar nicht tot, verstehen Sie. Ich wusste, dass er Carl hätte identifizieren können, also habe ich ihn angezogen und ihn in die Küche geschleift und seinen Kopf in der Wasserschüssel festgeklebt. Ich wollte ihn eigentlich in die Badewanne legen, aber er war mir zu schwer, und Carl wollte ich nicht um Hilfe bitten. Er war sowieso schon viel zu aufgeregt, um zu irgendetwas nütze zu sein.«

»Es war kurz nach vier, als Sie das Haus wieder verlassen haben, stimmt's?«

Ihre Augen verengten sich zu misstrauischen Schlitzen. »Woher wissen Sie das?«

»Weil Phillip Sie gesehen hat. Ich vermute, er ist Ihnen ähnlicher, als ich geahnt habe, weil er sich nämlich eine große Lüge ausgedacht hat, nur um Sie zu schützen.«

»Das ist nicht wahr! Phillip hat geschlafen!«

»Phillip war im Crab House und hat dort Klavier gespielt, Mrs Winnick. Er war gerade durch das Fenster in sein Zimmer zurückgeklettert, als er beobachtete, wie Sie aus Marilees Lanai kamen.«

Ein Schauder lief ihr über das Gesicht, als ob ihre Nervenspitzen sich neu sortierten, dann hob sich die Messerhand um ein paar Zentimeter.

Also gut, wenn ich so oder so sterben musste, dann konnte ich ihr auch sagen, was ihr am meisten wehtun würde.

»Phillip hat Bescheid gewusst. Er hat Sie so sehr geliebt, dass er Sie nicht verraten wollte, aber er wusste es. Er hat sich umgebracht, um Ihr schreckliches Geheimnis zu bewahren.«

»Ich will nichts mehr davon hören!«

Sie kam, benebelt vom Alkohol und ihrer rasenden Wut, mit hocherhobenem Messer auf mich zugestürzt. Ich war mit einem Satz bei der Lampe, riss sie zur Seite, zog dabei den Stecker aus der Steckdose und es wurde schlagartig dunkel. Aber das Ding war unglaublich schwer und viel zu dick, als dass ich es mit meinen Händen hätte umschließen können. Ich sah, wie ihre Silhouette in der Dunkelheit auf mich zugeflogen kam.

Da machte ich das Einzige, was mir halbwegs logisch erschien. Ich stürzte mich auf ihre Beine und hoffte, dass es mir gelang, sie niederzuwerfen, bevor mir das Messer in den Rücken drang.

Ich erwischte sie, sie schrie auf und warf die Hände in die Luft. Ich krabbelte hinter ihr her und richtete mich auf, um ihr das Messer zu entwinden. Da streifte etwas Weiches mein Gesicht, und sie schrie erneut auf. Mir wurde klar, dass das ein Schmerzensschrei und das, was ich gespürt hatte, Ghosts Schwanz gewesen war. Der Kater saß auf ihrem Kopf und zog ihr seine Krallen über Kopf und Schultern.

Ich rannte in die Küche und holte meine Pistole. Nachdem ich den Flur schon halb zurückgelaufen war, kehrte ich noch einmal um und schnappte mir auch das Handy. Dann, beim Verlassen der Küche, hörte ich Schritte den Flur entlang in Richtung Schlafzimmer trampeln. Ich wusste, wer das war. Ich wusste auch, dass Ghost sterben würde, wenn ich nicht rechtzeitig bei ihm war.

Die Pistole fest in beiden Händen, schob ich mich vorsichtig durch die Schlafzimmertür. Das Licht war an, und Olga lag auf den Knien und warf den Kopf hin und her, laut heulend vor Schmerz. Ghost klammerte sich immer noch an ihrem Kopf fest, die Krallen fest in ihrer Kopfhaut verankert. Ihr Gesicht war vollkommen zerkratzt, und ihre Gesichtszüge verschwanden hinter dem vielen Blut. Carl Winnick stand neben ihr und hielt eine Pistole auf Ghost gerichtet – vermutlich dieselbe Waffe, mit der Phillip sich töten wollte.

»Stillhalten«, schrie er Olga an. »Nicht bewegen!«

Ich brüllte: »Waffe fallen lassen, Winnick!«

Er wandte mir den Kopf zu, die Augen aufgerissen, das Gesicht aschfahl, dann schwenkte er seine Pistole in meine Richtung.

Ein Schuss peitschte, und aus seiner Kehle sprudelte rotes Blut. Ghost stieß einen Schrei aus, sprang von Olgas Kopf herunter und jagte aus dem Zimmer. Winnick sackte auf dem

Boden neben Olga zusammen, und ein Blutstrahl schoss hervor wie ein Geysir. Olga, von seinem und ihrem eigenen Blut überströmt, beugte sich über ihn und stieß einen Schrei aus, der so voller Kummer und Wut war, dass ich ihn niemals wieder vergessen werde.

Urplötzlich wimmelte das Zimmer von Leuten, die alle an mir vorbeirannten. Völlig benebelt drehte ich mich um und schaute zur Tür, wo Guidry gerade seine SIG Sauer wieder ins Halfter steckte.

»Ihr Bruder hat uns angerufen«, sagte er. »Sie haben nicht abgenommen, als er Sie auf dem Handy anrief, und da wusste er, dass irgendetwas nicht stimmt.«

Seine grauen Augen musterten mich ruhig und aufmerksam.

»Ich hatte alles unter Kontrolle«, sagte ich, aber meine Stimme zitterte sehr.

»Sie hatten es absolut unter Kontrolle, Dixie.«

Das Nächste, woran ich mich erinnern kann, ist, dass ich mein Gesicht an seine Schulter drückte und dass seine Arme mich festhielten. Von Michael und Paco einmal abgesehen, hatte ich, seit Todd ums Leben gekommen war, keine männlichen Arme mehr um mich gespürt. Ich hätte auch nicht gedacht, dass ich das Bedürfnis habe, männliche Arme zu spüren, aber es fühlte sich sehr vertraut und tröstlich an.

34

Das Sonnenlicht spiegelte sich glitzernd in den Segelbooten, die in der Sarasota Bay vor Anker lagen. Ein paar Möwen hüpften über die Uferpromenade und hofften auf Futter. Phillip und ich saßen schweigend da, so, wie es Menschen tun, wenn es so viel zu sagen gibt, dass man gar nicht weiß, wie man es ausdrücken soll. Auf Phillips Stirn war immer noch eine hässliche Narbe zu sehen. Sie stammte von der Kugel, mit der er sich hatte umbringen wollen. Hätte er nicht in dem Augenblick, als er den Abzug drückte, seinen Kopf in den Nacken gelegt, sie hätte sich in den Stirnlappen seines Gehirns gebohrt. Hätte er den Kopf nach vorne gelegt, dann hätte sie die Hirnrinde getroffen. So aber war er physiologisch und neurologisch absolut intakt. Psychologisch war es jedoch noch ein weiter Weg bis zur Heilung.

Eine besonders freche Möwe macht ein paar Schritte nach vorne und pickte an Phillips Schnürsenkel herum. Phillip wackelte mit dem großen Zeh, und die Möwe demonstrierte mit flatternden Flügeln ihre Unverschämtheit und erhob sich dann in die Luft. In einem anmutigen Bogen segelte sie über die im Wasser liegenden Boote hinweg.

Ich sagte: »Wie gefällt dir das Zusammenleben mit Ghost?«

Seine Mundwinkel zuckten, sodass es aussah wie ein winziges Lächeln. »Er ist witzig. Er rollt sich in Gregs Geigenkasten zusammen, wenn er übt. Ich habe bis jetzt noch nie eine Katze gehabt, aber er wird mir richtig fehlen, wenn ich gehe.«

»Hast du das mit der Juilliard alles geregelt?«

»Sie haben gesagt, ich kann nächstes Jahr anfangen.«

»Das ist gut. Bis dahin bist du bestimmt wieder vollkommen gesund.«

»Ja.«

Wir erkannten beide die Lüge in diesen Worten und verstummten.

Schönheitschirurgen würden versuchen, die tiefe Rinne in seiner Stirn zu glätten, aber die seelischen Narben, die die Taten seiner Eltern hinterlassen hatten, würde er auf ewig mit sich herumtragen.

Geht uns das nicht allen so?

Weltbild Buchverlag
–Originalausgaben–
Deutsche Erstausgabe 2007

Steinerne Furt, 86167 Augsburg
3. Auflage 2008

Dieses Werk wurde im Auftrag von Jane Rotrosen Agency LLC
vermittelt durch die Literarische Agentur Thomas Schlück GmbH,
30827 Garbsen.

Projektleitung: Gerald Fiebig
Übersetzung: Leo Strohm
Redaktion: Claus Keller
Umschlag: Hauptmann & Kompanie Werbeagentur GmbH,
München–Zürich
Umschlagabbildung: mauritius images/photolibrary
Satz: Dirk Risch, Berlin
Gesetzt aus der Sabon 10,5/12,5 pt
Druck und Bindung: GGP Media GmbH, Pößneck

Gedruckt auf chlorfrei gebleichtem Papier

Printed in the EU

ISBN 978-3-89897-768-5